해는 다시 떠오른다

부클래식
046

해는 다시 떠오른다

어니스트 헤밍웨이

최인환 옮김

부북스

동선, 규재, 나연을 위해

일러두기

이 책의 원본은 Ernest Hemingway, *The Sun Also Rises*(New York: Scribner, 2003)입니다.

차 례

제1부

1장 • 11 \ 2장 • 18 \ 3장 • 26
4장 • 43 \ 5장 • 59 \ 6장 • 67 \ 7장 • 85

제2부

8장 • 107 \ 9장 • 125 \ 10장 • 138
11장 • 157 \ 12장 • 169 \ 13장 • 191 \ 14장 • 222
15장 • 229 \ 16장 • 256 \ 17장 • 283 \ 18장 • 308

제3부

19장 • 341

옮긴이의 글 • 373

"당신들은 모두 길을 잃어버린 세대입니다."

―(거투르드 스타인[1]의 대화 중에서)

"한 세대는 가고 한 세대는 오되 땅은 영원히 있도다. 해는 떴다가 지며 그 떴던 곳으로 빨리 돌아가고 바람은 남으로 불다가 북으로 돌이키며 이리 돌며 저리 돌아 불던 곳으로 돌아가고 모든 강물은 다 바다로 흐르되 바다를 채우지 못하며 어느 곳으로 흐르든지 그리로 연하여 흐르느니라."

―〈전도서〉[2]

---

* Gertrude Stein. 1874-1946. 미국의 여성작가이자 미술품 수집가. 20세기 초 유럽의 실험적 예술과 문학에 상당한 식견이 있었다. 1903년부터 파리에 거주하였는데 그녀의 집은 미국을 떠나 유럽에서 낭인생활을 하던 헤밍웨이 같은 작가들에게 사랑방 역할을 하였다.

** 구약 〈전도서〉 1장 4-7절. 번역은 편의상 한글 성경(《성경전서》 개역개정판, 대한성서공회, 1999) 본문으로 대신함.

제1부

제1장

로버트 콘은 한때 프린스턴 대학의 미들급 권투 챔피언이었다. 그 권투 타이틀에 내가 감동을 아주 많이 받고 있다고 생각하지 않기 바라지만, 콘에게는 상당히 의미가 있었다. 로버트 콘은 권투를 조금도 좋아하지 않았고 사실은 싫어했지만, 자신이 프린스턴 대학에서 유대인으로서 대우받으며 느꼈던 열등감과 수줍음의 감정을 상쇄하기 위해 고통스러울 정도로 그리고 지독하게 권투를 배웠다. 그는 무척 수줍음 타고 몹시 착한 청년이어서 체육관에서가 아니면 싸우는 법이 없었지만 자기에게 건방지게 구는 사람은 누구건 때려누일 수 있다고 생각하고 있어서 그것이 어느 정도 그에게 위안을 줬다. 그는 스파이더 켈리[1]의 애제자였다. 스파이더 켈리는 자신이 가르치는 젊은 신사들 모두에게 몸무게가 105파운드 나가건, 205파운드 나가건 상관없이 페더급 선수들처럼 싸우라고 가르쳤다. 그런데 이것이 콘에게는 딱 맞는 것처럼 보였다. 그는 정말 빨랐다. 그가 권투를 너무 잘했기 때문에 스파이더는 즉시 그를

---

1) Spider Kelly. 권투 코치 이름이 켈리인데 별명이 거미라는 뜻.

너무 센 상대와 시합을 붙였고 이 일로 그의 코가 영원히 평편해지게 되었다. 이것이 권투에 대한 콘의 혐오를 증가시켰지만 또한 어떤 이상한 종류의 만족감을 주기도 했다. 이 만족감으로 인해 그의 코 상태는 확실히 호전되었다. 프린스턴 대학 졸업반일 때 그는 책을 너무 많이 읽어서 안경을 쓰게 되었다. 나는 그의 동급생들 중에서 그를 기억하는 사람을 아무도 만나 본 적이 없다. 그들은 그가 미들급 권투 챔피언이라는 것도 기억하지 못했다.

나는 모든 솔직하고 단순한 사람들을 믿지 않는데, 특히 이들의 이야기가 논리적일 때 더욱 그렇다. 로버트 콘이 아마 미들급 권투 챔피언이 아니었다거나, 아마도 말이 그의 얼굴을 밟고 지나갔다거나, 아니면 어머니가 [그를 잉태했을 때] 겁에 질렸다거나 뭔가를 봤던 적이 있다거나, 혹은 그가 어린애였을 때 아마도 어딘가에 부딪쳤다거나, 그런 일이 나는 항상 사실일 것 같은 느낌이 들었는데 결국에는 누군가를 시켜 스파이더 켈리의 이야기가 사실임을 확인했다. 스파이더 켈리는 콘을 기억하고 있을 뿐만 아니라 그가 어떻게 되었는지 종종 궁금해 했다는 것이다.

로버트 콘은 아버지 쪽으로는 뉴욕의 가장 부유한 유대인 집안에, 어머니 쪽으로는 가장 유서 깊은 집안에 속해 있었다. 프린스턴 대학에 들어가려고 예비과정으로 다녔던 군사학교에서는, 미식축구 팀에서 아주 훌륭한 엔드[2]로 활약해서 아무도 그가 인종을 의식하게 하지 않았다. 프린스턴을 들어가기 전까지 누구도 그가

---

2) end. 미식축구의 한 포지션으로 제일 앞쪽의 양 옆에 위치하는 선수.

유대인이라고 느끼게 만들지 않았고 따라서 남들과 별로 다르다고 생각할 일도 없었다. 그는 착하고 다정한 청년이었고 수줍음이 많았는데 이런 이유로 해서 인종차별에 원한이 맺히게 되었다. 그는 이것을 권투로 풀었고, 고통스러운 자의식과 납작해진 코를 가지고 프린스턴을 졸업했고 그에게 잘해준 첫 번째 처녀와 결혼했다. 그는 오 년간 결혼생활을 했고 아이가 셋이 있었는데 아버지가 물려준 5만 달러를 대부분 다 써버렸다. 나머지 재산이 다 어머니 소유로 되자 돈 많은 아내와의 불행한 가정생활로 인해 모질어지더니 결국은 매력없는 사람으로 굳어지고 말았다. 그리고 그가 아내를 떠나기로 막 마음먹었던 그때 아내가 그를 떠나 어떤 세밀화 화가와 집을 나가 버렸다. 여러 달 동안 아내를 떠날 생각을 하고 있었지만 아내에게서 그를 잃게 만드는 일이 너무 잔인하다고 생각해서 막상 떠나지 못하고 있었기 때문에 그녀가 떠난 것은 건강에 상당히 좋은 충격을 주는 일이었다.

이혼 절차가 정리되었고 로버트 콘은 집을 나가 태평양 연안으로 갔다. 캘리포니아에서 그는 문학하는 사람들 무리와 어울렸고 아직 5만 달러에서 남은 게 조금 있어서 그는 곧 예술 평론 잡지를 후원하게 되었다. 이 평론 잡지는 캘리포니아의 카멜에서 창간되어 매사추세츠 주의 프로빈스타운에서 폐간되었다. 그간 콘은 순전히 돈만 대는 천사로 여겨졌고 사설란에 그저 자문위원으로만 이름이 나타났던 콘은 이맘때쯤에는 단독 편집인이 되었다. 이 잡지는 그의 돈으로 운영되었고 그는 자기가 편집의 권위를 좋아한다는 것을 알게 되었다. 그는 잡지 발간 비용이 너무 비싸서 유감이었고 결국 손을 뗄 수밖에 없었다.

그런데 이맘때쯤에 그가 걱정해야 할 다른 일들이 있었다. 그는 이 잡지를 이용해서 출세하려는 한 여자의 손아귀에 잡힌 몸이 되었다. 그녀는 아주 강한 여자라서 콘은 결코 빠져나갈 기회가 없었다. 게다가 그 자신도 그녀를 사랑한다고 확신했다. 이 숙녀는 잡지가 성공하질 못할 것을 알자 콘에게 좀 짜증이 났고, 가능할 때 더 얻어내야겠다고 작정하고는 유럽에 가자고 밀어붙였다. 콘이 거기 가서 글을 써도 된다면서. 그들은 숙녀가 학교를 다녔던 유럽에 갔고 거기서 3년을 지냈다. 첫 한 해는 여행하며, 그리고 남은 2년은 파리에서 보낸 이 3년 동안 로버트 콘에게는 친구가 두 명 생겼는데 브래덕스와 바로 나였다. 브래덕스는 그의 문학계 친구, 나는 그의 테니스 친구였다.

그를 차지한 숙녀의 이름은 프랜시스였는데 사귄 지 두 해가 다 되어갈 무렵 자기 매력이 전과 같지 않다는 것을 발견하자 로버트를 향한 태도가, 무신경하던 소유욕과 착취에서 그와 결혼해야만 한다는 절대적인 결심으로 변했다. 이 시기에 로버트의 어머니는 그에게 한 달에 300달러 정도의 용돈을 주기로 작정했다. 2년 반 동안 로버트 콘이 다른 여자에게 눈길을 줬다고는 난 믿지 않는다. 유럽에 살고 있는 많은 사람들이 그러하듯 그도 미국에 살았으면 좋았을 걸 하고 생각했다는 점을 빼놓고는 무척 행복한 편이었고, 또한 글 쓰는 일에 입문하게 되었다. 그는 장편소설을 한 편 썼는데 상당히 형편없기는 했지만 나중에 비평가들이 평가하듯이 그렇게 나쁜 소설은 아니었다. 그는 책을 많이 읽었고 브리지 게임[3]을 했고, 테니스를 쳤고, 동네 체육관에서 권투를 했다.

난 우리 셋이 저녁을 같이 먹고 난 후 어느 날 밤에 이 여자가 콘을 대하는 태도를 처음으로 인식하게 되었다. 우리는 라브뉴에서 저녁을 먹었고 그 뒤에 커피를 마시러 카페 드 베르사이유로 갔다. 커피를 마신 뒤에 우리는 핀[4]을 몇 잔 마셨고 난 가야겠다고 말했다. 콘은 우리 둘이 어딘가로 주말여행을 떠나자고 말했다. 그는 시내에서 벗어나 많이 걷고 싶어 했다. 나는 비행기로 스트라스부르로 가서 생 오딜이나 알자스 지방 아무 데나 걸어 다니자고 제안했다. "난 스트라스부르에 우리를 시내 구경시켜줄 아가씨를 하나 알고 있어." 내가 말했다.

누군가가 테이블 밑에서 발로 나를 찼다. 난 누가 모르고 그랬다고 생각하고 말을 계속 했다. "그 여자는 거기서 2년 살았고 시내를 속속들이 다 알고 있지. 그녀는 멋진 아가씨야."

난 테이블 아래에서 다시금 발에 차였고, 보니까 로버트의 여자인 프랜시스가 턱을 들어 올리고 얼굴이 굳은 채 있었다.

"젠장," 내가 말했다. "왜 스트라스부르로 가? 우리는 브뤼주로 올라갈 수도 있고 아니면 아르덴으로 갈 수도 있지."

콘은 마음이 놓이는 기색이었다. 난 다시 발길질을 당하지 않았다. 난 잘 있으라고 인사하고 밖으로 나갔다. 콘은 신문 사러 간

---

3) 카드놀이의 일종으로 두 명이 한 조가 되어 총 4명이 하는 게임인데 선이 내는 카드와 같은 무늬를 내는 방식으로 진행된다.
4) fine. 프랑스 고급 브랜디.

다며 모퉁이까지 나와 같이 걷겠다고 말했다. "이런 젠장," 그가 말했다. "자네 스트라스부르에 있는 그 아가씨 얘기는 뭣 하려 했나? 프랜시스 표정 못 봤어?"

"응, 못 봤어. 근데 왜 내가 프랜시스 표정을 봐야 돼? 내가 스트라스부르에 사는 미국 아가씨를 안다는 게 도대체 프랜시스와 무슨 상관이란 말이야?"

"아무 차이 없어. 아가씨이면 똑 같다고. 난 갈 수 없어, 그뿐이야."

"왜 그래?"

"자네는 프랜시스를 몰라. 여자 얘기만 나오면 저런다고. 자네 그 여자 표정이 어떤지 못 봤나?"

"아, 그래." 내가 말했다. "상리스[5]로 가세."

"심통 부리지 마."

"난 심통 부리는 거 아니야. 상리스는 좋은 곳이고 우리는 그랑 세르프[6]에 묵으면서 숲에서 하이킹하다가 집에 돌아오면 돼."

"좋아, 그거 괜찮겠네."

"자, 그럼 내일 테니스 코트에서 보자고." 내가 말했다.

"잘 자게, 제이크." 그가 말했고 카페로 돌아가려 했다.

"자네, 신문 안 사고 갈 뻔했네." 내가 말했다.

"그렇군." 그는 모퉁이에 있는 가판대까지 나와 함께 걸어갔다.

---

5) Senlis. 파리의 북동부 쪽 북 프랑스에 있는 도시.

6) Grand Cerf. 상리스에 있는 호텔.

"자네 심통 난 거 아니지, 그렇지, 제이크?" 그는 손에 신문을 든 채로 몸을 돌렸다.

"아니. 심통이 왜 나?"

"테니스 칠 때 보세." 그가 말했다. 나는 그가 신문을 손에 쥐고 카페로 되돌아가는 것을 지켜봤다. 그는 상당히 괜찮은 친구인데 그 여자가 그의 인생을 퍽이나 고달프게 만들었음에 틀림없다.

제2장

그해 겨울에 로버트 콘은 자기가 쓴 소설을 들고 미국으로 건너갔는데, 꽤 괜찮은 출판사가 소설을 출판해 주기로 했다. 그가 간 게 끔찍한 소동을 일으켰다고 내가 들었고, 프랜시스가 그를 놓친 곳이 거기라고 보는데 왜냐하면 뉴욕에서 여자들 몇이 그에게 잘 대해 줘서, 돌아왔을 때 그가 많이 변해 있었기 때문이었다. 그는 전보다 미국에 더 열광했고 그렇게 단순하지도 그렇게 친절하지도 않았다. 출판업자가 그의 소설을 아주 높이 칭찬해 이것이 그의 기를 살려주었다. 그러자 여자들 몇 명이 대놓고 그에게 잘 보이려 하자 그의 지평이 확 넓어졌다. 4년 동안 그의 지평은 절대적으로 그의 아내에게 국한되어 있었다. 그 다음 3년 동안, 거의 3년 동안, 프랜시스 너머를 그는 결코 보지 못했다. 난 그가 자신의 인생에서 한 번도 사랑에 빠진 적이 없었다고 확신한다.

그는 너절한 대학 시절에 대한 반발로 결혼했고 첫 번째 아내에게 가장 중요한 존재가 자신이 아님을 알게 되면서 반발심이 생겼는데 프랜시스는 이를 이용했다. 그는 아직 사랑에 빠지지 않았지만 자신이 여자들에게 대단히 매력 있는 인물이라는 것과, 또 어떤 여자가 자신을 좋아하고 같이 살고 싶어 한다는 사실은 단지 신이 만드는 기적이 아니라는 것을 잘 알고 있었다. 이것이 그를 변화시켜서 그는 사람을 사귀어도 별로 기분이 좋지 않았다. 또 뉴욕에 있는 친척들과 함께 판돈이 큰 브리지 게임을 하면서 자기가 감당할 수 있는 이상의 돈을 걸고는 판을 장악해서 몇 백 달러를 딴 일도 있다. 그는 이 일로 브리지 게임 실력을 자만하였고 남자는 달리 방법이 없으면 브리지 게임을 해서라도 언제든지 밥벌이를 할 수 있어야 한다고 여러 차례 얘기했다.

그러다가 또 다른 일도 있었다. 그는 W. H. 허드슨[7]을 읽고 있었다. 그건 순진한 소일거리로 들리지만 콘은 실은 《보랏빛 땅》[8]을 읽고 또 읽고 있었다. 《보랏빛 땅》은 인생에서 너무 늦게 읽으면 아주 불길한 책이다. 이 책에서는 어떤 완벽한 영국 신사가 아주 낭만적인 곳에서 벌이는 멋들어진 상상의 애정 행각을 자세히 그리고 있으며, 경치를 아주 잘 묘사하고 있다. 어떤 남자가 서른넷의 나이에 이 소설을 인생에 대한 지침서로 받아들인다는 것은 마치 같은 나이의 남자가 좀 더 실용적인 앨저[9]의 책 전질을 갖고 프랑스의 수도원에서 나와서 월 스트리트로 바로 들어가는 것만큼이나 위험한 일이다. 내가 믿기로는 콘은 《보랏빛 땅》의 한마디 한마디를 마치 그것이 R.

---

7) W. H. Hudson. 1841-1922. 미국 작가. 어린 시절을 아르헨티나에서 보냈다.
8) 《The Purple Land》. 허드슨이 아르헨티나 시절에 관해 쓴 처녀작 소설.
9) Horatio Alger. 1832-1899. 미국의 소년 소설 작가. 주로 무일푼의 소년이 부를 이루는 이야기를 썼다.

G. 던[10] 신용 평가 보고서인 양 곧이곧대로 받아들였다. 좀 더 말하자면 유보조항을 달기는 했지만 그는 이 책이 전반적으로 자기에게 건전하다고 생각했다. 그의 기를 살리는 데는 이 책 한 권이면 족했다. 나는 이 책이 그를 어느 정도까지 의기양양하게 만들었는지 그가 어느 날 내 사무실에 들어올 때까지 깨닫지 못했다.

"어서 와, 로버트." 내가 말했다. "날 격려해 주러 온 거지?"

"자네 남아메리카에 가겠나, 제이크?" 그가 물었다.

"아니."

"왜?"

"글쎄. 난 가고 싶다고 생각한 적 없어. 너무 비용이 많이 들어. 자네는 원하는 만큼 남아메리카 사람들 전부를 파리에서도 볼 수 있지 않은가."

"그들은 진짜 남아메리카 인들은 아니지."

"그들은 내게는 굉장히 진짜로 보이는데."

나는 한 주일 치의 배송 신문기사[11]를 배 열차[12] 시간에 맞춰야 하는데 아직 반밖에 못 썼다.

"스캔들 기사 같은 거 뭐 없어?" 내가 물었다.

---

10) R. G. Dun. 미국 오하이오 주 출신의 상인이자 브로커로서 1861년에 신용평가 회사를 창립했다.

11) mail stories. 해외 주재 특파원들이 배편에 본사에 송고하는 기사로 주로 시급을 다투지 않는 기사.

12) boat train. 대서양 항로 정기 운항 선박의 일정에 맞춰 우편물을 탁송, 수합하는 열차.

"없어."

"자네가 아는 그 잘난 사람들 중에 이혼한 사람은 없나?

"없어. 내 말 들어 봐, 제이크. 내가 우리 두 사람 경비를 해결한다면 자네 나랑 같이 남아메리카에 갈 텐가?"

"왜 나야?"

"자네 스페인 어 하잖아. 그리고 우리 둘이 가면 더 재미있을 것 아냐."

"아니." 내가 말했다. "난 이 도시가 맘에 들고 여름에는 스페인에 갈 거야."

"난 지금껏 살아오는 동안 그런 여행을 해 보고 싶었어." 콘이 말했다. 그는 자리에 앉았다. "그런 여행을 해 보기도 전에 난 너무 늙어 버릴 거야."

"어리석은 말 하지 마." 내가 말했다. "자넨 원하는 곳 어디든 갈 수 있다고. 자넨 돈도 많잖아?"

"알아. 하지만 난 시작을 할 수 없어."

"힘 내." 내가 말했다. "어떤 나라건 그저 영화처럼 보일 뿐이야."

그러나 난 그에게 미안했다. 그는 내 말에 마음이 상했다.

"난 내 인생이 그렇게 빨리 지나가고 있는데도 인생을 제대로 살고 있지 못하다고 생각하니 참을 수가 없어."

"투우사를 제외하고는 누구도 자신의 인생을 그렇게 충만하게 살 수 없어."

"난 투우에는 흥미 없어. 그건 비정상적인 삶이야. 난 남아메리카에 있는 나라로 돌아가고 싶어. 우린 멋진 여행을 할 수 있어."

"자네는 영국령 동아프리카[13]로 사냥하러 가 볼 생각은 해본 적은 없나?"

"아니, 난 그런 건 싫어."

"난 거기라면 자네와 같이 가겠네."

"아니야, 난 그건 취미 없어."

"그건 자네가 거기에 관한 책을 읽어본 적이 없기 때문이야. 예쁘고 윤기 나는 피부의 까만 공주와 사랑에 빠지는 내용으로 가득 찬 책들을 한번 읽어 보라고."

"난 남아메리카로 가고 싶어."

그에게는 모질고 유대인다운 고집 센 구석이 있었다.

"아래층에 내려가서 술이나 한잔하세."

"자네 일해야 하지 않아?"

"아니." 내가 말했다. 우리는 계단을 내려가 1층에 있는 카페에 갔다. 나는 이것이 친구들에게서 벗어나는 최상의 방법이라는 것을 알고 있었다. 한잔한 뒤에 이렇게만 말하면 된다. '자, 난 돌아가서 기사 송고해야 돼'라고 말하면 그걸로 끝이다. 신문업계에서는 이런 식으로 우아하게 빠져나갈 줄 아는 게 무척 중요한데 왜냐하면 결코 일하지 않는 것처럼 보여야 하는 게 신문업계의 한 중요한 윤리이기 때문이다. 어쨌든 우리는 아래로 내려가 바에 갔고 소다수 탄 위스키를 마셨다. 콘은 벽을 따라 빙 둘러 있는 통 속의 병들을 보았다. "여기 참 맘에 드는 집이네." 그가 말했다.

---

13) British East Africa. 오늘날의 케냐.

"술도 아주 많네." 내가 맞장구쳤다.

"들어봐, 제이크." 그가 카운터 위에서 앞쪽으로 몸을 기울였다. "자넨 자네 인생 전부가 지나가고 있는데 인생을 이용하지 못하고 있다는 느낌을 한 번이라도 가져본 적 없나? 자네는 살아야 할 날의 반이 벌써 넘었다는 걸 알고 있나?"

"그래, 아주 가끔씩."

"한 35년쯤 뒤엔 우리가 죽는다는 것도 알고 있어?"

"대체 왜 그래, 젠장, 로버트." 내가 말했다. "대체 왜 그러냐고."

"난 심각해."

"난 그 걱정은 안 하네." 내가 말했다.

"자넨 걱정해야만 해."

"난 걱정할 일이 심심찮게 많았다고. 이젠 걱정하지 않아."

"하지만 난 남아메리카로 가고 싶어."

"들어봐, 로버트, 다른 나라로 간다고 달라질 건 없어. 난 그렇게 다 해 봤다고. 한 곳에서 다른 곳으로 옮긴다고 해서 자네 자신으로부터 벗어날 수는 없어. 그렇게 해 봐야 아무 소용없어."

"한데 자네는 남아메리카에 가본 적이 없잖아?"

"그놈의 남아메리카 얘기 좀 그만 해. 자네가 거기 간다 해도 달라지는 건 아무것도 없어. 여긴 괜찮은 도시야. 자네는 왜 자네 인생을 파리에서 시작하지 않는 거야?"

"난 파리가 지긋지긋하고 라틴 쿼터[14]도 지긋지긋해."

---

14) the Quarter. 파리의 센 강 좌안의 지역으로 보헤미안들이 많이 거주했다.

"라틴 쿼터에 오지 않으면 될 거 아냐. 자네 혼자 주위를 돌아다녀 보고 자네에게 어떤 일이 일어나는지를 보라고."

"나한텐 아무 일도 안 일어나. 언젠가 혼자 밤새 걸어 다닌 적이 있는데 자전거 탄 경관 하나가 날 멈춰 세우고 신분증을 보자고 한 걸 빼놓고는 아무 일도 안 일어났었지."

"이 도시 밤에 멋지지 않아?"

"난 파리를 좋아하지 않아."

그런 상태였구나. 난 그에게 미안했지만 이건 우리가 어떻게 할 수 있는 일이 아니었는데 왜냐하면 우리는 곧 두 가지의 완강함에 부딪히기 때문이다. 즉, 남아메리카에 가면 상황이 호전된다는 것과, 그는 파리를 좋아하지 않는다는 것 이 두 가지이다. 그는 첫 번째 생각은 책에서 얻어냈는데 내 생각에 두 번째도 책에서 얻어낸 것 같다.

"그런데," 내가 말했다. "난 위층에 가서 기사를 송고해야 해."

"자네 정말 갈 건가?"

"그래, 난 이 기사들을 보내야 한다고."

"나도 올라가서 사무실에 좀 앉아있어도 되겠나?"

"그래, 올라와."

그는 바깥방에 앉아서 신문을 읽었고, 편집자, 발행인, 그리고 나는 두 시간 동안 열심히 작업했다. 그러고 나서 나는 카본지를 분류하고 신문 표제 밑에 내 이름을 스탬프로 찍어 넣었고 이것들을 큼지막한 마닐라 봉투에 넣어 생 라자르 역에 가져가게 종을 쳐서 소년을 불렀다. 난 나가서 다른 방으로 들어갔고 거기에 로버트 콘이 커다란 의자에 잠들어 있었다. 그는 머리를 팔에 올려놓은 채 잠들어 있었다. 난 그를 깨우고 싶지는 않았지만 사무실 문을 잠그고 밖으로 나가고 싶었다. 난 그의 어깨에 손을 얹었다. 그는 머리를 가로저었다. "난 못 해." 그가 말했고 팔에 머리를 더 파묻었다. "난 할 수 없다고. 난 그거 절대로 못해."

"로버트." 내가 그의 어깨를 흔들며 말했다. 그가 고개를 들어 쳐다봤다. 그는 웃었고 눈을 깜빡였다.

"내가 지금 막 큰 소리로 말했어?"

"뭔가를 말했지. 근데 분명치는 않았어."

"이런, 별 거지 같은 꿈을 다 꾸네."

"타자기 소리에 잠들었나?"

"그런 것 같아. 지난 밤 내내 못 잤거든."

"무슨 일이 있었어?"

"지금 말하고 있잖아." 그가 말했다.

난 머리에 떠올려 볼 수 있었다. 난 내 친구들의 침실에서 일어나는 장면들을 떠올려 보는 고약한 습관이 있다. 우리는 나가서 아페리티프[15]를 한 잔씩 마시며 대로[16]에 저녁 때 몰려드는 사람들을 보기 위해 카페 나폴리탱으로 갔다.

---

15) *apéritif.* 식전에 가볍게 마시는 술.

16) 아마도 Boulevard de Champs Élysées, 즉 샹젤리제 대로를 가리키는 듯.

제3장

따뜻한 봄날 밤이었고 난 로버트가 가고 난 뒤 나폴리탱 카페의 테라스 테이블에 앉아 날이 어두워지는 것을, 전기 신호등이 들어오는 것을, 빨갛고 녹색인 정지-진행 교통신호와 지나는 사람들을 봤다. 그리고 길게 늘어선 택시들 가장자리를 따라 딸가닥거리며 말이 끄는 택시가 가고 있는 것을, 저녁 손님을 찾아 혼자 혹은 짝으로 매춘부들이 지나는 것을 지켜봤다. 난 어느 잘생긴 아가씨가 내 테이블을 지나 거리를 걸어가는 모습을 지켜보다가 시야에서 놓쳤고, 또 다른 아가씨를 바라보다가 처음의 아가씨가 되돌아오는 것을 봤다. 그녀가 내 곁을 다시 한 번 지나갔고 눈이 마주치자 테이블에 와서 앉았다. 웨이터가 왔다.

"자, 뭘 마시겠소?" 내가 물었다.

"페르노[17]요."

"그건 어린 여자들에겐 좋지 않은데."

"아저씨도 어린 여자 같은데요. 총각한테 말해요, 페르노 가

---

17) pernod. 아니스 열매 맛이 나는 프랑스 원산의 브랜디.

져오라고."

"나도 페르노 한 잔 주쇼."

"무슨 일이에요?" 그녀가 물었다. "파티에라도 가요?"

"물론이지. 아가씨는 안 가나?"

"모르겠어요. 이 도시에서는 일이 어떻게 돌아가는지 알 수 없죠."

"파리를 좋아하지 않나?"

"네, 안 좋아해요."

"그럼 왜 다른 곳으로 안 가지?"

"다른 곳이 없으니까요."

"아가씨는 행복하잖아, 어쨌든."

"행복은 무슨 얼어죽을."

페르노는 초록빛을 띤 가짜 압생트[18] 술이다. 물을 섞으면 우유같이 된다. 이 술은 감초 맛이 나고 기분이 알싸해지게 만들지만 그만큼 기분이 푹 가라앉게도 한다. 우리는 앉아서 페르노를 마셨고 여자는 음울해 보였다.

"그런데," 내가 말했다. "아가씨가 나한테 저녁 살 거요?"

그녀는 씩 웃기만 할 뿐이었고 난 그녀가 왜 웃지 않으려고 했는지 알았다. 입을 다물고 있으면 그 여자는 예쁜 편이었다. 난 몇

---

18) absinthe. 프랑스 원산 독주로 쑥과 아니스 열매로 만드는 녹색의 쓴 술. '녹색의 요정'으로 불리며 시인에게 영감을 주는 술로 애용되었었는데 환각성이 있고 지나치게 독해서 지금은 대부분의 국가에서 판매가 금지되어 있다.

잔 마신 값을 냈고 우리는 거리로 나왔다. 난 마차택시를 소리쳐 불렀고 마부가 길가에 마차를 세웠다. 이 느릿느릿하고 부드럽게 굴러가는 소형사륜 역마차에 편히 기대앉아 우리는 아브뉘 드 로페라 거리를 따라, 가게의 잠긴 문들과 불 켜진 창들을 지나는데 아브뉘는 넓고 밝았으며 인적은 거의 끊겨 있었다. 택시가 괘종시계로 가득 채워진 창이 있는 뉴욕 헤럴드 지국을 지났다.

"저 시계들은 다 뭘 나타내나요?" 그녀가 물었다.

"미국 전역의 시간을 보여주는 거지."

"거짓말이죠?"

우리는 아브뉘에서 벗어나 뤼 드 피라미드 거리로 가면서 뤼 드 리볼리 거리의 차들을 뚫고, 어두컴컴한 문을 지나 튈르리로 들어갔다. 그녀는 내게 꼭 들러붙어 있었고 난 그녀를 팔로 안았다. 그녀는 키스를 받으려고 머리를 들었다. 그녀는 나를 한 손으로 만졌고 난 그 손을 치웠다.

"안 그래도 돼."

"뭐가 문제에요? 아파요[19]?"

"그래."

"모두가 다 아프죠. 나도 아프고."

우리는 튈르리 거리에서 나와 밝은 곳으로 들어갔고 센 강을 건넌 다음 방향을 돌려 뤼 드 생 페레 거리로 들어섰다.

"아플 땐 페르노 마시면 안 돼요."

---

[19] 여기서 '아프다'는 말은 '성병에 걸렸다'는 의미가 있다.

"아가씨도."

"저한테는 아무 차이 없어요. 여자에게는 아무 차이 없어요."

"이름이 뭐지?"

"조젯이에요. 아저씨 이름은요?"

"제이컵이야."

"그건 플랑드르[20] 이름인데요."

"미국 이름이기도 해."

"아저씨는 플랑드르 사람[21] 아니죠?"

"응, 미국 사람이야."

"잘 됐네요, 전 플랑드르 사람 질색이에요."

이런 얘기를 할 때쯤 우리는 레스토랑에 도착했다. 난 마부에게 소리를 질러 마차택시를 세우라고 했다. 우리는 마차에서 내렸는데 조젯은 이 장소를 별로 좋아하지 않았다. "이거 시원찮은 레스토랑이네요."

"그래." 내가 말했다. "아마 아가씨는 푸아요 레스토랑에 가고 싶어 하겠지? 마차에서 내리지 말고 계속 타고가지 그래?"

내가 그녀를 마차에 태운 것은 누군가와 같이 식사를 한다면 멋질 거라는 막연한 감상적 생각 때문이었다. 매춘부와 밥을 같이 먹은 지는 오래되어서 난 그 일이 얼마나 재미없는지 잊었다. 우리는 레스토랑으로 들어가 데스크에 앉아 있는 마담 라비뉴를 지

---

20) Flanders. 프랑스 북부와 벨기에 서부에 걸치는 지역.

21) Flamand. 플랑드르 출신의 벨기에 사람을 가리킴.

나 작은 방으로 들어갔다. 조젯은 음식을 먹자 좀 기분이 좋아졌다.

"여기 나쁘지는 않네요." 그녀가 말했다. "레스토랑이 멋있지는 않지만 음식은 괜찮아요."

"아가씨가 리에쥬[22]에서 먹는 음식보단 낫지."

"브뤼셀이겠죠."

우리는 와인을 한 병을 더 했고 조젯은 농담을 했다. 그녀는 웃으면서 썩은 이를 다 드러냈고 우리는 잔을 부딪쳤다.

"아저씬 나쁜 사람은 아닌가 봐요." 그녀가 말했다. "아저씨가 아프다는 건 안됐어요. 우린 지금 사이좋은데 말이에요. 근데 아저씬 어디가 아픈 거예요?"

"난 전쟁에서 다쳤어." 내가 말했다.

"아, 그 썩을 전쟁."

얘기를 더 했다면 우리는 전쟁에 대해 논의했을 테고 전쟁이 사실상 문명에 재앙이며 피해야만 한다는 데에 의견의 일치를 봤을 것이다. 난 몹시 지겨워졌다. 바로 그때 다른 방에서 누군가가 불렀다. "반스! 이봐 반스! 제이컵 반스!"

"친구가 날 부르네." 내가 설명했고 밖으로 나갔다.

브래덕스가 일행과 함께 큰 테이블에 앉아 있었다. 콘, 프랜시스 클라인, 브래덕스 부인, 내가 잘 모르는 사람 몇이었다.

"자네 댄스파티에 올 거지, 그렇지?" 브래덕스가 물었다.

"어떤 댄스파티?"

---

22) Liège. 벨기에에 있는 도시. 조젯이라는 이름의 매춘부는 벨기에 출신인 듯.

"거 왜, 그냥 춤추는 거 말이에요. 우리가 댄스파티를 다시 살아나게 한 거 모르세요?" 브래덕스 부인이 끼어들었다.

"꼭 오셔야 해요, 제이크. 우린 다 거기 갈 거예요." 프랜시스가 테이블 끝에서 말했다. 그녀는 키가 컸고 웃고 있었다.

"물론이죠, 저 친구 올 거예요." 브래덕스가 말했다. "와서 우리랑 커피 같이하지, 반스."

"좋아."

"친구분도 데려 오세요." 브래덕스 부인이 웃으며 말했다. 그녀는 캐나다 사람이었고 캐나다인들의 남 신경 안 쓰고 어울리는 장점을 다 갖고 있었다.

"고맙습니다. 우리도 갈게요." 내가 말했다. 나는 작은 방으로 되돌아갔다.

"아저씨 친구들은 뭐하는 사람들이에요?" 조젯이 물었다.

"작가, 예술가들이지."

"강 이쪽[23]에는 그런 사람들이 많이 있어요."

"너무 많지."

"제 생각도 그래요. 그런데 그중 어떤 사람들은 돈을 잘 벌어요."

"아, 그래."

우리는 식사와 와인을 마쳤다. "자," 내가 말했다. "가서 다른 사람들 하고 커피 같이 마시자."

조젯이 핸드백을 열어 작은 거울을 보면서 얼굴에 몇 번 분

---

23) 센 강의 좌안으로서 라틴 쿼터를 가리킴.

칠을 했고 립스틱으로 입술을 다시 칠했고 모자를 똑바로 했다.

"좋아요." 그녀가 말했다.

우리는 사람들로 꽉 찬 방으로 들어갔고 브래덕스와 테이블에 앉은 남자들이 일어났다.

"내 약혼녀를 소개하겠습니다. 마드무아젤 조젯 르블랑입니다." 내가 말했다. 조젯은 멋있게 웃었고 우리는 빙 돌아가며 악수를 했다.

"아가씨는 가수 조젯 르블랑하고 관련이 있나요?" 브래덕스 부인이 물었다.

"잘 모르겠어요." 조젯이 대답했다.

"근데 이름이 같잖아요." 브래덕스 부인이 끈질기지만 상냥하게 말했다.

"아니요." 조젯이 말했다. "전혀요. 제 이름은 오뱅이에요."

"그런데 반스 씨는 당신을 마드무아젤 조젯 르블랑이라고 소개했거든요. 분명히 그랬어요." 브래덕스 부인이 집요하게 말했는데 이 여자는 프랑스 말을 한다는 흥분감에서 자기가 무슨 말을 하고 있는지 생각해 볼 겨를이 없었다.

"저 아저씨 바보예요." 조젯이 말했다.

"아, 그럼 농담이었나 보군요." 브래덕스 부인이 말했다.

"네." 조젯이 말했다. "웃기려고 한 거지요."

"그 말 들었어요, 헨리?" 브래덕스 부인이 테이블 저 아래쪽의 브래덕스에게 소리쳤다. "반스 씨는 약혼녀를 마드무아젤 르블랑이라고 소개했는데 그녀의 진짜 이름은 오뱅이라잖아요."

"물론이지, 여보. 마드무아젤 오뱅, 이 아가씨 안 지 오래됐어."

"아, 마드무아젤 오뱅." 프랜시스 클라인이 불렀다. 그녀는 프랑스 말을 속사포처럼 쏘아대는데 그 말이 진짜 프랑스 말처럼 술술 나와도 브래독스 부인이 그러듯 으스대거나 스스로에게 놀라는 것처럼 보이지는 않았다. "파리에 오래 살았나요? 여기 사는 거 좋아해요? 당신은 파리를 좋아하죠, 그렇죠?"

"저 여자 누구예요?" 조젯이 내 쪽으로 몸을 돌렸다. "내가 저 여자랑 말해야 하나요?"

그녀는 프랜시스 쪽으로 몸을 돌려 웃으며 앉으면서 손은 포개고, 머리는 긴 목 위로 균형을 잡고, 그리고 입술은 다시금 말 할 준비를 하면서 오므린 채로 있었다.

"아니요, 전 파리를 좋아하지 않아요. 비싸고 더럽거든요."

"정말로요? 난 파리가 굉장히 깨끗하던데. 유럽 전체에서 제일 깨끗한 도시죠."

"제겐 더러워요."

"참 이상하네요. 당신은 여기에 아주 오래 살지는 않았나 봐요."

"저 여기서 살만큼 살았어요."

"하지만 여기엔 좋은 사람들이 있어요. 그건 인정해야 되죠."

조젯이 내 쪽으로 얼굴을 돌렸다. "아저씨 친구들 참 훌륭하네요."

프랜시스는 좀 취했고 계속 취한 채로 있고 싶어 했는데 커피가 나왔고, 마담 라비뉴가 리큐어 술을 갖고 왔고, 그 뒤에 우리는 모두 밖으로 나가 브래덕스가 말한 댄스 클럽으로 출발했다.

댄스클럽은 몽타뉴 생트 주느비에브 거리에 있는 발 뮈세트[24]였다. 일주일이면 다섯 밤을 판테온 구역의 노동자들이 거기에서 춤을 췄다. 일주일에 한 밤은 댄스클럽용이었다. 월요일 밤에는 문을 닫았다. 우리가 도착했을 때는 문가에 앉은 경찰관, 징크 바[25]의 뒤쪽에 앉아 있는 댄스홀 주인의 아내, 그리고 주인 본인을 빼고는 텅 비어 있었다. 우리가 안으로 들어갈 때 이 집 딸이 아래층으로 내려왔다. 긴 벤치들이 있었고 테이블이 방을 가로질러 있었고 그 제일 끝에 춤추는 플로어가 있었다.

"사람들이 좀 더 일찍 오면 좋은데." 브래덕스가 말했다. 딸이 위로 올라와 우리가 뭘 마실지 물어 봤다. 집주인은 플로어 옆의 등받이 없는 높은 의자에서 몸을 일으켰고 아코디언을 연주하기 시작했다. 그는 한쪽 발목에 여러 개의 종을 차고 있었고 연주를 하면서 발로 박자를 맞췄다. 다들 춤을 췄다. 더워서 우리는 땀을 흘리며 플로어에서 내려왔다.

"이런." 조젯이 말했다. "꽉 막힌 데라 땀이 엄청 나네요."

"덥군."

"덥네, 이런 젠장."

"모자 벗어요."

"그거 좋은 생각이네."

---

24) bal musestte. 아코디언에 맞춰 추는 댄스홀.
25) zinc bar. 손님들이 등받이 없는 의자에 죽 앉아 바텐더에게 술을 주문해 마시는 카운터, 혹은 그 카운터가 있는 바를 가리킨다. 예전에 카운터에 함석, 즉 얇은 아연 zinc으로 된 판을 씌웠던 데서 유래한 듯.

누군가가 조젯에게 춤을 추자고 했고 나는 카운터 쪽으로 건너갔다. 정말로 너무 더웠고 아코디언 음악은 더운 밤에 상쾌하게 들렸다. 나는 맥주를 한 잔 마셨고 문가에 서서 길에서 불어오는 서늘한 산들바람을 쐬고 있었다. 택시 두 대가 가파른 길을 내려오고 있었다. 두 대가 다 댄스홀 앞에 멈췄다. 일단의 젊은 남자들이 일부는 운동 셔츠를 입고, 또 일부는 반팔 옷을 입은 채 내렸다. 나는 문에서 나오는 빛줄기로 그들의 손과 막 감고 나와서 물결치는 머리카락을 볼 수 있었다. 문가에 서 있던 경찰관이 나를 쳐다보며 웃었다. 그들이 안으로 들어왔다. 그들이 들어올 때 나는 불빛 아래에서 하얀 손, 물결치는 머릿결, 그리고 찡그리고, 몸짓하고, 말하는 하얀 얼굴들을 봤다. 그들과 함께 브렛이 있었다. 그녀는 아주 사랑스러워 보였고 그들과 아주 친숙해 보였다.

이들 중 한 명이 조젯을 보고 말했다. "내가 선포하겠는데 말이야. 여기 진짜 매춘부가 있어. 난 그 여자하고 춤출 거야, 레트. 당신 날 지켜보라고."

레트라고 불린 키 크고 가무잡잡한 사람이 말했다. "경솔하게 굴지 말라고."

물결치는 머리카락의 금발이 대답했다. "걱정 말아요, 여보." 그리고 이들과 함께 브렛이 있었다.

난 몹시 화가 났다. 그들은 어떻게든 나를 항상 화나게 만들었다. 나는 그들이 재미로 그런다는 것을, 그리고 우리는 이런 것을 너그럽게 받아줘야 한다는 것을 알고 있지만 그 오만하고 선웃음치는 차분함을 부수기 위해 누군가를, 어떤 사람이건, 어떤 것이

건 한 대 올려붙이고 싶었다. 대신, 나는 거리를 걸어내려 가서 댄스홀 옆에 있는 바에서 맥주를 한 병 마셨다. 맥주는 맛이 없었고 입에서 맥주 맛을 없애려고 코냑을 마셨는데 그건 더 나빴다. 댄스홀로 돌아오자 플로어에는 사람들이 많았고 조젯은 그 키 크고 금발인 젊은이와 춤을 추고 있었는데 이 젊은이는 큰 엉덩이를 흔들며 춤을 췄고 머리를 한쪽으로 기울인 채 눈은 춤추는 동안 위로 치켜뜨고 있었다. 음악이 멈추자마자 또 다른 청년이 그녀에게 춤을 추자고 했다. 그녀는 이들의 춤 파트너로 선정이 되었다. 나는 그때 이들이 모두 그녀와 춤출 것이라는 걸 알았다. 그들은 그런 사람들이었다.

난 테이블에 앉았다. 콘이 거기에 앉아 있었다. 프랜시스는 춤추고 있었다. 브래덕스 부인이 누군가를 데려와서 그를 로버트 프렌티스라고 소개했다. 그는 시카고에 산 적이 있는 뉴욕 출신이었는데 떠오르는 신예 소설가였다. 그에게는 영국식 억양이 약간 있었다. 나는 그에게 술 한잔하자고 권했다.

"정말 고맙습니다." 그가 말했다. "저는 막 지금 한잔했습니다."

"한 잔 더 하시죠."

"고맙습니다. 그럼 그렇게 하죠."

우리는 이 집의 딸을 나오게 해서 각자 물탄 브랜디 한 잔씩을 했다.

"캔자스시티에서 오셨다고요, 사람들이 제게 그러데요." 그가 말했다.

"그렇습니다."

"파리가 재미있나요?"

"네."

"정말이요?"

난 좀 취했다. 좋은 뜻으로 취한 게 아니라 그저 부주의해질 만큼 취했다는 말이다.

"그렇다마다요." 내가 말했다. "난 파리를 좋아해요. 당신은 좋아하지 않나요?"

"아, 화내는 것도 매력적이시네요." 그가 말했다. "저도 그런 능력이 있으면 좋겠어요."

난 일어나 플로어 쪽을 향해 걸어갔다. 브래덕스 부인이 나를 따라왔다. "로버트에게 성질내지 마세요." 그녀가 말했다. "그 친구는 아직도 어린애예요, 아시다시피."

"난 성질내지 않았어요." 내가 말했다. "그냥 토할 것 같아서 그런 거예요."

"당신 약혼녀가 큰 성공을 거두고 있군요." 브래덕스 부인이 조젯이 레트라고 불리는 키 크고 가무잡잡한 남자의 팔에 안겨 춤추고 있는 무대 위를 쳐다보았다.

"그래요?" 내가 말했다.

"그런 편이죠." 브래덕스 부인이 말했다.

콘이 다가왔다. "자, 제이크." 그가 말했다. "한잔하세." 우리는 걸어서 카운터로 갔다. "무슨 일이야? 자넨 뭔가에 단단히 질린 것처럼 보이네."

"아무것도 아니야. 여기 모든 것이 날 구역질나게 한다는 것

뿐이야."

브렛이 바로 다가왔다.

"안녕, 친구들."

"안녕, 브렛." 내가 말했다. "당신은 왜 아직 안 취했어?"

"더 이상은 취하지 않으려고요. 자, 이 양반에게 소다수 탄 브랜디 한 잔 더 줘요."

그녀는 잔을 들고 서 있었고 나는 로버트 콘이 그녀를 바라보는 것을 봤다. 그는 약속의 땅을 봤을 때 그의 동포[26]가 그렇게 보였음에 틀림없었을 그런 표정을 지었다. 물론 콘은 그보다 훨씬 더 어렸다. 그러나 진지하고도 뭔가를 기대하는 표정을 하고 있었다.

브렛은 진짜 잘 생겼다. 그녀는 머리를 꿰어 입는 운동 스웨터와 트위드 천 치마를 입고 있었고 머리카락은 소년처럼 뒤로 빗어 넘겼다. 그녀가 이런 스타일을 유행시켰다. 몸은 시합용 요트의 선체처럼 굴곡이 졌고 양모 저지를 입어서 몸매가 뚜렷이 드러났다.

"훌륭한 사람들하고 같이 있군, 브렛." 내가 말했다.

"이 사람들이 사랑스럽잖아요? 그리고 내 사랑 당신도 그렇고요. 이 여잔 어디서 낚았어요?"

"나폴리탱에서."

"그럼 멋진 저녁을 보냈어요?"

"아, 값으로 따질 수 없는[27] 저녁이었지." 내가 말했다.

---

26) 구약성경의 모세를 가리키는 듯. 콘이 유대인이므로.

27) priceless. 브렛이 '가격(price)이 매겨져 있는' 사람인 매춘부를 제이크가 데려

브렛이 웃었다. "당신이 틀렸어요, 제이크. 그건 우리 모두에 대한 모욕이에요. 저기 있는 프랜시스와 조우를 봐요."

이건 콘에게 득이 되는 일이었다.

"장사도 앞뒤 가려가면서 해야지." 브렛이 말했다. 그녀는 다시 웃었다.

"당신 놀랄 정도로 말짱하네." 내가 말했다.

"맞아요. 그렇죠? 그리고 지금 내 일행하고 같이 있을 때는 안전하게 마실 수 있기도 하죠."

음악이 시작되었고 로버트 콘이 말했다. "레이디 브렛,[28] 이 음악에 맞춰 저랑 춤추실까요?"

브렛이 그를 향해 웃었다. "전 이 곡을 제이컵과 추겠다고 약속했어요." 그녀가 웃었다. "당신은 정말 대단한 성경 이름을 가졌네요, 제이크[29]".

"그럼 다음번에 출까요?" 콘이 물었다.

"우린 나갈 거예요." 브렛이 말했다. "우리는 저 위 몽마르트르[30]에서 데이트가 있어요."

춤추면서 나는 브렛의 어깨 너머로 콘을 봤는데 그는 바에 서

온 것을 비아냥거리자 이에 대해 제이크는 매춘부와의 저녁이 '가격을 따질 수 없이 소중하다'고 되받아치는 대목이다.

28) Lady Brett. Lady는 귀족의 부인에게 붙이는 존칭.

29) Jake는 Jacob의 약칭 혹은 애칭. 성경에서 Jacob은 '야곱'으로서 이스라엘 사람의 조상이다.

30) Montmartre. 파리의 북쪽 지역으로 예술가가 많이 모여 사는 곳.

서 여전히 그녀를 지켜보고 있었다.

"여기서 애인 하나 새로 만들었나 봐." 내가 그녀에게 말했다.

"그 얘기 하지 말아요. 가엾은 사람. 난 내가 새 애인 만든 것을 지금 막 알았어요."

"아, 그래." 내가 말했다. "난 당신이 애인 숫자를 늘리고 싶어 하는 줄 알았지."

"바보 같은 소리 하지 말아요."

"당신이 그러잖아."

"아, 그래요. 만약 내가 그러면?"

"상관없어." 내가 말했다. 우리는 아코디언에 맞춰 춤을 추고 있었고 누군가가 반조를 치고 있었다. 더웠고 난 행복하게 느꼈다. 우리는 이들 중 또 다른 사람과 춤추고 있는 조젯 곁을 가까이 지나갔다.

"뭐에 씌워서 저 여자를 데려왔어요?"

"나도 몰라, 그냥 데려온 거야."

"당신 징그럽게 낭만적이 되고 있네."

"아냐, 지겨워진 거야."

"지금도?"

"아니, 지금은 아냐."

"여기서 나가요. 저 여자는 사람들이 잘 신경 써 주겠지."

"그러길 원해?"

"원하지도 않는데 나가자고 하겠어요?"

우리는 플로어에서 나왔고 나는 벽에 있는 옷걸이에서 외투를 집어서 입었다. 브렛은 바 옆에 서 있었다. 콘은 그녀에게 말하고 있었다. 나는 바에 멈춰서 봉투 하나 있냐고 물어보았다. 여주인이 하나 찾아냈다. 나는 주머니에서 50프랑짜리 지폐를 한 장 꺼내서 봉투에 넣어 봉해 여주인에게 건넸다.

"나랑 같이 왔던 아가씨가 나 어디 있냐고 물으면 이걸 전해 주겠어요?" 내가 말했다. "만약 그 여자가 이 신사들 중 누구랑 같이 나간다면 그냥 갖고 있다가 날 줘요."

"알았습니다, 손님." 여주인이 말했다. "지금 가시나요? 이렇게 일찍?"

"네." 내가 말했다.

우리는 문밖으로 나갔다. 콘은 아직도 브렛에게 말하고 있었다. 그녀는 밤 인사를 했고 내 팔을 잡았다. "잘 있게, 콘." 내가 말했다. 바깥 거리에서 우리는 택시가 있나 찾았다.

"당신 50프랑 잃을 거예요." 브렛이 말했다.

"아, 그래."

"택시가 없네."

"판테온까지 걸어가면 택시가 있을 거야."

"가서 옆에 있는 술집에서 한잔하고 택시를 불러요."

"걸어서 길을 건널 건 아니지?"

"할 수 있다면 그렇게 안 하죠."

우리는 옆에 있는 술집에 들어가서 택시를 잡으라고 웨이터를 보냈다.

"자," 내가 말했다. "우린 이제 저들로부터 멀어졌어."

우리는 높은 카운터가 있는 바에 기대서서 말없이 서로를 응시했다. 웨이터가 와서 택시가 밖에 와 있다고 말했다. 브렛이 내 손을 세게 눌렀다. 나는 웨이터에게 1프랑을 줬고 우리는 밖으로 나갔다. "택시 운전사에게 어디로 가자고 말해야지?" 내가 물었다.

"아, 그냥 주위를 돌라고 말하세요."

나는 운전사에게 몽수리 공원으로 가자고 말하고 차를 타고 문을 꽝 닫았다. 브렛은 구석에 기대어 눈을 감고 있었다. 나는 그녀 옆에 앉았다. 택시가 덜컹거리며 출발했다.

"아, 자기, 난 비참했었어요." 브렛이 말했다.

제4장

택시는 언덕을 올라 불 켜진 광장을 지나 어두운 곳으로 들어 가 계속 언덕을 오르더니 생 에티엔느 뒤 몽 교회 뒤쪽의 어두운 거리로 들어가면서는 평지를 달리게 되었고 아스팔트길을 매끄럽게 내려가다가 나무와 콩트르스카프 광장에 서 있는 버스를 지나고 무프타르 거리의 자갈 포장길로 접어들었다. 거기에 길 양쪽으로 불 켜진 바와 늦도록 문을 연 가게들이 있었다. 우리는 떨어져 앉았었는데 옛 거리를 내려가면서 덜컹거리다가 꼭 붙어 앉게 되었다. 브렛은 모자를 벗고 있었다. 그녀의 머리가 뒤로 젖혀졌다. 나는 문 연 가게들에서 나오는 불빛으로 그녀의 얼굴을 봤고 그러다가 어두워졌고, 고블랭 거리에 접어들 때 그녀의 얼굴을 또렷이 봤다. 길은 파헤쳐져 있었고 인부들이 아세틸렌 불꽃의 빛으로 찻길 위에서 작업하고 있었다. 브렛의 얼굴은 창백했고 긴 목선이 불꽃의 밝은 빛에 의해 드러났다. 거리는 다시 어두워졌고 난 그녀에게 키스했다. 우리의 입술은 꼭 붙어 있었고 그러다가 그녀가 몸을 돌려 좌석 끝에 기대더니 나로부터 가능한 멀리 떨어지려 했다. 그녀는 고개를 숙이고 있었다.

"날 건드리지 말아요." 그녀가 말했다. "날 건드리지 말아 줘요."

"왜 그러는데?"

"참을 수가 없어요."

"아, 브렛."

"그러지 말아요. 당신도 알잖아요. 나는 참을 수가 없다고요, 그게 전부예요. 아, 자기, 좀 이해해 줘요."

"당신 나를 사랑하지 않나?"

"당신을 사랑한다고요? 당신이 날 만지면 그냥 온 몸이 해파리처럼 흐물흐물 해져요."

"어떻게 뭘 좀 해 볼 도리가 없을까?"

이제 그녀는 몸을 세우고 앉았다. 나는 팔로 그녀를 두르고 있었고 그녀는 내게 기대었고 우리는 아무 말도 하지 않았다. 그녀는 내 눈 속을 들여다보고 있었는데 정말 그녀가 자기 눈으로 보고 있는 건지 아닌지 의아했다. 세상의 다른 모든 사람의 눈이 보기를 멈춘 뒤에도 그 눈은 자꾸만 응시하려고 할 것이다. 그녀는 그런 식으로 보지 않을 것은 세상에 아무것도 없다는 듯한 표정이었고 사실 그녀는 너무나 많은 것들을 두려워 했다.

"우리가 할 수 있는 일이 단 하나도 없네, 빌어먹을." 내가 말했다.

"모르겠어요." 그녀가 말했다. "난 그런 지옥을 다시 겪고 싶지 않아요."

"우리는 서로에게 거리를 유지하면 되잖아."

"근데, 자기, 난 당신을 만나야만 해요. 당신이 모르는 것도 있잖아요."

"그래, 하지만 늘 이런 식으로 되는 거야."

"그건 내 잘못이에요. 근데 우리가 하는 모든 일에 대해 대가를 치러야 하는 건 아닌가요?"

그녀는 그동안 내 눈을 계속 들여다보고 있었다. 그녀의 눈은 때에 따라 깊이가 달랐는데 어떤 때는 완전히 얕아지기도 했다. 이제는 그녀의 눈을 저 안까지 다 들여다 볼 수 있었다.

"남자들을 생지옥에 빠지게 했던 걸 생각하면 난 이제 그 대가를 치루고 있는 중이죠."

"바보처럼 말하지 마." 내가 말했다. "게다가, 나한테 일어났던 일은 우스꽝스러운 거야. 난 전혀 그 일을 생각하지 않아."

"아, 그래요. 당신이 그 일 생각 안 하도록 내가 노력할게요."

"자, 이제 그 얘기는 그만 하지."

"나도 한 번 그 문제에 대해 웃은 적이 있어요." 그녀는 나를 보고 있지 않았다. "내 오빠의 친구가 몽[31]에서 그런 식으로 돌아왔죠. 그거 지독한 농담으로 보였어요. 사람들은 아무것도 몰라요, 그렇죠?"

"그래." 내가 말했다. "그 누구도 정말 아무것도 모르지."

난 이 이야기는 이제 어지간히 할 만큼 했다. 언젠가 난 이 주제를 다양한 각도로 생각한 적이 있는데 그중의 하나는 부상이나

---

31) Mons. 벨기에에 있는 1차 대전 격전지. 1914년 영국군이 독일군과 최초로 전투를 벌인 곳.

불구는 당사자에게는 아주 심각하지만 다른 사람들에게는 재미있는 주제라는 것이다.

"거 웃기는군," 내가 말했다. "참 웃겨. 꼴에 누구랑 사랑에 빠진다는 거 정말 웃겨."

"그렇게 생각해요?" 그녀의 눈이 다시 얕아졌다.

"난 그런 식으로 재미있다고 한 건 아니야. 어떻게 보면 그건 즐길만한 감정이지."

"아니에요." 그녀가 말했다. "난 그게 지상의 지옥이라고 생각해요."

"만나는 건 좋은 거야."

"아니. 내 생각은 그렇지 않아요."

"만나는 거 싫어?"

"안 만날 수야 없죠."

우리는 이제 서로 모르는 사람처럼 앉아 있었다. 오른쪽에는 몽수리 공원이 있었다. 살아 있는 송어를 기르는 연못이 있고 앉아서 공원 너머까지 볼 수 있는 레스토랑은 문을 닫았고 어두웠다. 운전사가 머리를 젖혀 돌렸다.

"어디로 가고 싶어?" 내가 물어봤다. 브렛은 내 반대쪽으로 머리를 돌렸다.

"아, 셀렉트로 가요."

"카페 셀렉트." 내가 운전사에게 말했다. "몽파르나스 대로."

우리는 곧장 아래로 달려 내려갔고 지나가는 몽루즈 전차를 지켜주는 벨포르의 사자상[32]을 돌았다. 브렛은 똑바로 앞을 응시했다. 라스파유 대로에서 몽파르나스의 불이 보일 때 브렛이 말했다.

"당신에게 뭘 좀 해달라고 부탁해도 될까요?"

"어리석게 굴지 마."

"거기 도착하기 전에 한 번만 더 키스해 줘요."

택시가 멈췄고 나는 내려 차비를 냈다. 브렛은 내리며 모자를 썼다. 그녀는 길에 발을 내디디며 내게 손을 내밀었다. 그녀의 손은 떨리고 있었다. "근데, 내가 엉망으로 보여요?" 그녀는 남자용 펠트 모자를 내려쓰고는 바를 향해 들어가기 시작했다. 술집 안에서 바에 기대거나 테이블에 앉아 있는 사람들은 대부분 댄스홀에서 춤추던 사람들이었다.

"이봐요, 친구들." 브렛이 말했다. "나 술 한잔하려고 해요."

"아, 브렛! 브렛!" 자신을 공작(公爵)이라고 부르고 모든 사람들이 지지라고 부르는 키 작은 그리스인 초상화 화가가 사람들을 밀치며 그녀에게 다가갔다. "재미있는 이야기 하나 해 줄까요?"

"안녕, 지지." 브렛이 말했다.

"당신이 친구 한 사람 만나보면 좋겠어요." 지지가 말했다. 어떤 뚱뚱한 남자가 다가왔다.

"미피포폴러스 백작님, 내 친구 레이디 애슐리를 만나 보시죠."

"안녕하십니까?" 브렛이 말했다.

---

[32] Lion de Belfort. 벨포르의 프랑스인들이 프러시아 군대에 포위당했을 때 결사적으로 항전했던 일을 기념하는 사자상.

"자, 레이디께서는 여기 파리에서 좋은 시간 보내고 계신가요?" 미피포폴러스 백작이 물어봤는데 그는 회중시계 줄에 엘크 사슴의 이빨을 달아놓고 있었다.

"그런 편이지요." 브렛이 말했다.

"파리는 정말 멋진 도시지요." 백작이 말했다. "하지만 내 생각엔 크게 재미있는 일들은 바다 건너 런던에 많지요."

"아, 맞아요." 브렛이 말했다. "엄청나죠."

브래덕스가 테이블에서 날 불렀다. "반스." 그가 말했다. "반스 한잔해. 자네가 데려온 여자가 굉장한 소동을 피웠네."

"무슨 일로?"

"카페 안주인의 딸이 무슨 말을 했기 때문이야. 아주 난리였었어. 그 여자 대단하잖아. 그녀가 자기 노란 카드[33]를 보여줬고 카페 여주인의 딸에게도 같은 카드를 보여 달라고 한 거지. 정말이지 대단한 소동이었어."

"그래서 결국 어떻게 되었다는 건가?"

"아, 누군가가 그 여자를 집에 데려다줬지. 미운 얼굴은 아니야. 놀랄 정도로 말을 잘하던데. 여기에서 한잔하세."

"아니야." 내가 말했다. "난 출발해야 해. 콘 봤나?"

"그 사람은 프랜시스랑 같이 집에 갔어요." 브래덕스 부인이 끼어들었다.

"가엾은 친구 같으니. 그 친구 지독하게 침울해 보였어." 브래

---

33) 당시 파리의 창녀들은 면허가 있어야 했는데 면허증의 색깔이 노란색이었다.

덕스가 말했다.

"정말로 그랬어요." 브래덕스 부인이 말했다.

"난 지금 가야 해요." 내가 말했다. "안녕."

난 바에서 브렛에게 밤 인사를 했다. 백작은 샴페인을 대접하고 있었다. "우리랑 와인 한잔하시겠습니까, 선생?" 그가 물었다.

"아니요. 정말 고맙습니다. 이제 돌아가야 합니다."

"진짜 가는 거예요?" 브렛이 물었다.

"그래." 내가 말했다. "나 머리가 몹시 아파."

"내일 볼까요?"

"사무실로 와."

"거긴 별로."

"그럼 어디에서 만날까?"

"어디에서건 다섯 시쯤 봐요."

"그럼 시내 반대쪽 편에서 보는 걸로 하지."

"좋아요. 다섯 시에 크리용[34]에 있을게요."

"그리로 가도록 할게." 내가 말했다.

"걱정하지 말아요." 브렛이 말했다. "난 지금껏 당신을 실망시킨 적이 없죠, 그렇죠?"

"혹시 마이크[35]에게서 소식이 왔소?"

"오늘 편지가 왔어요."

---

34) Crillon. 당시 유럽에서 가장 컸던 크리용 호텔, 혹은 호텔 안의 바 이름.

35) 나중에 언급되지만 브렛의 약혼자인 마이크 캠벨(Mike Campbell).

"잘 가시요, 선생." 백작이 말했다.

난 나가서 인도에 올라가 생 미셸 대로를 향해 걸어 내려갔고 여전히 붐비는 로통드 카페의 테이블들을 지나서 길 건너의 돔 카페를 바라봤는데 그 집의 테이블들은 인도의 가장자리까지 나와 있었다. 누군가가 테이블에서 내게 손짓을 했는데 그게 누군지 안 보여서 가던 길을 계속 갔다. 나는 집에 가고 싶었다. 몽파르나스 대로는 인적이 끊겼다. 라비뉴 레스토랑은 문이 굳게 닫혀있었고, 사람들이 클로즈리 데 릴라[36] 레스토랑 밖에 테이블을 쌓고 있었다. 나는 아크등 불을 받으며 새 잎이 난 마로니에 나무 사이에 서 있는 네이[37]의 동상을 지났다. 바랜 보라색 화환이 동상 기단에 기대어져 있었다. 난 걸음을 멈추고 새겨진 글을 읽었다. '나폴레옹 지지자들로부터'라고 되어있고 무슨 날짜가 있었지만 잊어버렸다. 승마용 장화를 신고 있는 네이 원수는 아주 멋져보였고 새로 난 초록의 마로니에 나뭇잎들 사이에서 칼을 든 채 동작을 취하고 있었다. 내 아파트는 바로 길 건너 생 미셸 대로를 조금 내려간 곳에 있었다.

관리인의 방에는 불이 켜져 있었고 문을 노크하니 그녀가 내게 우편물을 건네 줬다. 나는 그녀에게 밤 인사를 했고 위층으로 올라갔다. 편지 두 통과 신문 몇 부가 있었다. 나는 식당에 있는 가스 불빛 아래서 편지들을 봤다. 편지는 미국에서 온 것들이었다.

---

36) Closerie des Lilas. 라일락 농장이라는 뜻.

37) 나폴레옹 측근이었던 Michel Ney 원수를 가리킨다.

한 통은 은행 사용 명세서였다. 2,432달러 60센트의 잔고가 있었다. 수표책을 꺼내 이달 1일부터 사용한 네 장의 수표 금액을 제하고 나니 1,832달러 60센트가 남았다. 난 이 금액을 명세서 뒷면에 적었다. 다른 편지는 결혼 청첩장이었다. 알로이시어스 커비 부부가 자기들 딸인 캐더린의 결혼을 알리는 것이었는데 난 이 여자도, 또 이 여자가 결혼하는 남자도 누군지 몰랐다. 이들이 도시 전체에 이 청첩장을 뿌리고 다니고 있음에 틀림없다. 그건 웃기는 이름이었다. 난 알로이시어스라는 이름을 가진 사람이라면 누구건 기억할 수 있을 거라고 확신했다. 가톨릭 이름으로는 괜찮았다. 청첩에는 봉인 문장(紋章)이 있었다. 마치 저 그리스인 공작 지지처럼. 그리고 저 백작처럼. 백작은 희한한 사람이었다. 브렛도 귀족 호칭이 있었다. 레이디 애슐리. 꺼져버려 브렛. 꺼져버려 너, 레이디 애슐리.

난 침대 곁의 램프를 켰고 가스 불을 껐고 넓은 창문을 열었다. 침대는 창문에서 멀리 물러나 있어서 나는 창문을 연 채 앉아 침대 옆에서 옷을 벗었다. 밖에는 밤기차가 전차 궤도 위를 달리며 시장에 갈 야채를 싣고 지나갔다. 잠을 못 들고 있을 때에는 밤에 기차 소리가 크게 들린다. 옷을 벗으면서 나는 침대 옆 커다란 옷장의 거울에 비친 내 모습을 봤다. 이건 전형적인 프랑스식 가구 배치였다. 내 생각엔 실용적이기도 했다. 다치는 방법도 여러 가지인데 하필이면. 난 웃긴다고 생각했다. 난 파자마를 입고 자리에 들었다. 투우 신문 두 부가 있어서 포장을 벗겼다. 한 신문은 오렌지색이었다. 다른 신문은 노란색. 이 신문들은 둘 다 같은 소식을 다루고 있어서 어느 것이건 한 신문을 먼저 읽으면 두 번째 신문 읽는 맛은 망친다. 《르 토릴》[38]이 더 좋은 신문이어서 나는 이것을 읽기 시작했다. 독자투고와 투우 기사까지 포함해서 신문을 끝까지 다 읽었다. 난 램프를 입으로 불어 껐다. 아마 잘 수 있을 것 같다.

내 머리가 작동하기 시작했다. 이 오래된 고통. 그런데, 이태리 같은 말도 안 되는 전선에서 부상당하고 여기저기 실려 다니는 건 정말 재수 없는 일이다. 이태리 병원에서 우리는 협회 하나를 만들려고 했다. 이태리 말로 웃기는 이름이었다. 난 다른 사람들은, 이태리인들은 어떻게 되었는지 궁금했다. 그건 밀라노의 마조레 병원의 폰테 병동에서였다. 옆에 있는 건물은 존다 병동이었다. 폰테의 동상이 있었는데 아마 존다의 동상일지도 모른다. 거기가 연락장교 대령이 나를 보러왔던 곳이다. 웃긴다. 그것이 아마 최초의 웃기는 일이었을 거다. 나는 온 몸이 붕대에 감겨있었다. 그런데 의사들이 그에게 거기에 대해 말했었다. 그러자 그가 그 놀라운 연설을 했다. "자네, 외국인이고 영국인인데(외국인은 다 영국인이었다) 자네의 생명보다 더한 것을 내놓았구만."[39] 얼마나 대단한 연설인가! 나는 이 연설문을 사무실에 걸어 놓고 조명을 받게 하고 싶었다. 그는 결코 웃지 않았다. 그는 내 입장이 돼 보려 하는 것 같았다. "재수 없었구먼! 재수 없었어."

난 이런 사실을 전혀 깨닫지 못했던 것 같다. 난 이 일을 희화

---

38) Le Toril. 스페인 어로 toril은 투우장의 소 대기소[bullpen]이다
39) 제이크 반스가 성기에 부상당한 것을 의미함.

화하려 했고 그저 사람들에게 말썽을 일으키지 않으려고 했던 거다. 아마도 사람들이 나를 배에 태워 영국으로 보냈을 때 브렛과 우연히 만나게 되지 않았다면 시끄러운 일은 생기지 않았을 것이다. 내 생각에 그녀는 자기가 가질 수 없는 것을 원하는 것 같았다. 글쎄, 사람들이 다 그런 식이다. 사람들 다 망해버려라. 가톨릭교회는 이런 종류의 모든 일들을 아주 잘 처리하지. 어쨌든 훌륭한 충고야. 거기에 대해 생각하고 자시고도 없어. 아, 멋진 충고야. 언젠간 그 충고를 받아들이도록 해야겠어. 받아들이도록.

나는 생각에 잠겨 깨어 있었고 마음이 좌충우돌했다. 그러다가 생각을 안 할 수는 없어서 브렛에 대해 생각하기 시작하자 다른 모든 생각은 사라졌다. 난 브렛을 생각하고 있었고 내 마음은 좌충우돌을 멈추고 일종의 부드러운 파도 속으로 들어가기 시작했다. 그러다가 난 갑자기 울기 시작했다. 그러다가 잠시 후에 좀 나아져서 침대에 누워 육중한 전차가 집 옆을 지나 거리를 내려가는 소리에 귀 기울였고 그러다가 잠이 들었다.

난 일어났다. 밖에서는 소동이 일어나고 있었다. 들어보니 아는 목소리가 하나 있는 것 같았다. 실내복을 입고 문으로 갔다. 관리인이 아래층에서 말하고 있었다. 그녀는 무척 화가 나 있었다. 난 내 이름을 들었고 계단 아래로 소리를 질렀다.

"반스 씨, 당신인가요?" 관리인이 불렀다.

"내, 접니다."

"웬 여자가 여기 와서 온 동네를 깨워놓네요. 이 한밤중에 뭔 꿍꿍이속인지. 그 여자는 선생님을 꼭 만나야 한다는군요. 주무신다고 했는데."

그러다가 브렛의 목소리를 들었다. 선잠이 들었을 땐 난 그게 조젯이 틀림없다고 생각했었다. 왜 그랬는지는 모르겠다. 그 여자가 내 주소를 알 리가 없는데.

"그 여자분 위로 올려 보내세요."

브렛이 계단을 올라왔다. 난 그녀가 몹시 취했다는 것을 알았다. "어리석은 짓이지." 그녀가 말했다. "지독한 소동을 일으키다니. 근데, 당신 잠들었던 건 아니죠, 그렇죠?"

"당신 생각엔 내가 뭘 하고 있었을 것 같아?"

"모르죠. 지금 몇 시에요? 난 벽시계를 쳐다봤다. 4시 반이었다. "몇 시나 됐는지 당최 알 수가 없었어요." 브렛이 말했다. "근데, 친군데 좀 앉으면 안 돼요? 성질내지 말아요, 자기. 백작하고 지금 막 헤어졌어요. 그이가 저를 여기로 데려왔죠."

"그 사람 어떤 사람이야?" 나는 소다수 탄 브랜디와 잔을 가져왔다.

"조금만 줘요." 브렛이 말했다. "날 취하게 만들지 말아요. 백작이요? 아, 그렇고말고요. 그이는 정말 우리 같은 사람이에요."

"그 사람이 백작이라고?"

"그런 셈이죠. 저도 그렇게 생각하는 편이에요. 어쨌든 백작이 될 만한 사람이긴 해요. 그이는 사람들에 관해 정말 징그러울 정도로 많이 알고 있어요. 그걸 다 어디서 주워들었는지는 모르겠어요. 미국에 캔디 가게 체인을 갖고 있어요."

그녀는 잔을 홀짝거렸다.

"그 남자가 자기 가게를 체인이라고 부른 것 같아요. 뭐 그 비슷한 걸로. 가게들을 다 한 데 연결시켰데요. 나한테 거기에 대해 좀 말했어요. 정말 흥미로워요. 하지만 그 사람 우리 같은 사람이에요. 정말로. 확실하게 그래요. 누가 봐도 알 수 있지요."

그녀는 또 한 잔 마셨다.

"내가 이 모든 얘기를 지어낼 순 없잖아요? 당신은 뭐 상관도 안 하겠지만. 그 사람이 지지에게 돈을 대주고 있어요, 알다시피."

"지지도 진짜 공작인가?"

"난 궁금해 하지는 않아요. 알다시피 그는 그리스인이죠. 시원찮은 화가죠. 차라리 난 백작이 더 나아요."

"그 사람이랑 어디를 갔던 거야?"

"아, 아무 데나 다 갔죠. 지금 그 사람이 막 나를 여기 데려온 거예요. 자기랑 비아리츠[40]에 같이 가면 만 달러를 주겠다고 제의했어요. 그거 파운드로 하면 얼마죠?"

"2천 파운드쯤 되지."

"큰돈이네요. 난 못 간다고 그 사람에게 말했어요. 그래도 저한테 아주 잘해줬어요. 난 비아리츠에 아는 사람이 너무 많다고 말했죠."

브렛이 웃었다.

"그런데 당신은 이해력이 느려요." 그녀가 말했다. 난 소다수 탄 브랜디만 홀짝거리고 있었다. 난 한 잔 크게 들이켰다.

---

40) Biarritz. 프랑스 남서부에 있는 휴양도시.

"그렇게 마시는 게 훨씬 좋아요. 참 재미있어요." 브렛이 말했다. "그러다가 그 남자는 내가 자기랑 칸[41]에 가기를 원했죠. 난 칸에 아는 사람이 너무 많다고 말했죠. 몬테카를로[42]는 어떠냐고 하더군요. 몬테카를로에도 아는 사람이 너무 많다고 말했죠. 난 어디에건 아는 사람이 너무 많다고 말했어요. 진짜 사실이기도 하고요. 그래서 난 그이한테 이리로 데려다 달라고 한 거죠."

그녀는 손은 테이블에 올려놓고 잔은 든 채 나를 쳐다봤다. "그런 눈으로 보지 말아요." 그녀가 말했다. "당신을 사랑한다고 그분에게 말했어요. 그것도 사실이에요. 그런 표정 짓지 말아요. 그분은 그런 말을 듣고도 내게 참 잘해 줬어요. 내일 밤 우리를 차에 태워 저녁 식사에 초대하려고 해요. 같이 갈래요?"

"못 갈 이유 없지."

"나 이제 가야겠어요."

"왜?"

"그냥 당신을 보고 싶었어요. 참 어리석은 생각이죠. 옷 입고 아래로 내려올래요? 그 사람이 길 저 위쪽에 차 세워놓고 있어요."

"백작이?"

"그가 직접이요. 제복 입은 운전사도 데려오긴 했어요. 날 여기 저기 드라이브 시켜주고 숲[43]에서 아침을 먹을 거예요. 과일바구

---

41) Cannes. 프랑스 동남부 지중해 연안의 휴양도시.

42) Monte Carlo. 모나코 공국의 도시로 도박으로 유명하다.

43) 불로뉴 숲 the Bois de Boulogne을 가리키는데 나폴레옹 3세 때 파리 서부에 만들어진 대규모 공원이다.

니도 있어요. 전부 젤리네 가게에서 샀어요. 뭠 샴페인도[44] 열두어 병 있어요. 구미가 당기죠?"

"난 아침에 작업해야 해." 내가 말했다. "난 지금 당신보다 술 진도가 많이 떨어져 있어서 따라잡아서 재미있어지기가 어려워."

"바보같이."

"난 할 수 없어."

"좋아요. 그 사람에게 다정한 전갈이라도 보낼까요?"

"뭐든지. 물론이지."

"잘 자요, 자기."

"감상적이 되진 말고."

"당신이 날 속상하게 해요."

우리는 밤 작별키스를 했고 브렛은 몸을 떨었다. "나 가야겠어요." 그녀가 말했다. "잘 자요, 자기."

"당신 꼭 안 가도 되는데."

"가야 해요." 우리는 계단에서 다시 키스했고 내가 열쇠꾸러미를 달라고 하자 관리인이 문 뒤에서 뭐라고 투덜거렸다. 나는 다시 위층으로 돌아가서 열린 창문으로 브렛이 아크등 아래 길 모퉁이에 서 있는 커다란 리무진 쪽으로 걸어가는 것을 봤다. 그녀가 차 안으로 들어가자 차는 떠났다. 나는 몸을 돌렸다. 테이블 위에는 다 마신 술잔과 소다수 탄 브랜디가 반쯤 든 잔이 있었다. 이

---

44) Mumms. 실제로는 Mumm. 프랑스 고급 샴페인. 독일 출신으로 프랑스 랭스 지방에서 샴페인 양조사업을 했던 Mumm 가문에서 온 이름.

두 잔을 다 부엌으로 들고 가 반 남은 잔을 싱크대에 따라 버렸다. 나는 식당의 가스 불을 껐고 침대 위에 앉아 슬리퍼를 발로 차서 벗고는 침대에 누웠다. 울고 싶게 만든 건 바로 브렛이었다. 그러다가 나는 저번에 봤을 때처럼 그녀가 거리를 걸어 올라가 차 안으로 들어가던 것을 생각했고 물론 나는 곧 다시 한 번 지옥 같은 기분이 되었다. 낮에는 모든 일에 대해 냉정을 유지하기가 굉장히 쉽지만 밤에는 그렇지 않다.

제5장

아침에 나는 생 미셸 대로를 걸어 내려가 커피와 롤빵을 사기 위해 수플로 거리에 갔다. 상쾌한 아침이었다. 뤽상부르 공원의 마로니에 나무에는 꽃이 활짝 피어 있었다. 상쾌한 이른 아침이었지만 날이 더워질 것 같았다. 나는 커피를 마시며 신문을 읽었고 담배를 한 대 피웠다. 꽃 파는 여자들이 시장으로부터 걸어 올라와 그날 팔 물량을 정리하고 있었다. 학생들이 법대 쪽으로 올라가며, 혹은 소르본[45] 쪽으로 내려가며 지나쳐 갔다. 대로는 전차와 일하러 가는 사람들로 북적댔다. 난 에스 버스[46]에 올라타고 뒤쪽 승강단에 선 채로 마들렌[47] 쪽으로 타고 갔다. 마들렌 성당에서 나는 카퓌신 대로를 따라 걷다가 오페라 하우스 쪽으로 간 다음 내 사무실로 갔다. 뜀뛰는 개구리를 파는 남자와 권투선수 장난감을 파는 남자를 지나갔다. 나는 소녀 조수가 권투 선수 장난감을 조작

---

45) Sorbonne. 문리대이며 현재는 파리 4대학이다.
46) S bus. 아마도 파리 시내를 운행하는 노선버스.
47) La Medeleine. 파리 중심에 있는 성당.

할 때 쓰는 실에 걸리지 않으려고 옆으로 발을 디뎠다. 소녀는 접은 손에 실을 쥔 채 딴 쪽을 보고 서 있었다. 그 남자는 두 명의 관광객에게 물건 사라고 강권하고 있었다. 다른 세 명의 관광객들이 멈춰서 지켜보고 있었다. 나는 젖은 글씨로 인도 위에 '친자노'[48]라는 이름을 찍어내는 롤러를 밀고 있는 어떤 남자의 뒤에서 걸어갔다. 그러는 동안 내내 사람들은 일하러 가고 있었다. 일하러 가는 건 기분 좋은 일이다. 나는 길을 건너 사무실로 들어갔다.

2층 사무실에서 나는 프랑스 어 아침 신문을 읽었고 담배를 피웠고 타자기 앞에 앉아 아침나절에 할 일을 꽤 많이 해치웠다. 11시에 나는 택시를 타고 케 도르세[49]로 건너가서 열두 명 남짓한 특파원들과 같이 앉았다. 뿔테 안경을 쓰고 젊은 〈누벨 르뷔 프랑세즈〉[50] 기자 풍의 외무부 대변인이 반시간 동안 말하고 질문에 대답했다. 내각 수반은 리옹에서 연설을 하고 있거나 아니면 돌아오는 중이라고 했다. 몇몇 사람이 질문을 했지만 뾰족한 답변을 듣지는 못했고 대답을 듣고 싶어 하는 신참 기자들이 물어 본 질문이 몇 개 있었다. 뉴스가 될 만한 것은 없었다. 나는 울시, 크럼과 같이 케 도르세에서 돌아가는 택시를 같이 탔다.

"밤엔 뭐 하나, 제이크?" 크럼이 물었다. "자네 잘 안 보이던데."

---

48) Cinzano. 식전에 식욕을 돋우기 위해 마시는 술인 아페리티프의 한 브랜드.

49) Quai d'Orsay. 파리의 센 강 좌안에 있는 강변 혹은 거리. 또는 이곳에 있는 프랑스 외무부를 가리키기도 한다.

50) La Nouvelle Revue Française. 〈신 프랑스 리뷰〉. 앙드레 지드 등에 의해 1909년에 창립된 영향력 있는 문학잡지.

"아, 난 저 건너 라틴 쿼터에 있어."

"나도 언제가 밤에 거기 한 번 가 볼 거야. 딩고 카페도 가 볼 거야. 거기 아주 멋진 곳이지, 그렇지?"

"그래. 거기도 좋지만 여기 새로운 술집 셀렉트도 괜찮아."

"거기 가 보고 싶어." 크럼이 말했다. "그런데 처자식이 있으니 맘대로 갈 수 없다는 거 자네도 알지?"

"그럼 테니스는 치나?" 울시가 물었다.

"글쎄, 그것도 못 하지." 크럼이 말했다. "난 올해는 테니스를 거의 못 쳤어. 치러 가려고 했는데 일요일만 되면 허구한 날 비가 오는데다 테니스 코트도 지독하게 붐볐어."

"영국 사람들은 다 토요일 날 노는데." 울시가 말했다.

"거지같은 것들이 복도 많아." 크럼이 말했다. "자, 내 말 들어 봐. 언젠가는 난 이 놈의 통신사 때려 칠 거야. 그러면 난 시골로 나갈 시간이 많아지겠지."

"바로 그런 걸 해야 돼. 시골에 나가 살면서 작은 차도 하나 굴리고 말이야."

"내년에 차를 한 대 살까 생각 중이야."

난 차 유리를 세게 두드렸다. 운전사가 차를 세웠다. "여기가 내가 사는 동네야." 내가 말했다. "들어와 한잔하지."

"고맙네, 친구." 크럼이 말했다. 울시는 머리를 가로저었다. "오늘 아침에 대변인이 말했던 그 구절을 송고해야겠어."

난 크럼의 손에 2프랑짜리 돈을 쥐어 주었다.

"자네 왜 그러나, 제이크." 그가 말했다. "내가 내려고 하는데."

"그거 다 사무실에서 내 주는 거야."

"아니야. 내가 낼게."

난 손을 흔들며 작별했다. 크럼이 머리를 내밀었다. "수요일 점심때 보자고."

"그래." 난 엘리베이터를 타고 사무실로 갔다. 로버트 콘이 나를 기다리고 있었다. "안녕, 제이크." 그가 말했다. "점심 먹으러 나갈까?"

"응. 뭐 새로운 기사거리 있나 한 번 보고."

"어디에서 먹을까?"

"아무 데나." 난 내 책상 위를 보고 있었다. "어디에서 먹고 싶어?"

"웨첼 레스토랑 어때? 거기 오르되브르[51]가 좋아."

레스토랑에서 우리는 오르되브르와 맥주를 주문했다. 소믈리에[52]가 맥주를 가져왔는데 길쭉한 사기 잔 바깥엔 물방울이 맺혔고 차가웠다. 오르되브르는 열두어 가지 종류가 있었다.

"어젯밤 재미있었나?" 내가 물었다.

"아니. 재미없었어."

"책 쓰는 건 어떻게 되가나?"

"빌어먹을. 두 번째 책이 영 진도가 안 나가."

"다른 사람도 다 그래."

---

51) hors d'oeuvres. 식사 초기에 식욕을 돋우기 위해 내놓는 간단한 요리. 전채前菜.
52) sommelier. 와인 전문가 혹은 고급 레스토랑의 와인 담당 직원.

"아, 나도 그렇다고 믿기는 해. 하지만 걱정은 돼."

"남아메리카에 갈 생각 아직도 해?"

"난 정말 갈 거야."

"그래, 그럼 왜 안 떠나?"

"프랜시스 때문이야."

"그래," 내가 말했다. "그 여자 데려가지 그래."

"별로 생각이 없나 봐. 그건 그 여자가 좋아하는 일이 아니거든. 그녀는 주위에 사람들이 많은 걸 좋아하지."

"그녀보고 지옥에나 가라고 말해."

"그럴 순 없어. 난 그 여자에게 어떤 의무가 있거든."

그는 잘게 썬 오이를 밀어서 치운 뒤에 절인 청어를 한 조각 집었다.

"자네 레이디 브렛 애슐리에 대해 뭘 아는가, 제이크?"

"그 여자의 이름은 레이디 애슐리야. 브렛은 원래 그녀 이름이고. 좋은 여자야." 내가 말했다. "지금 이혼 수속 중이고 마이크 캠벨과 결혼하려고 해. 그는 지금 스코틀랜드에 있어. 근데 왜?"

"몹시 매력적인 여자거든."

"그래?"

"그녀에게는 어떤 특징이, 어떤 우아함이 있어. 아주 우아하고 솔직한 것처럼 보여."

"썩 괜찮은 사람이지."

"그 특징을 어떻게 말해야 할지 모르겠어." 콘이 말했다. "집안이 좋은 것 같아."

"자네 말은 자네가 그녀를 아주 좋아한다는 얘긴데."

"맞아. 내가 그 여자를 사랑한다고 해도 놀랄 일은 아니지."

"그 여자는 주정뱅이야." 내가 말했다. "그녀는 마이크 캠벨과 사랑에 빠졌고 그와 결혼할 거야. 그 사람 언젠가는 굉장한 부자가 될 거야."

"난 그 사람하고 정말 결혼할 거라고 믿지 않아."

"왜?"

"나도 몰라. 그냥 믿지 않아. 자네 그 여자 안 지 오래 됐나?"

"응." 내가 말했다. "그 여자는 전쟁 중에 내가 있었던 병원에서 자원 봉사 간호대원으로 일했었지."

"그 여잔 그땐 어린아이였겠네."

"그녀는 지금 서른네 살이야."

"애슐리 그 여자 언제 결혼했었나?"

"전쟁 기간 중에. 그 여자가 정말 사랑했던 남자는 이질에 걸려 뒈지고 말았거든."

"자네 말이 좀 가시가 있네."

"미안. 그러려고 한 건 아닌데. 난 그냥 사실을 알려주려고 했던 거야."

"난 그 여자가 사랑하지도 않는 사람하고 결혼한다는 거 안 믿어."

"그래?" 내가 말했다. "그 여자는 벌써 두 번이나 결혼했어."

"못 믿겠어."

"자," 내가 말했다. "대답이 맘에 안 들면 어리석은 질문 자꾸

하지 마."

"난 그런 질문 하지 않았는데."

"자넨 내가 브렛 애슐리에 대해 뭘 아는지 물어봤잖아."

"난 그 여자를 모욕하려고 자네에게 물어본 건 아냐."

"에이, 지옥에나 가."

그는 얼굴이 하얘져서 테이블에서 일어났고 오르되브르 작은 접시들 뒤에 하얗게 질려 화난 채 서 있었다.

"앉지." 내가 말했다. "바보같이 굴지 마."

"그 말 취소해."

"아, 그 고등학생 같은 짓거리 집어 쳐."

"취소해."

"그러지. 뭐든지. 나 브렛 애슐리라는 이름 들어본 적도 없다. 이건 어때?"

"아니. 그건 아냐. 나보고 지옥에나 가라고 한 말."

"아, 지옥에 가지 마." 내가 말했다. "가지 말고 여기 있어. 우리 이제 점심 막 시작했잖아." 콘이 다시 웃고 앉았다. 그는 앉은 게 기쁜 것처럼 보였다. 안 앉으면 뭐 어쩌겠다는 거지? "어떻게 그렇게 모욕적인 말을 할 수 있나, 제이크?"

"미안하네. 난 입이 고약해. 고약한 말을 할 때 난 정말로 그러는 게 아니야."

"알아." 콘이 말했다. "자넨 정말 최고의 친구야, 제이크."

불쌍한 친구 같으니. 난 생각했다. "내가 한 말 잊게." 내가 큰 소리로 말했다. "미안해."

"괜찮아. 상관없어. 난 그냥 잠시 언짢았던 거야."

"좋아. 뭐 딴 것 좀 먹자고."

점심을 마친 후 우리는 걸어서 카페 드라페로 가서 커피를 마셨다. 난 콘이 브렛 얘기를 다시 꺼내고 싶어 한다는 걸 느꼈지만 그렇게 못하게 했다. 우리는 이런 저런 일들에 대해 얘기했고 나는 그와 헤어져 사무실로 갔다.

제6장

5시에 나는 크리용 호텔에서 브렛을 기다리고 있었다. 그녀가 거기 없어서 앉아서 편지를 몇 통 썼다. 내용이 시원찮지만 나는 크리용 호텔의 편지지에 쓰인 게 도움이 되기를 바랐다. 브렛이 나타나지 않아서 6시 15분 전쯤 바에 내려갔고 바텐더인 조지와 함께 잭 로스[53]를 한 잔 했다. 브렛이 바에도 없어서 나가는 길에 이층으로 가서 그녀를 찾아 본 뒤에 택시를 타고 카페 셀렉트로 갔다. 센 강을 건너면서 나는 화물을 싣지 않은 바지선이 줄지어 높은 물결을 따라 흘러 내려가는 것과, 다리에 이를 때쯤 뱃사공들이 긴 노를 젓는 것을 봤다. 강은 멋져 보였다. 파리에서 다리를 건너는 것은 항상 즐거운 일이다.

택시는 직접 수기를 흔드는 수기(手旗) 신호 고안자 동상을 돌아서 라스파유 대로를 구불구불 나아가고 나는 이 거리가 끝날 때까지 뒤에 기대앉아 있었다. 라스파유 대로를 차로 가는 건 언제나 재미가 없었다. 그건 마치 퐁텐블과 몽트 사이의 페.

---

53) Jack Rose. 사과 브랜디, 라임 주스 등을 섞은 칵테일. 1920-30년대에 유행.

엘. 엠[54] 노선의 어떤 구간 같았는데 이 구간은 끝날 때까지 항상 나를 지겹게, 완전히 지겹게 만들었다. 여행 하면서 어떤 곳을 끔찍한 장소로 느끼는 건 생각의 연상 작용 때문이리라. 파리에는 라스파유 대로만큼 보기 흉한 거리들이 또 있다. 이런 길을 걸어서 가는 건 전혀 꺼리지 않는다. 그러나 이 길을 차타고 지나가는 것은 참을 수 없었다. 그건 아마도 내가 이 길에 대해 뭔가 읽은 적이 있기 때문이다. 로버트 콘이 파리의 모든 것을 싫어하는 것도 그런 이유일 것이다. 나는 콘이 뭣 때문에 파리를 즐기지 못하는지 의아해 했다. 아마 멩켄[55]으로부터일 거다. 내가 믿건대 멩켄은 파리를 증오했다. 아주 많은 젊은이들이 멩켄의 영향으로 뭔가를 좋아하기도 하고 싫어하기도 한다.

택시는 로통드 카페 앞에 섰다. 강의 오른편에서 택시를 타고 운전사에게 몽파르나스 거리의 어느 카페에 데려가 달라고 하건 그는 항상 로통드 카페로 데려다 준다. 앞으로 10년 뒤에는 돔 카페에 데려다 줄지도 모른다. 어쨌든 충분히 가까운 곳에 있기는 하다. 난 로통드의 칙칙한 탁자들을 지나 셀렉트 카페로 갔다. 안에 카운터 있는 데에 몇 사람이 있었고 바깥에는 하비 스톤이 홀로 앉아 있었다. 앞에는 술잔 받침이 무더기로 쌓여 있었고 수염이 거칠했다.

---

54) P. L. M. from Paris to Lyons and to Mediterranean의 약자로서 프랑스 철도 회사를 가리킴.

55) H. L. Mencken (1880-1956). 미국의 언론인 겸 작가.

"앉지." 하비가 말했다. "자넬 찾고 있었네."

"무슨 일인데?"

"아무 일 아냐. 그냥 자넬 찾았던 거야."

"경마 보러 갔었어?"

"아니. 일요일 이후론 안 갔어."

"미국에서는 별 뉴스 없나?"

"아무것도. 전혀 없어."

"무슨 일이야?"

"나도 모르겠어. 난 그자들하고 이제 볼 장 다 봤어. 완전히 볼 장 다 봤다고."

그는 앞으로 몸을 기울여 내 눈을 바라봤다.

"뭐 좀 알고 싶어, 제이크?"

"그래."

"난 닷새 동안 아무것도 안 먹었네."

나는 급히 과거 일을 떠올려 보았다. 하비가 뉴욕 바에서 포커 판 주사위를 흔들어 나로부터 200프랑을 따간 게 사흘 전이었다.

"무슨 일이냐고?"

"돈이 한 푼도 없어. 돈이 안 왔어." 그가 말을 멈췄다. "이거 참 이상한 일이야, 제이크. 이럴 때면 난 그냥 혼자 있고 싶어져. 난 내 방에 있고 싶어지지. 꼭 고양이처럼."

난 주머니를 뒤져보았다.

"100프랑이면 도움이 되겠어, 하비?"

"응."

"자, 가서 먹자고."

"서두를 필요 없어. 술 한잔하지."

"먹는 게 낫지."

"아니. 이런 상태일 때는 난 뭘 먹는지 안 먹는지 신경 안 써."

우리는 술을 한 잔씩 했다. 하비는 자기 잔 받침 쌓인 데에 내 받침도 얹었다.

"자네 멩켄 아나, 하비?"

"응, 왜?"

"그 친구 어때?"

"괜찮은 사람이야. 아주 웃기는 얘기를 잘하지. 지난 번 나랑 같이 저녁 먹을 때 우리는 호펜하이머에 대해 얘기했어. '문제는,' 그가 말했지. '호펜하이머가 희롱꾼[56]이란 거지.' 이 표현 괜찮네."

"거 괜찮은 표현이군."

"그 친구 이제 쓸 거리가 떨어졌어." 하비가 말을 이었다. "자기가 아는 모든 일에 대해 글로 썼고 이젠 자기가 모르는 모든 일에 대해 쓰는 중이지."

"내 생각에 그 친구 괜찮은 사람이야." 내가 말했다. "그 사람 글이 안 읽혀서 그렇지."

"아, 요새 아무도 그 사람 글 안 읽어." 하비가 말했다. "알렉산

---

56) 원어로는 'a garter snapper'이다. 'garter'는 예전에 여성들이 실크 스타킹을 신을 때 안 미끄러져 내려가게 허벅지에 매는 천 혹은 고무줄이고 'snapper'는 이 고무줄을 잡아 당겼다 탁하고 놓는 사람이란 뜻. 그러므로 여성들에게 자꾸 지분거리거나 성희롱 하는 남자라는 뜻.

더 해밀턴 연구소[57]에서 나오는 보고서 읽어 버릇하던 사람들 빼고는."

"그래," 내가 말했다. "그것도 좋은 글이긴 해."

"물론." 하비가 말했다. 우리는 이렇게 앉아서 잠시 동안 깊이 생각에 잠겼다.

"포트[58] 한 잔 더 할까?"

"좋지." 하비가 말했다.

"저기 콘이 오네." 내가 말했다. 로버트 콘이 길을 건너오고 있었다.

"저 바보." 하비가 말했다. 콘이 우리 테이블로 다가왔다.

"안녕, 술꾼들아." 그가 말했다.

"안녕, 로버트." 하비가 말했다. "난 그냥 자네가 바보라고 제이크에게 말하던 중이야."

"무슨 소리야?"

"당장 우리한테 말해 봐. 생각하지 말고. 자넨 원하는 일을 할 수 있다면 어떤 일을 하고 싶은가?"

콘이 곰곰이 생각하기 시작했다.

"생각하지 마. 바로 말로 하라고."

"모르겠어." 콘이 말했다. "그런데 대체 왜 그러는 거야?"

---

57) Alexander Hamilton Institute. 알렉산더 해밀턴(1755-1804)은 미국 최초의 재무장관. 이 연구소는 1909년에 설립되어 주로 기업과 관련한 자문을 해주는 일종의 경영 연구소였다.

58) port. 포르투갈 원산의 단맛이 나는 적포도주.

"자네가 뭘 하고 싶으냐고 물었어. 자네 머리에 처음 떠오른 것 말이야. 그게 아무리 어리석은 것이라도."

"난 모르겠어." 콘이 말했다. "내 생각엔 몸이 내 맘대로 잘 움직이게 되면 미식축구나 다시 시작할까 하는데."

"내가 자네를 잘못 판단했네." 하비가 말했다. "자넨 바보는 아니야. 자넨 그저 발달장애의 한 예가 될 뿐이야."

"자네 굉장히 웃기네, 하비." 콘이 말했다. "언젠가는 누군가가 자넬 때려 얼굴이 움푹 들어가게 만들 거야."

하비 스톤이 웃었다. "자네 그렇게 생각하는군. 하지만 다른 사람들은 그렇게 생각하지 않을 거야. 왜냐하면 내겐 아무 차이도 없을 테니까. 난 투사는 아니야."

"누군가가 그렇게 한다면 자네에게는 차이가 있지."

"아니, 그렇지 않을 거야. 자네 지금 큰 실수 하는 거야. 왜냐면 자네는 지적이지 않거든."

"내 얘기 그만하지."

"알았어." 하비가 말했다. "나한테는 아무 차이가 없으니까. 자네는 내게 아무 의미도 없는 사람이거든."

"이봐, 하비." 내가 말했다. "포르토[59]나 한 잔 더해."

"아니." 그가 말했다. "난 길을 좀더 올라가 딴 집에서 먹을 거야. 다음에 보자고, 제이크."

---

59) porto. 포르투갈 북부의 항구도시이자 포도주 산지인 Oporto의 포르투갈어 표기. port와 같은 뜻.

그는 걸어서 밖으로 나가 거리를 올라갔다. 나는 그가 택시들 사이를 뚫고 길을 건너는 것을 봤는데 그는 차들 속에서도 작지만 무겁게, 그리고 느리게 자기 자신을 확신하고 있었다.

"저 친구는 맨날 내 속을 뒤집어 놔." 콘이 말했다. "난 그 친구 참을 수가 없어."

"난 좋은데." 내가 말했다. "그가 맘에 들어. 그 친구 때문에 속상해 하지 마."

"나도 알아." 콘이 말했다. "그래도 내 비위를 건드리기는 해."

"오늘 오후에 글 써?"

"아니. 글이 안 될 것 같아. 첫 번째 책보다 더 어렵네. 책 쓰는 데 고생하고 있지."

그가 이른 봄에 미국에서 돌아왔을 때 지녔던 일종의 건강한 자만심은 사라졌다. 그때 자기 작품이 성공하리라고 확신하고 있었고 모험에 대한 개인적인 동경 또한 간직하고 있었다. 이젠 그 확신이 사라졌다. 아무래도 나는 로버트 콘을 명확히 설명하지 않은 것 같다. 그 이유는 그가 브렛과 사랑에 빠질 때까지 그가 자신을 어떤 식으로건 다른 사람과 떼놓는 말을 하는 것을 나는 전혀 들은 적이 없었기 때문이다. 테니스 코트에서 그는 멋져 보였는데 몸이 훌륭한데다 그 몸을 보기 좋게 유지하고 있었다. 그는 브리지 게임에서 카드를 다루는 데 능했고 대학 학부생 같은 웃기는 자질을 갖고 있었다. 군중 속에 있다면 그가 말한 어떤 것도 눈에 띠지 않았다. 그는 학교에서 폴로셔츠라고 불리곤 한 것을 입었고 지금도 여전히 그 이름으로 불릴 옷을 입었지만 나이에 걸맞게 젊은 것은 아니었다. 나는 그가 옷에 신경을 많이 쓴다고 믿지는 않는다. 외적으로는 그는 프린스턴에서 형성되었다. 내적으로는 그를 훈련시킨 두 여자에 의해 빚어졌다. 그는 멋진 소년다운 쾌활함을 지녔는데 그것은 그의 밖에서 훈련되어진 게 결코 아니었다. 그 쾌활함이 어떤 것인지 나는 설명해 내지 못했던 것 같다. 그는 테니스 시합에서 이기는 것을 좋아했다. 예를 들면 아마도 렝글렌[60]처럼 많이 이기기를 원했을 것이다. 반면에 그는 시합에 져도 화를 내지는 않았다. 브렛과 사랑에 빠졌을 때 그의 테니스 게임은 완전히 엉망이 되었다. 그에게 한 번도 이길 기회가 없었던 사람들이 그를 이겼다. 그는 여기에 대해 아주 대범했다.

어쨌든 우리는 카페 셀렉트의 테라스에 앉아 있었고 하비 스톤이 막 길을 건너갔다.

"카페 릴라로 올라와." 내가 말했다.

"나 데이트 있어."

"몇 시에?"

"프랜시스가 7시 15분에 여기로 올 거야."

"저기 오네."

프랜시스 클라인은 길을 건너 우리 쪽으로 오고 있었다. 그녀는 키가 아주 컸고 몸을 많이 움직이며 걸었다. 그 여자는 손을 흔들었고 웃었다. 우리는 그 여자가 길을 건너는 것을 지켜봤다.

---

[60] Suzanne Lenglen (1899-1938). 1919-1923 기간 동안 윔블던 여자 단식 챔피언이었다.

"안녕." 그녀가 말했다. "당신이 여기 있어서 기뻐요, 제이크. 난 당신하고 얘기하고 싶었어요."

"안녕, 프랜시스." 콘이 말했다. 그는 웃었다.

"어머, 안녕, 로버트. 여기 있었어요?" 그녀가 빠른 속도로 말하며 계속 말을 이었다. "지긋지긋했어요. 이 양반이"—머리를 콘에게 가로저으며—"점심 먹으러 집에 오지 않았거든요."

"나 점심 먹으러 가지 않는 걸로 되어 있었는데."

"아, 알아요. 하지만 당신은 여기에 대해 요리사에게 아무 말도 하지 않았죠. 그러다가 나도 데이트가 생겼고 폴라는 자기 사무실에 있지 않았어요. 난 리츠 호텔로 가서 그 여자를 기다렸는데 오지 않았고 물론 난 리츠에서 점심 먹을 만한 돈이 없었죠……"

"당신은 뭘 했소?"

"아, 밖으로 나갔죠, 물론." 그녀는 억지로 즐거운 척하며 말했다. "난 항상 약속을 지켜요. 사람들은 요즘 약속을 잘 안 지켜요. 난 현명해져야겠어요. 근데, 제이크, 당신은 어떻게 지내요?"

"좋아요."

"춤출 때 같이 있던 여자 멋지던데 당신은 그 브렛인지 뭔지와 같이 나갔죠?"

"당신은 그 여자 싫어해?" 콘이 물었다.

"내 생각엔 그 여자 완벽하게 매력 있어요. 당신도 그렇게 생각하죠?"

콘은 아무 말도 안 했다.

"이봐요, 제이크. 난 당신과 말 좀 해야겠어요. 나랑 같이 돔 카페에 가지 않겠어요? 당신은 여기 있을 거죠, 그렇죠, 로버트? 가요, 제이크."

우리는 몽파르나스 대로를 건너 테이블에 앉았다. 어느 남자애가 〈파리 타임스〉를 팔러 다니기에 한 부를 사서 펼쳐 보았다.

"무슨 일이에요, 프랜시스?"

"아, 아무것도 아니에요." 그녀가 말했다. "그이가 날 떠나려고 한다는 걸 빼고는요."

"무슨 뜻이죠?"

"아, 그이는 모든 사람들한테 우리가 결혼할 거라고 말했고 나도 우리 엄마와 모든 사람들에게 다 말했는데 이제 와서 그이가 결혼하고 싶지 않데요."

"무슨 일이 있나요?"

"그이는 자기가 아직 충분히 못 살았다고 믿어요. 난 그가 뉴욕에 갔을 때 이런 일이 생길 줄 알았어요."

그녀는 위를 올려봤고 아주 반짝이는 눈으로 대수롭지 않은 듯 말하려 했다.

"그 사람이 결혼하고 싶어 하지 않으면 난 결혼하지 않을 거예요. 안 하고말고요. 이제 난 절대로 그 사람과 결혼하지 않을 거예요. 하지만 우리가 삼 년이나 기다린 뒤에, 그리고 내가 막 이혼하고 난 뒤에 이러는 건 내 생각엔 좀 늦은 감이 있어요."

난 아무 말도 안 했다.

"자축하려고 했는데 대신에 한 바탕 소동이 있었군요. 참 유치해요. 우린 지독하게 싸웠고 그이는 울면서 내게 이성을 찾으라고 간청했지만 그자신도 그렇게 할 수가 없다고 말해요."

"뭔 이런 팔자가 다 있는지."

"나도 뭔 그런 팔자가 있냐고 말해야겠어요. 난 그 사람에게 2년 반을 낭비했거든요. 이제 나랑 결혼할 남자가 있기는 한지 모르겠어요. 2년 전 칸에 있을 때 나는 내가 원하는 남자 누구와도 결혼할 수 있었어요. 멋진 여자와 결혼해서 정착하고 싶어 하는 늙은 남자들이 다 내게 푹 빠졌죠. 이제 남자가 생기지 않을 거예요."

"물론 당신은 누구하고나 결혼할 수 있어요."

"아니에요. 난 안 믿어요. 그리고 나도 그 남자가 좋아요. 그리고 난 아이도 갖고 싶어요. 항상 우리에게 아이가 생길 거라고 생각했어요."

그녀가 아주 환하게 날 바라보았다. "난 아이들을 썩 좋아하지는 않았지만 아이들이 없을 거라고 생각하고 싶지는 않아요, 난 항상 아이들을 갖게 될 거고 그 애들을 좋아하게 될 거라고 생각했죠."

"그 친구는 아이들이 있어요."

"아, 그래요. 그에게 애들이 있고, 돈도 있고 부자 엄마도 있고 책도 썼고. 그런데 누구도 내 글을 출판해 줄 사람은 없어요, 전혀 없어요. 그게 나쁜 일은 아니에요. 그리고 난 아직 돈을 조금도 벌지 못 했어요. 이혼수당을 받으려면 받을 수도 있지만 난 가장 빠른 방법으로 이혼을 해 버렸어요."

그녀가 다시금 환하게 날 쳐다봤다.

"이건 말도 안 돼요. 그건 내 잘못이지만 또한 내 잘못이 아니기도 해요. 난 현명하게 처신했어야 했어요. 그리고 내가 말했을 때 그이는 그저 울고 결혼할 수 없다고 말해요. 왜 그 사람은 결혼할 수 없다는 거죠? 난 좋은 아내가 될 수 있는데. 난 같이 살기 편한 사람인데. 난 그이를 내버려 뒀어요. 그래봐야 소용이 없으니까요."

"말도 안 되게 창피한 일이네요."

"그래요, 말도 안 되게 창피한 일이에요. 하지만 그 얘기 해봐야 아무 소용없어요, 그렇잖아요? 자, 카페로 돌아가요."

"그리고 물론 내가 할 일은 아무것도 없겠죠."

"없어요. 그냥 당신에게 얘기했다는 걸 그 사람이 모르게 해주세요. 난 그가 뭘 원하는지 알아요." 이제 처음으로 그녀는 환하고 끔찍할 정도로 쾌활한 태도를 버렸다. "그는 혼자 뉴욕으로 돌아가서 거기 있고 싶어 했고 자기 책이 출판되면 많은 어린 계집애들이 그 책을 좋아하는 게 좋았죠. 그게 그가 원하는 일이에요."

"아마 여자애들이 그 책을 좋아하지 않을지도 몰라요. 나는 그가 그런 능력이 있다고 생각하지 않아요. 정말로."

"당신은 나만큼 그를 잘 알지 못 해요, 제이크. 그게 그이가 하고 싶어 하는 일이에요. 난 그걸 알아요. 안다고요. 그래서 그가 결혼하고 싶어 하지 않는 거죠. 그는 완전히 자기 힘으로 이번 가을에 큰 승리를 거두고 싶어 해요."

"카페로 돌아갈래요?"

"그래요. 가요."

우리는 테이블에서 일어났고—웨이터가 마실 것을 가져오지 않았다―길을 건너 셀렉트 카페로 출발했고, 거기에서 콘이 대리석 씌워진 테이블 뒤에 앉아 우리를 보며 웃고 있었다. "그래, 뭣 때문에 웃고 있어요?" 프랜시스가 그에게 물었다. "몹시 행복해요?"

"나는 당신의 비밀 때문에 당신과 제이크에게 웃고 있던 거야."

"아, 내가 제이크에게 한 말은 전혀 비밀이 아니에요. 모든 사람들이 그걸 곧 알게 될 거예요. 난 그저 제이크에게 점잖게 알려주기를 원했던 거예요."

"뭐였는데? 당신이 영국으로 간다는 거?"

"그래요, 내가 영국으로 가는 일이지요. 아, 제이크. 당신에게 잊고 말을 못했어요. 난 영국에 가요."

"멋지겠소."

"그래요. 가장 가문 좋은 집안에서 한다는 게 이런 식이지요. 로버트가 나를 보내는 거예요. 그는 나한테 200파운드를 줄 거고 그러면 난 친구들을 방문할 거예요. 좋겠죠? 친구들은 아직 몰라요."

그녀는 콘에게 몸을 돌려 웃었다. 그는 이제 웃고 있지 않았다.

"당신은 나한테 100파운드만 주려고 했지요, 그렇죠, 로버트? 하지만 내가 200파운드를 주게 만들었죠. 그는 정말로 너그러워요. 그렇죠, 로버트?"

나는 사람들이 로버트 콘에게 어떻게 그런 끔찍한 얘기를 할 수 있는지 모른다. 우리가 모욕적인 얘기를 해서는 안 되는 사람들이 있다. 그들은 우리가 만약 뭔가를 말하면 세상이 파괴될 것이고 눈앞에서 실제로 파괴될 것이라는 느낌을 준다. 그러나 여기 이 모든 것을 다 받아들이고 감내하는 콘이 있지 않은가. 여기 내 앞에서 이 모든 일이 일어나고 있는데 난 그걸 멈추려는 충동조차 느끼지 않았다. 이것은 나중에 일어날 일에 비하면 친근한 농담 정도에 불과했다.

"어떻게 그런 얘기를 할 수 있어, 프랜시스?" 콘이 끼어들었다.

"그 사람 얘기 잘 들어 봐요. 난 영국에 갈 거예요. 친구들 만날 거예요. 당신과 만나고 싶어 하지 않는 사람들을 찾아가 본 적 있어요? 아, 그들이 날 받아들여야만 할 거예요, 물론이요. '잘 지냈니? 진짜 오랜만이구나. 어머니도 잘 지내시니?' 그래요, 내 사랑하는 엄마가 어떻다고요? 엄마는 가진 돈 전부를 프랑스 전쟁 채권에 넣으셨어요. 그래요, 그렇게 하셨어요. 아마도 세상에서 유일하게 그렇게 한 사람일 거예요. '로버트 어떻게 되었어?' 혹은 로버트에 관한 아주 염려하는 말들을 했죠. '그 남자 얘기하지 않도록 조심해라, 얘야. 가엾은 프랜시스가 아주 불행한 경험을 했구나.' 이거 웃기지 않아요, 로버트? 이게 재미있다고 생각해요, 제이크?"

그녀는 그 끔찍하게 밝은 미소로 내 쪽으로 몸을 돌렸다. 이런 이야기를 들어 줄 사람이 있다는 게 그녀에게는 아주 만족스러웠다.

"그런데 어디 가서 살 거예요, 로버트? 이건 내 잘못이에요, 맞아요. 완전히 내 잘못이에요. 잡지사의 그 귀여운 당신 비서를 당신을 시켜 내보냈을 때 나도 같은 식으로 쫓겨나리라는 것을 알았어야 했어요. 제이크는 이 일을 몰라요. 내 입으로 말해 줄까요?"

"입 닥쳐, 프랜시스, 제발."

"아니요, 말할 거예요. 로버트에게는 잡지사에 예쁜 비서가 있었어요. 그냥 세상에서 가장 귀여운 작은 것이었고, 그는 이 여자가 멋지다고 생각했죠. 그러다가 내가 오니까 나도 아주 멋지다고 생각한 거죠. 그래서 난 그가 그 여자를 몰아내게 만들었죠. 그는 잡지사를 옮길 때 그녀를 카멜[61]에서 프로빈스타운[62]으로 데려 왔었는데 그녀에게 해안으로 돌아가는 차비도 주지 않았어요. 이게 다 내 기분을 맞추려고 한 거죠. 그는 그 당시에 내가 아주 멋지다고 생각했어요. 그랬죠, 로버트?

"오해하면 안 돼요, 제이크. 그 비서하고는 완전히 플라토닉한 관계였어요. 플라토닉한 것조차도 아니에요. 정말이지 아무것도 아니었어요. 그냥 그 여자가 멋졌었다는 것뿐이죠. 그리고 그는 날 기분 좋게 하려고 그렇게 한 것뿐이에요. 자, 칼로 사는 사람은 칼에 망한다고 난 생각해요[63]. 그런데 이거 문학적 표현이죠? 당신은 당신이 펴 낼 다음 작품에 써먹으려고 이거 기억하려고 하죠, 로버트?

"당신은 로버트가 새 작품의 소재를 수집하려는 것 알죠. 그렇죠, 로버트? 그래서 저 사람이 날 떠나려 하는 거예요. 그는 내가 영화에 잘 안 맞는다고 결론 내렸지요. 당신도 알다시피 그는 우

---

61) Carmel. 로스앤젤레스 북쪽에 있는 해안 도시.
62) Provincetown. 매사추세츠에 있는 도시.
63) 마태복음 26: 52에 나오는 구절 "이에 예수께서 이르시되 네 칼을 도로 칼집에 꽂으라. 칼을 가지는 자는 다 칼로 망 하느니라"을 살짝 바꾼 것.

리가 함께 살 때, 이 책을 쓰고 있을 때, 늘 바빠서 그는 우리 둘에 관한 어떤 일도 기억하지 못해요. 그래놓고는 이젠 밖에 나가서 다른 소재를 구한다는군요. 글쎄요, 그이가 엄청나게 흥미로운 소재를 구하면 좋겠어요."

"들어봐요, 로버트. 당신한테 뭐 하나 말할게요. 괜찮죠? 젊은 여자들하고 소동 일으키지 마세요. 그러지 말도록 해요. 왜냐하면 당신은 소동 피울 때면 늘 울고, 그러다가는 자기가 너무나 측은하다고 생각해서 다른 사람들이 뭐라고 말했는지 기억도 못하죠. 그러니 당신은 어떤 대화도 기억해 내지 못 할 거예요. 그냥 진정하려고 하면 되죠. 그게 굉장히 어렵다는 거 알아요. 하지만 명심하세요. 그건 문학을 위해서예요. 우리 모두는 문학을 위해서 희생해야 해요. 날 봐요. 난 아무 항의도 안 하고 영국으로 가요. 다 문학을 위해서예요. 우리 모두는 젊은 작가들을 도와야만 해요. 그렇게 생각하지 않아요, 제이크? 하지만 당신은 젊은 작가는 아니죠. 당신은 젊은 작가인가요, 로버트? 당신은 서른네 살이지요. 하지만 내 생각에 그것도 위대한 작가가 되기에는 어린 거예요. 하디[64]를 봐요. 아나톨 프랑스[65]를 봐요. 그는 얼마 전에야 죽었지요. 하지만 로버트는 그가 뭐 그리 대단하다고 생각하지 않아요. 그의 프랑스 친구들 몇 명이 그에게 말해줬어요. 저 사람은 프랑스 어

---

64) Thoma Hardy. 1840-1928. 영국의 소설가이자 시인.
65) 프랑스의 소설가이자 시인 자크 아나톨 티보 Jacques Anatole Thibault (1844-1924)의 필명.

로 된 책을 잘 읽지 못 해요. 아나톨 프랑스는 당신처럼 위대한 작가는 아니었죠, 그렇죠, 로버트? 당신 생각엔 그가 작품 소재를 구하러 나가야만 했던 적이 있어요? 자기 정부들과 결혼 안 하려고 할 때 그가 그 여자들에게 뭐라고 말했을 것 같아요? 그도 당신처럼 울었을까요? 아, 난 지금 뭔가가 막 떠올랐어요." 그녀가 장갑 낀 손을 올려 자기 입술에 갖다 댔다. "난 로버트가 나랑 결혼 안 하려는 진짜 이유를 알아요, 제이크. 그 생각이 막 떠올랐어요. 그들이 카페 셀렉트에서 이것을 하나의 환상으로 내게 보내줬어요. 신비롭지 않아요? 언젠간 사람들이 기념액자를 내걸지 몰라요. 마치 루르드[66]에서 그런 것처럼. 내 말 듣고 싶어요, 로버트? 내가 말해 줄게요. 아주 간단해요. 내가 왜 그 생각을 못했는지 모르겠어요. 자, 봐요, 로버트는 항상 정부가 하나 있으면 했었고, 그가 나랑 결혼하지 않는다면 그건 그에게 정부가 있다는 얘기죠. 그 여자는 2년 넘게 그의 정부였어요. 어떻게 된 건지 알겠죠? 만약 그가 늘 그러겠다고 내게 약속했던 것처럼 나와 결혼한다면 로맨스는 모두 끝나는 거죠. 그걸 생각해 낸 걸 보면 나 똑똑하다고 생각하지 않아요? 그건 사실이기도 해요. 그를 쳐다보고 사실인지 한번 확인해 보세요. 어디 가요, 제이크?"

"안에 들어가서 하비 스톤을 잠시 봐야 해요."

내가 들어갈 때 콘이 위로 쳐다봤다. 그의 얼굴이 창백했다.

---

[66] Lourdes. 프랑스 남서부의 도시로 성모 마리아가 현현했다고 해서 가톨릭교도에게 성스러운 곳이 되었고 병 걸린 사람들이 많이 찾는 곳이다.

왜 그가 거기 앉아있는가? 왜 그는 이런 말을 계속 참고 있는가?

밖을 내다보며 바에 기대어 서 있다가 나는 창문을 통해 그들을 볼 수 있었다. 프랜시스가 밝게 웃으며 계속 그에게 말을 하고 있었고, "그렇죠, 로버트?" 하고 물을 때마다 그의 얼굴을 들여다봤다. 아니면 아마 그 여자는 지금 그것을 물어보지 않았는지 모른다. 아마 그녀는 다른 것을 말했을지 모른다. 난 바텐더에게 더 이상 마시지 않겠다고 말했고 옆문을 통해 밖으로 나갔다. 문으로 나가다 뒤돌아보니 이중창 유리를 통해 그들이 거기 앉아있는 것이 보였다. 그녀는 여전히 그에게 말하고 있었다. 나는 골목을 따라 내려가 라스파유 대로로 갔다. 택시가 오기에 잡아서 운전사에게 내 아파트 주소를 알려줬다.

제7장

계단을 오를 때 관리인이 수위실 문 유리를 두들겼고 내가 걸음을 멈추자 밖으로 나왔다. 편지 몇 통과 전보를 갖고 있었다.

"여기 우편물 있습니다. 어떤 여자분이 선생님을 만나러 왔었어요."

"그 여자가 명함을 남겼나요?"

"아니요. 그 숙녀분은 어떤 신사분과 같이 있었어요. 어젯밤에 왔었던 바로 그 여자분이에요. 나중에 보니 아주 좋은 분이더군요."

"그 여자가 내 친구와 같이 있었나요?"

"모르겠어요. 그분은 여기 왔던 적이 없어요. 무척 덩치가 컸어요. 아주, 아주 컸어요. 여자분은 아주 좋은 분이더군요. 아주, 아주, 좋은 분이에요. 어젯밤에 아마 약간……" 관리인은 머리를 한 손 위에 놓고 끄덕거렸다. "아주 솔직하게 말할게요, 반스 씨. 지난밤에는 그녀가 그렇게 점잖지 않다는 걸 알았어요. 어젯밤에 저는 그 여자분을 다시 보게 됐어요. 하지만 제 말씀을 잘 들어보세요. 그분은 아주, 아주 점잖아요. 아주 좋은 가문 출신이고요. 그건 선생님도 아시죠."

"그 사람들이 무슨 전갈을 남기지 않았나요?"

"남겼어요. 한 시간 뒤에 돌아오겠다고 했어요."

"그들이 오면 올려 보내세요."

"네, 반스 씨. 그리고 그 숙녀분, 그 숙녀분은 보통 분은 아닌 것 같아요. 유별나긴 한데 대단한 여자예요, 대단한 여자."

관리인이 지금은 관리인으로 일하지만 전에는 파리의 경마장에서 술파는 매점을 했다. 그녀가 평생 하는 일은 보통석 관람객을 상대하는 것이지만 관심은 늘 일등석 관람객들에게 쏠려 있어서, 날 찾아온 손님 중 누가 본데 있게 자랐는지, 누가 좋은 가문 출신인지, 그리고 누가 운동선수인지를 내게 자랑스럽게 말했는데 프랑스말로 '선수'에 억양을 넣어 발음했다. 이 세 가지 범주에 끼지 못하는 사람들에게 난처한 일은 반스 씨 집에 지금 아무도 없다는 말을 듣게 된다는 것이다. 내 친구 중 한 명은 몹시 영양부족으로 보이는 화가인데 관리인인 뒤지넬 부인의 눈에 명백히 본데 있게 자랐거나 좋은 가문 출신이거나 운동선수도 아니기 때문에 저녁에 가끔씩 와서 나를 만날 수 있게 관리인을 통과할 수 있는 통행증을 하나 얻어 줄 수 있냐고 내게 편지로 물어보았다.

나는 브렛이 관리인을 어떻게 구워삶았는지 의아해 하며 아파트로 올라갔다. 전보는 빌 고턴이 보낸 해외전보였는데 '프랑스'호 (號)로 도착한다는 내용이었다. 난 우편물을 테이블 위에 놓고 뒤쪽의 침실로 들어가 옷을 벗고 샤워를 했다. 몸에 비누칠을 하고 있을 때 문의 초인종이 당겨지는 소리를 들었다. 나는 가운을 입고 슬리퍼를 신고는 문으로 갔다. 브렛이었다. 뒤에는 백작이 있었다. 그는 커다란 장미꽃 다발을 들고 있었다.

"안녕, 자기야." 브렛이 말했다. "우리 들어오라고 하지 않을 거예요?"

"들어와. 난 그냥 목욕하는 중이었어."

"팔자 좋은 양반이네요. 목욕을 하고 있다니."

"그냥 샤워했어. 앉으세요, 미피포폴러스 백작님. 뭘 드시겠어요?"

"꽃을 좋아하시는지 모르겠네요, 선생." 백작이 말했다. "그냥 제 맘대로 장미꽃을 가져왔습니다."

"여기요, 꽃을 제게 주세요." 브렛이 꽃을 받았다. "이거 넣을 물 좀 받아와요, 제이크." 난 부엌에 있는 큰 사기 항아리에 물을 채웠고 브렛은 거기에 장미를 꽂아 식당 테이블 한가운데에 놓았다.

"근데, 오늘 굉장한 하루였어요."

"크리용 바에서 나하고 데이트하기로 했던 것 하나도 기억 못 하지?"

"기억이 안 나요. 우리가 약속했었나요? 난 굉장히 취했었나 봐요."

"당신 무척 취했었죠." 백작이 말했다.

"내가 그랬나요? 백작님은 정말로 좋은 분이에요."

"당신 무지하게 관리인 마음에 들었나 보군."

"전 그래야만 했어요. 그 여자에게 200프랑을 줬어요."

"바보 같은 짓을 했군."

"저이 돈이에요." 그녀가 말했고 백작에게 고개를 끄덕였다.

"우린 그 여자한테 어젯밤에 몇 푼 줘야만 했어요. 밤이 너무 늦었었거든요."

"이분 멋져요." 브렛이 말했다. "일어난 일을 다 기억하고 있거든요."

"당신도 그래요."

"한번 생각해 봐요." 브렛이 말했다. "누가 그러고 싶겠어요? 근데, 제이크, 술이 있긴 한 거예요?"

"내가 들어가서 옷 입을 동안 가져와. 어디 있는지 알잖아."

"물론이죠."

옷을 입는 동안 나는 브렛이 잔을, 다음엔 탄산수 사이펀 병[67]을 내려놓는 소리를 들었고 그리고는 그들이 말하는 소리를 들었다. 난 침대에 앉아 천천히 옷을 입었다. 난 피곤한 느낌이었고 기분이 몹시 나빴다. 브렛이 잔을 손에 든 채 방으로 들어와 침대에 앉았다.

"무슨 일이에요, 자기야? 취해서 어지러워요?"

그녀가 내 이마에 차갑게 키스했다.

"아, 브렛, 내가 당신을 얼마나 사랑하는데."

"내 사랑." 그녀가 말했다. "저 남자 보낼까요?"

"아니. 그 친구 사람 괜찮은데."

"나 그 사람 보낼 거예요."

---

67) 이 당시에는 즉석 소다수를 만들 때 이산화탄소 알맹이를 사이펀에 넣었다.

"당신 그렇게 할 수 없을 걸."

"내가 못 그럴 거 같아요? 당신 여기 있어요. 정말로 그 남자는 나한테 폭 빠졌거든요."

그녀가 방에서 나갔다. 난 침대에 엎드려 누웠다. 난 계속 언짢은 상태였다. 그들이 말하는 소리가 들려왔지만 귀 기울여 듣지 않았다. 브렛이 들어와 침대에 앉았다.

"가엾은 내 사랑." 그녀가 내 머리를 쓰다듬었다.

"그 사람한테 뭐라고 말했소?" 나는 그녀에게 얼굴을 돌린 채 엎드려 있었다. 난 그녀를 쳐다보고 싶지 않았다. "샴페인 사러 보냈어요. 그 사람은 샴페인 사러 가는 걸 좋아해요."

그러다가 덧붙이기를 "자기, 이제 좀 좋아졌어요? 머리 아픈 거 좀 나았어요?"

"좋아졌어."

"가만히 누워있어요. 그 남자는 시내 저 반대편으로 갔어요."

"우리 같이 살 수 없을까, 브렛? 그냥 같이 살 수 없을까?"

"그럴 수 없어요. 난 딴 사람들한테 그랬듯 당신도 배신할 거예요. 당신은 그걸 참을 수 없죠."

"지금은 참을 수 있어."

"그건 다른 문제일 거예요. 내 잘못이에요, 제이크. 내가 자초한 일이에요."

"우리 어디 잠시 시골에라도 내려가면 안 될까?"

"그래봐야 별 도움 안 될 거예요. 당신이 원한다면 같이 갈 수는 있어요. 하지만 난 시골에서 조용하게 살 수는 없어요. 진정으로 사랑하는 사람과는."

"알아."

"그거 말도 안 되잖아요? 내가 당신을 사랑한다고 해도 아무 소용도 없네요."

"내가 당신을 사랑한다는 거 알잖아."

"그 얘긴 우리 하지 말아요. 말하는 건 다 허튼소리일 뿐이에요. 난 당신을 떠나야겠어요. 그러면 마이클이 돌아오겠죠."

"왜 떠나려고 해?"

"당신에게 좋을 것 같아서요. 내게도 좋고."

"언제 가는데?"

"가능한 빨리요."

"어디로?"

"산 세바스티안[68]으로."

"우리 같이 갈 수 없을까?"

"아니요. 지금까지 이런 얘기 실컷 한 뒤에 그러는 건 말이 안 되는 얘기죠."

"얘기 그만 하기로 동의한 적 없잖아."

"아, 당신도 나만큼 잘 알잖아요. 그러니 고집 피지 말아요, 자기."

"아, 물론이지." 내가 말했다. "당신이 옳다는 거 나도 알아. 난 그냥 기분이 별로인데 기분이 그럴 때면 난 바보처럼 말 해." 난

---

68) San Sebastian. 스페인 북부 바스크 지역에 있는 도시.

일어나 앉았고 몸을 숙여 신발을 침대 옆에서 찾아 신었다. 난 일어났다.

"그런 표정 짓지 마요, 자기."

"내가 어떤 표정을 지어야 당신이 좋아하겠어?"

"아, 바보처럼 굴지 말아요. 난 내일 떠나요."

"내일?"

"그래요. 내가 그렇게 말하지 않았나요? 난 떠나요."

"그러면 술 한잔하자고. 백작이 돌아올 거잖아."

"그래요. 그이가 돌아올 거예요. 당신도 알듯이 그 사람은 샴페인 사는 걸 유난스레 좋아하죠. 값이 얼마라도 상관하지 않아요."

우리는 식당으로 들어갔다. 난 브랜디 병을 집어 브렛에게 한 잔 따르고 나 마실 잔에도 따랐다. 초인종이 울렸다. 나는 문간으로 갔고 거기에 백작이 있었다. 뒤에 운전사가 샴페인 상자를 들고 있었다.

"어디에 놓을까요, 선생?" 백작이 물었다.

"부엌에 놓으세요." 브렛이 말했다.

"여기에 놓게, 헨리." 백작이 손짓했다. "자, 이제 내려가서 얼음을 가져오게." 그는 부엌문 안쪽에서 상자를 지키며 서 있었다. "이게 아주 좋은 와인이라는 걸 알게 될 겁니다." 그가 말했다. "요새 미국에서는 좋은 와인 맛보기가 쉽지 않아요. 하지만 난 이 술을 와인 업계에 있는 내 친구로부터 얻었어요."

"아, 당신은 늘 업계에 누군가가 있군요." 브렛이 말했다.

"그 친구는 포도를 키우죠. 그는 수천 에이커[69]나 되는 포도밭이 있어요."

"그 사람 이름이 뭐에요?" 브렛이 물었다. "뵈브 클리코[70]예요?"

"아니요." 백작이 말했다. "뮘이에요. 그 사람은 남작이죠."

"놀랍지 않아요?" 브렛이 말했다. "우리는 모두 작위가 있어요. 당신은 왜 작위가 없어요, 제이크?"

"내가 자신 있게 말하는데요, 선생." 백작이 손을 내 팔 위에 얹었다. "그게 사람에게 도움 되는 건 하나도 없어요. 대개는 돈만 들 뿐이죠."

"아, 난 모르겠어요. 어떤 때는 굉장히 쓸모 있을 때도 있죠." 브렛이 말했다.

"난 그게 도움이 된다는 걸 몰랐소."

"당신은 그걸 적절히 사용하지 못했죠. 난 그것 때문에 정말 굉장히 대접받았어요."

"앉으시죠, 백작님." 내가 말했다. "지팡이는 제게 주시고요."

백작은 가스 불 아래에서 테이블 너머로 브렛을 보고 있었다. 그녀는 담배를 피우고 있었고 재를 카펫 위에 털고 있었다. 그녀는 내가 그걸 보고 있다는 걸 알았다. "근데, 제이크, 난 당신 카펫을 버려놓고 싶지는 않아요. 재떨이 좀 갖다 주겠어요?"

---

[69] acre. 1 에이커는 약 4,047 m² 혹은 1,250평.

[70] Veuve Cliquot. 원래는 'Veuve Clicquot'가 맞다. 1772년에 프랑스 랭스(Reims) 지방에서 필립프 클리코-뮈롱 Philippe Clicquot-Muiron이 세운 샴페인 양조회사이자 거기서 만든 프리미엄 샴페인.

난 재떨이 몇 개를 찾아 죽 늘어놓았다. 운전사가 소금 뿌린 얼음[71]을 바구니에 하나 가득 채워 올라왔다. "거기에 병 두 개 넣게, 헨리." 백작이 큰 소리로 말했다.

"딴 거 더 필요하신가요, 나리?"

"없네. 차에서 기다리게." 그가 브렛 쪽으로, 그 다음에는 내 쪽으로 몸을 돌렸다. "우리 저녁 먹으러 차타고 숲[72]으로 갈 거죠?"

"당신이 좋다면요." 브렛이 말했다. "난 아무것도 못 먹었어요."

"난 훌륭한 식사를 언제나 좋아하죠." 백작이 말했다.

"와인 들여놓을까요, 나리?" 운전사가 물었다.

"그래. 들여오게, 헨리." 백작이 말했다. 그는 묵직한 돼지가죽 시가 케이스를 꺼내 내게 하나 피워보라고 했다. "진짜 미국 시가 한번 피워보겠소?"

"고맙습니다." 내가 말했다. "담배부터 다 피우고요."

그는 회중 시곗줄의 한쪽 끝에 달고 있던 금 커터로 시가의 끝을 잘라냈다.

"난 시가를 빨아들이는 게 정말 좋아요." 백작이 말했다. "선생은 시가를 반도 빨아들이지 않는군요."

그는 시가에 불을 붙여 빨아들였고 테이블을 가로질러 브렛을 지켜보았다. "레이디 애슐리, 당신은 이혼하면 귀족칭호를 잃게 되오."

---

71) 얼음이 천천히 녹게 하기 위해 소금을 뿌리는 경우가 있다.

72) 불로뉴 숲.

"그래요. 딱한 일이죠."

"아니요." 백작이 말했다. "당신은 귀족칭호가 없어도 되요. 당신 몸 자체가 온통 신분을 말해주고 있으니까."

"고마워요. 당신 정말 품위 있게 말씀하시네요."

"농담하는 거 아니요." 백작이 연기를 구름처럼 내뿜었다. "당신은 지금껏 내가 봤던 어떤 사람보다도 계급 티가 많이 나요. 당신에겐 그게 있어요. 난 그 말을 하려고 했소."

"당신 친절하군요." 브렛이 말했다. "엄마도 기뻐할 거예요. 좀 글로 써 주시면 내가 편지로 엄마에게 보낼게요."

"나도 당신 어머니께 말하겠소." 백작이 말했다. "놀리는 게 아니요. 난 사람들 놀리지 않아요. 사람들을 놀리면 적이 생기게 되죠. 그게 내가 늘 하는 말이요."

"당신 말이 맞아요." 브렛이 말했다. "정말 맞아요. 난 늘 사람들을 놀려서 세상에 친구라곤 하나도 없지요. 여기 있는 제이크만 빼고요."

"당신 그 사람은 놀리지 않는군요."

"그럼요."

"지금은 그를 놀리는 거요?" 백작이 물었다. "그를 놀리고 있는 거요?"

브렛이 날 쳐다봤고 그녀의 눈꼬리가 말려 올라갔다.

"아니요." 그녀가 말했다. "난 그 사람 놀릴 생각 없어요."

"자," 백작이 말했다. "당신은 그를 놀리지 않는군요."

"이거 진짜 따분한 얘기군요." 브렛이 말했다. "저 샴페인이나 마시는 게 어때요?"

백작은 팔을 뻗어 반짝이는 양동이 안에서 병들을 빙빙 돌렸다. "아직 차가와지지 않았네요. 당신은 맨날 술 마시죠. 그냥 말만 하면 안 돼요?"

"난 지겹게 말을 많이 했어요. 난 제이크에게 내 할 얘기 다 했어요."

"난 당신이 제대로 말하는 걸 듣고 싶어요. 당신은 나한테 말할 때 문장을 전혀 끝내지 않아요."

"그 문장들을 당신이 끝내게 놔두는 거죠. 누구이건 좋은 대로 문장을 끝내라고 하지요."

"그거 참 재미있는 시스템이군요." 백작이 팔을 뻗어 병들을 돌렸다. "난 아직도 당신이 언젠가 말하는 것을 듣고 싶어요."

"저 사람 바보 아니에요?" 브렛이 물었다.

"자," 백작이 병 하나를 가져왔다. "이 병은 차가운 것 같아요."

난 수건을 가져왔고 그가 병의 물기를 닦아 들어올렸다. "난 큰 병에 든 샴페인을 마시고 싶어요. 와인이 더 좋긴 한데 차갑게 하기가 너무 어렵죠." 그는 병을 들어 쳐다봤다. 난 잔들을 내밀었다.

"이봐요. 당신이 병을 따세요." 브렛이 제안했다.

"그래요. 자 내가 땁니다."

그건 훌륭한 샴페인이었다.

"와인의 맛은 이래야 해요." 브렛이 자기 잔을 쳐들었다. "우리는 뭔가에 대해 건배해야 해요. '왕을 위해 건배.'"

"이 와인은 건배용으로 마시기에는 너무 좋은 술이에요. 당신은 이런 와인에 감정을 뒤섞고 싶지는 않겠죠. 그러면 맛이 없어지거든요."

브렛의 잔은 벌써 비어 있었다.

"와인에 대해 책을 한 권 내셔도 되겠네요, 백작님." 내가 말했다.

"반스 씨." 백작이 대답했다. "전 와인은 그저 즐기면 된다고 생각합니다."

"이 와인 좀 더 즐기죠." 브렛이 자기 잔을 앞으로 내밀었다. 백작은 아주 조심스럽게 술을 따랐다. "여기 있소. 자, 당신은 이 잔을 서서히 즐기고, 그러다 보면 취하게 되는 거요."

"취한다고요? 취한다고요?"

"당신은 취했을 때 매력적이오."

"저 사람 말하는 것 좀 들어봐요."

"반스 씨." 백작이 내 잔을 가득 채웠다. "내가 지금껏 알고 있는 여자들 중에서 취했을 때에도 술 안 했을 때만큼 매력적인 사람은 이 숙녀분뿐이지요."

"세상 구경을 많이 안 해보셨군요, 그렇죠?"

"아니요. 난 아주 많이 해봤어요. 아주 많이 돌아다녔었죠."

"와인 드세요." 브렛이 말했다. "우리 모두는 여기저기 돌아다녔었죠. 감히 말씀드리는데 여기 있는 제이크도 당신만큼이나 세상을 많이 둘러봤죠."

"난 반스 씨가 세상을 많이 봤다고 확신해요. 내가 그렇게 생각하지 않는다고 생각하지 말아요, 선생. 저도 세상을 많이 봤습니다."

"물론 그러셨겠죠, 자기." 브렛이 말했다. "난 그저 놀렸을 뿐이에요."

"난 전쟁에 일곱 번 나갔고 혁명에도 네 번이나 참여했소." 백작이 말했다.

"군인으로요?" 브렛이 물었다.

"어떤 때는요. 그리고 난 화살에 맞은 곳이 있어요. 화살 맞은 상처 본 적이 있나요?"

"어디 한 번 봅시다."

백작이 일어나 조끼 단추를 풀었고 셔츠를 열어 젖혔다. 그는 내의를 가슴 쪽까지 끌어올리고 서 있었는데 그의 가슴은 거무스레했고 커다란 배 근육이 불빛 아래 불거져 나와 있었다.

"보여요?"

갈비대가 끝나는 지점 아래에 허옇게 된 흉터 자국 두 개가 도톰하게 있었다. "삐쳐 나온 그 뒤쪽을 보세요." 허리의 잘록한 부분 위에 똑 같이 생긴 흉터 두 개가 손가락 굵기로 불거져 나와 있었다.

"정말이에요. 대단하네요."

"총알이 뚫고 나갔지요."

백작이 셔츠를 집어넣고 있었다.

"어디서 총을 맞은 건가요?" 내가 물었다.

"아비시니아[73]에서요. 21살 때였죠."

"그때 뭘 하고 있었나요?" 브렛이 물었다. "육군에 있었어요?"

"난 사업차 여행 중이었소."

"저이도 우리 같은 사람이라고 내가 말했잖아요. 그렇죠?" 브렛이 내 쪽으로 몸을 돌렸다. "당신을 사랑해요, 백작님. 당신은 사랑스런 사람이에요."

"당신이 날 몹시 행복하게 해 주는군요. 그런데 당신 말은 진실이 아니죠."

"바보 같은 소리 하지 말아요."

"자 봐요, 반스 씨. 열심히 살았기 때문에 난 모든 것을 아주 제대로 즐길 수 있는 거예요. 그거 모르시겠어요?"

"그럼요. 물론 알죠."

"나도 알아요." 백작이 말했다. "그게 비결이죠. 당신은 가치를 알아야 해요."

"당신의 가치가 뭐 바뀌기라도 했나요?" 브렛이 물었다.

"아니요. 이제는 안 바뀌지요."

"사랑에 빠져본 적 없었어요?"

"언제나요." 백작이 말했다. "난 언제나 사랑하고 있어요."

"그게 당신의 가치들에 무슨 상관이죠?"

"그것 또한 내 가치 속에 들어 있어요."

"당신은 아무런 가치도 갖고 있지 못 해요. 당신은 죽었어요,

---

73) Abyssinia. 에티오피아의 옛 이름.

그뿐이라고요."

"아니요. 당신 말은 틀려요. 난 전혀 죽지 않았소."

우리는 샴페인 세 병을 마셨고 백작은 상자를 내 부엌에 놔두고 갔다. 우리는 불로뉴 숲에 있는 레스토랑에서 식사를 했다. 훌륭한 식사였다. 음식은 백작의 가치들에서 중요한 위치를 차지하고 있었다. 와인도 그랬다. 백작은 식사할 때 품격이 있었다. 브렛도 그랬다. 훌륭한 파티였다.

"어디로 가고 싶으세요?" 저녁 후에 백작이 물었다. 레스토랑에는 우리만 남아있었다. 웨이터 두 명이 문에 기대어 서 있었다. 그들은 집에 가고 싶어 했다.

"언덕[74]에 올라가 보죠." 브렛이 말했다. "우리 파티 멋있게 했죠?"

백작의 얼굴이 빛났다. 그는 무척 기분이 좋았다.

"당신들 참 좋은 사람들이에요." 그가 말했다. 그는 다시 시가를 피고 있었다. "왜 결혼하지 않지요, 두 분?"

"우린 간섭 받지 않고 살고 싶어서요." 내가 말했다.

"우린 하는 일도 있지요." 브렛이 말했다. "자, 여기서 나가죠."

"브랜디 한 잔 더 하죠." 백작이 말했다.

"언덕에 가서 마시죠."

"아니요. 여기가 조용하니까 여기서 마시죠."

"당신과 당신의 그 조용함이라니." 브렛이 말했다. "남자들은

---

[74] 몽마르트르 언덕을 가리킴.

조용하다는 것에 대해 뭘 느끼는 거예요?"

"우리는 그걸 좋아하죠." 백작이 말했다. "당신들 여자들이 시끄러운 걸 좋아하듯."

"좋아요." 브렛이 말했다. "우리 한잔해요."

"소믈리에!" 백작이 불렀다.

"네, 손님."

"여기서 제일 오래된 브랜디가 뭐요?"

"1811년산입니다, 손님."

"그거 한 병 가져 오시오."

"이런. 과시하지 마세요. 웨이터 돌려보내요, 제이크."

"들어봐요. 난 내 돈으로 오래된 브랜디를 사는 게 다른 어떤 골동품을 사는 것보다 가치 있다고 봐요."

"골동품 많아요?"

"집에 하나 가득 있어요."

드디어 우리는 몽마르트르 언덕에 올라갔다. 젤리 술집 안은 붐비고, 담배연기 자욱하고 시끄러웠다. 들어갈 때 음악이 귀를 때렸다. 브렛과 나는 춤을 췄다. 너무 붐벼서 거의 움직이지 못할 정도였다. 드럼 치는 검둥이가 브렛에게 손짓을 했다. 우리는 사람들 틈에 꽉 끼어서, 그 흑인이 있는 앞쪽에서 춤 췄다.

"*안녕하시유?*"

"*아주 좋아요.*"

"*자알 됐군요.*"

그는 얼굴에서 이와 입술만 보였다.

"저 사람 나랑 친한 친구예요." 브렛이 말했다. "드럼 진짜 잘 쳐요."

음악이 그쳤고 우리는 백작이 앉아 있는 테이블로 갔다. 그러다가 음악이 다시 시작됐고 우리는 춤췄다. 나는 백작을 쳐다보았다. 그는 테이블에 앉아 시가를 피고 있었다. 음악이 다시 그쳤다.

"자, 나가 봅시다."

브렛이 테이블 쪽으로 향해 갔다. 음악이 시작되었고 다시 우리는 무리에 꽉 낀 채로 춤을 췄다.

"당신, 춤 솜씨가 형편없네요, 제이크. 마이클이 내가 아는 사람 중에 춤 제일 잘 추는데."

"그 친구 대단하지."

"그이는 춤추는 요령을 알고 있어요."

"난 그 친구 좋아 해." 내가 말했다. "진짜 맘에 들어."

"나 그 사람하고 결혼할 거예요." 브렛이 말했다. "웃기죠. 난 일주일 동안 그 사람 생각을 안 했었는데."

"편지도 안 썼소?"

"나는 안 썼어요. 편지 쓴 적 없어요."

"그럼 확실히 그 친구가 당신에게 썼겠군."

"물론이죠. 게다가 편지도 정말 잘 썼어요."

"언제 결혼하려고?"

"내가 어떻게 알겠어요? 우리가 이혼하고 나면 바로 하겠죠. 마이클은 자기 엄마한테 결혼 비용을 대게 하려는 중이지요."

"내가 좀 도와줄까?"

"바보 같이 왜 그래요?. 마이클네 사람들 돈 엄청 많아요."

음악이 그쳤다. 우리는 테이블로 갔다. 백작이 일어났다.

"아주 멋져요." 그가 말했다. "당신들 아주, 아주 멋져 보여요."

"춤 안 추세요, 백작님?" 내가 물었다.

"아니요. 난 너무 늙었소."

"아이, 나이 타령 하지 말아요." 브렛이 말했다.

"난 내가 즐길 수 있다면 그렇게 할 텐데. 난 당신들이 춤추는 거 보는 게 좋아요."

"멋지네요." 브렛이 말했다. "언젠가 당신을 위해 다시 춤출게요. 그럴 거예요. 당신의 저 어린 친구 지지는 어떤가요?"

"내가 말하죠. 내가 그 친구를 먹여 살리기는 하지만 곁에 두는 건 싫소."

"그 친구 만만하지 않은 편이죠."

"그 친구 앞날이 훤하다고 내가 생각한다는 거 아시죠. 하지만 개인적으로는 그가 내 주위에 있는 게 싫어요."

"제이크도 그렇게 생각해요."

"그 사람이 나를 언짢게 해요."

"글쎄요." 백작이 어깨를 으쓱했다. "그 친구의 미래가 어떻게 될지 결코 알 수가 없지요. 어쨌든 그 친구 부친은 우리 아버님 좋은 친구였죠."

"자, 우리 춤 춰요." 브렛이 말했다.

우리는 춤췄다. 사람도 많았고 비좁았다.

"아, 자기." 브렛이 말했다. "난 너무 비참해요."

난 앞서 일어났었던 일을 다시 겪게 될 느낌이 들었다. "당신 1분전만 해도 행복했었잖아."

드럼 치는 사람이 큰 소리로 노래했다. "당신들은 두 번…… 할 수 없어요."

"다 끝장났어요."

"뭐가 문제야?"

"나도 몰라요. 그냥 기분이 나빠요."

"……" 드럼 치는 사람이 노래를 불렀다. 그리고는 다시 드럼 치는 일로 돌아갔다.

"가겠소?"

난 이 모든 것이 어떤 일이 되풀이 되는, 즉, 어떤 일을 내가 겪었는데 지금 다시 또 겪어야만 하는 반복의 악몽 속에 있다는 느낌이 들었다.

"……" 드럼 치는 사람이 나지막이 노래했다.

"가요." 브렛이 말했다. "괜찮죠?"

"……" 드럼 치는 사람이 소리를 질렀고 브렛에게 씩 웃었다.

"좋아." 내가 말했다. 우리는 사람들 무리에서 빠져나왔다. 브렛은 옷 갈아입는 방으로 갔다.

"브렛은 가고 싶어 하네요." 내가 백작에게 말했다. 그가 끄덕였다. "그래요? 좋습니다. 당신은 차를 타고 가세요. 전 여기 잠시 더 있으려고요, 반스 씨."

우리는 악수를 했다.

"잘 놀았습니다." 내가 말했다. "이 계산을 제가 했으면 하는데요." 나는 주머니에서 수표를 한 장 꺼냈다.

"반스 씨, 그러지 마세요." 백작이 말했다.

브렛이 숄을 두르고 나왔다. 그녀는 백작에게 키스했고 손을 그의 어깨에 얹어 일어서지 못하게 했다. 문을 나갈 때 나는 뒤를 돌아봤고 그의 테이블에 여자 세 명이 있었다. 우리는 큰 차에 탔다. 브렛이 운전사에게 자기 호텔의 주소를 일러줬다.

"아니요, 올라오지 말아요." 그녀가 호텔에서 말했다. 그녀는 벨을 울렸고 문이 따졌다.

"정말?"

"네. 그렇게 해 줘요."

"잘 있어, 브렛." 내가 말했다. "당신 기분이 엉망이라 미안하오."

"잘 가요, 제이크. 잘 가요, 자기. 난 당신을 다시 보지 않을 거예요." 우리는 문가에서 키스했다. 그녀는 나를 떠밀었다. 우리는 다시 키스했다. "아, 하지 마세요." 브렛이 말했다.

그녀는 급히 몸을 돌려 호텔 안으로 들어갔다. 운전사가 나를 태워 내 아파트로 데려갔다. 운전사에게 20프랑을 주자 모자를 만지더니 "안녕히 계십시오, 나리" 하고는 차를 몰고 가버렸다. 난 벨을 울렸다. 문이 열렸고 나는 이 층으로 올라가 침대에 들었다.

제2부

제8장

브렛이 산 세바스티안에서 돌아올 때까지 난 그녀를 다시 만나지 못했다. 그곳에서 그녀가 보낸 카드 한 장이 왔다. 거기에는 콘차[75]의 사진이 있고 이렇게 쓰여 있었다. "자기. 아주 조용하고 건강함. 모든 친구들에게 사랑을, 브렛."

나는 로버트 콘도 다시 보지 못했다. 난 프랜시스가 영국으로 떠났다는 말을 들었고, 콘으로부터는 자기가 몇 주 동안 어디인지 모를 시골에 가있을 것이고 지난겨울에 같이 얘기했었던 스페인으로의 낚시여행을 내가 같이 갔으면 한다는 내용의 쪽지를 받았다. 그는 또 내가 그의 거래 은행 사람들을 통해 언제든 그에게 연락할 수 있다고 적었다.

브렛은 갔고 나는 콘이 겪는 골치 아픈 일들에 대해 신경 쓰지 않았다. 난 차라리 테니스를 안 쳐도 된다는 것을 즐겼고 할 일도 많았다. 난 경마장에 종종 갔고 친구들과 밥도 먹었고 사무실에서 남는 시간을 활용해서 미리 일을 많이 해 놓아서, 빌 고턴과 내가

---

75) Concha. 산 세바스티안에 있는 해변.

유월 말에 스페인으로 떠날 때 업무를 비서에게 맡겨 놓을 수 있도록 해 놨다. 빌 고턴이 도착했고 아파트에서 며칠 머물다가 비엔나로 갔다. 그는 무척 쾌활했고 미국은 놀라운 나라라고 말했다. 뉴욕이 멋지다고 했다. 훌륭한 연극 시즌이 있었고 한 무리의 대단한 젊은 라이트헤비급 선수들이 있었다. 이들 중 누구건 잘 성장할 가능성이 있었고 몸무게가 늘어 뎀프시[76]를 무찌를 것이다. 빌은 무척 행복했다. 그는 가장 최근에 쓴 책으로 돈을 많이 벌었고 더 많이 벌 예정이었다. 우리는 그가 파리에 있는 동안 즐거운 시간을 보냈고 그러다가 그는 비엔나로 떠나버렸다. 그는 삼주일 뒤에 돌아올 것이고 우리는 스페인으로 떠나 낚시를 하고 팜플로나[77]의 축제에도 갈 것이다. 그는 비엔나가 멋지다고 내게 편지를 썼다, 그러다가 부다페스트에서 카드가 왔다. "제이크, 부다페스트는 멋지다네." 그러다가 전보를 받았다. "월요일 돌아옴."

월요일 저녁 그가 아파트에 나타났다. 그가 탄 택시가 서는 소리를 난 들었고 창가로 가서 그를 불렀다. 그는 손을 흔들었고 짐 가방을 들고 위층으로 올라오기 시작했다. 난 그를 계단에서 마중하여 가방 하나를 받아 들었다.

"자," 내가 말했다. "자네가 멋진 여행을 했다는 말은 들었네."

"멋졌지." 그가 말했다. "부다페스트는 진짜 근사해."

---

76) Jack Dempsey(1895 – 1983). 미국의 프로복서로 1919년부터 1926년까지 세계 헤비급 챔피언이었다.

77) Pamplona. 스페인 북동부의 도시로 투우를 비롯한 연례 축제로 유명하다.

"비엔나는 어땠어?"

"그렇게 좋진 않았어, 제이크. 별로야. 실제보다 좋아 보이는 거지."

"무슨 말이야?" 난 잔과 탄산수 사이펀 병을 가져왔다.

"취했어, 제이크. 난 취했었다고."

"그거 참 이상하군. 한잔하는 게 날 걸."

빌은 이마를 긁적였다. "놀라운 일이 있었어." 그가 말했다. "그 일이 어떻게 일어났는지 몰라. 갑자기 일어났어."

"오래 갔나?"

"나흘 동안, 제이크. 딱 나흘 동안 계속되었지."

"어딜 갔었는데?"

"기억 안 나. 자네에게 우편엽서 한 장 썼고. 그건 완벽하게 기억하지."

"딴 거 뭐 했어?"

"확신할 순 없어. 가능은 하지만."

"계속해 봐. 그 얘기해 봐."

"기억이 안 나. 내가 기억하는 건 뭐든 자네에게 말할게."

"계속해 봐. 저거 마시고 기억해 보라고."

"조금 기억이 날지도 몰라." 빌이 말했다. "프로권투 시합에 관한 뭔가가 기억나. 비엔나의 굉장한 프로권투 경기였지. 검둥이 선수도 있었어. 그 검둥이는 완전히 기억해."

"계속해."

"대단한 검둥이였어. 타이거 플라워즈[78]처럼 생겼는데 몸집은 네 배나 됐고. 갑자기 모든 사람들이 물건들을 집어던지기 시작했어. 난 아니고. 검둥이가 막 그 동네 선수를 녹다운 시켰거든. 검둥이가 자기 글러브를 들어 올렸고. 일장연설을 하고 싶었나봐. 굉장히 귀족같이 생긴 검둥이야. 연설을 시작했지. 그때 그 동네 백인 선수가 그를 갈겼어. 그러자 그가 백인선수를 완전히 뻗게 만들었거든. 그러자 사람들이 모두 의자를 집어던지기 시작했어. 검둥이는 우리 차에 타고 우리랑 같이 집에 갔지. 그 친구 옷도 못 챙겨 입고 나왔어. 내 외투를 입고. 지금도 그 일을 전부 기억해. 굉장한 시합이 있던 밤이었지."

"무슨 일이 일어났는데?"

"검둥이에게 옷을 몇 벌 빌려 주고 그가 받을 돈을 받으러 같이 돌아다녔어. 그들은 경기장을 부서지게 했다고 검둥이가 물어내야 한다고 주장하더군. 누가 통역했더라? 나였나?"

"아마 자네는 아니었을 거야."

"자네 말이 맞아. 나는 전혀 아니었어. 다른 친구였어. 우리는 그 친구를 동네의 하버드 출신 남자라고 불렀지. 지금 그 친구 생각이 나. 음악을 공부한다더군."

"그래서 어떻게 됐어?"

"별로 좋지 않았어, 제이크. 어디에나 불의가 판치더군. 프로모

[78) Tiger Flowers. 1897-1927. 조지아 주 출신의 프로복서로 흑인으로서는 최초로 세계 미들급 챔피언에 올랐다.

터는 검둥이가 동네 소년을 링에 눕히지 않기로 약속했었다고 우겨대더군. 검둥이가 계약을 어겼다고 주장했어. 비엔나에서 비엔나 소년을 뻗게 만들 수 없다니. '이런, 고튼 씨.' 검둥이가 말했어. '난 링에 40분 올라가 있으면서 그 자식을 쓰러뜨리지 않으려고 노력했다고요. 그 백인 꼬마 놈은 분명 나한테 주먹을 휘두르다가 제풀에 근육이 파열되었을 거예요. 난 그놈을 때린 적도 없어요.'"

"자네, 돈은 받았나?"

"못 받았네, 제이크. 우리는 검둥이의 옷을 찾아왔을 뿐이야. 누군가가 그의 시계도 가져갔지. 훌륭한 검둥이야. 비엔나에 온 게 큰 실수지. 별로였어. 제이크. 별로 재미없었어."

"그 검둥이는 어찌 되었나?"

"콜로뉴[79]로 돌아갔어. 거기 살고 있지. 결혼했어. 가족도 있고. 나한테 편지를 써서 내가 빌려준 돈을 보낼 거야. 훌륭한 검둥이야. 그 친구한테 주소를 똑바로 알려 줬나 몰라."

"자네 아마 그렇게 했을 거야."

"자, 어쨌든, 먹자고." 빌이 말했다. "여행 얘기를 더 듣고 싶어 하는 게 아니라면."

"계속하게."

"먹자고."

우리는 아래층으로 내려가 더운 유월의 저녁에 생 미셸 대로로 나갔다.

---

[79] Cologne. 독일 라인 강변에 있는 상공업 도시. 독일식으로는 '쾰른'으로 부른다.

"어디로 갈까?"

"섬[80]에서 먹고 싶어?"

"물론이지."

우리는 대로를 걸어 내려갔다. 당페르-로슈로 거리가 생 미셸 대로와 만나는 곳에 흘러내리는 관복을 입은 두 남자의 조상(彫像)이 있었다.

"난 이 사람들이 누군지 알아." 빌이 기념비를 주시했다. "약학을 발명해낸 신사들이지. 내가 파리에 대해 모른다고 얕보면 안 돼."

우리는 계속 갔다.

"여기 박제 가게가 있네." 빌이 말했다. "뭐 사고 싶어? 멋진 박제 개는 어때?"

"왜 이래." 내가 말했다. "자넨 술 취했어."

"아주 멋진 박제 개야." 빌이 말했다. "확실히 자네의 아파트를 환하게 해 줄 거야."

"이러지 마."

"그냥 박제 개 한 마리면 돼. 난 이 개들을 살 수도 있고 그냥 안 사고 나올 수도 있어. 하지만, 들어 봐, 제이크. 그냥 박제 개 한 마리면 돼."

"그만 하게."

"자네가 일단 그걸 사고 나면 모든 걸 다 얻는 셈이야. 단순히

---

80) 아마도 Ile St.-Louis, 즉 센 강에 있는 생 루이 섬을 지칭하는 듯.

가치를 교환하는 것뿐이야. 자네는 그들에게 돈을 주지. 그들은 자네에게 박제된 개를 하나 주는 거네."

"돌아 올 때 사세."

"좋아. 자네 좋을 대로 하게. 지옥으로 가는 길은 자네가 사지 않은 박제 개로 포장되어 있겠지. 내 잘못은 아닐세."

우리는 계속 갔다.

"자네 어떻게 그렇게 갑자기 개들에게 그런 식으로 느끼게 됐나?"

"개들에게 항상 그런 식으로 느껴오고 있지. 난 박제된 동물을 늘 많이 사랑해 온 사람이야."

우리는 걸음을 멈추고 한 잔 마셨다.

"술은 좋은 거야." 빌이 말했다. "자네도 가끔 해 봐야 돼, 제이크."

"자넨 나보다 한 144년은 앞서 있고만."

"자넬 주눅 들게 하면 안 되는데. 절대 주눅 들기 없기. 내 성공의 비결이야. 절대 주눅 들기 없기. 난 사람들 앞에서 주눅 든 적 없네."

"자네 어디서 술 마셨나?"

"크리용 바에 들렀지. 조지가 나한테 잭 로즈 몇 잔을 만들어 줬지. 조지는 대단한 녀석이야. 그 녀석이 성공한 비결을 알아? 결코 주눅 들지 않았다는 것이지."

"자네는 페르노를 세 잔 더 마시고 나면 주눅 들 거야."

"여러 사람 앞에서는 아니야. 내가 주눅 든다고 느끼기 시작하면 난 혼자 사라질 거야. 그런 점에서 난 고양이와 비슷해."

"하비 스톤은 언제 봤나?"

"크리용 바에서야. 하비는 그냥 조금 기가 죽었어. 사흘 동안 아무것도 못 먹었다는군. 이젠 아무것도 안 먹어. 그냥 고양이처럼 사라지지. 진짜 슬퍼."

"그 친구 괜찮을 거야."

"멋지군. 그래도 그 친구가 고양이처럼 맨날 사라지지나 않으면 좋겠어. 날 신경 쓰이게 해."

"오늘 밤에 뭐할까?"

"뭘 하나 마찬가지야. 그냥 기죽지나 말자는 얘기지. 여기 혹시 완숙 계란 있을라나? 여기 완숙 계란이 있다면 굳이 그거 먹으러 우리가 저 먼 생 루이 섬까지 내려갈 필요는 없겠지."

"아니." 내가 말했다. "제대로 된 식사를 하자고."

"그냥 한 번 말해 본 거야." 빌이 말했다. "지금 갈까?"

"가세."

우리는 출발해서 다시 생 미셸 대로를 따라 내려갔다. 마차 택시가 우리를 지나갔다. 빌이 그걸 바라봤다.

"저 마차 택시 봤어? 저 마차 택시를 자네 줄 크리스마스 선물로 가득 채울까 봐. 친구들 모두에게 박제 동물을 선물할 거야. 난 자연 작가거든."택시가 한 대 지나갔는데 거기 탄 누군가가 손을 흔들었고 운전사에게 멈추라고 차를 두들겼다. 택시는 후진해서 보도 연석으로 왔다. 차 안에는 브렛이 있었다.

"아름다운 숙녀로군." 빌이 말했다. "우리를 납치하려나 봐."

"이봐요." 브렛이 말했다. "이봐요."

"저는 빌 고턴입니다. 레이디 애슐리."

브렛은 빌에게 미소를 지었다. "난 지금 막 돌아온 길이에요. 아직 목욕도 못 했어요. 마이클이 오늘 밤 와요."

"좋아. 와서 우리랑 같이 식사하고 우리 모두 그 친구 만나러 가자고."

"좀 씻어야겠어요."

"이런, 젠장. 가자고."

"목욕해야만 해요. 그는 아홉 시나 되어야 올 거예요."

"그럼 목욕하기 전에 와서 술 한 잔 먼저 하지."

"그건 할 수 있어요. 이제 당신은 허튼 소리 안 하는군요."

우리는 택시에 탔다. 운전사가 주위를 둘러봤다.

"제일 가까운 술집에 세워줘요." 내가 말했다.

"우리는 차라리 클로즈리로 곧장 가는 게 낫겠어요." 브렛이 말했다. "난 이 빌어먹을 브랜디는 마실 수 없어요."

"클로즈리 데 릴라 술집으로 갑시다."

브렛이 빌에게 몸을 돌렸다.

"당신은 이 염병할 도시에 오래 있었어요?"

"부다페스트에서 오늘 막 도착했어요."

"부다페스트는 어떻던가요?"

"멋졌어요. 부다페스트는 멋져요."

"저 친구에게 비엔나에 대해서도 물어 봐."

"비엔나는" 빌이 말했다. "희한한 도시예요."

"파리와 무척 비슷하죠." 브렛이 그를 보고 웃었는데 눈가에 주름이 졌다.

"바로 그래요." 빌이 말했다. "이 순간의 파리와 아주 비슷하죠."

"당신 시작이 **좋았어요**."

데 릴라 바의 테라스에 앉아 브렛은 소다수 탄 위스키를 한잔 시켰고 나도 같은 걸로 한 잔 마셨고 빌은 페르노를 두 잔째 마셨다.

"어떻게 지내, 제이크."

"잘 지내지." 내가 말했다. "즐거웠어."

브렛이 나를 쳐다봤다. "떠난 게 바보짓이었어요." 그녀가 말했다. "파리를 떠나는 사람은 바보예요."

"즐거웠나요?"

"아, 괜찮았어요. 흥미 있었죠. 무지하게 재미있지는 않았지만."

"누구 만났어요?"

"아뇨, 거의 못 만났어요. 난 밖에 나간 적이 없거든요."

"수영 안 했어요?"

"아니. 아무 일도 안 했어요."

"비엔나처럼 들리네." 빌이 말했다.

브렛은 눈가를 찌푸리며 그를 쳐다봤다.

"그래, 비엔나에서는 그런 식이라는 거군요."

"비엔나의 다른 모든 것처럼 그렇죠."

브렛이 그에게 다시 웃었다.

"당신 친구 훌륭하네요, 제이크."

"이 친구 사람 좋아." 내가 말했다. "박제사야."

"그건 다른 나라에서였지." 빌이 말했다. "게다가 동물들은 다 죽었어."

"한 가지 더 얘기하자면." 브렛이 말했다. "난 뛰어가야 해요. 웨이터 보내서 택시 좀 잡아주세요."

"택시가 줄 서서 기다리는데. 나가면 앞에 바로 있어."

"좋아요."

우리는 술을 마셨고 브렛을 택시에 태웠다.

"열 시쯤에 셀렉트 바에 오는 것 잊지 마요. 그 사람도 오게 해요. 마이클도 거기 있을 거예요."

"우리 거기 갈 거요." 빌이 말했다. 택시가 출발했고 브렛이 손을 흔들었다.

"대단한 여자야." 빌이 말했다. "그 여자 진짜 멋져. 마이클이 누구야?"

"그 여자가 결혼하려는 남자지."

"그래, 그래." 빌이 말했다. "내가 누굴 만나기만 하면 그런 단계에 있다고 하더군. 내가 그들에게 뭘 보내 줘야 하나? 박제한 경주마 한 쌍 어떨까?"

"밥이나 먹자고."

"그 여자 진짜 뭔 귀족부인 맞아?" 생 루이 섬으로 내려가는 길의 택시 안에서 빌이 물었다.

"아, 그래. 족보 책 같은 데에 다 그렇게 되어 있어."

"그래, 그렇구먼."

우리는 섬 저 먼 쪽에 있는 마담 르콩트의 레스토랑에서 저녁을 먹었다. 미국인들로 레스토랑이 붐벼서 우리는 서서 자리가 나기를 기다려야 했다. 누군가가 이 레스토랑을 아직 미국인들 발길이 미치지 못한 파리 센 강변의 묘한 레스토랑이라고 미국 여성 클럽의 목록에 기입해 놓은 덕분에 우리는 테이블에 앉기 위해 45분을 기다려야 했다. 빌은 그 레스토랑에서 1918년 종전 직후에 식사한 적이 있고 마담 르콩트는 그를 보자 호들갑을 떨었다.

"그래도 우리한테 테이블은 안 주네." 빌이 말했다. "하지만 대단한 여자야."

식사가 괜찮았는데 구운 치킨, 새로 수확한 그린 빈, 으깬 감자, 샐러드와 애플파이와 치즈를 약간 먹었다.

"온 세상 사람들이 여기 다 모여 있군요." 빌이 마담 르꽁뜨에게 말했다. 그녀가 손을 들었다. "오, 이런."

"당신 부자가 될 거예요."

"저도 그러길 희망해요."

커피와 핀 브랜디를 마신 뒤 우리는 늘 그러하듯 석판 위에 백묵으로 표시된 계산서를 받았는데 이건 물론 이 집의 '기묘한' 특징 가운데 하나였다. 우리는 계산서를 지불했고 악수를 하고 밖으로 나갔다.

"여기 다신 안 오시겠네요, 반스 씨." 마담 르콩트가 말했다.

"동포들이 너무 많아서요."

"점심때에 오세요. 그땐 붐비지 않아요."

"좋아요. 곧 다시 올게요."

우리는 섬의 오를레앙 강둑 쪽 위로 가지를 드리운 나무들 아래를 따라 걸었다. 강 건너에는 오래 된 집들의 부서진 벽이 헐리고 있었다.

"사람들이 여기를 뚫고 길을 내겠네."

"그러겠지." 빌이 말했다.

우리는 계속 걸었고 섬을 빙 돌았다. 강물은 시커멓고 거룻배 한 척이 지나갔는데 불을 켜 놓아서 아주 환했고 빠르고 소리 없이 상류로 올라가더니 다리 아래에서 사라졌다. 강 아래로는 노트르담 사원이 밤하늘을 배경으로 웅크리고 있었다. 우리는 베튄느 둑으로부터 나무로 된 보행자 다리를 통해 센 강의 왼쪽 강둑으로 건너갔고 다리 위에 멈춰서 강 아래쪽으로 노트르담 사원을 바라보았다. 다리 위에 서니 섬은 어두워 보였고 집들은 하늘을 배경으로 높이 솟았고 나무들은 그림자를 드리우고 있었다.

"상당히 장엄하군." 빌이 말했다. "이런, 난 돌아가고 싶어."

우리는 다리의 나무 난간에 기대서 강 위쪽으로 큰 다리들의 불빛을 쳐다보았다. 다리 아래로는 물이 잔잔하고 검은 색이었다. 물은 다리의 구조물들에 부딪혀도 소리를 내지 않았다. 어떤 남자와 소녀가 우리를 지나쳐 갔다. 그들은 서로 팔을 두른 채 걸어가고 있었다.

우리는 다리를 건너 카르디날 르무안 거리를 걸어 올라갔다. 오르막이 심했고 우리는 콩트르스카프 광장까지 계속 올라갔다. 아크등 불빛이 광장의 나뭇잎 사이로 비쳤고 나무 아래에는 에스 버스 한 대가 떠날 준비를 하고 서 있었다. 네그르 주아유 카페의 문간으로부터 음악이 흘러나왔다. 카페 오 아마퇴르의 창문을 통해 나는 긴 징크 바를 봤다. 바깥쪽 테라스에는 노동자들이 술을 마시고 있었다. 아마퇴르의 안이 보이는 부엌에는 아가씨가 얇게 썬 감자를 기름에 튀기고 있었다. 쇠로 된 국 냄비가 있었다. 아가씨는 한 손에 레드 와인병을 들고 서 있는 어떤 늙은 남자에게 접시에 스튜를 국자로 담아줬다.

"술 한잔할래?"

"아니." 빌이 말했다. "안 마실래."

우리는 오른쪽으로 돌아 콩트르스카프 광장에서 나왔고 양쪽에 높고 오래된 집들이 있는 평탄하고 좁은 거리를 따라 걸었다. 어떤 집들은 길로 삐죽 나와 있었다. 다른 집들은 뒤쪽이 길에 잘려 있었다. 우리는 포드페르 거리로 접어들었고 그 길을 따라 죽 걸어서 생 자크 거리의 죽 벋은 정남북 방향 길에 이르렀고 그러고 나서 남쪽으로 걸어 마당과 쇠 울타리 뒤에 자리 잡은 발 드 그라스를 지나 포르 루아얄 대로로 갔다.

"뭘 하고 싶어?" 내가 물었다. "카페에 가서 브렛과 마이크를 만날까?"

"그러지 뭐."

우리는 포르 루아얄 대로가 몽파르나스 대로로 되는 곳까지 걸었고, 그 다음엔 계속 걸어 릴라, 라비뉴 카페와 온갖 작은 카페들을 지나고 다모이 카페도 지나서, 길을 건너 로통드로 갔고, 로통드의 전기불과 테이블을 지나서 셀렉트 카페로 갔다.

마이클이 테이블에 앉아 있다가 우리 쪽으로 왔다. 그는 햇볕에 그을렸고 건강해 보였다.

"안녀-엉, 제이크." 그가 말했다. "안녀-엉. 안녀-엉. 어떻게 지내, 늙은 소년?"

"자네 아주 건강해 보이는군, 마이크."

"아, 난 그래. 난 무지하게 건강해. 난 걷는 것만 하거든. 하루 종일 걸어. 술은 어머니랑 차 마실 때만 하루에 한 잔씩 마시지."

빌이 먼저 바 안에 들어와 있었다. 그는 서서 브렛과 얘기하고 있었는데, 브렛은 등 없는 높은 의자에 다리를 꼬고 앉아 있었다. 그녀는 스타킹을 신고 있지 않았다.

"만나서 반갑네, 제이크." 마이클이 말했다. "난 좀 취했어. 놀랍지, 그렇지? 내 코 봤나?"

그의 콧등에 말라붙은 핏자국이 있었다.

"어떤 늙은 숙녀의 가방이 그렇게 만들었어." 마이클이 말했다. "내가 그 여자의 가방들을 들어주려고 팔을 뻗쳤는데 가방이 내 위로 떨어졌지 뭐야."

브렛은 바에서 담뱃대로 그에게 손짓을 했고 눈 가장자리를 찌푸렸다.

"늙은 숙녀라." 마이크가 말했다. "그 여자의 가방들이 내 위로 **떨어**졌다고. 들어가서 브렛을 만나세. 그 여자는 아름다운 여자[81]야. 당신은 사랑스런 귀부인**이요**, 브렛. 그 모자 어디서 났소?"

---

81) a lovely piece. 여기에서 여자를 의미하는 'piece'에는 성행위의 대상으로서의 여자라는 뜻이 있다. 술 취한 마이크가 브렛을 계속 '아름다운 여자'라고 부르는 데

"어떤 이가 나 줄려고 산거예요. 모자 맘에 안 들어요?"

"그 모자 끔찍해. 좀 쓸만한 모자를 구하라고."

"오, 우리 지금 돈 굉장히 많은데." 브렛이 말했다. "그런데, 빌을 만난 적 없었나요? 당신은 사랑스러운 호스트<u>예요</u>, 제이크."

그녀는 마이크 쪽으로 몸을 돌렸다. "이 사람은 빌 고턴이에요. 이 술주정뱅이는 마이크 캠벨이고요. 캠벨 씨는 아직 청산 절차가 끝나지 않은 파산자예요."

"내가 그랬던가? 당신 내가 어제 런던에서 내 전(前) 동업자 만난 거 알지? 내게 다 덮어씌운 그 친구 말이요."

"그 사람이 뭐라고 말하던가요?"

"내게 술을 한잔 샀지. 난 그 잔을 받는 게 나을 거라 생각했지. 근데, 브렛, 당신 정말 아름다운 여자<u>요</u>. 그녀가 아름답다고 생각하지 않아요?"

"아름답다고요? 이 코로요?"

"아름다운 코예요. 계속 해 봐요. 코를 내 쪽으로 해 봐요. 그 여자 아름다운 여자죠?"

"이 인간을 스코틀랜드에 버려두고 오는 건데."

"그런데, 브렛, 우리 일찍 자러 갑시다."

"그렇게 상스럽게 굴지 말아요, 마이클. 이 바에 숙녀들이 있다는 걸 기억하세요."

"그 여자 아름다운 여자야. 그렇게 생각하지 않나, 제이크?"

에는 이런 의미가 들어있다.

"오늘 밤 권투시합 있어." 빌이 말했다. "가겠나?"

"권투라." 마이크가 말했다. "누가 싸우는데?"

"르두하고 다른 누군가하고."

"르두 그 친구 아주 잘하지." 마이크가 말했다. "나도 시합 보고 싶기는 해." 그는 정신을 차리려고 애쓰고 있었다. "하지만 난 갈 수 없어. 난 여기 있는 이 물건하고 데이트가 있거든. 자, 브렛, 가서 모자 하나 새로 사."

브렛은 펠트 모자를 한쪽 눈 위로 깊숙이 내려눌렀고 모자 아래로 웃어 보였다. "당신들 둘은 뛰어 가서 시합 봐요. 난 캠벨 씨를 곧장 집으로 모시고 가야겠어요."

"나 안 취했다고." 마이크가 말했다. "아마 그냥 조금 취했을 거야. 근데, 브렛, 당신 아름다운 여자야."

"가서 시합이나 봐요." 브렛이 말했다. "캠벨 씨는 점점 거동이 힘들어 지고 있어요. 왜 이렇게 애정 표현을 세게 하는 거예요, 마이클?"

"정말로 당신은 아름다운 여자요."

우리는 작별 인사를 했다. "못 가서 미안해요." 마이크가 말했다. 브렛은 웃었다. 난 문에서 되돌아보았다. 마이크는 한 손을 바에 올려놓고 브렛 쪽으로 몸을 기울인 채 말하고 있었다. 브렛은 아주 쌀쌀맞게 그를 쳐다보고 있었는데 눈가에 웃음이 어렸다.

밖의 인도 위에서 내가 말했다. "자네 시합 보러 가고 싶나?"

"물론이지." 빌이 말했다. "걸어가지만 않는다면."

"마이크는 자기 여자 친구에게 아주 흥분해 있었어." 내가 택시 안에서 말했다.

"그래." 빌이 말했다. "그 친구를 그렇게 무지막지하게 비난만 할 수는 없어."

제9장

르두 대 키드 프랜시스의 시합은 6월 20일 밤에 있었다. 멋진 시합이었다. 시합 다음 날 아침 나는 로버트 콘으로부터 편지를 한 통 받았는데 앙데[82]에서 보낸 것이었다. 그는 자기가 아주 조용한 시간을 보내고 있으며 수영도 하고 골프는 좀 치고 브리지 게임은 많이 하고 있다고 말했다. 앙데에는 멋진 해변이 있지만 그는 낚시 여행을 떠나고 싶어서 안달이었다. 그는 내가 언제 오냐고 물었다. 쌍낚시 바늘이 달린 낚싯줄을 사오면 돈을 치루겠다고 했다.

바로 그날 아침 나는 사무실에서 콘에게 편지를 써서 내가 따로 전보를 보내지 않는다면 빌과 내가 25일에 파리를 떠나 그를 바욘[83]에서 만날 것이고, 거기에서 버스를 타고 산을 넘어 팜플로나로 갈 예정이라고 말했다. 그날 저녁 7시쯤에 나는 마이클과 브렛을 만나기 위해 셀렉트 카페에 들렀다. 그들이 거기 없어서 나는 딩고 카페로 갔다. 그들이 안쪽 바에 앉아 있었다.

---

82) Hendaye. 프랑스 최 남서단에 있는 항구 도시.
83) Bayonne. 프랑스의 남서부 스페인 접경에 위치한 도시.

"안녕, 자기." 브렛이 손을 내밀었다.

"안녕, 제이크." 마이크가 말했다. "난 지난 밤 내가 취했었나는 걸 알아."

"그랬었죠." 브렛이 말했다. "창피한 일이죠."

"그런데," 마이크가 말했다. "자네들 언제 스페인에 가나? 우리가 자네들과 같이 가도 괜찮겠어?"

"그럼 멋질 거야."

"진짜 괜찮은 거지? 난 팜플로나에 가본 적이 있어, 아시겠지만. 브렛이 정말 가보고 싶어 해. 우리가 무지하게 방해 되는 건 아니지?"

"바보처럼 왜 그래."

"난 좀 취했어, 자네도 알듯이. 난 안 취했으면 자네에게 이런 식으로 물어 보지 않을 거야. 정말 괜찮은 거지?"

"아, 입 닥쳐요, 마이클." 브렛이 말했다. "지금 어떻게 안 된다고 말해겠어요? 내가 나중에 물어볼게요."

"하지만 자네 정말 괜찮은 거지, 그렇지?"

"또 물어보면 나 언짢아질 거야. 빌과 나는 25일 아침에 갈 거야."

"그런데, 빌은 어디 있어요?" 브렛이 물었다.

"샹티이에서 사람들하고 식사하고 있어."

"좋은 사람이던데."

"멋진 친구야." 마이크가 말했다. "멋져, 당신도 알듯이."

"당신 그 사람 기억 못 하잖아요." 브렛이 말했다.

"기억해. 완벽하게 기억해. 봐, 제이크, 우린 25일 저녁에 올 거네. 브렛은 아침에 못 일어나거든."

"정말 못 일어난다고요?"

"우리 돈이 오고 당신이 괜찮다고 확신만 한다면."

"돈이 올 거야, 물론. 그건 나한테 맡겨."

"낚시 장비 어떤 걸 보내야 할지 말해주게."

"릴 달린 낚싯대 두세 개와 낚싯줄, 그리고 플라이 미끼 몇 개면 돼."

"난 낚시는 안 할 거예요." 브렛이 끼어들었다.

"그럼 낚싯대 두 대면 되니까 빌은 안 사도 되겠네."

"맞아." 마이크가 말했다. "낚시터지기한테 전보를 보내야겠어."

"멋지겠어요." 브렛이 말했다. "스페인! 재미있을 **거예요**."

"25일. 그날이 언제지?"

"토요일."

"준비**해야겠어요**."

"그런데" 마이크가 말했다. "난 이발소에 좀 가야겠어."

"난 목욕하려고요." 브렛이 말했다. "호텔까지 같이 걸어가요, 제이크. 그럴 거죠?"

"우린 제일 예쁜 호텔을 **잡았어**." 마이크가 말했다. "근데 꼭 갈보집 같아."

"도착하면서 짐은 여기 딩고 카페에 맡겼어요. 오후에만 방을 쓸 거냐고 묻더군요. 밤새 머무를 거라고 하니까 굉장히 기뻐하는 내색이었어요."

"**난** 그게 갈보집이라고 믿어." 마이크가 말했다. "그리고 **난** 그게 사실인지 알아봐야겠어."

"아, 말 그만하고 가서 머리나 깎아요."

마이크는 밖으로 나갔다. 브렛과 나는 바에 앉았다.

"한잔 더 할래요?"

"그럴까?"

"난 술이 당겨요." 브렛이 말했다.

우리는 들랑브르 거리로 걸어 올라갔다.

"내가 돌아온 뒤로 오늘 당신 처음 보는 거예요, 그렇죠?" 브렛이 말했다.

"그래."

"어때**요**, 제이크?"

"좋아."

브렛이 날 쳐다봤다. "근데," 그녀가 말했다. "로버트 콘도 여행 같이 가는 거예요?"

"그래. 왜?"

"그게 그 사람에게 가혹하다고 생각하지 않아요?"

"왜 그래야 하지?"

"내가 산 세바스티안에 누구와 함께 갔었다고 생각해요?"

"축하해야겠군." 내가 말했다.

우리는 걸었다.

"왜 그렇게 말해요?"

"모르겠어. 내가 어떻게 말하기를 바라는 거야?"

우리는 걸었고 모퉁이를 돌았다.

"그 사람 얌전하게 구는 편이에요. 좀 지겨워 하긴 했지만."

"그래?"

"난 그게 그 사람에게 좋을 거라 생각했죠."

"당신 자선 사업하는 게 낫겠어."

"짓궂게 굴지 말아요."

"안 그럴게."

"당신 정말 몰랐어요?"

"응." 내가 말했다. "난 거기 대해 생각 안 해 봤어."

"그 사람에게 너무 가혹한 일일 거라고 생각하지 않아요?"

"그건 그 친구에게 달려있지." 내가 말했다. "간다고 당신이 말해. 그 친구는 오기 싫으면 안 오면 되잖아."

"그 사람에게 편지를 써서 빠져나갈 기회를 주겠어요."

난 6월 24일 밤이 될 때까지 브렛을 다시 보지 못했다.

"콘한테서 연락 왔어요?"

"물론이지. 그 친구 잔뜩 기대하고 있던데."

"어머나."

"그러는 게 좀 이상해."

"그이는 나를 정말 보고 싶다고 말해요."

"그 친구는 당신이 혼자 온다고 생각하나?"

"아니에요. 난 우리가 다 같이 간다고 말했어요. 마이클과 모두들."

"그 친구 대단해."

"그렇죠?"

그들은 돈을 다음날 받을 예정이었다. 우리는 팜플로나에서 만나기로 계획을 짰다. 그들은 산 세바스티안으로 바로 가서 거기서 기차를 타려고 했다. 우리는 모두 팜플로나에 있는 몬토야 호텔에서 만나기로 했다. 만약 그들이 월요일에 아주 늦게라도 오지 않는다면 우리가 먼저 피레네 산맥에 있는 부르게테로 가서 낚시 여행을 가기로 했다. 부르게테로 가는 버스가 있었다. 나는 일정표를 짜서 그들이 우리를 따라 오도록 했다.

빌과 나는 오르세이 역에서 아침 기차를 탔다. 날씨가 좋았고 너무 덥지도 않아서 시골은 출발할 때부터 아름다웠다. 우리는 뒤쪽 식당 칸으로 가서 아침을 먹었다. 식당 칸을 떠나면서 나는 1회 차 식권을 차장에게 달라고 했다.

"5회 차 전까지는 식권 매진입니다."

"뭐라고요?"

이 기차에서는 점심을 두 번 이상 제공하지는 않지만 그 두 번의 점심때에는 원래 늘 빈자리가 많았다.

"자리는 다 예약된 겁니다." 식당 칸 차장이 말했다. "3시 반에 5회 차 식사가 제공됩니다."

"이거 심각하네." 내가 빌에게 말했다.

"저 사람한테 10프랑 줘."

"여기 있소." 내가 말했다. "우리는 1회 차에 먹고 싶소."

차장이 10프랑을 호주머니에 넣었다.

"고맙습니다." 그가 말했다. "샌드위치 한번 드셔보세요. 첫 4번의 식사는 모두 회사 사무실에서 예약했습니다."

"이봐, 형제, 자네 앞길이 훤하네 그려." 빌이 그에게 영어로 말했다. "5프랑만 줬다면 우리보고 기차에서 뛰어 내리라 그랬겠지?."

"코망?"[84]

"지옥에나 가라고." 빌이 말했다. "가서 샌드위치 만들어 오고 와인 한 병 가져오쇼. 그렇게 저 친구한테 말 해, 제이크."

"그리고 그걸 다음 칸으로 보내 줘요." 난 우리 좌석이 어디에 있는지 설명했다.

우리 칸막이 좌석에는 어떤 남자와 그의 부인, 그리고 젊은 아들이 있었다.

"당신들 미국인 같은데요, 그렇죠?" 남자가 물었다. "여행 재미있게 하고 계신가요?"

"멋지게 하고 있습니다." 빌이 말했다.

"아무렴 그러셔야죠. 젊을 때 여행하세요. 집사람과 나는 항상 바다 건너 유럽에 가고 싶었지만 한동안 기다려야 했죠."

"맘만 먹었으면 10년 전에도 올 수 있었잖아요." 부인이 말했다. "당신은 맨날 이렇게 말했죠. '미국을 먼저 보자!' 어찌 됐건 미국은 많이 둘러보긴 했네요."

"그런데요, 이 기차에 미국 사람이 많네요." 남편이 말했다. "오하이오 데이튼에서 온 사람들이 객차 일곱 칸에 타고 있어요.

---

84) Comment? 프랑스 어로 '뭐라고요?'의 의미.

그 사람들은 로마로 순례 가는 중인데 지금은 비아리츠와 루르드로 가고 있죠."

"아, 그 사람들이 그렇군요. 순례자라. 빌어먹을 청교도들." 빌이 말했다.

"젊은이들은 미국 어디에서 오셨수?"

"캔자스시티입니다." 내가 말했다. "저 친구는 시카고구요."

"두 분 다 비아리츠로 가시나요?"

"아니요. 우리는 스페인으로 낚시하러 갑니다."

"그래요, 난 개인적으로 낚시는 좋아하지 않았어요. 내 고향에서는 사람들이 낚시하러 많이들 나가요. 몬태나 주에서 가장 좋은 낚시터가 있지요. 난 친구들과 낚시를 다녀 보기는 했지만 진짜로 좋아한 적은 없어요."

"당신 여행 하면서 낚시는 거의 안 했죠." 그의 아내가 말했다.

그가 우리에게 눈을 찡긋해 보였다.

"선생들도 여자들이 어떤지 알죠? 위스키 병이나 맥주 상자가 굴러다니면 여자들은 그게 지옥이자 저주라고 생각하지요."

"남자들이란 다 그렇죠." 아내가 우리에게 말했다. 그녀는 편안해 보이는 무릎을 매만졌다. "난 저 사람 기분 맞춰 주려고 금주법에 반대하는 투표를 했어요. 그리고 저도 집에서 맥주 홀짝거리는 걸 좋아하기 때문이죠. 그런데도 저 양반은 꼭 저런 식으로 말한다니까. 남정네들이 결혼할 짝을 찾기는 한다는 게 놀라운 일이죠."

"그런데요," 빌이 말했다. "저 청교도 조상님들 패거리가 오늘 오후 3시 반까지 식당 칸을 싹쓸이 한 거 아세요?"

"무슨 말이에요? 그 사람들 그러면 안 되지."

"가서 한번 좌석을 잡아 보세요."

"자, 엄마, 가서 아침 한 번 더 먹는 게 좋겠어요."

그녀가 일어나 옷매무새를 바로잡았다.

"젊은이들 우리 짐 좀 봐 줄래요? 가자, 휴버트."

그들 세 명이 다 식당 칸으로 올라갔다. 얼마 후에 여객 계원이 복도를 지나가며 첫 번째 식사를 알렸고 순례자들은 그들의 사제들과 함께 복도를 줄지어 내려가기 시작했다. 우리의 친구와 그의 가족은 돌아오지 않았다. 웨이터가 우리가 먹을 샌드위치와 샤블리[85] 병을 들고 복도를 지나가기에 불러들였다.

"오늘 근무요?" 내가 물었다.

그가 머리를 끄덕였다. "지금 시작해요, 열시 반이에요."

"우리는 언제 식사하면 되요?"

"이런. 그럼 저는 언제 식사하고요?"

그는 병에서 따라 마시라고 잔 두 개를 내려놓았고 우리는 그에게 샌드위치 값과 팁을 줬다.

"접시를 가지러 오겠습니다." 그가 말했다. "뭐, 직접 갖다 주셔도 좋고요."

우리는 샌드위치를 먹고 샤블리를 마셨으며 창밖으로 시골 풍경을 내다보았다. 곡식이 이제 막 영글기 시작했고 들은 온통 양귀

---

[85] Chablis. 프랑스 산 백포도주.

비로 가득 찼다. 목초지는 푸르렀고 아름다운 나무들이 있었고 저 멀리 숲 속에 큰 강과 성이 드문드문 보이기도 했다.

투르에서 우리는 내렸고 와인 한 병을 더 사서 칸막이 칸으로 되돌아 왔을 때 몬타나에서 온 신사와 그의 아내와 아들 휴버트가 편안하게 앉아 있었다.

"비아리츠에 수영하기 좋은 데 있나요?" 휴버트가 물었다.

"쟤는 물에 못 들어가면 아주 난리가 나요." 그의 엄마가 말했다. "젊은 애들은 여행하는 게 힘든가 봐요."

"수영하기 좋지." 내가 말했다. "하지만 파도가 세면 위험하단다."

"식사는 하셨나요?" 빌이 물었다.

"물론 먹었죠. 그들이 막 들어오기 시작할 때 우리도 거기에 막 앉았고, 그들은 우리가 자기네 일행이라고 생각했음에 틀림없어요. 웨이터가 우리에게 뭔가를 프랑스 말로 말했고 그러자 그들은 그냥 자기들 중 세 명을 되돌려 보냈어요."

"그들은 우리가 소란피울 사람이라고 생각했나 봐요." 남자가 말했다. "이 일이 확실히 당신들에게 가톨릭교회의 힘을 보여 주는 거지요. 당신들 젊은 양반들이 가톨릭이 아닌 게 딱한 일이요. 그랬다면 문제없이 식사를 할 수 있을 텐데 말이요."

"난 가톨릭이에요." 내가 말했다. "그게 나를 그렇게 괴롭게 만드는 거지요."

드디어 4시 15분에 우리는 점심을 들었다. 빌은 마지막에는 좀 힘들어 했다. 그는 식사하고 돌아오는 순례객들의 무리와 같이 오고 있는 어느 신부를 붙들고 긴 이야기를 했다.

"우리 신교도들은 언제나 밥 먹게 되나요, 신부님?"

"전 거기 대해서는 전혀 아는 바 없습니다. 식권 갖고 있지 않나요?"

"이 정도라면 사람들이 클랜[86]에라도 들어갈 거야." 빌이 말했다. 신부가 뒤돌아 그를 쳐다보았다.

식당 칸 안에서 웨이터들이 5회 차 정식을 제공하고 있었다. 우리를 담당하던 웨이터는 땀에 흠뻑 젖었다. 그가 입은 하얀 재킷의 겨드랑이는 땀으로 보라색이 되었다.

"저 친구는 분명히 와인을 많이 마셨을 거야."

"아니면 보라색 내의를 입은 게지."

"직접 물어보자."

"아냐. 저 친구 너무 지쳐있어."

기차는 보르도에서 30분 간 정차했고 우리는 좀 걸으려고 역을 통해 밖으로 나갔다. 시내에 들어갈 시간은 없었다. 나중에 우리는 랑드 평원을 지나며 해가 지는 것을 봤다. 소나무들 사이로 넓은 산불방지용 벌목 구간이 있었고 우리는 마치 이들이 도로나 되는 것처럼 위로 쳐다보았고 멀리 떨어진 우거진 언덕을 볼 수 있었다. 7시 30분경에 저녁을 먹었고 식당 칸의 열린 창문을 통해 시골 풍경을 봤다. 헤더 풀이 무성하고 소나무가 들어선 모래땅이었다. 집들이 자리 잡은 작은 개간지가 있었고 가끔씩 우리는 제재소를 지나쳤다. 날이 어두워지며 창문 밖으로 뜨겁고 모래밭인

---

86) Ku Klux Klan, 즉 KKK단으로 극렬 반흑인비밀결사 조직.

어두운 시골을 느낄 수 있었고 9시쯤에 우리는 바욘으로 들어갔다. 남자와 아내, 그리고 휴버트는 모두 우리와 악수를 했다. 그들은 비아리츠로 가는 기차로 갈아타기 위해 계속해서 라네그르스까지 가는 길이다.

"자, 큰 행운이 함께 하기 바랍니다." 그가 말했다.

"투우시합 구경할 때 조심하세요."

"비아리츠에서 만날지도 모르겠네요." 휴버트가 말했다.

우리는 짐 가방과 낚싯대 가방을 들고 내려서 어두운 역을 지나 가로등이 켜져 있고 마차와 호텔버스가 줄 서 있는 곳으로 나왔다. 거기에 호텔 급사들과 함께 로버트 콘이 서 있었다. 그는 처음에는 우리를 보지 못했다. 그러다가 그가 우리 쪽으로 걸어왔다.

"안녕, 제이크. 여행 좋았어?"

"좋았어." 내가 말했다. "이 사람이 빌 고턴이야."

"안녕하세요?"

"자," 로버트가 말했다. "내가 마차를 한 대 잡아놨어." 그는 좀 근시였다. 난 그전에는 그걸 알아채지 못했었다. 그는 빌을 보면서 그가 누군지 알아내려고 했다. 그는 부끄러워하기까지 했다. "내가 묵는 호텔로 가자고. 괜찮은 곳이야. 아주 좋지."

우리는 마차에 탔고 마부는 자기 옆 자리 위에 짐 가방들을 올려놓고는 위로 올라가 채찍을 찰싹 내리쳤다. 우리는 어두운 다리 위로 달려서 시내에 들어갔다.

"당신을 만나서 굉장히 기뻐요." 로버트가 빌에게 말했다. "제이크에게서 당신 얘기를 아주 많이 들었고 당신이 쓴 책들도 읽어 봤어요. 내가 보낸 전보 읽었어, 제이크?"

마차가 호텔 앞에 섰고 우리는 모두 내려서 안으로 들어갔다. 훌륭한 호텔이었고 데스크에 있는 사람들이 아주 명랑했고 우리는 각자 괜찮은 작은 방에 들었다.

제10장

아침에 날씨는 화창했고 사람들이 시내 거리에 물을 뿌려대고 있었다. 우리 모두는 어느 카페에서 아침을 먹었다. 바욘은 멋진 도시였다. 아주 깨끗한 스페인 마을다웠고 큰 강 옆에 있었다. 아주 이른 아침이었지만 벌써 강을 가로지르는 다리 위는 몹시 더웠다. 우리는 다리로 걸어가서 시내를 통과해 산책했다.

마이크의 낚싯대가 스코틀랜드에서 제시간에 올지 나는 전혀 확신할 수 없어서 우리는 철물점 위층의 낚시도구 가게를 뒤져 결국 빌에게 줄 낚싯대 하나를 샀다. 낚시도구 파는 사람이 밖에 나가 없어서 돌아오기를 기다려야만 했다. 드디어 그가 들어와 우리는 아주 좋은 낚싯대를 싸게 샀고 두 개의 그물망도 샀다.

우리는 다시 거리로 나와 성당을 구경했다. 콘은 성당이 어떤 건축 양식의 상당히 좋은 본보기라고 말했는데 난 뭔지는 잊었다. 그건 멋진 성당 같아 보였고, 멋지고 그윽하여, 스페인 교회들 같았다. 그리고 우리는 길을 올라가 옛 요새를 지나서 지역의 관광 안내국 사무소에 들어갔는데 거기서 버스가 출발하기로 되어 있었다. 거기 사무소 사람들이 우리에게 버스 운행이 7월 1일까지는 시작하지 않는다고 말했다. 우리는 팜플로나까지 승용차를 대절하는데 얼마를 지불해야 하는지를 관광사무소에서 알아보고 나서 시립극장의 모퉁이를 막 돌아서면 있는 큰 차고에서 400프랑을 주기로 하고 차를 한 대 빌렸다. 그 차가 40분 뒤에 우리를 호텔에서 태우기로 하고 우리는 아침을 먹은 광장의 카페에 들러 맥주를 마셨다. 더운 날이었지만 시내에는 시원하고 신선한 이른 아침의 냄새가 났고, 카페에 앉아 있으니 기분이 좋았다. 산들바람이 불기 시작해서 우리는 공기가 바다로부터 온다는 것을 느낄 수 있었다. 바깥 광장에는 비둘기들이 있었고 집들은 노랗고 햇볕에 구어진 색깔이었고 나는 카페에서 나가기가 싫었다. 하지만 우리는 짐을 꾸리고 돈을 지불하기 위해 호텔로 가야만 했다. 맥주 값을 동전을 던져 정하기로 했는데 난 콘이 돈을 낸다고 생각하고 호텔로 올라갔다. 나와 빌이 10퍼센트 봉사료를 포함해서 16프랑씩만 내면 되어 우리는 가방을 아래층으로 내려 보내고 로버트 콘을 기다렸다. 기다리는 동안 나는 나무 세공을 한 마루 위에서 적어도 3인치 길이는 틀림없이 되어 보이는 바퀴벌레를 봤다. 난 빌에게 바퀴벌레를 가리켜 보였고 그리고는 신발로 밟았다. 우리는 바퀴벌레가 정원에서 막 들어왔음에 틀림없다는 데에 의견이 일치했다. 정말 굉장히 깨끗한 호텔이었다.

 콘이 드디어 내려와 우리 모두는 차로 갔다. 크고 덮개가 씌워져 있는 차였고 운전사는 푸른 옷깃과 커프스가 달린 하얀 먼지 방지 외투를 입고 있었는데 우리는 그에게 차 뒤쪽의 덮개를 내리게 했다. 그는 짐 가방을 안에다 쌓았고 차는 출발해서 거리를 올라가 마을에서 벗어났다. 멋진 정원들을 지나서 뒤돌아보니 시내가 잘 보였다. 그런 뒤에 시골로 나오게 되었는데 온통 푸르고 기복이 있고 길은 내내 오르막이었다. 우리는 소달구지를 끌고 가는 많은 바스크[87]사람들을 지나쳤고 낮은 지붕에 온통 하얀 석고로 칠해진 멋진 농가를 지나쳤다. 바스크 지역에서는 땅이 어디나 아주 비옥하며 푸르렀고 집과 마을은 부유하고 깨끗했다. 마을마다 펠로타[88] 놀이하는 마당이 있고 그중 몇몇 마당에는 아이들이 뜨거운 태양 아래 놀고 있었다. 교회 벽에는 펠로타 놀이를 거기서 하면 안 된다는 표시가 붙어 있었고, 마을의 집들은 붉은 타일로 된 지붕을 하고 있었고 그러다가 샛길로 접어들면서 위로 오르는 길이 시작했고 우리는 언덕 사면을 따라 바짝 오르막길을 갔다. 아래에는 계곡이 있었고 언덕은 바다를 향해 뒤쪽으로 죽 뻗어 있었다. 바다는 보이지 않았다. 너무 멀리 떨어져 있었다. 보이는 것이라고는 언덕들, 그리고 그 너머의 또 다른 언덕들이었고 바다가 어디 있는지는 그저 어림짐작만 할 뿐이었다.

우리는 스페인 국경을 넘었다. 작은 시내와 다리가 있고 스페인 헌병들이 한쪽 편에서 에나멜 가죽으로 만든 보나파르트 모자[89]를 쓴 채 짧은 총을 어깨에 메고 있고, 다른 쪽 편에는 군모를 쓰고 콧수염을 기른 뚱뚱한 프랑스 군인들이 있었다. 그들은 가방

---

87) Basque. 피레네 산맥 서부의 산악지대.
88) pelota. 핸드볼 비슷한데 팔에 굽은 바구니를 달아 볼을 잡기도 하고 벽에 던져 튀게 하기도 하는 경기.
89) Napoleon Bonaparte가 썼던 것 같은 모자.

하나만을 열고 여권을 집어서 들여다보았다. 국경선의 양쪽에 잡화상과 여관이 하나씩 있었다. 운전사는 안에 들어가서 차에 관한 서류를 몇 장 기입해야 해서 우리는 밖으로 나가 혹시 송어가 있나 보려고 시냇물로 가 봤다. 빌이 헌병 한 명에게 스페인 어로 말을 건네려 했지만 성공하지는 못했다. 로버트 콘이 손가락으로 가리키며 냇물에 송어가 있냐고 물어 보았고, 헌병은 있기는 한데 많지는 않다고 말했다.

난 그에게 낚시해본 적이 있냐고 물었는데 그는 아니라고 대답하고 낚시를 좋아하지 않는다고 했다.

바로 그때 길고 햇볕에 그을린 머리카락과 턱수염을 하고, 거친 아마천 자루로 만든 것 같은 옷을 입은 어떤 늙은 남자가 다리로 성큼성큼 다가왔다. 그는 긴 지팡이를 들고서 새끼 양 한 마리를 등에 둘러메고 있었는데 새끼 양은 네 다리가 묶여 있고 양 머리는 아래로 늘어져 있었다.

헌병이 농부에게 되돌아오라고 칼을 흔들었다. 그 남자는 아무 말도 하지 않고 몸을 돌려 스페인으로 가는 하얀 길을 되돌아 올라가기 시작했다.

"저 노인네는 뭐가 문제인가요?" 내가 물었다.

"여권이 없어요."

나는 경비병에게 담배를 한 대 권했다. 그는 담배를 받고 내게 고맙다고 했다.

"저 사람 이제 어떻게 할 건가요?"

경비병이 땅에 침을 뱉었다.

"아, 그 사람은 냇물을 걸어 건너게 되겠죠."

"밀수하는 사람이 많나요?"

"암요," 그가 말했다. "안 걸리고 빠져나가죠."

운전사가 밖으로 나와 서류를 접어 외투 안주머니에 집어넣었다. 우리 모두는 차에 탔고 차는 스페인으로 들어가는 하얀 먼지 나는 길을 올라가기 시작했다. 잠시 동안 시골 풍경은 지금까지와 비슷했는데 그러다가 계속 오르막길이 되면서 우리는 고개 꼭대기를 넘고 길은 제멋대로 뒤로 앞으로 구불대다가 진짜 스페인이 되었다. 길고 갈색의 산들이 있고 몇몇 산기슭에는 소나무 몇 그루와 멀리 떨어져 너도밤나무 숲이 있었다. 고개의 정상을 따라 길이 나 있고 그러다가는 푹 내려가고, 운전사는 경적을 울리고 속도를 늦춰야 했고, 그러다가 길에서 잠자고 있는 당나귀 두 마리와 부딪히지 않기 위해 바깥쪽으로 틀었다. 우리는 산을 벗어나 아래로 내려가 참나무 숲을 통과하자 숲 속에서 풀을 뜯고 있는 하얀 소들이 있었다. 아래쪽으로 풀이 많은 평원과 맑은 시냇물을 지나고 나서 우리는 개울을 하나 건넜고 우중충한 작은 마을을 통과해서 다시 오르막길을 오르기 시작했다. 우리는 계속 위로 올라가 또 다른 높은 고개를 넘어 방향을 틀고 길은 오른쪽으로 굽어 내려가고 저 남쪽으로 완전히 새로운 산맥을 보는데 모두 갈색이고 햇볕에 그을린 것처럼 보이고 이상한 모습으로 골이 져 있었다.

잠시 후 산에서 빠져 나오자 길 양쪽으로 나무들이 늘어서 있고 냇물과 곡식이 영근 밭이 있고 길은 아주 하얗게 앞으로 죽 뻗어 나가다가 좀 높은 곳으로 솟아 올라갔다. 왼쪽으로 빠져나가면 언덕이 하나 있는데 오래된 성과, 그 성 주위를 가까이에서 둘러싼 건물들이 있고 곡식을 심은 밭이 우측으로 벽에까지 이르고 바람에 까불대고 있었다. 나는 앞자리에서 운전사와 함께 깨어서 주위를 둘러봤다. 로버트 콘은 잠들었지만 빌은 날 보고 머리를 끄덕였다. 그러다가 넓은 평원을 지나가고 오른쪽에는 줄지어 늘어선 나무들 사이로 비치는 햇빛을 받아 반짝이는 큰 강이 있고, 더 멀리로는 팜플로나 고원이 평지에서 솟아난 것을 볼 수 있고, 도시의 벽들과, 거대한 갈색 성당과, 다른 교회들의 들쭉날쭉한 스카이라인을 볼 수 있었다. 고원의 뒤로는 산이 있고 눈을 돌리는 곳 어디에나 다른 산들이 있고, 앞쪽으로는 길이 평원을 가로질러 팜플로나를 향해 하얗게 죽 뻗어 있었다.

우리는 고원의 반대쪽에 있는 마을로 들어왔는데 길은 가파른 경사를 이루며 올라가고 양쪽의 그늘을 드리운 나무와 함께 먼지 자욱하게 올라가더니 편평해지면서 옛 벽들의 바깥에 지어지고 있는 마을의 새로운 구역을 통과해 갔다. 높고, 하얀색이며 햇볕을 받아 콘크리트처럼 보이는 투우 경기장을 지난 뒤, 옆길을 통해 커다란 광장으로 들어가 몬토야 호텔 앞에서 차를 멈췄다.

운전사가 짐 내리는 것을 도와줬다. 차를 구경하는 아이들 무리가 있고 광장은 뜨거웠다. 나무는 푸르고 깃발들은 깃대에서 늘어져 있고 햇볕을 벗어나 광장을 빙 돌아가는 회랑의 그늘 아래에 있는 것은 좋았다. 몬토야는 우리를 보자 반가워하며 우리와 악수를 하고 광장이 보이는 좋은 방을 내줬다. 그리고 나서 우리는 씻고 단정하게 옷을 갖춰 입은 뒤에 아래층 식당으로 점심 먹으러 내려갔다. 운전사도 점심 먹으려고 머물고 있었고 나중에 우리는 그에게 돈을 지불하자 그는 바욘으로 되돌아가는 길을 출발했다.

몬토야 호텔에는 식당이 두 군데 있다. 하나는 2층에 있고 광장을 향해 있다. 다른 하나는 광장보다 낮은 1층에 있고 뒷골목으로 열리는 문이 문이 하나 있는데, 수소들이 이른 아침에 투우장을 향해 지나갈 때, 이 뒷골목을 통해 갔다. 아래층 식당은 늘 선선하고 우리는 아주 훌륭한 점심을 먹었다. 스페인에 들어와 처음 먹은 식사는 늘 충격인데 왜냐하면 전채, 계란 코스 요리에다가 두 가지 고기 코스 요리와 야채, 샐러드, 그리고 디저트와 과일까지 나왔기 때문이다. 이 모든 요리를 내려가게 하려면 와인을 충분히 마셔야 한다. 로버트 콘은 자기는 두 번째 고기 코스요리는 먹고 싶지 않다고 말하려고 했으나 우리가 그의 말을 통역해 주지 않은 바람에 웨이트리스가 뭔가를 대신 내왔는데 내 생각엔 차가운 고기 한 접시였다. 콘은 우리가 바욘에서 만났던 이후로 내내 좀 신경이 예민해 있었다. 산 세바스티안에서 브렛과 그가 함께 있었던 것을 우리가 아는지 어떤지 모르고 있었는데 이 때문에 그는 좀 어색해 했다.

"그래." 내가 말했다. "브렛과 마이크는 오늘 밤 와야 하는데."

"난 그들이 올지 안 올지 확신할 수 없어." 콘이 말했다.

"왜죠?" 빌이 말했다. "물론 올 겁니다."

"그들은 항상 늦지." 내가 말했다.

"내 생각엔 그들이 안 올 거 같아." 로버트 콘이 말했다.

그는 우리보다 많이 안다는 기색으로 말했는데 이것이 우리 둘을 다 짜증나게 했다.

"난 그들이 오늘 밤 여기 온다는 데에 50페세타[90] 걸겠네." 빌이 말했다. 그는 화가 날 때면 언제나 돈을 걸었는데 그러다보니 대개는 어리석게 돈을 거는 셈이었다.

"내기 하지." 콘이 말했다. "좋아. 자네, 이거 기억하게, 제이크. 50 페세타야."

"나도 기억하겠네." 빌이 말했다. 난 그가 화 난 것을 알았고 그를 진정시키고 싶었다.

"그들이 온다는 건 확실하네." 내가 말했다. "그런데 오늘 밤엔 안 올지 몰라."

"내기를 취소하고 싶은가?" 콘이 말했다.

"아니. 뭐 하러 그래? 자네가 원한다면 100페세타를 걸지."

"좋네. 접수하지."

"그 정도 해 두지." 내가 말했다. "아니면 자넨 책이라도 한 권 내서 벌어들인 돈을 나한테 좀 줘야 할 거야."

"난 좋아." 콘이 말했다. 그는 웃었다. "자넨 아마도 브리지 게임에서라도 그 돈을 만회할 수 있을 것 아닌가, 어쨌든."

"자네 아직 그 돈 못 땄잖아." 빌이 말했다.

우리는 밖으로 나가 회랑 밑에서 돌아다니다가 커피를 마시러 이루냐 카페에 갔다. 콘은 면도하러 가려던 참이라고 말했다.

"자," 빌이 내게 말했다. "내가 그 내기에서 이길 가능성이 있

---

90) peseta. 스페인의 화폐단위.

제2부 **145**

겠나?"

"자넨 가능성이 거의 없어. 그들은 어디에건 제시간에 오는 적이 없어. 돈이 오지 않는다면 그들이 오늘 밤 오지 않는 게 확실하네."

"난 입을 열자마자 후회했네. 하지만 난 그를 불러야만 했네. 그는 별 상관없긴 한데 어디서 이런 내막을 알게 되었지? 마이크와 브렛은 여기에 꼭 오겠다고 우리랑 약속했었는데."

난 콘이 광장을 건너오고 있는 것을 봤다.

"저기 오네."

"자, 저 친구가 우쭐해지거나 유대인 티 내지 못하게 하자고."

"이발소가 문 닫았네." 콘이 말했다. "4시까진 문 안 연데."

우리는 이루냐에서 커피를 마시고 안락한 등나무 의자에 앉아 시원한 회랑에서 넓은 광장을 내다 봤다. 잠시 후에 빌이 편지를 몇 통 쓰러 갔고 콘은 이발소로 갔다. 이발소는 여전히 닫혀 있어서 그는 호텔로 가서 목욕하기로 작정했고 나는 밖에서 카페에 앉았다가 산책하러 시내로 들어갔다. 날이 몹시 더웠지만 나는 길의 그늘진 곳으로만 해서 시장을 통과해 갔고 다시 시내를 둘러보며 즐거운 시간을 보냈다. 나는 시청에 갔다가 매년 날 위해서 투우 시합 입장권을 예약해 주는 늙은 신사와 마주쳤는데 그는 내가 파리에서 부친 돈을 받아 예약을 갱신해 줘서 모든 게 다 준비가 되었다. 그는 기록 보관인이었고 마을의 모든 문서 기록이 그의 사무실 안에 있었다. 그건 이 이야기와는 아무 상관도 없다. 어쨌든 그의 사무실은 녹색 베이즈[91] 문과 큰 나무 문이 있었는데 밖으로 나가면서 나는 사방의 벽을 뒤덮고 있는 기록들 사이에 앉아 있게 그를 남겨 놓았고 두 문을 다 닫았다. 건물에서 길로 나갈 때 수위가 나를 멈추게 하고 내 외투를 솔질해서 먼지를 떨었다.

"손님, 자동차 타고 오셨나 봐요." 그가 말했다.

옷깃의 뒷부분과 어깨의 윗부분이 먼지로 잿빛이었다.

"바욘에서부터요."

"자, 자." 그가 말했다. "손님이 흙먼지 가득한 길을 차를 타고 왔다는 걸 난 알았어요." 난 그에게 구리 동전 두 개를 줬다.

거리의 끝에 성당이 보여서 그쪽으로 걸어갔다. 처음 봤을 때는 성당의 정면이 보기 흉하다고 생각했지만 이제는 좋아하게 되었다. 난 안으로 들어갔다. 침침하고 어두웠고 기둥이 높이 솟아 있었으며 기도하는 사람들이 있었고 향을 피운 냄새가 났고 멋진 큰 창문이 몇 개 있었다. 나는 무릎을 꿇고 기도하기 시작했고 머리에 떠오르는 모든 사람들을 위해 기도했다. 브렛, 마이크, 빌, 로버트 콘, 그리고 내 자신, 모든 투우사들을 위해 기도했는데, 내가 좋아하는 사람들을 위해선 한 사람 한 사람 따로 기도했고 나머지 사람들은 한데 뭉뚱그려 했다. 그리고는 나 자신을 위해 다시 기도했고, 내가 날 위해 기도하는 동안 졸음이 와서 나는 투우사들이 멋지기를, 그리고 축제가 훌륭하게 되도록, 우리가 고기 좀 잡을 수 있게 해달라고 기도했다. 그 밖에 기도할 내용이 또 있지나

---

91) baize. 당구대, 탁자 등에 쓰이는 초록색 나사 천.

않은지 생각해 보았고 돈이 좀 있으면 좋겠다고 생각하고는 돈을 많이 벌게 해달라고 기도했다. 그러고 나서는 어떻게 돈을 벌지 생각하기 시작했고, 돈을 번다는 생각은 내게 백작을 떠올리게 했고 나는 그가 어디에 있는지, 몽마르트르에서의 그 밤 이후 그를 보지 못했다는 게 유감이라고 생각하기 시작했고, 브렛이 그에 관해 말한 웃기는 뭔가에 대해 생각하기 시작했다. 그리고 마룻바닥에 이마를 댄 채로 무릎 꿇고 이렇게 기도하고 있는 자신을 생각해 보는 내내 나는 부끄러웠고 내가 그런 빌어먹을 가톨릭 신자라는 것이 유감스러웠다. 그러나 적어도 잠시 동안, 혹은 영원히 내가 거기에 대해 어떻게 할 수 있는 방법이 없고 어쨌든 가톨릭은 위대한 종교라는 것을 깨닫자 나는 그저 종교적 마음이 되기를, 지금이 아니면 다음에라도 그러기를 바랄 뿐이었다. 그리고 밖으로 나와 뜨거운 햇볕을 받으며 성당의 계단 위에 섰고 내 오른손 검지와 엄지손가락이 여전히 축축했는데 햇볕을 받으니 마르는 것을 느꼈다. 햇볕은 뜨겁고 강렬했으며 나는 어떤 건물들 옆으로 해서 길을 건넜고 샛길로 해서 호텔로 되돌아갔다.

    그날 저녁 우리는 로버트 콘이 목욕을 하고 면도도 하고 이발과 샴푸를 하고, 머리카락을 가라앉히느라고 나중에 뭔가를 발랐다는 것을 알았다. 그는 초조했지만 나는 그를 조금도 도우려고 하지 않았다. 기차는 산 세바스티안에서 아홉 시에 도착할 예정이었고 브렛과 마이크가 온다면 그들은 그 기차에 타고 있을 것이다. 아홉 시 이십 분 전이지만 우리는 저녁을 반도 끝마치지 못했다. 로버트 콘은 식탁에서 일어나 자기가 역으로 가 보겠다고 말했다.

난 그와 같이 가겠다고 말했는데, 그저 그를 괴롭히기 위해서였다. 빌은 자기가 저녁을 못 마치고 간다면 저주받을 거라고 말했다. 난 곧 돌아오겠다고 말했다.

우리는 역으로 걸어갔다. 나는 콘이 초조한 것을 즐겼다. 나는 브렛이 그 기차에 타고 있기를 바랐다. 역에서 기차가 연착했고 우리는 짐 트럭에 앉아 어두운 바깥에서 기다렸다. 난 문명화된 삶을 사는 남자 가운데 로버트 콘처럼 초조해 하고 또 그렇게 진지한 사람을 본 적이 없다. 난 그걸 즐겼다. 그걸 즐기는 건 비열한 느낌이었는데 난 비열하게 느꼈다. 콘은 누구에게서나 가장 나쁜 성질을 나오게 만드는 놀라운 소질이 있었다.

잠시 후에 우리는 고원의 반대 쪽 저 아래 멀리서 기차의 기적 소리를 들었고 전조등이 언덕을 올라오는 것을 봤다. 우리는 역 안으로 들어가 개찰구 바로 뒤에서 사람들 무리와 함께 서 있었다. 그러고 나서 기차가 역 안으로 들어와 멈췄고 모두가 개찰구를 통해 밖으로 나오기 시작했다.

그들은 인파 속에 있지 않았다. 우리는 모든 사람들이 개찰구를 통과해서 역 밖으로 나가 버스에 타거나 택시를 잡거나, 아니면 친구들 혹은 친척들과 함께 걸어서 어둠을 뚫고 시내로 들어갈 때까지 기다렸다.

"그들이 안 올지 알았어." 로버트가 말했다. 우리는 다시 호텔로 돌아가고 있었다.

"난 그들이 올 거라 생각했어." 내가 말했다.

빌은 우리가 들어왔을 때 과일을 먹고 있었고 와인 한 병을 다 마시고 있었다.

"안 왔어, 엉?"

"응."

"내가 그 100페세타를 아침에 줘도 괜찮겠어요, 콘?" 빌이 물었다. "난 여기서 아직 환전을 하나도 못 했거든요."

"아, 그거 잊어버려요." 로버트 콘이 말했다. "다른 데에 내기 걸자고요. 투우에 돈 걸겠어요?"

"그럴 수 있죠." 빌이 말했다. "하지만 당신이 꼭 그래야 할 필요는 없어요."

"그건 마치 전쟁에 내기 거는 것 비슷한 거야." 내가 말했다. "자넨 어떤 경제적 이해관계도 필요하지 않아."

"난 투우 경기가 굉장히 보고 싶어." 로버트가 말했다.

몬토야가 우리 테이블로 다가왔다. 그는 손에 전보를 한 통 들고 있었다.

"선생님 겁니다." 그가 내게 건네줬다.

다음과 같은 내용이었다. "밤에 산 세바스티안에서 머무름."

"그들이 보낸 거야." 내가 말했다. 난 전보를 주머니에 넣었다. 보통 때였으면 나는 전보를 다른 사람들에게 읽으라고 넘겼을 것이다.

"그들은 산 세바스티안에서 내렸어." 내가 말했다. "자네에게 안부 전해달라네."

내가 왜 그의 속을 뒤집어 놓으려는 충동을 느꼈는지 난 알 수 없다. 물론 난 안다. 난 그에게 일어난 일에 대해 맹목적이고 용서할 수 없을 만큼 질투를 느꼈다. 내가 그 일을 당연하게 받아들였다고 해도 기분은 좀처럼 나아지지 않았다. 난 그를 정말로 증오했다. 난 점심때 그가 잠시 우월함을 보였을 때까지는, 거기다 그 이발하는 일을 모두 겪을 때까지는 정말로 그를 증오하지는 않았다고 생각했다. 그래서 나는 전보를 내 주머니에 집어넣었다. 어쨌든 전보는 내게 온 거니까.

"자." 내가 말했다. "우리는 정오에 부르게테로 출발하는 버스를 타야 해. 그들이 내일 밤에 도착한다면 우리를 따라 올 수 있어."

산 세바스티안에서 오는 기차는 두 편만이 있었는데 이른 아침 기차와 우리가 막 만났던 기차였다.

"그거 좋은 생각 같네." 콘이 말했다.

"우리가 강에 더 일찍 갈수록 더 좋은 거야."

"출발하기만 한다면야 내겐 다 마찬가지야." 빌이 말했다. "빠를수록 더 좋아."

우리는 이루냐 카페에 잠시 동안 앉아서 커피를 마셨고 밖으로 좀 걸어 나가 투우장에 가 봤고 밭을 가로질러 절벽 끄트머리에 있는 나무 아래에서 어둠에 잠긴 강을 내려다보았고 그리고는 나는 일찍 잠자리에 들었다. 빌과 콘은 아주 늦도록 밖의 카페에서 머물렀는데 그건 그들이 들어왔을 때 내가 이미 잠들어 있었기 때문이었을 것이다.

아침에 나는 부르게테로 가는 버스표 세 장을 샀다. 버스는 두 시에 떠나기로 되어 있었다. 그보다 이른 버스는 없었다. 난 이루냐에 앉아서 신문을 읽고 있었는데 그때 로버트 콘이 광장을 질러오고 있는 것이 보였다. 그는 테이블로 와서 등나무 의자에 앉았다.

"아늑한 카페군." 그가 말했다. "잘 잤나, 제이크?"

"난 나무토막처럼 잘 잤다네."

"난 썩 잘 자지는 못 했어. 빌과 나는 밖에 늦도록 있기도 했고."

"자네들 어디 있었나?"

"여기. 그리고 이 집이 문 닫은 뒤에는 저기 또 다른 카페로 건너갔지. 거기 있는 노인네가 독일어와 영어를 하더라고."

"카페 수위조야."

"맞아. 그는 사람 좋은 노인네 같아 보였어. 내 생각에 거기가 여기보다 좋은 카페야."

"낮에는 그렇게 좋지는 않지." 내가 말했다. "너무 덥거든. 그런데, 내가 버스 차표 샀어."

"난 오늘 가지는 않을 거야. 자네와 빌이 먼저 가지."

"자네 버스표도 샀다고."

"날 주게. 환불해 오게."

"5페세타야."

로버트 콘은 5페세타짜리 은화를 꺼내 내게 줬다. "난 여기 더 머물러야겠어." 그가 말했다. "자네도 알다시피 오해가 좀 있는 게 아닌가 싶어서."

"왜?" 내가 말했다. "그들은 산 세바스티안에서 단체로 출발하지 않는다면 여기에 3, 4일 뒤에야 도착할 거야."

"바로 그 때문이야." 로버트가 말했다. "내 생각엔 그들이 나를 산 세바스티안에서 만나고 싶기 때문에 거기서 머무르는 거라고."

"무엇 때문에 그렇게 생각하나?"

"글쎄, 난 그런 뜻으로 브렛에게 편지를 썼거든."

"그럼 도대체 자네 왜 거기 머물다가 그들을 만나고 오지 않았나?" 나는 말하기 시작했지만 멈췄다. 난 그 생각이 그에게 저절로 떠올랐다고 생각했지만 전혀 그랬으리라고 믿지 않았다.

그는 이제 속사정을 털어놓았고, 그와 브렛 사이에 뭔가가 있음을 내가 알고 있다는 것을 이해하고 말하는 것이 그에게 기쁨을 줬다.

"자, 빌과 나는 점심 먹고 바로 떠날 거야." 내가 말했다.

"나도 가고 싶어. 우리는 겨우내 이 낚시를 기대해 오지 않았나." 그는 이 점에 대해 감상적이 되었다. "하지만 난 머물러야만 해. 난 정말로 그래야 해. 그들이 도착하면 바로 데리고 갈게."

"빌을 찾아보자고."

"난 이발소로 가 보고 싶네."

"점심때 봐."

난 빌을 위층 그의 방에서 찾았다. 그는 면도를 하고 있었다.

"아, 그래, 콘은 어젯밤에 거기에 대해 내게 전부 말했어." 빌이 말했다. "그는 못난 비밀을 털어놓는 대단한 친구야. 그는 자기가 산 세바스티안에서 브렛과 데이트했다고 말했어."

"거짓말쟁이 자식 같으니."

"아, 아니야." 빌이 말했다. "화내지 마. 지금 막 여행 시작했는데 화내면 되겠어? 대체 이 친구 어떻게 알게 된 거야?"

"내 속 긁어놓지 말게."

빌은 반쯤 면도한 채 주위를 둘러봤고 얼굴에 비누거품을 칠하는 동안 거울을 보며 계속 말을 했다.

"자네 작년 겨울에 내게 보내는 편지를 그 친구 편에 뉴욕으로 보내지 않았었나? 이런 제길, 난 여행하는 사람이야. 자넨 데려올 유대인 친구들이 좀 더 있지 않나?" 그는 엄지손가락으로 턱을 문질렀고, 거울을 보고, 그리고는 다시 긁기 시작했다.

"자네도 훌륭한 유대인 친구들이 있잖아?"

"아, 그렇지. 굉장한 친구들 몇 명이 있지. 하지만 이 로버트 콘 같은 부류의 사람들은 아니야. 웃기는 건 그도 괜찮은 사람이라는 거지. 난 그를 좋아 해. 하지만 그 친구는 그냥 아주 끔찍해."

"그 친구 진짜 멋져."

"나도 알아. 그게 끔찍한 거지."

난 웃었다.

"그래. 계속 웃자고." 빌이 말했다. "자네는 지난 밤 그와 함께 밖에서 2시까지 같이 있지 않았잖아."

"그 친구 아주 상태가 안 좋은가?"

"끔찍해. 그런데 그와 브렛 사이에 무슨 일이 있었던 거야? 그녀는 그와 조금이라도 무슨 관련이 있었나?"

그는 턱을 들어 올리고는 좌우로 당겨보았다.

"물론이지. 그녀는 산 세바스티안에 그와 함께 갔었던 거야."

"진짜 엄청 어리석은 짓을 했군. 그녀가 왜 그랬지?"

"그녀는 도시에서 벗어나고 싶었는데 혼자서는 어디고 갈 수가 없거든. 그녀는 이렇게 하는 게 그에게 좋을 거라고 생각한다고 말했어."

"정말 사람들이 지겹게 어리석은 짓들을 하는군. 그녀는 왜 자기 수준에 맞는 사람하고 떠나지 않은 거야? 아니면 자네하고라도?"—그는 이 부분을 얼버무렸다.—"아니면 나하고라도? 왜 나는 안 되나?" 그는 거울 속에 비친 자신의 얼굴을 유심히 쳐다보았고 양쪽 뺨에 커다란 비누거품을 살짝 발랐다. "이거 정직한 얼굴이네. 이건 어떤 여자라도 같이 있으면 안전한 그런 얼굴이야."

"그녀는 이 얼굴을 본 적이 없지."

"그녀가 봤어야 했는데. 모든 여자가 내 얼굴을 봐야만 해. 이 얼굴은 시골의 모든 영화관 스크린에 나와야만 할 그런 얼굴이지. 모든 여자들에게 결혼예식이 끝날 때 이 얼굴 사진을 하나씩 줘야 해. 엄마들은 딸들에게 이 얼굴에 대해 말해야 해. 내 아들은—" 그가 면도날을 내 쪽으로 향했다. "이 얼굴로 서부로 가서 나라와 함께 성장할지어다."

그는 세숫대야 쪽으로 몸을 홱 굽혀 찬 물로 얼굴을 헹구고 알코올을 좀 바르고 거울에 비친 자기 모습을 유심히 보더니 긴 윗입술을 잡아 늘어뜨렸다.

"이런." 그가 말했다. "이거 끔찍한 얼굴 아닌가?"

그가 거울을 봤다.

"그리고 이 로버트 콘이라는 친구로 말하자면," 빌이 말했다. "그 친구 날 구역질나게 하네. 지옥에나 가라고 해. 그리고 나는 그 인간이 여기 머물러도 우리와 함께 낚시 가지 않을 거라 정말 기뻐."

"자네 말이 진짜 옳아."

"우리는 송어 낚시 갈 거야. 우리는 이라티[92] 강으로 송어 낚시 갈 거고, 점심에는 이 동네 와인으로 취한 뒤에 멋지게 버스 여행 할 거야."

"가세. 이루냐 카페로 가서, 출발하자고." 내가 말했다.

---

92) Irati River. 피레네 산맥에 있는 강으로 플라이 낚시로 유명하다.

제11장

우리가 점심을 먹고 부르게테로 가져갈 짐과 낚싯대 케이스를 갖고 나갔을 때 광장은 설설 끓었다. 사람들이 버스 지붕에 앉아 있었고 또 다른 사람들은 사다리를 타고 지붕으로 오르고 있었다. 빌은 위로 올라갔고 로버트는 내 자리를 맡아 놓으려고 빌 옆에 앉았고 나는 호텔로 돌아가서 와인 몇 병을 갖고 왔다. 내가 나왔을 때는 버스가 만원이었다. 남자와 여자들이 버스 지붕 위의 온갖 짐 가방과 상자 위에 앉아 있었고 여자들은 모두 햇볕을 받으며 부채질하고 있었다. 확실히 더웠다. 로버트가 내려왔고 나는 그가 버스 지붕을 가로지르는 나무 좌석에 잡아 놓은 자리에 비집고 들어갔다.

로버트 콘은 우리가 출발하기를 기다리며 회랑의 그늘에 서 있었다. 무릎에 커다란 가죽 와인 부대를 올려놓은 바스크 사람 하나가 버스 지붕 위에서 우리 자리 앞에 가로 질러 누워 있었고 우리 다리에 등을 기대고 있었다. 그는 빌과 나에게 포도주 가죽 부대를 제공했고 우리가 마시기 위해 들어 올려 기울였을 때 그는 차의 경적 소리를 너무나 갑작스레 잘 흉내 내서 나는 와인을 좀 흘렸고 모든 사람이 웃었다. 그는 사과했고 나를 다시 마시게 했다. 그는 좀 뒤에 차 경적 소리를 다시 냈고 그 바람에 나는 와인을 다시 흘렸다. 그는 그 소리를 아주 잘 냈다. 바스크 사람들은 그걸 좋아했다. 빌 옆에 앉은 남자는 스페인 어로 그에게 말하고 있었고 빌은 무슨 말인지 못 알아들어서 그 사람에게 와인병 하나를 줬다. 그 남자는 손 사례를 쳤다. 그는 날이 너무 덥고 자기가 점심 때 너무 많이 마셨다고 말했다. 빌이 두 번째로 와인병을 주자 그는 한번 길게 들이마셨고 그러고 나서 와인병이 버스의 그쪽 편에서 한 순배 돌았다. 모두가 아주 공손하게 한 모금씩 들이켰고 그리고 그들은 우리에게 와인병의 코르크 마개를 닫고 치우게 했다. 그들 모두는 우리가 자기들의 가죽 와인병을 마시기를 원했다. 그들은 산으로 들어가는 농부들이었다.

결국 몇 차례의 가짜 경적소리를 낸 뒤에 버스는 출발했고 로버트 콘은 우리에게 손을 흔들어 작별했고 바스크 사람들도 다 그에게 손을 들어 작별 인사를 했다. 출발해서 시내의 외곽 길로 접어들자 날이 선선해졌다. 높은 데 앉아 나무가 닿을 정도로 버스 타고 가는 건 기분 좋은 일이었다. 버스는 꽤 빨리 달려서 상쾌한 산들바람을 일으켰고 먼지가 나무에 뽀얗게 앉아 있는 길을 가고 언덕을 내려갈 때 우리는 나무들 사이 저 뒤로 강 위의 절벽으로부터 솟아오른 도시를 잘 볼 수 있었다. 내 무릎에 기대고 있는 바스크 인은 와인병의 목 부분으로 그 경치를 가리키며 우리에게 눈을 찡긋했다. 그는 머리를 끄덕였다.

"정말 좋지, 그렇지?"

"이 바스크 인들 멋있는 사람들이야." 빌이 말했다.

내 다리에 기대고 있는 바스크 인은 말안장 가죽 색깔처럼 그을렸다. 그는 나머지 다른 사람들처럼 검은 작업복을 입고 있었다. 그을린 목은 주름투성이였다. 그는 뒤돌아보더니 자기 와인 부대를 빌에게 줬다. 빌은 우리가 가진 와인병 하나를 건넸다. 바스크 인은 그에게 집게손가락을 흔들었고 병을 되돌려 주면서 손바닥으로 코르크 마개를 때려 막았고 와인 부대를 쳐들었다.

"아리바! 아리바!"[93] 그가 말했다. "그거 쳐들라고요."

빌은 가죽 와인병을 들었고, 머리를 뒤로 젖히고 와인이 샘물처럼 흘러 밖으로 용솟음쳐 자기 입으로 들어가게 했다. 다 마시고 가죽 병을 기울여 내려놓을 때 와인 몇 방울이 그의 뺨을 타고 흘러 내렸다.

"아니! 아니!" 바스크 인 몇 명이 말했다. "그런 식으로 하지 말고." 한 명이 막 시범을 보이려던 병 주인으로부터 병을 낚아챘다. 그는 젊은 친구였고 와인병을 팔 하나 길이만큼 떨어지게 잡아 높이 들어 올렸고 가죽 부대를 손으로 쥐어짜서 와인이 쉿 소리를 내며 자기 입으로 흘러 들어가게 했다. 그는 부대를 그렇게 거기에 들고 있었고 와인이 입으로 직격으로 강하게 탄도를 그리며 들어갔고 그는 계속 부드럽게 규칙적으로 와인을 들이켰다.

"이봐." 와인병의 주인이 외쳤다. "이게 대체 누구 와인이야?"

술 마시던 사람은 새끼손가락을 그에게 흔들었고 우리에게 눈

---

93) arriba. 스페인 어로 '올려'라는 뜻.

웃음을 지어보였다. 그리고는 이로 물어서 와인이 나오지 않게 하고는 와인 부대를 들고 갑자기 몸을 일으키더니 부대를 내려서 주인에게 건네줬다. 그는 우리에게 눈을 찡긋했다. 주인은 가죽 와인병을 슬프다는 듯이 흔들었다.

우리는 어느 도시를 통과해 갔고 여관 앞에 멈춰 운전사는 짐 몇 개를 버스에 실었다. 그리고 다시 출발했고 도시를 벗어나자 오르막길이 있었다. 우리는 바위 언덕이 있는 농촌을 통과해 가고 있었는데, 이 언덕은 경사를 내려가자 밭과 합쳐졌다. 곡식밭이 언덕 사면을 오르고 있었다. 더 높이 올라갈수록 바람이 불어 곡식을 흔들었다. 길은 하얗고 흙길이었고 차바퀴 아래에서 먼지가 일어나 우리 뒤쪽 허공에 걸렸다. 길이 언덕으로 이어졌고 비옥한 곡식밭은 저 아래에 놓였다. 이제는 나무가 없는 언덕에, 그리고 시냇물 양쪽으로 곡식밭이 그저 반점처럼 흩어져있을 뿐이었다. 줄지어 한 마리씩 높은 덮개를 씌운 짐마차를 끌고 오는 여섯 마리 노새의 긴 행렬이 지나갈 공간을 주기 위해 우리는 갑자기 길가 쪽으로 방향을 틀었다. 마차와 노새들은 먼지에 덮여 있었다. 그 뒤로 바짝 일렬을 이룬 또 다른 노새들이 왔고 또 다른 마차가 왔다. 이 마차는 목재를 싣고 있었고 노새를 모는 몰이꾼은 뒤로 기대어 우리가 지나갈 때 두꺼운 나무 브레이크를 밟았다. 이 높은 지대의 시골은 무척 황량했고 언덕은 바위투성이고 비에 의해 골이 파인 단단하게 구어진 진흙으로 되어 있었다.

우리는 모퉁이를 돌아 어느 마을로 들어갔고 양쪽으로 갑자기 푸른 계곡이 열렸다. 시냇물이 마을의 중앙을 가로질러 흘렀고 포도밭이 집 가까이까지 내려와 있었다.

　버스는 어느 여관 앞에 멈췄다. 승객들이 많이 내렸고 지붕 위에 커다란 방수포 아래 있던 많은 짐이 밧줄에서 풀려 아래로 내려졌다. 빌과 나는 내려서 여관으로 들어갔다. 나지막하고 어두운 방이 있었는데 이 방에는 안장과 마구, 하얀 나무로 만든 건초 갈퀴, 범포(帆布) 밧줄로 창을 댄 여러 켤레의 신발들과, 햄과 두꺼운 베이컨 조각들, 하얀 마늘과 천정에 매달린 긴 소시지들이 있었다. 서늘하고 우중충했는데 우리는 그 뒤에서 여자 두 명이 마실 것을 팔고 있는 긴 나무 카운터 앞에 섰다. 그들 뒤에는 보급품과 상품이 가득 쌓여 있는 선반이 있었다.

　우리는 각자 아가르디엔테[94]를 한 잔씩 했고 두 잔에 40상팀[95]을 지불했다. 난 물건 파는 여자에게 50상팀을 팁으로 줬고, 그 여자는 내가 값을 오해했다고 생각하고 동전을 되돌려 줬다.

　우리의 바스크 인 두 명이 들어와서 술을 사겠다고 고집을 피웠다. 그래서 그들이 한잔을 샀고 그 다음에는 우리가 한잔을 샀고, 그러고 나자 그들이 우리의 등을 찰싹 치고는 한잔을 더 샀다. 그리고는 다시 우리가 술을 샀고 태양과 열기가 있는 밖으로 다들 나가 다시 버스 꼭대기 위로 올라갔다. 이제는 모든 사람들이 좌석에 앉기에 공간이 충분해 양철 지붕 위에 누워 있던 바스크 인은 이제는 우리 사이에 앉았다. 술을 팔던 여자는 손을 앞치마에

---

94) aguardiente. '불타는 물'이라는 뜻으로 스페인산 맑은 브랜디.
95) 1 프랑franc의 백분의 일.

닦으면서 밖으로 나와 버스 안에 있는 누군가와 얘기를 했다. 그런 다음 운전사가 두 개의 납작한 가죽 우편행랑을 흔들며 나와서는 올라탔고 모두가 손을 흔들며 출발했다.

길은 곧바로 푸른 계곡을 벗어났고 우리는 다시 언덕 위에 있게 되었다. 빌과 와인병 주인인 바스크 인이 대화를 나누고 있었다. 어떤 남자가 좌석의 다른 쪽에서 몸을 기울이고는 영어로 물어봤다. "당신들 미국인이요?"

"그럼요."

"나도 거기 있었어요." 그가 말했다. "40년 전에요."

그는 늙은 남자였고 다른 사람들처럼 그을렸는데 짧게 깎은 하얀 턱수염이 나 있었다.

"어땠는데요?"

"뭐라고요?"

"미국이 어땠냐고요?"

"아, 난 캘리포니아에 있었어요. 좋았어요."

"왜 떠났나요?"

"뭐라 그랬어요?"

"왜 이리로 돌아왔냐고요?"

"아! 장가들려고 돌아왔지요. 다시 돌아가려고 했지만 내 아내는 여행을 좋아하지 않았어요. 당신들은 어디에서 왔소?"

"캔자스시티에서요."

"나도 거기 가본 적 있소." 그가 말했다. "난 시카고, 세인트루이스, 캔자스시티, 덴버, 로스앤젤레스, 솔트레이크 시티에 가 봤소."

그는 이 도시들을 조심조심하며 거명했다.

"몇 년이나 있었나요?"

"15년이요. 그러다가 난 돌아와서 결혼했죠."

"한잔하실래요?"

"좋죠." 그가 말했다. "이런 술은 미국에는 없죠, 그렇죠?"

"돈만 내면 얼마든지 있죠."

"여기에는 뭐 하러 왔나요?"

"팜플로나의 축제에 가는 길입니다."

"당신들 투우 시합 좋아하나요?"

"그럼요. 아저씨는 좋아하지 않나요?"

"좋아해요." 그가 말했다. "좋아하는 편이지요."

그러다가 잠시 후에.

"당신들은 지금은 어디 가는 건가요?"

"부르게테로 낚시하러 갑니다."

"그래요." 그가 말했다. "고기 많이 잡기 바랍니다."

그는 악수를 했고 몸을 돌려 뒷좌석으로 다시 돌아갔다. 다른 바스크 사람들은 깊은 인상을 받았다. 그는 뒤에 편안히 기대앉아 내가 몸을 돌려 시골 풍경을 볼 때 웃어 보였다. 그러나 미국말을 하는 노력이 그를 지치게 한 것처럼 보였다. 그는 이 이후로는 아무 말도 하지 않았다.

버스는 꾸준하게 길을 올라갔다. 시골은 황량했고 바위가 진흙을 뚫고 여기저기에 돌출했다. 길옆에는 풀도 없었다. 뒤돌아보자 시골이 아래에 펼쳐져 있었다. 저 멀리 뒤쪽에는 밭들이 언덕

사면에 초록과 갈색의 사각형 모양을 이루고 있었다. 지평선을 이룬 것은 갈색의 산들이었다. 산들은 이상한 모양이었다. 우리가 더 위로 올라갈수록 지평선은 계속 변했다. 버스가 부지런히 길을 천천히 오를 때 다른 산들이 남쪽에서 나타났다. 그러다가 길이 산꼭대기 위로 지나고 편편해 졌다가 숲으로 들어갔다. 그건 코르크 참나무 숲이었고 해는 여기저기 흩어져 있는 나무들 사이로 비쳤고 나무들 뒤쪽에서는 소떼가 풀을 뜯고 있었다. 우리는 숲을 통과했고 길은 숲을 벗어나 높은 지대를 따라 구부러졌고, 바깥으로 우리 앞쪽에는 오르락내리락하는 초록빛 평원이 펼쳐졌고, 그 너머에는 거무스레한 산들이 있었다. 이 산들은 갈색에다 열에 구어진 것 같은 우리가 지나온 산들과는 달랐다. 여기에는 숲이 우거졌고 아래로 내려가는 구름도 있었다. 초록 평원은 멀리까지 뻗어 있었다. 평원은 울타리에 의해 끊어지고, 평원을 가로질러 북쪽으로 향하는 두 줄로 늘어선 나무 밑동 사이로 보이는 하얀 길에 의해 끊어졌다. 높은 지대의 가장자리에 이르자 우리는 앞쪽에서 부르게테의 붉은 지붕과 하얀 집들이 평원 위에 연이어 나타난 것을 보았고, 저 멀리 제일 앞에 있는 검은 산의 등성이 위에는 론세스바예스 수도원의 회색빛 금속 지붕이 있었다.

"저기가 롱스보[96]야." 내가 말했다.

"어디?"

"저 멀리 산이 시작되는 곳에."

---

96) Roncevaux. 론세스바예스의 프랑스 어 표기.

"저긴 춥겠다." 빌이 말했다.

"높으니까." 내가 말했다. "1,200미터는 될 거야."

"거긴 무지 추워." 빌이 말했다.

버스는 평탄한 길로 내려와서는 부르게테로 가는 곧장 뻗은 길에 들어섰다. 우리는 갈림길을 지나고 강 위의 다리도 건넜다. 부르게테의 집들은 길의 양쪽으로 늘어서 있었다. 샛길은 없었다. 교회와 학교 운동장을 지나 버스가 멈췄다. 우리는 내렸고 운전사가 우리에게 짐과 낚싯대 케이스를 건넸다. 삐딱하게 모자를 쓰고 노란색 가죽 십자벨트를 찬 헌병이 다가왔다. "이 안에 뭐가 들었죠?" 그가 낚싯대 케이스를 가리켰다.

나는 케이스를 열어서 그에게 보여줬다. 그가 낚시 면허증을 보자고 해서 꺼냈다. 그는 날짜를 보고는 우리에게 가라고 손짓했다.

"이거면 된 건가요?" 내가 물었다.

"네. 물론이죠."

우리는 거리를 걸어 올라갔고 흰 도료로 칠해진 벽돌집과 문간에 앉아 우리를 지켜보는 어떤 가족들을 지나 여관으로 갔다.

여관을 운영하는 뚱뚱한 여자가 부엌에 있다가 나와서 우리와 악수를 했다. 그녀는 안경을 벗어서 닦고 다시 썼다. 여관 안은 추웠고 바깥에서 바람이 불어오기 시작했다. 그 여자는 방을 보여주려고 여자애 하나를 우리에게 딸려 2층으로 올려 보냈다. 침대가 두 개 있었고, 세면대, 옷장, 그리고 크고 액자에 들어있는 론세스바예스의 성모 마리아 금속 판화가 있었다. 바람이 불어 창의 덧문에 부딪혔다. 방은 여관의 북쪽 면에 있었다. 우리는 세수를 한 다음 스웨터를 입고 계단을 내려와 식당으로 들어갔다. 식당은 바닥이 돌로 되어 있었는데 천장이 낮았고 참나무로 벽널이 되어 있었다. 창 덧문은 모두 위로 올려져 있었고 너무 추워서 숨 쉴 때 자기 입김을 볼 수 있을 정도였다.

"이런." 빌이 말했다. "내일 이렇게 추우면 안 되는데. 난 이런 날씨엔 강을 걸어서 건너지 않을 거야."

나무 탁자들 너머 방 끝 저 구석에 업라이트 피아노[97]가 있었고 빌이 그리로 건너가 치기 시작했다.

"난 몸을 따뜻하게 해야 되거든." 그가 말했다.

난 여자를 찾아서 방값과 식대가 얼마인지 물어보려고 밖으로 나갔다. 그녀는 손을 앞치마 아래에 두고는 내게서 얼굴을 돌렸다.

"12페세타요."

"아니, 우리는 팜플로나에서나 그 정도 냈는데."

그녀는 아무 말도 안 했고 그저 안경을 벗어서 앞치마에 닦았다.

"너무 비싸요." 내가 말했다. "우리는 큰 호텔에서도 그 이상은 안 냈어요."

"우린 화장실을 들여놨거든요."

"좀 싼 방 없어요?"

---

97) upright piano. 수형(竪型) 피아노로 대개의 피아노가 수형이다. 콘솔console 피아노 보다는 크고 그랜드 피아노 보다는 작다.

"여름에는 없어요. 지금이 성수기거든요."

여관에는 우리밖에는 손님이 없었다. 자, 난 생각했다. 그냥 며칠만 있으면 되는데 뭐.

"와인이 값에 포함되어 있나요?"

"아, 예."

"그럼," 내가 말했다. "좋아요."

난 빌에게로 돌아갔다. 그는 얼마나 추운지 보여 주려고 내게 입김을 불었고 계속 피아노를 쳤다. 난 테이블에 앉아 벽에 걸린 그림들을 봤다. 죽은 토끼와, 역시 죽은 꿩의 패널[98]이 있었고, 죽은 오리들의 패널도 있었다. 패널은 다 어둡고 부옇게 보였다. 리큐르[99] 병으로 가득 찬 찬장이 있었다. 나는 이 모든 것들을 바라보았다. 빌은 계속 피아노를 치고 있었다. "뜨거운 럼[100]을 넣은 펀치[101] 어때?" 그가 말했다. "이 피아노 치는 일이 나를 영원히 따뜻하게 해 주지는 않을 거야."

난 밖으로 나가 여자에게 럼 펀치가 무엇이고 어떻게 만드는지 말해줬다. 몇 분 만에 여자애가 김이 모락모락 나는 돌 주전자를 방으로 가져왔다. 빌이 피아노에서 건너와서 우리는 뜨거운 펀치를 마셨고 바람 소리에 귀 기울였다.

---

98) panel. 화판 혹은 화판에 그린 그림.

99) liqueur. 달고 향기 있는 독한 술.

100) rum. 사탕수수나 당밀로 만든 독주.

101) punch. 레몬즙, 설탕, 포도주 등을 섞은 음료.

"여기 럼이 얼마 안 들었네."

난 찬장으로 가서 럼 병을 들고 와서 큰 컵 반 잔 정도를 주전자에 따랐다.

"손님이 직접 갖다 먹네." 빌이 말했다. "법이 필요 없군."

여자애가 들어와서 저녁상을 봤다.

"여기 이 높은 지대는 바람이 끔찍하게 부는군." 빌이 말했다.

여자애가 뜨거운 야채수프가 든 커다란 사발과 와인을 가져왔다. 우리는 나중에 튀긴 송어와 스튜 비슷한 것과 커다란 사발에 가득 담긴 산딸기를 먹었다. 우리는 와인 사는 데 돈을 낭비하지 않은 셈이 되었고 여자애는 수줍어했지만 착하게도 와인을 내왔다. 그 늙은 여자는 한 번 안을 들여다보고는 빈 병의 개수를 헤아렸다.

저녁 먹은 뒤에 우리는 위층으로 올라가 담배를 피웠고 몸을 따뜻하게 하기 위해 침대 안에서 읽을거리를 읽었다. 나는 밤에 한 번 깨서 바람 부는 소리를 들었다. 따뜻하게 침대 안에 있는 건 기분 좋은 일이었다.

제12장

아침에 일어나자 나는 창가로 가 밖을 내다봤다. 날은 개어 산에는 구름이 걸려있지 않았다. 창문 아래 바깥에는 수레 몇 대와 낡은 승합 마차 한 대가 있었는데 마차 지붕의 나무는 날씨 때문에 금 가고 갈라져 있었다. 이것들은 모터 달린 버스가 나오기 전 시대 때부터 버려졌음에 틀림없다. 염소 한 마리가 뛰어서 수레에 올라타더니 승합 마차의 지붕으로 건너뛰었다. 염소는 아래에 있는 다른 염소들에게 머리를 휙 돌려 보였고 내가 손을 흔들자 깡충 뛰어 내려갔다.

빌은 아직도 자고 있어서 나는 옷을 입은 뒤 문밖의 복도에서 신발을 신고 아래층으로 내려갔다. 아래층에는 인기척이 없어서 문빗장을 벗기고 밖으로 나갔다. 이른 아침이라 밖은 쌀쌀했고 바람이 잠잠해 졌을 때 생긴 이슬이 아직 햇볕에 마르지 않았다. 나는 여관 뒤에 있는 헛간을 뒤져서 곡괭이 같은 것을 하나 찾아 미끼로 쓸 지렁이를 흙을 파서 잡을 요량으로 개울 쪽으로 내려갔다. 강은 맑고 얕았는데 송어가 많아 보이지는 않았다. 풀이 난 축축한 둑에서 나는 곡괭이를 찍어 흙 한 덩어리를 떼어냈다. 밑에 지렁이들이 있었다. 흙덩어리를 들어 올릴 때 그놈들은 내 눈앞에서 미끄러져 사라져버려서 조심조심 땅을 파서 많이 잡았다. 축축한 땅의 가장자리를 파서 나는 두 개의 빈 담배통을 지렁이로 가득 채웠고 위에 잔 흙을 체로 치듯 살살 뿌렸다. 염소들이 내가 땅 파는 것을 지켜봤다.

돌아가 여관으로 들어가자 주인여자가 부엌에 내려가 있어서 커피를 끓여달라고 부탁하고 점심을 지어달라고 했다. 빌은 깨서 침대 끄트머리에 앉아 있었다.

"자네가 나가는 거 창문으로 봤어." 그가 말했다. "자네를 방해하고 싶지 않았네. 뭘 했던 거지? 돈이라도 묻은 거야?"

"이 게으른 건달아!"

"우리 공통의 이익을 위해 일했던 거야? 멋져. 난 자네가 그런 일을 매일 아침 하면 좋겠어."

"이봐," 내가 말했다. "일어나."

"뭐라고? 일어나라고? 난 절대 안 일어나."

그는 침대로 기어 올라갔고 시트를 턱까지 끌어 당겼다.

"내가 일어나도록 설득해 봐."

나는 낚시도구를 찾아 그것들을 모두 한꺼번에 가방에 넣는 일을 계속하고 있었다.

"자네 흥미 없어?" 빌이 물었다.

"난 내려가서 밥 먹을 거야."

"먹는다고? 왜 밥 먹는다는 얘기 안 한 거야? 난 자네가 그냥 재미로 나를 일어나게 하려는 걸로 생각했어. 먹는다고? 좋지. 이제 자네가 말상대가 되는군. 자네가 땅을 파서 지렁이를 더 잡아올 동안 바로 아래층으로 내려갈게."

"에라, 지옥에나 가라."

"모두의 복지를 위해 일하라고." 빌이 내의를 걸쳤다. "아이러니와 연민을 보이라고."

나는 낚시도구 가방과 그물, 낚싯대 케이스를 들고 방에서 나갔다.

"이봐, 돌아와!"

나는 문 안으로 머리를 들이밀었다.

"자네 약간의 아이러니와 연민도 보이지 않을 거야?"

나는 내 코끝에 엄지손가락을 대서 그를 놀렸다.

"그건 내 아이러니는 아니야."

아래층으로 내려갈 때 나는 빌이 노래하는 소리를 들었다. "아이러니와 연민. 당신이 느낄 때⋯⋯아, 그들에게 아이러니를 주고 그들에게 연민을 주자. 아, 그들에게 아이러니를 주자. 그들이 느낄 때⋯⋯그냥 약간의 아이러니라도. 그저 약간의 연민을⋯⋯" 그는 아래층에 내려올 때까지 계속 노래했다. 곡조는 〈나와 내 여자를 위해 종이 치고 있네〉였다. 나는 일주일 지난 스페인 신문을 읽고 있었다.

"아이러니니 연민이니 도대체 뭔 얘기야?"

"뭐라고? 자네 아이러니와 연민에 대해 모른단 말인가?"[102]

---

102) 아이러니와 연민 (Irony and Pity)은 이 당시 뉴욕을 중심으로 한 미국 문단에

"몰라. 누가 그런 얘기들 하고 다니는 거야?"

"모든 사람들이. 뉴욕에서는 다들 거기에 미쳤어. 예전에 프라텔리니 가(家) 사람들[103]에게 미쳤던 것처럼."

여자애가 커피와 버터 바른 토스트를 갖고 들어왔다. 아니면, 차라리, 그건 토스트해서 버터를 바른 빵이라고 하는 게 낫겠다.

"그 애한테 혹시 잼 있나 물어봐." 빌이 말했다. "그 여자애에게 아이러니컬해 봐."

"너 잼 있니?"

"그건 아이러니컬하지 않아. 내가 스페인 어를 할 수 있으면 좋겠어."

커피는 괜찮았고 우리는 큰 사발에서 커피를 마셨다. 여자애는 래즈베리 잼을 유리 접시에 담아 왔다. "고마워."

"이봐, 그렇게 말하는 거 말고." 빌이 말했다. "뭔가 아이러니컬한 걸 말해 보라고. 프리모 데 리베라[104]에 관해 허풍이라도 떨어보란 말이야."

서 유행하던 화두였다. 당시 고급 잡지인 《The Dial》의 편집자 길버트 셀디즈 Gilbert Seldes가 《위대한 개츠비》를 높이 평가하면서 작가 F. 스코트 피츠제럴드가 삶의 세세한 양상들을 아이러니와 연민으로 기술한다고 하였는데, 셀디즈 본인은 아이러니와 연민에 대한 생각을 자신이 흠모하던 프랑스 작가 아나톨 프랑스에서 빌려왔다.

103) the Fratellinis. 20세기 초 유럽의 유명한 서커스 가문인데 특히 광대 트리오인 삼형제가 널리 알려졌다.

104) Primo de Rivera. 당시 스페인을 통치하던 독재자.

"난 그 여자애에게 그들이 리프[105]에서 어떤 종류의 잼[106]을 먹었다고 생각하는지 물어볼 수는 있지."

"딱하군." 빌이 말했다. "아주 딱해. 자넨 그걸 할 수가 없군. 그뿐이야. 자네는 아이러니를 이해하지 못 해. 자네는 연민도 없어. 뭔가 애처로운 걸 말해 보란 말이야."

"로버트 콘."

"썩 나쁘진 않았어. 그게 낫다. 사, 콘이 왜 애처로운가? 아이러니컬해져 봐."

그는 커피를 한 모금 잔뜩 들이켰다.

"이런, 빌어먹을." 내가 말했다. "아침은 아직도 너무 이르다고."

"저런 저런. 그리고도 작가가 되고 싶다니. 자넨 그저 신문쟁이일 뿐이야. 망명한 신문쟁이 말이야. 자넨 침대에서 내려오는 바로 그때부터 아이러니컬해져야만 해. 자넨 잠에서 깰 때 연민을 한입 가득 물고 있어야 해."

"계속해 봐." 내가 말했다. "이런 시시한 얘기 누구한테서 들은 거야?"

"모든 사람에게서. 자넨 글도 안 읽나? 자넨 누구 만난 사람도 없어? 자넨 자네가 누군지 알지? 자넨 망명자야. 왜 자네는 뉴

---

105) Riff. 스페인인들이 아랍 부족과 싸웠던 모로코에 있는 지역. 이 전쟁에서 프랑코 장군이 영웅이 되었다.
106) 여기에서 제이크는 여관 하녀가 가져온 과일 잼에서 잼(jam)의 또 다른 뜻인 '난처한 처지'를 연상하는 말장난을 하는데 빌의 요구대로 아이러니를 직접 구사해 보려고 시도 하는 장면이다.

욕에서 살지 않나? 그랬다면 이런 것들을 알 텐데. 내가 뭘 하기를 바라는데? 해마다 여기에 와서 자네에게 이런 얘기나 하라고?"

"커피나 더 마셔." 내가 말했다.

"좋아. 커피는 자네에게 좋아. 커피 속의 카페인이 좋은 거야. 카페인이여, 우리 여기 있도다.[107] 카페인은 남자를 여자의 말에 태우고 여자를 남자 무덤으로 보내지.[108] 자네에게 뭐가 문제인지 아나? 자넨 망명자라고. 그것도 가장 나쁜 종류의. 이런 말 들어본 적 없어? 자기의 조국을 한 번이라도 떠났던 사람치고 인쇄될 만한 가치가 있는 글을 쓴 적은 한번도 없어. 하다못해 신문에 쓰는 글이라도."

그는 커피를 마셨다. "자넨 망명자야. 자넨 조국 땅과의 접촉을 상실했어. 귀하신 몸이 되었군. 가짜 유럽의 기준이 자네를 망쳐놓은 거야. 자넨 죽도록 술 마시지. 자넨 성(性)에 사로잡히게 돼. 자

---

107) Caffeine, we are here. 이 말은 1차 대전에 참전하여 프랑스에 진주하게 된 미군의 중령 스탠튼(Charles Stanton)이 라파예트 후작의 무덤 앞을 행진하다가 감개무량하여 읊은 "Nous voila, Lafayette (Lafayette, we are here!)"를 본뜬 것이다. 라파예트는 프랑스인이고 19세의 어린 나이였지만 미국 독립전쟁에 열혈 참전함으로써 프랑스가 미국 독립전쟁을 후원하는 계기를 만든 인물로 2002년에는 미국 명예시민으로 헌정된다.

108) 당시에 카페인이 남성의 성적 능력을 증진시킨다는 민간속설이 있었다. 원래는 카페인이 남자로 하여금 '남자의 말'에 타게 한다고, 즉 여자와의 성관계를 잘하게 만들고, 여자는 그런 남자에 의해 '여자의 무덤'—아마도 성적쾌락의 극치—으로 보내진다는 의미이다. 그런데 빌은 그런 카페인이 성불구인 제이크에게는 별 도움이 되지 않는다는 것을 알면서도 "자네에게 좋아"라고 말하고, 또 '남자의 말'을 '여자의 말'로, '여자의 무덤'을 '남자의 무덤'으로 성(性)을 바꿔 표현함으로써 제이크가 성불구로 인해 이제 '여자'가 되었다고 암시하는 지독한 유머를 구사하고 있다.

넨 일하는 데가 아니라 말하는 데에 시간을 다 쓰지. 자넨 망명자야, 알아? 자넨 카페에서 죽치고 있지?"

"그거 멋지게 사는 것처럼 들리는데." 내가 말했다. "난 그럼 일은 언제하나?"

"자넨 일하지 않아. 어떤 그룹은 여자들이 자네를 후원하고 있다고 주장하지. 또 다른 그룹은 자네가 성 불구라고 주장하지."

"아니." 내가 말했다. "난 그저 사고가 하나 있었을 뿐이야."

"그런 말하지 말게." 빌이 말했다. "그건 말로 할 수 없는 그런 종류의 일이야. 그건 자네가 하나의 신비로 만들어내야만 되는 것이지. 마치 헨리의 자전거[109]처럼."

그는 멋지게 말을 하고 있었는데 이제 말을 그쳤다. 그는 성 불구에 관한 농담을 해서 내 마음에 상처를 줬다고 생각하는 것 같았다. 난 그를 다시 한 번 말하게 만들고 싶었다.

"그건 자전거가 아니야." 내가 말했다. "그는 말을 타고 있었지."

"난 그게 세발자전거라고 들었어."

"글쎄." 내가 말했다. "비행기는 일종의 세발자전거 같은 거야. 조종간이 같은 일을 하거든."

---

109) 미국 뉴욕출신의 작가 헨리 제임스 Henry James (1843-1916)를 가리킴. 미국이 1차 대전 참전을 거부하자 1915년 영국에 귀화했다. 제임스는 결혼도 안 했고 작품에서도 성, 사랑 등을 즐겨 다루지 않는데 많은 사람들은 이것이 그가 '성불구'이기 때문이라고 추측했다. 제임스가 젊은 시절 의용소방대원으로 진화작업 중 집 울타리에 오르다가 고환을 다쳤다는 설이 유력한데 '자전거'를 타다 다쳐서 그렇게 되었다는 소문도 있었다.

"페달은 밟지 않잖아?"

"응." 내가 말했다. "페달 밟을 일이 없겠지."

"그 얘긴 그만 두세." 빌이 말했다. "좋아. 난 그저 세발자전거를 옹호하고 있던 거야."

"내 생각에 그는 훌륭한 작가이기도 해." 빌이 말했다. "그리고 자넨 무지하게 좋은 사람 아닌가. 누가 지금껏 자네에게 좋은 사람이라고 말한 적 있나?"

"난 좋은 사람 아니야."

"들어보게. 자넨 썩 괜찮은 친구고, 난 이 세상 그 누구보다도 자네를 좋아한다네. 난 이런 말을 뉴욕에서는 할 수 없었네. 그랬다면 내가 동성애자라고 생각되었을 테니까. 남북전쟁은 동성애 때문에 일어난 거야. 에이브러햄 링컨은 동성애자였어. 그는 그랜트 장군과 사랑에 빠졌지. 제퍼슨 데이비스[110]도 마찬가지야. 링컨은 노예들을 내기 시합으로 풀어줬을 뿐이야. 드레드 스콧 소송건[111]은 금주 협회[112]에 의해 조작된 거야. 섹스가 그 모든 걸 다 설명해 주지. 대령의 부인과 주디 오그래디[113]는 피부 아래는 레즈비

---

110) Jefferson Davis. 1808-1889. 미국의 정치가이자 남북 전쟁 중 남부연방 the Confederate States of America의 대통령.

111) 흑인 노예 드레드 스콧 Dred Scott은 노예제도가 없는 지역에서 살면 자유의 몸이 되어야 한다고 소송을 제기했는데 미 대법원은 흑인은 미국 시민권을 주장할 수 없다며 그의 소를 기각한 1857년 판결인데 논란이 많았다.

112) Anti-Saloon League.

113) The Colonel's Lady and Judy O'Grady. 영국 작가 키플링 Rudyard Kipling이 쓴 《The Poems》 중 7번째인 "The Ladies"의 마지막 부분 "대령의 부인이나 주디 오

언이었어."

그는 말을 멈췄다.

"좀 더 듣고 싶나?"

"빨리 털어놔 봐." 내가 말했다.

"난 더 이상은 모르겠어. 점심 먹으면서 좀 더 얘기해 줄게."

"이 친구 빌아." 내가 말했다.

"썩을 놈."

우리는 도시락과 와인 두 병을 꾸려서 륙색에 넣었고 빌이 그것을 멨다. 난 낚싯대 케이스와 살림그물을 등에 걸치고 갔다. 길을 떠나 풀밭을 가로지르는 오솔길을 찾아내 처음 나오는 언덕 비탈에 있는 숲 쪽으로 갔다. 우리는 풀밭을 가로질러 모래투성이 오솔길을 걸었다. 들판이 오르락내리락했고 풀이 많이 났는데 풀은 양들이 뜯어먹어서 짧았다. 소떼는 언덕 위에 있었다. 우리는 숲에서 소떼의 방울 소리를 들었다.

오솔길은 통나무 다리로 개울을 건너 이어졌다. 통나무는 표면이 깎여 만질만질하고 가로지른 굽은 어린나무가 난간 역할을 했다. 개울 옆 편편한 웅덩이에는 올챙이들이 모래 위에 반점처럼 모여 있었다. 우리는 가파른 둑을 올라가 오르락내리락 하는 들판을 가로질렀다. 뒤돌아보니 부르게테가 보였고, 하얀 집들과

그래디나 피부 아래는 같다네"(For the Colonel's Lady an' Judy O'Grady/Are sisters under their skins!")에서 비롯된 구절. 주디 오그래디는 영국군 막사 주위를 배회하던 매춘부의 이름.

빨간 지붕, 그리고 트럭 한 대가 가면서 먼지가 피어오르는 하얀 길이 보였다.

들판을 지나 아까보다 더 빨리 흐르는 개울을 하나 더 건넜다. 모래 많은 길이 얕은 여울에 이르도록 아래로 내려가더니 저 건너 숲으로 이어졌다. 얕은 여울 아래로 오솔길이 또 다른 통나무 다리로 개울을 지나 건너 길과 합쳐졌고 우리는 숲 안으로 들어갔다.

너도밤나무 숲이었고 오래된 나무들이었다. 나무뿌리가 땅 위로 덩어리를 이루고 있고 가지는 구부러졌다. 우리는 이 오래된 너도밤나무의 두툼한 몸통들 사이에 난 길로 걷고 햇살은 풀 밭 위에 빛의 반점을 만들며 잎사귀 사이로 비쳤다. 나무들은 크고 잎사귀가 무성했지만 어둑어둑하지는 않았다. 큰 나무 아래 관목은 없고 부드러운 풀만 있을 뿐인데 이 풀은 푸르고 생기 있었고, 커다란 회색 나무들은 마치 공원이나 되는 양 충분히 공간을 두고 떨어져 있었다.

"시골은 시골이구만." 빌이 말했다.

길은 언덕 위로 뻗어 있었고 우리는 나무가 무성한 숲으로 들어갔는데 길은 계속 오르막이었다. 가끔은 내려가기도 했지만 다시 가파르게 오르막이 되었다. 그동안 내내 숲에서 소떼의 소리가 들렸다. 드디어 길이 숲에서 나와 언덕 꼭대기에 이르렀다. 우리는 고지대에서도 꼭대기에 있게 되었는데 이곳은 부르게테에서 바라보던 우거진 언덕들 중에서도 가장 높은 지점이었다. 산딸기가 산마루의 햇빛 비치는 곳 나무들 사이의 작은 개간지에서 자라고 있었다.

앞에는 길이 숲에서 빠져나와 언덕 마루의 아래 부분을 따라 계속되었다. 앞의 언덕은 숲이 없었고 노란색 가시금작화의 너른 밭이 있었다. 아주 멀리 떨어진 곳에 깎아지른 절벽이 있는데 나무가 있어서 시커멓게 보였고 회색 바위가 삐쳐 나와 있고 그 아래로 이라티 강이 굽이쳐 흘렀다.

"우리는 이 능선길을 가야만 하고 이 언덕을 넘고 저 먼 언덕에 있는 숲을 통과해서 이라티 계곡으로 내려가야 해." 내가 빌에게 손가락으로 가리켰다. "이거 산을 무지하게 타야 되네."

"하루 만에 편안하게 낚시 갔다가 돌아오기에는 너무 멀어."

"편안하게. 그거 멋진 말이네. 거기에 갔다가 돌아오고 낚시라도 좀 하려면 굉장히 힘들게 생겼어"

한참 걸어야 했고 시골은 아주 멋졌으나 숲이 우거진 언덕에서 나와 파르비카 강의 계곡으로 가는 가파른 길을 내려오자 지쳤다.

길은 숲의 그늘에서 되약볕 내리쬐는 곳으로 빠져 나왔다. 앞에는 강의 골짜기가 있었다. 강 너머에는 가파른 언덕이 있었다. 언덕에는 메밀밭이 있었다. 우리는 언덕의 경사면 나무 아래에 있는 하얀 집을 한 채 봤다. 무척 날이 더웠고 우리는 강을 가로지르는 댐 곁에 있는 나무들 아래에서 멈췄다.

빌은 나무에 배낭을 기대어 놓았고 우리는 낚싯대를 결합하고 릴을 장착하고 낚시 목줄을 묶어 낚시할 채비를 했다.

"이 개울에 송어가 있는 거 확실해?"

"개울에 하나 가득이야."

"난 플라이 낚시[114] 할 거야. 멕킨티[115] 플라이 있어?"

"저기 몇 개 있어."

"자넨 미끼낚시 할 거지?"

"응. 난 여기 댐에서 낚시할 거야."

"그래, 난 그러면 플라이낚시 쌈지를 가져갈게." 그가 플라이를 묶었다. "내가 어디로 가는 게 좋겠나? 위로? 아니면 아래로?"

"아래쪽이 제일 좋아. 저 위 상류에도 고기가 많기는 하지만."

빌은 강둑을 내려갔다.

"지렁이 캔 가져가."

"아냐, 난 필요 없어. 고기들이 가짜미끼를 물지 않는다면 난 그냥 휙휙 여기저기에 던져보기나 할 거야."

빌은 아래 하류에서 시냇물을 지켜보고 있었다.

"근데," 그가 댐에서 나는 소리에도 들리게 큰 소리로 불렀다. "와인을 길 저 위쪽 샘에 넣어두면 어떨까?"

"좋아." 내가 소리 질렀다. 빌이 손을 흔들고 개울을 내려가기 시작했다. 난 배낭에서 와인 두 병을 찾아 샘물이 쇠 파이프를 통해 흘러나오는 곳으로 와인병을 갖고 길을 올라갔다. 샘 위에 널빤지가 놓여 있어서 난 그걸 들어 올려 코르크 마개를 때려서 병에 꽉 끼게 한 다음 와인병을 물에 넣었다. 너무 차가워서 손과 손목이 곱은 느낌이었다. 난 나무판을 다시 내려놓고 아무도 와인을

---

114) 가짜미끼(fly)를 끼워 흐르는 물에서 하는 낚시.

115) McGinty. 낚시 플라이의 브랜드.

찾지 못했으면 하고 바랐다.

　난 나무에 기대져 있는 낚싯대를 집고, 미끼 캔과 살림그물을 집어 댐으로 걸어갔다. 댐은 통나무들을 하류로 떠내려가게 하는 물살을 만들기 위해 지어진 것이다. 수문이 올려져 있었고 나는 네모지게 잘라진 목재 위에 앉아 강이 뒹굴어 폭포로 들어가기 전의 부드러운 앞치마 같은 물을 지켜보았다. 댐 하단부의 하얀 물은 깊었다. 미끼를 끼우고 있을 때 송어 한 마리가 하얀 물에서 쏜살같이 나와 폭포에 뛰어들더니 아래로 떠내려갔다. 미끼를 채 끼우기도 전에 또 다른 송어가 폭포에서 뛰어 올라와 앞의 송어처럼 아름다운 호(弧) 모양을 만들고 천둥 소리치듯 아래로 내려가는 물속으로 사라졌다. 난 제법 큰 납추를 달아 댐의 목재들 가장자리 근처 하얀 물속으로 떨어뜨렸다.

　나는 첫 번째 송어가 낚시에 걸려 퍼덕대는 것을 못 느꼈다. 끌어당기기 시작하자 나는 한 마리 잡았다고 느꼈고, 싸우다시피 낚싯대가 거의 다 휘어질 정도가 되어 폭포가 떨어지는 곳의 부글거리는 물에서부터 꺼내서 휙 위로 던져 댐 위로 떨어지게 했다. 쓸 만한 송어였고 난 그놈의 머리를 나무판에 두들겨서 부들부들 떨다가 쭉 펴지게 해 바구니에 미끄러지게 넣었다.

　내가 그놈과 승강이하는 동안 송어 몇 마리가 폭포에서 뛰어올랐다. 미끼를 끼워 다시 물에 던지자마자 또 다시 송어가 걸렸고 같은 방식으로 끌어올렸다. 잠깐 만에 여섯 마리를 잡았다. 모두가 엇비슷한 크기였다. 나는 송어들을 머리를 같은 쪽으로 향하게 나란히 놓은 다음 바라봤다. 송어들은 아름다운 색이었고 차가운 물에 있었기 때문에 속이 꽉 차고 단단했다. 더운 날이어서 송어들을 길게 째서 내장이고 아가미고 다 떼 내 강 너머로 던졌다. 송어들을 물가로 가져가서 댐 위쪽의 차갑고 부드러운 중수(重水) 같은 물에 씻어서 고사리도 좀 따서 전부 바구니에 넣었다. 즉 고사리를 깐 위에 송어 세 마리를, 그리고는 또 다른 고사리 켜를 깔고 다시 송어 세 마리를 넣고, 그리고는 그것들을 고사리로 덮었다. 송어들은 고사리 속에서 보기 좋았고 이제 바구니가 불룩해져서 나무 그늘에 내려놓았다.

댐 위는 너무 더워서 나는 지렁이 캔을 바구니랑 같이 그늘 속에 놓고 배낭에서 책을 한 권 꺼내 빌이 점심 먹으러 올라올 때까지 읽으려고 나무 밑에 자리 잡고 앉았다.

정오가 좀 지났고 그늘은 별로 없었지만 한데 붙어 자라는 두 그루 나무의 몸통에 기대어 나는 책을 읽었다. 책은 A. E. W. 메이슨[116]이 쓴 어떤 책[117]으로 내가 읽고 있는 이 놀라운 이야기는 알프스 산맥에서 동사하여 빙하로 떨어져 사라진 어떤 남자에 관한 것이었다. 그의 신부는 그의 시신이 빙퇴석(氷堆石)에서 나오기까지 정확히 24년을 기다리고, 그러는 동안 그녀의 진짜 애인도 그녀를 기다리고 있었다는 내용인데, 이들이 여전히 기다리고 있는 동안 빌이 다가왔다[118].

---

116) A. E. W. Mason. 19세기 후반, 20세기 초의 영국 작가이자 정치가.
117) 제목이 《수정의 해자》(The Crystal Trench)로 남자가 굴러 떨어진 알프스의 빙하를 의미한다.
118) 메이슨의 책에서는 이 남자의 시신이 결국 발견되는데 위로 끌어올려진 남자의

"뭐 좀 잡았어?" 그가 물었다. 그는 낚싯대와 바구니와 그물을 다 한 손에 들었고 땀을 흘리고 있었다. 난 그가 다가오는 소리를 못 들었는데 댐에서 나는 소리 때문이었다.

"여섯 마리. 자넨 뭘 잡았나?"

빌은 앉아서 자기 바구니를 열어 커다란 송어 한 마리를 풀 위에 내려놓았다. 그는 세 마리를 더 꺼냈는데 새로 내올 때마다 전의 것보다 조금씩 더 컸다. 그는 송어들을 나무 그늘에 나란히 눕혀 놓았다. 그의 얼굴은 땀이 나며 행복한 표정이었다.

"자네가 잡은 것들은 어떤가?"

"더 작아."

"한번 보세."

"꾸려 놨어."

"진짜로 얼만 한 데?"

"전부 다 자네가 잡은 제일 작은 것들만 해."

"자네 나한테 비밀로 하는 건 아니지?"

"나도 그러고 싶어."

"전부 지렁이 미끼로 잡은 건가?"

"그래."

"이 게으른 화상아."

빌은 송어를 가방에 넣고 열려 있는 바구니를 흔들며 강 쪽으로 걸어가기 시작했다. 그는 허리 아래도 다 젖어서 그가 개울을

목에 걸린 로켓(locket)을 여니 다른 여자의 사진이 들어 있었다.

건너갔음에 틀림없다는 걸 난 알았다.

난 길을 걸어 올라가 와인 두 병을 꺼냈다. 와인병이 차가웠다. 숲으로 되돌아 갈 때 물기가 병 위에 구슬처럼 맺혔다. 나는 점심을 신문지 위에 펼쳐 놓고 와인병 하나를 땄고 다른 한 병은 나무에 기대 놓았다. 빌은 손을 말리며 다가왔는데 그의 바구니는 고사리로 불룩했다.

"그 병 좀 보세." 그가 말했다. 그는 코르크 마개를 뽑아 병을 기울여 마셨다. "어휴! 이거 마시니 눈이 다 싸하네."

"나도 마셔보세."

와인은 얼음처럼 차가왔고 살짝 녹슨 맛이 났다. "그거 그렇게 질 나쁜 와인은 아니야." 빌이 말했다.

"차가운 게 도움이 되지." 내가 말했다.

우리는 작은 도시락 꾸러미를 끌렀다.

"닭이네."

"푹 삶은 계란도 있어."

"소금 찾았어?"

"계란부터 먹자." 빌이 말했다. "그 다음에 닭을 먹고. 브라이언[119]이라도 그건 알겠지."

"그 사람 죽었어. 난 어제 신문에서 그 기사를 읽었어."

---

119) William Jennings Bryan. 1860-1925. 당시 미국 정치가로 민주당 소속으로 계속 대통령 후보 지명에 도전하던 사람이고 기독교 근본주의자였는데 그는 다윈의 진화론을 믿지 않았다.

"아니야. 설마 그럴 리가?"

"맞아. 브라이언은 죽었어."

빌은 껍질을 벗기고 있는 계란을 내려놓았다.

"신사 여러분." 그가 말했고 신문지에 싸인 닭다리 하나를 끌렀다. "난 순서를 뒤바꾸겠어. 브라이언을 위해서이지. 그 위대한 하원의원[120]에 대한 존경의 의미로. 닭이 먼저이고 그 다음이 계란입니다."

"신이 어느 날 닭을 창조했는지 궁금하지?"

"이런," 빌이 닭다리를 빨면서 말했다. "우리가 어떻게 알겠어? 우리는 물어볼 수 없어. 지상에서 우리가 머무는 건 길지 않아. 기뻐하고 믿고 감사해 하자고."

"계란 하나 먹어."

빌은 한 손에 닭다리를, 다른 손엔 와인병을 들고 몸짓을 했다. "우리가 받은 축복을 기뻐하자고. 하늘의 새들을 이용하자고. 포도의 생산물을 이용하자고. 자네도 좀 이용하겠나, 형제여?"

"자네 먼저, 형제님."

빌은 한 모금 길게 마셨다.

"좀 이용하자고, 형제야." 그가 내게 병을 건넸다. "의심하지 말자, 형제야. 유인원의 손가락으로 닭장의 성스런 신비한 사건들을 파고들지 말자. 믿고 받아들이고 단순히 이렇게 말하자. 난 이렇게 말하는데 자네가 나랑 같이 하면 좋겠어. 뭐라고 우리 말할까, 형

---

120) the Great Commoner. 브라이언의 별명임.

제여?" 그가 닭다리로 나를 가리켰고 계속 말했다. "내가 말하지. 우린, 그리고 나는 한 사람으로서 이렇게 말하는 게 자랑스러우니까. 그리고 난 자네가 나와 함께 무릎을 꿇고 같이 말했으면 해, 형제여. 여기 위대한 야외에서 누구도 무릎 꿇는 것을 부끄러워하지 말자. 숲은 신의 최초의 신전이었음을 명심하게나. 우리 무릎 꿇고 이렇게 말하세. "그거 먹지 말아요, 부인. 그건 멩켄이에요."

"여기 봐." 내가 말했다. "이걸 좀 이용해 보자고."

우리는 또 다른 병의 코르크 마개를 땄다.

"뭐가 문제야?" 내가 말했다. "자넨 브라이언 좋아 하지 않았나?"

"난 브라이언을 사랑했네." 빌이 말했다. "우리는 형제 같았네."

"그 친구 어디에서 알게 됐어?"

"그와 멩켄, 그리고 나는 다 같이 홀리 크로스[121]를 다녔어."

"그리고 프랭키 프리치[122]도 같이 다녔어."

"그건 거짓말이야. 프랭키 프리치는 포담[123]대학을 다녔어."

"글쎄." 내가 말했다. "난 매닝 주교[124]와 함께 로욜라[125]를 다녔어."

"그건 거짓말이야." 빌이 말했다. "매닝 주교와 로욜라를 같이 다닌 건 나라고."

---

121) Holy Cross. 미국 매사추세츠 주 우스터에 있는 가톨릭 및 예수교 대학.
122) Frankie Fritsch. 당시 가장 유명한 야구 2루수.
123) Fordham. 뉴욕시에 있는 예수교 사립대학.
124) Bishop Manning. 1921-1946동안 뉴욕 교구의 가톨릭 주교.
125) Loyola. 예수교 창시자인 이나시오 드 로욜라의 이름을 딴 대학으로 미국 각지에 있으나 여기서는 시카고에 있는 예수교 대학.

"자넨 취했어." 내가 말했다.

"와인에?"

"왜 아냐?"

"습기 때문이야." 빌이 말했다. "이 정도 마셨으면 이 망할 습기가 없어져야 하는데."

"한 잔 더 해."

"술이 이것밖에 없나?"

"이 두 병뿐이야."

"자넨 자네가 누군지 아나?" 빌이 와인병을 사랑스럽게 쳐다봤다.

"아니." 내가 말했다.

"자네는 미국 금주협회에서 봉급 받아먹잖나?"

"나는 웨인 B. 윌러[126]와 노트르 담[127]을 같이 다녔어."

"그거 거짓말이야." 빌이 말했다. "난 웨인 B. 윌러와 함께 오스틴 경영대학을 다녔어. 그는 과 대표였어."

"그래." 내가 말했다. "술집은 망해야 돼."

"자네 그 말은 맞게 하는군, 내 친한 급우야." 빌이 말했다. "술집은 망해야 되고, 내가 술집을 인수할 거야."

"자네 취했군."

"와인 마시고?"

---

126) Wayne B. Wheeler. 미국 금주 운동의 지도자.

127) Notre Dame. 인디애나 주에 있는 가톨릭계 대학.

"와인 마시고."

"그래, 그럴지도 모르지."

"낮잠 잘 텐가?"

"좋아."

우리는 머리를 그늘에 둔 채 누웠고 위로 나무들을 봤다.

"자?"

"아니." 빌이 말했다. "난 생각하고 있었어."

난 눈을 감았다. 땅에 누워있는 건 기분 좋았다.

"말해 봐." 빌이 말했다. "브렛과의 건은 어찌 되고 있나?"

"뭐가 어찌 되었냐고?"

"자네 그 여자와 사랑에 빠진 적 있었나?"

"물론이지."

"얼마 동안이나?"

"지겹게 긴 기간 동안 하다 안 하다 했어."

"이런 망할." 빌이 말했다. "미안하네, 친구."

"괜찮아." 내가 말했다. "난 이제는 전혀 신경 쓰지 않아."

"정말?"

"정말이야. 다만 그 일을 얘기 안 하는 게 훨씬 낫기는 해."

"내가 이런 거 물어봐서 마음 아팠나?"

"도대체 내가 왜 그래야 해?"

"난 자야겠어." 빌이 말했다. 그는 신문을 얼굴에 덮었다.

"들어봐, 제이크." 그가 말했다. "자네 진짜 가톨릭 교인인가?"

"법률상으로는 그렇지."

"그게 무슨 뜻이야?"

"나도 몰라."

"좋아. 난 지금 잘 거야." 그가 말했다. "자꾸 말 붙이면 내가 못 자잖아."

나도 잠이 들었다. 깼을 때 빌은 륙색을 꾸리고 있었다. 늦은 오후였고 나무 그림자는 길었고 댐 위로 넘어갔다. 난 땅바닥에서 잤기 때문에 몸이 뻣뻣했다.

"자네 뭐 했나? 일어 난 거야?" 빌이 물었다. "왜 밤까지 있다가 지 않나?" 난 기지개를 켰고 눈을 비볐다.

"난 멋진 꿈을 꿨어." 빌이 말했다. "무엇에 관한 꿈인지는 기억이 안 나지만 멋진 꿈이었어."

"난 꿈꾼 거 같지는 않아."

"자넨 꿈을 꿔야 해." 빌이 말했다. "우리의 모든 대실업가들은 꿈꾸는 사람들이었네. 포드를 보게. 쿨리지 대통령[128]을 보게. 록펠러를 보고. 조 데이비슨[129]을 보라고."

난 내 낚싯대와 빌 낚싯대를 해체해서 낚싯대 케이스에 꾸렸다. 릴은 낚시도구 가방에 넣었다. 빌은 륙색을 꾸렸고 우리는 송어를 넣은 바구니 하나를 그 안에 넣었다. 나는 다른 송어든 바구니를 들었다.

"자," 빌이 말했다. "다 챙겼나?"

---

128) John Calvin Coolidge. 1872-1933. 미국의 30대 대통령.

129) Jo Davidson. 인물 조각으로 유명한 20세기 미국 조각가.

"지렁이를 빠뜨렸네."

"자네 지렁이들이지. 그거 저기에 넣어."

그는 꾸러미를 등에 지고 있어서 나는 지렁이 캔을 바깥에 있는 뚜껑 달린 주머니에 넣었다.

"이제 다 챙긴 거지?"

나는 느릅나무 밑 풀밭 위를 빙 둘러 보았다.

"그래."

우리는 길을 떠나 숲으로 들어갔다. 부르게테로 돌아가는 건 먼 길이었고 들판을 가로질러 길로 내려와서, 창문에 불 켜진 마을의 집들 사이로 난 길을 따라 여관에 도착하는 동안 날이 어두워 졌다.

우리는 부르게테에서 닷새 동안 머물렀고 낚시를 실컷 했다. 밤엔 춥고 낮엔 더웠지만 낮에 한참 더울 때에도 항상 산들바람이 불었다. 너무 더웠기 때문에 차가운 시냇물을 건너가는 게 기분 좋았고 물에서 나와 강둑에 앉으면 햇볕이 우리 몸을 말려 주었다. 우리는 시냇물에 수영하기에 충분할 만큼 깊은 웅덩이가 있다는 걸 알았다. 저녁이면 우리는 해리스라는 이름의 영국인과 함께 셋이 하는 브리지 게임을 했는데, 그는 생 장 피에 드 포르[130]에서 걸어와 낚시하기 위해 이 여관에서 묵고 있었다. 그는 아주 호감이 가는 사람이었고 이라티 강으로 우리와 두 번 같이 갔다. 로버트 콘이나 브렛, 마이크로부터는 아무 연락도 없었다.

---

130) Saint Jean Pied de Port. 바스크 지역에 있는 작은 마을.

제13장

어느 날 아침 식사하러 내려가니 영국인 해리스가 벌써 식탁에 앉아 있었다. 그는 안경을 끼고 신문을 읽고 있었다. 그는 고개를 들어 우리를 보더니 웃었다.

"안녕하세요." 그가 말했다. "선생께 편지가 왔군요. 내가 우체국에 들렀었는데 거기 사람들이 내 편지와 함께 이 걸 주더군요."

편지는 식탁 내 자리에 커피 잔에 기대어 놓여 있었다. 해리스는 다시 신문을 읽고 있었다. 난 편지를 개봉했다. 그건 팜플로나에서 회송되어 온 것이었다. 산 세바스티안에서 일요일에 보낸 것으로 되어 있었다.

제이크에게,

금요일에 여기 도착했네. 브렛이 기차를 타고가다 기절해서 우리가 아는 옛 친구와 함께 사흘 간 요양하기 위해 그녀를 이리로 데려왔어. 우리는 화요일에 팜플로나의 몬토야 호텔에 갈 건데 몇 시에 도착할지는 몰라. 자네들과 수요일에 다시 만나면 뭘 할지 버스 편에 쪽지로 보내 줘. 우리의 사랑과 유감을 보내네. 늦어서 미안해. 브렛이 완전히 녹초가 되었는데 화요일쯤 되면 꽤 좋아질 거야. 지금도 사실상 좋은 상태이긴 해. 난 그녀를 속속들이 잘 알기 때문에 잘 돌봐주려고 하는데 그게 그렇게 쉽지가 않네. 모든 친구들에게 사랑을.

마이클.

"오늘이 무슨 요일인가요?" 내가 해리스에게 물었다.

"수요일인 것 같은데요. 그래요, 맞아요. 수요일. 여기 산중에서는 사람들이 시간 가는 걸 모르다니 놀랍군요."

"그래요. 우리는 여기에 거의 일주일 동안 있었어요."

"설마 떠날 생각하는 건 아니겠죠?"

"떠나려고요. 우린 오후 버스로 출발할 거 같아요."

"거참 섭섭하네요. 난 우리가 다 같이 이라티 강에 다시 가게 되기를 희망했었는데요."

"우리는 팜플로나 **안으로** 들어가야 해요. 거기서 사람들을 만나기로 되어 있어요."

"난 운도 지지리 없네. 우린 여기 부르게테에서 즐거운 시간을 보냈는데 말이죠."

"팜플로나로 오세요. 거기서 브리지 게임도 할 수 있고 진짜 멋진 축제가 있을 거예요."

"저도 가고 싶네요. 나한테 그렇게 청하다니 당신들 정말 좋은 사람들이에요. 근데 난 여기에 머무르는 게 낫겠어요. 앞으로 낚시할 시간이 얼마 남지 않았거든요."

"선생님은 이라티 강에 있는 저 큰 고기들을 잡고 싶은 거죠?"

"아무렴 그렇죠. 여기 송어들은 아주 씨알이 굵어요."

"저도 한 번 더 그런 놈들을 잡고 싶네요."

"그러세요. 하루 더 계세요. 말벗도 해 주시고요."

"우린 정말로 시내에 들어가야 해요." 내가 말했다.

"안됐군요."

아침 먹은 뒤에 빌과 나는 여관 앞 바깥에 있는 벤치에 앉아 햇볕을 쬐면서 그 이야기를 했다. 나는 시내 중심에서 어떤 소녀가 길을 올라오는 것을 봤다. 그 아이는 우리 앞에 멈추더니 치마에 매달려있는 가죽 지갑에서 전보를 꺼냈다.

"포르 우스테데스?"[131]

난 전보를 살펴봤다. 주소는 "부르게테의 반스"였다.

"맞다. 우리한테 온 거야."

여자아이는 장부를 꺼내 우리에게 서명하게 했고 난 그 아이에게 동전 몇 닢을 줬다. 전보는 "목요일에 옴, 콘"이라고 스페인어로 되어 있었다.

난 전보를 빌에게 건넸다.

"콘이란 단어가 뭘 의미하는 거지?" 그가 물었다.

"정말 거지같은 전보네." 내가 말했다. "그 친구는 같은 값으로 10단어는 보낼 수 있어. '난 목요일에 와.' 퍽도 많이 알려주네, 그렇지?"

---

131) Por ustedes? "선생님들께 온 거죠?"의 의미.

"콘으로선 자기에게 흥미 있는 정보는 다 알려 준 셈이지."

"어쨌든 떠나자고." 내가 말했다. "브렛과 마이크를 이리로 오게 했다가 축제 전에 돌아가게 시도해 봤자 아무 소용없거든. 우리가 답장을 해야 하나?"

"하는 게 나을 걸." 빌이 말했다. "우리가 거만해져봐야 좋을 건 없잖아."

우리는 걸어서 우체국까지 가서 전보용지를 한 장 달라고 했다.

"뭐라고 써야지?" 빌이 물어봤다.

"'오늘 밤 도착함.' 그거면 충분해."

우리는 전보 내용에 대해 돈을 치렀고 걸어서 다시 여관으로 돌아왔다. 해리스가 거기에 있어 우리 셋은 걸어서 론세스바예스까지 갔다. 우리는 수도원을 통과해 갔다. "여기 참 멋진 곳이에요." 우리가 거기서 나올 때 해리스가 말했다. "하지만 당신 선생들도 알다시피 난 이런 장소는 자주 가보지 못했어요."

"저도 그래요." 빌이 말했다.

"그래도 멋진 곳이에요." 해리스가 말했다. "못 봤으면 어쨌을까 싶네요. 난 날마다 여기 올 생각이었어요."

"그건 낚시하는 것과는 다르죠, 그렇죠?" 빌이 물었다. 그는 해리스를 좋아 했다.

"다르죠."

우리는 수도원의 오래 된 예배당 앞에 서 있었다.

"길 건너에 있는 저건 술집인가요?" 해리스가 물었나. "아니면 내가 잘못 본 건가요?"

"겉모습이 술집이네요." 빌이 말했다.

"나한테는 술집으로 보이네." 내가 말했다.

"근데," 해리스가 말했다. "우리 저걸 이용해 봅시다." 그가 빌로부터 이용하기에 관한 법을 배웠다.

우리는 각자 와인 한 병씩을 마셨다. 해리스는 우리가 돈을 못 내게 했다.

그는 스페인 말을 꽤 잘했고 여관 주인은 우리 돈을 받으려 하지 않았다.

"그런데요. 당신들을 여기서 알게 된 게 내게 어떤 의미인지 당신들은 몰라요."

"우린 좋은 시간을 보냈지요, 해리스."

해리스는 좀 취했다.

"근데 말이죠. 정말 당신들은 그게 얼마나 큰 의미인지 몰라요. 나는 전쟁 이후에 재미있는 일이 별로 없었어요."

"우리 언젠가 다시 낚시하죠. 잊지 마세요, 해리스."

"그래야만 해요. 우린 그렇게 즐거운 시간을 **가졌잖아요**."

"한 병씩 더하는 게 어때요?"

"아주 좋은 생각이에요." 해리스가 말했다.

"이건 내가 내겠습니다." 빌이 말했다. "아니면 우린 이 술 안 마십니다."

"제가 내고 싶은데요. 그러는 게 저는 **정말** 기쁘거든요."

"이게 저한테 기쁨을 주는데요." 빌이 말했다.

여관주인이 네 번째 병을 갖고 왔다. 우리는 계속 같은 잔을 썼다. 해리스가 자기 잔을 쳐들었다.

"자. 이게 잘 쓰이는 거 아시죠."

빌이 그의 등을 철썩 때렸다.

"우리 해리스."

"저어. 제 이름은 진짜는 해리스가 아닌 것 아시죠. 진짜 이름은 윌슨 해리스예요. 다 한 이름이죠. 사이에 하이픈을 넣어서요."

"우리 윌슨-해리스." 빌이 말했다. "우리가 당신을 해리스라고 부르는 건 아주 좋아하기 때문이죠."

"물론이죠, 반스. 당신은 이 모든 게 나한테 어떤 의미인지 모르죠."

"와서 또 한 잔을 사용합시다." 내가 말했다.

"반스. 정말로, 반스, 당신은 몰라요. 그뿐이라고요."

"들이켜요, 해리스."

우리는 사이에 해리스를 두고 론세스바예스로 돌아가는 길을 걸어갔다. 우리는 여관에서 점심을 먹었고 해리스는 우리와 함께 버스로 갔다. 그가 명함을 줬는데 거기에는 그의 런던 주소와 클럽과 회사 주소가 적혀 있었고, 버스에 탈 때 우리에게 봉투를 하나씩 줬다. 내가 봉투를 열자 거기에는 열두어 개쯤 되는 가짜미끼가 들어 있었다. 해리스가 그것들을 직접 묶었던 것이었다. 그는 자기가 쓰는 가짜미끼를 직접 묶었다.

"저어, 해리스……" 내가 말을 시작했다. "아니, 아니에요." 그가 말했다. 그는 버스에서 내리고 있었다. "그건 일등품 가짜미끼는 아니에요. 난 그저 당신들이 언젠가 낚시할 때 우리가 얼마나 좋은 시간을 가졌었는지를 이 가짜미끼가 생각나게 해 줄 거라고 생각했어요."

버스는 출발했다. 해리스는 우체국 앞에 서 있었다. 그가 손을 흔들었다. 우리가 길을 따라 떠날 때 그는 몸을 돌려 여관 쪽으로 되돌아갔다.

"근데, 저 해리스란 친구 멋지지 않아?" 빌이 말했다.

"내 생각엔 그가 정말로 즐거운 시간을 보냈던 것 같아."

"해리스가? 그 양반 확실히 즐거운 시간을 보냈어."

"난 그가 팜플로나에 오면 좋겠네."

"그는 낚시하고 싶어 하잖아."

"그래. 우리는 영국인들이 자기들끼리 어떻게 어울리는지 알 수가 없지?"

"나도 잘 몰라."

우리는 오후 늦게 팜플로나에 들어갔고 버스는 몬토야 호텔 앞에 섰다. 밖의 광장에는 사람들이 축제를 위해 광장에 불을 밝힐 전깃줄을 엮고 있었다. 버스가 멈췄을 때 아이들 몇 명이 다가 왔고 시 세관원이 버스에서 내리는 모든 사람들에게 인도 위에서 짐을 다 열어 보게 했다. 우리는 호텔 안으로 들어갔고 계단에서 나는 몬토야를 만났다. 그는 우리와 악수를 하고 어색해 하며 웃었다.

"손님 친구들이 여기 있어요." 그가 말했다.

"캠벨 씨인가요?"

"네. 콘 씨와 캠벨 씨와 레이디 애슐리죠."

그는 내가 듣고 싶어 하는 뭔가가 있기라도 한 것처럼 웃었다.

"그들이 언제 들어왔나요?"

"어제요. 저는 손님이 그 전에 주무셨던 방들을 그대로 남겨 놓았어요."

"잘 됐군요. 캠벨 씨에게 광장 쪽 방을 줬나요?"

"네. 우리가 봤던 방들 다요."

"우리 친구들은 지금 어디에 있나요?"

"제 생각엔 그들은 펠로타 경기장에 갔어요."

"투우는 어떻게 됐어요?"

몬토야가 웃었다. "오늘 밤에요." 그가 말했다. "오늘 밤 7시에 사람들이 비야르 황소들을 데려올 거고 내일은 미우라 황소들이 와요.[132] 손님들 모두 그거 보러갈 건가요?"

"아, 네. 네 친구들은 아직까지 데센카호나다[133]를 본적이 없어요."

몬토야가 손을 내 어깨에 얹었다.

"거기서 뵙죠."

그는 다시 웃었다. 그는 마치 투우 경기가 우리 둘 사이의 아주 특별한 비밀, 즉 우리가 알고 있는 좀 쇼킹하긴 하지만 진짜로 깊고 은밀한 그런 비밀이라도 되는 것처럼 웃었다. 모르는 사람들이

---

132) Villar, Miura는 가장 유명한 스페인의 투우종인데 키우는 가문의 이름을 따서 지어진 이름이다.

133) desencajonada. 투우 황소들을 차에서 내리는 일.

볼 때는 이 비밀에 뭔가 음탕한 것이 있는 것처럼 그는 항상 웃었지만 그 비밀에는 사실 우리가 이해할 수 있는 무언가가 있었다. 이해하려고 하지 않는 사람들에게 비밀을 폭로하는 것은 별 효과가 없을 것이다. "당신 친구인 저 사람도 아피시오나도[134]인가요?" 몬토야가 빌을 보고 웃었다.

"네. 저 사람은 산 페르민 축제 보려고 저 먼 뉴욕에서부터 왔어요."

"그래요?" 몬토야가 못 믿겠다는 표현을 공손하게 했다. "하지만 저분은 손님만한 아피시오나도는 아니죠."

그는 어색해하며 다시 손을 내 어깨에 얹었다.

"아니요." 내가 말했다. "저 친구 진짜 아피시오나도예요."

"하니만 저분은 손님만큼 아피시오나도는 아니죠."

아피시온(aficion)은 열정을 의미한다. 아피시오나도는 투우 시합에 열정적인 사람이다. 훌륭한 투우사들은 모두 몬토야의 호텔에 묵었다. 즉, 아피시온이 있는 사람은 거기에 묵었다. 돈벌이 하려는 투우사들이 한때 묵은 적이 있었으나 다시 오지 않았다. 훌륭한 투우사들은 매년 왔다. 몬토야의 방에는 그들의 사진이 걸려 있었다. 사진은 후아니토 몬토야가 아니면 그의 누이에게 헌정된 것이었다. 몬토야가 정말로 훌륭하다고 믿는 투우사들의 사진은 액자로 만들어졌다. 아피시온이 없는 투우사들의 사진은 그의 책

---

134) aficionado. '열정을 가진 사람'이란 뜻인데 여기에서는 광적인 투우팬을 가리킴.

상 서랍 속에 넣어져 있었다. 사진에는 종종 가장 아첨하는 헌사가 붙어 있기도 했다. 그러나 그것들은 아무 의미도 없었다. 어느 날 몬토야는 사진들을 다 꺼내 휴지통에 버렸다. 그는 그 사진들을 주위에 두고 싶지 않았다.

우리는 종종 황소와 투우에 대해 얘기했다. 나는 몬토야 호텔에 여러 해 동안 투숙했었다. 우리는 한 번에 아주 오래 얘기하는 법은 없었다. 그저 우리가 각자 느끼는 것을 확인하는 것이 즐거웠을 뿐이다. 사람들은 먼 도시에서 오기도 했는데 이들은 팜플로나를 떠나기 전에 시간을 내서 황소에 관해 몬토야와 몇 분 동안 얘기를 나누곤 했다. 이런 사람들이 아피시오나도이다. 아피시오나도인 사람들은 호텔이 만원이어도 항상 방을 구할 수 있었다. 몬토야가 나를 그들 중 몇 몇에게 소개해 줬다. 그들은 처음에는 항상 아주 예의 바랐고 내가 미국인이라서 무척 기분 좋아 했다. 어떤 연유인지 미국인은 열정을 가질 수 없다는 것이 당연시 되었다. 미국인은 열정을 가진 체 하거나 열정을 흥분과 혼동하지만 진정으로 열정을 가질 수는 없다는 것이다. 그들이 내게 열정이 있다는 것과, 열정을 내오는데 암호나 정해진 질문이 있는 게 아니고, 차라리 열정은 항상 수비적이고 결코 분명하지 않은 일종의 정신적 구두시험이라는 것을 알아챌 때에도 막상 그들이 손을 내 어깨에 올리거나 '부엔 옴브레'[135]라고 말할 때면 당혹해지긴 마찬가지였다. 하지만 거의 항상 실제적인 신체적 접촉이 있었다. 그건 마

---

135) Buen hombre. 스페인 어로 '좋은 분이네요'.

치 그들이 확인하기 위해 우리를 만지고 싶어 하는 것과 같았다.

몬토야는 아피시온을 가진 투우사는 무엇이든 다 용서할 수 있었다. 그는 신경질의 발작, 돌연한 공포, 말로 설명 안 되는 나쁜 행동, 모든 종류의 비행을 용서할 수 있었다. 아피시온을 가진 사람에게 그는 무엇이건 다 용서할 수 있었다. 그는 즉시 내 친구들을 다 용서했다. 그가 말하지 않아도 내 친구들은 그와 나 사이에 있는 뭔가 좀 창피한 존재였는데 그건 마치 투우 할 때 말에서 보란 듯이 떨어지는 것과 비슷했다.

우리가 호텔로 들어가자 빌은 위층으로 갔고 자기 방에서 세수하고 옷을 갈아입었다. "근데," 그가 말했다. "스페인 말 실컷 했어?"

"그 사람이 오늘 밤 도착하는 황소들에 대해 나한테 말하고 있었어."

"우리 친구들 찾으러 시내로 가보자."

"좋아. 그들은 아마 카페에 있을 거야."

"입장권 있어?"

"응. 투우들이 풀려나는 것까지도 볼 수 있는 표를 샀지."

"그게 어떤 건데?" 그는 거울 앞에 서서 뺨을 잡아당기고 있었고, 혹시 턱 선 밑에 듬성듬성 면도 안 된 곳이 있는지 보고 있었다.

"그거 멋진 거지." 내가 말했다. "사람들이 황소들을 우리에서 한 번에 한 마리씩 나오게 하는데 황소들을 맞이하고 그놈들이 자기들끼리 싸우지 못하게 하려고 불깐 수소들을 울타리 안에 같이 넣는 거야. 그러면 황소들은 불깐 수소들을 들이 받으려고 날뛰고 불깐 수소들은 마치 노처녀처럼 이들의 성질을 가라앉히려고 여기저기 뛰어다니지."

"황소들이 불깐 소를 뿔로 찌르는 적이 있나?"

"물론이지. 어떤 때는 황소들이 불깐 소를 바로 쫓아가서 죽이기도 하지."

"불깐 소는 아무것도 할 수 없어?"

"없어. 그것들은 친해지려고만 하지."

"불깐 소들이 왜 필요하지?"

"황소들을 진정시켜서 돌담에다 뿔을 부러뜨리거나 자기들끼리 찌르지 않게 하려는 거지."

"불깐 소가 되면 멋있겠네."

우리는 계단을 내려가서 밖으로 나갔고 광장을 가로질러 이루냐 카페로 갔다. 광장에는 쓸쓸해 보이는 매표소 두 개가 서 있었다. 매표 창에는 햇볕 석, 햇볕과 그늘 석, 그늘 석[136]이라고 쓰여 있었는데 닫혀있었다. 매표소는 축제 전날까지는 열리지 않을 것이다.

광장 건너편에는 이루냐 카페의 하얀 등나무 테이블과 의자가 죽 벋어서 회랑을 지나 거리의 가장자리까지 이어졌다. 나는 브렛과 마이크가 테이블에 앉아 있나 찾아보았다. 그들이 거기 있었다.

---

136) 투우 경기장에서는 좌석이 햇볕에 있는지, 반쯤 그늘지는지, 그늘인지에 따라 입장권 가격이 달리 매겨졌다. 여유 있는 관람객들은 그늘지는 좌석에 앉기 위해 비싼 입장권을 사곤 했다.

브렛과 마이크와 로버트 콘이 있었다. 브렛은 바스크 지방의 베레모를 쓰고 있었다. 마이크도 그랬다. 로버트 콘은 모자를 안 쓰고 안경을 끼고 있었다. 브렛은 우리가 오는 것을 보고 손을 흔들었다. 우리가 테이블에 다가갈 때 그녀의 눈이 주름 잡혔다.

"안녕, 친구들." 그녀가 소리쳤다.

브렛은 즐거워했다. 마이크는 감정의 강렬함을 악수로 표현했다. 로버트 콘은 우리가 돌아왔기 때문에 악수를 했다.

"당신들 대체 어디 있었소?"

"내가 이들을 이리로 데려왔어." 콘이 말했다.

"무슨 소리예요?" 브렛이 말했다. "당신들이 오지 않았다면 우리는 여기에 더 일찍 왔었을 거예요."

"당신은 여기에 오려고 할 사람이 아닌데."

"말도 안 되는 소리! 당신네들은 햇볕에 그을었잖아요. 빌을 봐요."

"낚시 잘하셨나?" 마이크가 물었다. "우리도 자네들과 낚시를 같이 갔으면 했는데."

"나쁘지는 않았지. 우리는 당신들이 없어서 아쉬웠어."

"난 가고 싶었는데." 콘이 말했다. "하지만 난 이들을 데려와야 한다고 생각했어."

"당신이 우리를 데려온다고요? 말도 안 돼."

"낚시 정말 재미있었어?" 마이크가 물었다. "많이 잡았나?"

"어떤 날은 각자 열두어 마리씩도 잡았지. 거기에 영국 사람이 하나 있었어."

"해리스라는 이름이에요." 빌이 말했다. "그 사람 혹시 알아요, 마이크? 그 사람도 전쟁에 나갔었다던데."

"운 좋은 친구로군요." 마이크가 말했다. "그때가 좋았죠. 그 좋은 날들이 다시 오길 내가 얼마나 바라는지!"

"바보 같은 소리 하지 마."

"자네 참전했었나, 마이크?" 콘이 물어봤다.

"아니."

"그 사람은 아주 출중한 군인이었어요." 브렛이 말했다. "그들에게 당신의 말이 피커딜리[137] 거리를 내달았던 때를 말해 주세요."

"말하지 않겠어. 난 그 얘기를 네 번이나 했다고."

"나한테는 그 얘기 한 적 없는데." 로버트 콘이 말했다.

"난 말하지 않을 거요. 그 얘긴 내게 불명예니까."

"그게 어떤 얘기인가요?"

"브렛이 자네들에게 말해 줄 거야. 그 여자는 내게 불명예가 되는 얘기를 죄다 말하고 다니죠."

"계속해 봐. 말해 봐, 브렛."

"내가 말해야 되요?"

"내가 직접 말하지 뭐."

"당신 무슨 무공 훈장을 갖고 있나, 마이크?"

"난 훈장 없어."

"분명히 몇 개 있을 텐데."

---

137) Piccadilly. 런던 시내의 번화가.

"흔한 훈장이라면 몇 개 있을 거야. 하지만 난 한 번도 훈장을 타려고 애쓴 적이 없어. 한 번은 이런 뻑적지근한 큰 정찬이 있는데 프린스 오브 웨일즈[138]가 거기에 참석할 예정이어서 초청장에는 훈장을 달고 오라고 쓰여 있었어. 난 당연히 훈장이 없잖아. 내가 다니던 양복점에 갔는데 양복점 주인은 내가 초청 받은 데 감명 받았어. 나는 이렇게 하면 되겠다 싶어 말했어. '훈장 몇 개 가지고 나를 좀 꾸며 줘야겠소.' 그가 말했다. '무슨 훈장이요?' 그래서 내가 말했지. '아, 아무 훈장이나. 그냥 훈장 몇 개만 주쇼.' 그랬더니 그가 말했다. '**지금 무슨 훈장을 갖고 계십니까?**' 그래서 내가 말했네. '내가 어떻게 알겠소?' 그 사람은 내가 하루 종일 그 빌어먹을 관보(官報)나 읽고 있다고 생각했을까? '그냥 내게 많이만 줘요. 당신이 골라줘요.' 그래서 그는 내게 훈장을 만들어줬는데 자네들도 알다시피 그건 약장(略章)이었지. 그가 상자를 내게 건넸고 난 그걸 주머니에 넣어 놓고는 잊었지. 자, 난 정찬에 갔는데 그날 밤 헨리 윌슨[139]이 암살당해서 왕자도 왕도 오지 않았고 훈장 단 사람이 하나도 없었지. 이 녀석들은 하나같이 훈장 떼느라 바쁜데 난 훈장을 주머니 속에 넣어두고 있었던 거지."

그는 말을 멈추고 우리가 웃기를 기다렸다.

"그게 전부야?"

---

138) 영국왕 조지 5세의 아들로 윈저 공(公)이 되었다가 나중에 에드워드 8세 왕이 됨.

139) 영국군 원수였고 의회 의원이었다. 1922년 아일랜드 신페인당[Sinn Fein] 테러리스트들에게 암살당했다.

"전부지. 아마 내가 제대로 얘기를 못 했는지도 모르지만."

"그랬어요." 브렛이 말했다. "하지만 문제가 되지는 않아요."

우리는 모두 웃었다.

"아, 그래." 마이크가 말했다. "난 이제 알겠어. 그건 정말 지겹게 재미없는 정찬이었고 난 거기 붙어 있을 수가 없어서 떠났어. 그날 저녁 늦게 나는 주머니에서 그 상자를 발견했지. 이게 뭐야? 내가 말했어. 훈장? 빌어먹을 군대 훈장? 그래서 나는 훈장들을 바탕—거 왜 훈장을 길고 가느다란 천 조각에 새기잖아—에서 죄다 뜯어내 주위 사람들한테 다 줬어. 아가씨들한테도 하나씩 주고. 일종의 기념품으로. 사람들 생각엔 내가 정말 굉장한 군인인 거지. 나이트클럽에서 훈장을 다 줘버리다니. 용맹스런 친구 아니겠어?"

"나머지도 말해 봐요." 브렛이 말했다.

"당신 생각엔 그거 재밌지 않아?" 마이크가 말했다. 우리는 모두 웃고 있었다. "재미있었어. 정말 재미있었다고. 어쨌든 양복점 주인은 나한테 편지를 써서 훈장을 돌려달라고 했어. 사람을 보내기도 했지. 몇 달 동안 편지도 계속 썼고. 어떤 사람이 세탁 하려고 훈장을 두고 간 것 같아. 끔찍할 정도로 군인 티내는 녀석이었나 봐. 그 훈장들을 끔찍하게 중히 여기는 거지." 마이크가 말을 잠시 그쳤다. "그 양복쟁이 운도 무지하게 없네." 그가 말했다.

"정말로 그러는 건 아니죠?" 빌이 말했다. "내 생각엔 훈장이 양복점 주인에게는 대단한 것일 텐데."

"끔찍하게 훌륭한 양복점 주인이에요. 지금 나를 보면서도 내 말을 믿지 않는군요." 마이크가 말했다. "난 그냥 그 양반을 입 다

물게 하기 위해서 일 년에 100파운드를 그에게 지불하곤 했었지. 그러니 내게 어떤 대금청구서도 보내지 않은 거야. 내가 파산한 건 그에게 말도 못할 타격이었을 거야. 그건 훈장 사건 직후의 일이었어. 그가 보낸 편지 내용이 침통하더군."

"당신 어떻게 파산하게 됐나요?" 빌이 물었다.

"두 가지 방식으로요." 마이크가 말했다. "점차적으로, 그러다가 갑자기."

"뭣 때문에 그렇게 되었나요?"

"친구들 때문이죠." 마이크가 말했다. "난 친구가 많았어요. 가짜 친구들 말이죠. 그러다가 채권자들도 생겼죠. 아마 영국의 어떤 사람보다도 채권자가 더 많았을 거예요."

"법정에서 있었던 일이나 얘기 해 봐요." 브렛이 말했다.

"난 기억이 안 나." 마이크가 말했다. "난 그저 좀 취했을 뿐이야."

"좀 취했다고요!" 브렛이 외쳤다. "고주망태로 취했었잖아요."

"놀라운 일은," 마이크가 말했다. "저 번에 그전 동업자를 만났어. 나한테 술 한 잔 사겠다고 제의하더군요."

"사람들한테 당신의 그 유식한 변호사 얘기를 해 주지 그래요." 브렛이 말했다.

"안 할 거야." 마이크가 말했다. "내 유식한 변호사도 고주망태였어. 이거 우울한 얘기야. 우리 아래로 내려가서 황소들이 내려지나 어쩌나 보러갈까?"

"아래로 내려갑시다."

우리는 웨이터를 불러 돈을 치르고 시내를 통과해 걷기 시작했다. 나는 브렛과 출발했는데 로버트 콘이 다가와서 브렛의 다른 쪽 옆에서 걸었다. 우리 셋은 발코니에 깃발들이 걸려있는 시청을 지나고 시장도 지나 내려가 아르가 강을 건너는 다리에 이르는 가파른 길을 걸어 내려갔다. 황소를 보러가는 사람들이 많았고 마차들이 언덕을 달려 내려가 다리를 건넜고 마부, 말, 그리고 말채찍이 길에서 걷는 사람들 머리 위로 비쭉비쭉 보였다. 다리를 건너서 우리는 길을 돌아 소 가둬 놓은 우리로 갔다. 우리는 '맛있는 와인이 1리터에 30상팀'이라는 표지가 창문에 걸려있는 와인 가게를 지났다.

"저기가 우리가 돈이 달랑달랑 할 때 가게 될 곳이에요." 브렛이 말했다.

와인 가게의 문간에 서 있는 여자가 우리가 지나갈 때 바라봤다. 그 여자는 집 안에 있는 누군가를 불렀고 어린 여자 셋이 창가로 와서 내다봤다. 그들은 브렛을 응시하고 있었다.

소 우리의 문에서 두 남자가 안으로 들어가는 사람들에게서 표를 받았다. 우리도 문을 통해 안으로 들어갔다. 안에는 나무들이 있고 낮은 돌로 된 집이 한 채 있었다. 끝에는 돌담이 있었는데, 갈라진 틈이 우리마다 앞면을 따라 죽 마치 총안(銃眼)처럼 있었다. 담 꼭대기로 올라가는 사다리가 있고 사람들은 그 사다리를 타고 올라가 흩어져서 두 개의 우리를 갈라놓는 벽 위에 서 있었다. 우리는 나무 아래 풀밭을 걸어서 건너 사다리로 올라가서 황소들이 들어있는 크고 회색으로 칠해져 있는 철창을 지났다. 운반

용 상자마다 황소가 한 마리씩 들어 있었다. 황소들은 카스티야[140]에 있는 황소를 기르는 목장에서 기차로 와서 역에서 무개화차에서 내려지고 철창에서 풀려나 우리에 넣기 위해 이리로 보내졌다. 각 철창은 황소 양육가의 이름과 상호가 스텐실로 찍혀져 있었다.

우리는 위로 올라가서 소 우리가 내려다보이는 벽 위에 앉을 곳을 발견했다. 돌 벽에는 흰 도료가 칠해져 있었고 땅바닥에는 밀짚이 있었고 나무로 만든 여물통과 물통이 벽에 기대어져 있었다.

"저기를 보시오." 내가 말했다.

강 너머 고원 위로 시내가 삐죽 보였다. 오래된 벽과 성벽을 따라 사람들이 죽 서 있었다. 성채가 세 겹으로 되어 있어서 사람들도 검은 세 개의 선을 이루었다. 벽 위에 있는 집의 창문에는 사람들의 머리가 있었다. 고원의 저 끝에서 남자애들이 나무에 올라가 있다.

"저 아이들은 뭔가가 분명 일어날 거라고 생각하나 봐요." 브렛이 말했다.

"황소를 구경하려는 거지."

마이크과 빌은 소 우리의 웅덩이 건너 또 다른 벽 위에 있었다. 늦게 온 사람들은 우리들 뒤에 서 있다가 다른 사람들이 밀치자 우리를 밀쳤다.

"왜 시작하지 않는 거지?" 로버트 콘이 물었다.

노새 한 마리가 철창에 묶여서 우리 담장 문에 바짝 끌어 당겨

---

140) Castile. 북부 스페인에 있는 지역이자 고대 왕국 이름.

져 있었다. 남자들이 노새를 떠밀고 쇠지레로 들어 올려 문에 바짝 닿게 만들었다. 남자들이 우리의 문을 끌어 올리고 그 다음엔 철창의 문을 끌어 올릴 준비를 한 채 벽 위에 서 있었다. 소 우리의 반대편 문이 열리고 불깐 수소 두 마리가 들어와서 머리를 흔들며 속보로 걸었고 여윈 옆구리가 흔들거렸다. 이 수소들이 저 끝에 서서 머리는 황소가 들어올 문 쪽을 향했다.

"저 수소들은 행복해 보이지 않네요." 브렛이 말했다.

벽 위에 있는 남자들은 몸을 뒤로 재껴서 우리 문을 끌어올렸다. 그런 다음 철창의 문을 끌어올렸다.

나는 벽 위로 몸을 잔뜩 구부려서 철창 안을 들여다보려고 했다. 철창은 어두웠다. 누군가가 쇠막대로 철창을 두드렸다. 그 안에서는 뭔가가 폭발하려는 것 같았다. 황소는 뿔로 나무판자 여기저기를 들이받으며 큰 소리를 냈다. 그때 나는 검은 주둥이와 뿔의 그림자를 봤고, 그리고는 빈 이동 상자 안의 나무를 덜거덕 거리게 하면서 황소가 돌진했고 우리로 들어와 앞발로 멈추다 밀짚에 미끄러졌다. 머리는 들어 올리고, 목의 근육이 커다란 혹처럼 바짝 부풀어 올라 있고, 몸뚱이의 근육은 돌 담 위에 있는 군중을 쳐다볼 때 떨리고 있었다. 두 마리 불깐 소는 벽까지 뒷걸음쳤고, 머리는 숙인 채, 눈으로는 황소를 주시하고 있었다.

황소가 불깐 소들을 보고 돌진했다. 어떤 남자가 소 운반 박스 위에서 소리를 지르고 자기 모자를 널빤지에 찰싹 치고, 그러자 황소는 불깐 소에 이르기 전에 몸을 돌려 자세를 추스른 뒤에 남자가 있던 곳으로 돌진하고 널빤지 뒤에 있는 남자에게 가려고 오른쪽 뿔로 대여섯 번에 걸쳐 남자가 숨은 곳을 찔러댔다. "이런, 황소가 정말 아름답지 않아요?" 브렛이 말했다. 우리는 바로 아래에 황소를 보고 있었다.

"이놈은 정말 자기 뿔을 제대로 사용하는군." 내가 말했다. "이놈은 마치 꼭 권투 선수처럼 왼쪽으로 공격했다가 또 오른쪽으로 공격했다가 하는군."

"설마?"

"한번 보라고."

"너무 빨리 움직이네요."

"기다려. 1분 내에 다른 황소가 나올 거야."

사람들이 또 다른 철창을 뒤로 밀어 입구에 갖다 놓았다. 멀리 떨어진 구석에서는 어떤 남자가 널빤지 방호 막 위에서 황소의 주의를 끌었고 황소가 시선을 돌리는 동안 문이 당겨 올라가며 두 번째 황소가 나와서 우리에 들어왔다.

이 황소는 곧장 불깐 수소들을 공격하자 남자 두 명이 널빤지 뒤에서 뛰어나와 황소의 방향을 돌리기 위해 소리를 질렀다. 황소가 방향을 바꾸지 않자 남자들은 "하! 하! 황소!" 하고 외치며 팔을 흔들었다. 불깐 수소 두 마리는 몸을 옆으로 틀어 충격을 받아들였고 황소는 불깐 소 중 한 마리를 뿔로 찔렀다.

"보지 마." 내가 브렛에게 말했다. 그녀는 홀린 듯이 주시하고 있었다.

"좋아." 내가 말했다. "이 놈이 당신을 뿔로 받지만 않는다면."

"난 봤어요." 그녀가 말했다. "난 그 황소가 왼쪽 뿔에서 오른쪽 뿔로 바꾸는 걸 봤어요."

"정말 멋지군."

불깐 소는 이제 쓰러져 목은 죽 뻗고 머리는 뒤틀린 채로, 쓰러질 때 모습 그대로 누워 있었다. 갑자기 황소가 멈추더니 저 끝에 서서 머리를 흔들며 이 모든 것을 지켜보고 있는 또 다른 불깐 소를 공격했다. 불깐 소가 뒤뚱거리며 달아났고 황소가 그를 따라잡아서는 옆구리를 가볍게 뿔로 찌르고 목덜미 근육을 들어 올려 담 위의 관중을 올려다봤다. 불깐 소는 황소에게 다가와서 마치 냄새를 맡듯 했고 황소는 내키지 않아 하며 뿔로 찔렀다. 다음번엔 황소가 불깐 소의 냄새를 맡더니 그 두 마리가 빠른 걸음으로 다른 황소에게 건너갔다.

다음 황소가 나왔을 때 모두 세 마리, 즉 황소 두 마리에 불깐 소 한 마리는 머리를 나란히 하고 뿔을 이 새로 들어온 황소에게 겨눈 채 같이 서 있었다. 몇 분이 지나지 않아 불깐 소는 새 황소를 골라 진정시켜 한패로 만들었다. 마지막 황소 두 마리가 내려지자 무리는 다 같이 어울렸다.

뿔에 찔렸던 불깐 소는 발로 딛고 일어나 돌담에 기대고 섰다. 어떤 황소도 그에게 가까이 오지 않았고, 이 불깐 소도 무리에 끼려고 시도하지 않았다.

우리는 군중과 함께 담에서 내려왔고 우리의 벽에 뚫린 구멍을 통해 황소들을 마지막으로 봤다. 이제 그들은 모두 잠잠해지고 머리는 숙이고 있었다. 우리는 밖에서 마차를 잡아타고 카페로 갔다. 마이크와 빌은 반시간 늦게 왔다. 그들은 오는 동안 멈춰서 여러 차례 술을 마셨다.

우리는 카페 안에 앉았다.

"그거 참 대단한 일이네요." 브렛이 말했다.

"그 마지막에 들어온 황소들도 처음에 들어온 것들처럼 싸우나?" 로버트 콘이 물었다. "그 소들은 굉장히 빨리 잠잠해지는 것 같던데."

"그 소들은 모두 서로를 알지." 내가 말했다. "그 소들은 혼자 있거나 두세 마리만 같이 있을 때 위험한 거지."

"위험하다는 게 무슨 말인가?" 빌이 말했다. "나한테는 다 위험해 보이던데."

"그들은 혼자 있을 때만 죽이고 싶어 하지. 물론 자네가 저 안에 들어간다면 아마도 그들 중 한 마리를 무리로부터 떼어낼 수 있을 테고 그 소가 위험한 소가 되겠지."

"그거 너무 복잡하군." 빌이 말했다. "날 결코 무리로부터 떼어내지 마세요, 마이크."

"그런데," 마이크가 말했다. "멋진 소들**이었어요**, 그렇죠? 그 소들의 뿔을 봤나요?"

"난 못 봤어요." 브렛이 말했다. "난 뿔이 어떻게 생겼는지 전혀 모르겠어요."

"저 불깐 소를 들이받은 뿔 봤냐고?" 마이크가 물었다. "그거 대단했지."

"불깐 소가 되는 건 사는 게 아니로군." 로버트 콘이 말했다.

"자네 그렇게 생각하지 않아?" 마이크가 말했다. "자네가 불깐 소가 되는 걸 좋아할 거라고 생각했었는데, 로버트."

"무슨 말이야, 마이크?"

"그놈들은 그렇게 얌전하게 살잖아. 그놈들은 아무것도 말하지 않고 항상 그렇게 서성댈 뿐이지."

우리는 어색해졌다. 빌은 웃었다. 로버트 콘은 화를 냈다. 마이크는 계속 말했다.

"난 당연히 자네가 불깐 소가 되는 걸 좋아한다고 생각하지만. 자넨 한마디도 안 해도 돼. 자, 로버트. 뭔가 말해 봐. 거기 그렇게 앉아있지만 말고."

"난 뭔가를 말했어, 마이크. 기억 안 나? 불깐 소들에 대해서 했던 말들."

"아, 뭔가 더 말해 봐. 뭔가 재미있는 걸 말해 봐. 우리 모두가 여기서 좋은 시간 보내고 있는 거 알잖아."

"그만해요, 마이클. 당신 취했어요." 브렛이 말했다.

"난 안 취했어. 난 무척 진지하다고. 로버트 콘이 마치 불깐 소처럼 맨날 브렛 뒤를 쫓아**다니려는 거지?**"

"입 닥쳐, 마이클. 교양 있게 행동해 봐."

"그놈의 교양 빌어먹으라고 해. 말이 나와서 얘긴데 황소들 빼고는 어느 누가 교양이 있겠어? 황소들이 사랑스럽지 않아? 황소 좋아하지 않아요, 빌? 왜 아무 말도 안 해, 로버트? 거기 볼썽사나운 장례 행렬처럼 앉아있지 말고. 브렛이 당신하고 잤다고 한들 뭐 어떻단 말이야? 그 여자는 자네보다 훌륭한 사람들하고 많이 잤다고."

"입 닥쳐." 콘이 말했다. 그가 일어섰다. "입 닥치게, 마이크."

"어, 일어나서 날 칠 것처럼 굴지 말라고. 그래봤자 내겐 안 먹혀. 말해 봐, 로버트. 왜 자네는 그 가여운 망할 불깐 소처럼 브렛 주위에서 얼쩡거리는 거야? 자네가 불청객이란 거 몰라? 난 내가 언제 불청객인지 알아. 자네는 언제 불청객이 되는지 모르나? 자넨 불청객인데도 산 세바스티안에 내려와서는 망할 불깐 소처럼 그녀를 따라다녔지. 그게 옳다고 생각해?"

"닥쳐. 자네 취했어."

"아마 난 취했는지 몰라. 자넨 왜 안 취했어? 왜 자네는 한 번도 취해본 적이 없는 건가, 로버트? 우리 친구들 중 누구도 자네를 파티에 초대하려고 하지 않았기 때문에 자네가 산 세바스티안에서 좋은 시간을 못 보냈다는 거 자네도 알지. 자네 내 친구들을 심하게 탓해선 안 돼. 알았어? 난 그들에게 자네를 초대하라고 부탁했어. 그들은 그러려고 하지 않았던 거야. 그래도 자네는 그들을 욕할 수는 없어. 그렇지? 자, 대답해 봐. 자네가 그들을 욕할 수 있겠어?"

"지옥에나 가, 마이크."

"난 그들을 욕할 수 없어. 자네 그들을 욕할 수 있어? 왜 자네는 브렛을 졸졸 따라다니는 거야? 자네 예의라고는 없나? 그게 **내 기분**을 어떻게 만드는지 생각해 봤어?"

"예의에 대해 말하다니 당신 참 대단한 사람이네요." 브렛이 말했다. "당신 정말로 사랑스러운 예의를 갖췄군요."

"왜 이래요, 로버트." 빌이 말했다.

"왜 그녀를 따라 다니는 거야?"

빌이 일어나 콘을 붙잡았다.

"가지 마시오." 마이크가 말했다. "로버트 콘이 한 잔씩들 산답니다."

빌은 콘과 함께 나갔다. 콘의 얼굴이 창백했다. 마이크는 계속 말했다. 난 앉아서 잠시 들었다. 브렛이 불쾌해 보였다.

"이봐요, 마이클, 당신 그렇게 지독한 바보는 아니잖아요." 그녀가 말을 중단시켰다. "내가 그 사람이 옳다는 게 아니에요, 당신도 알겠지만." 그녀가 내게 몸을 돌렸다.

마이크의 목소리가 평정을 되찾았다. 우리는 다시 모두 친구가 되었다.

"난 겉보기처럼 그렇게 지독하게 취하지는 않았어."

"나도 알아요." 브렛이 말했다.

"우리 중 말짱한 사람은 한 사람도 없어." 내가 말했다.

"난 진심이 아닌 말은 한마디도 안 했어."

"하지만 당신은 표현을 너무 나쁘게 했어요." 브렛이 웃었다.

"그는 바보야, 그래도. 그는 정말로 불청객인데 산 세바스티안에 왔어. 그 친구는 브렛 주위를 얼쩡거리며 그냥 그녀를 *바라보는 거야*. 그게 나를 아주 구역질나게 만들었어."

"그 사람 고약하게 굴었어요." 브렛이 말했다.

"내 말 잘 들어봐. 브렛은 그 전에 남자들과 염문을 뿌리고 다녔어. 그 여자는 내게 모든 일에 대해 다 얘기했지. 그녀는 이 친구 콘이 보낸 편지들을 읽으라고 내게 줬어. 난 읽을 생각이 없어."

"당신 굉장히 고상하군요."

"아니야, 들어봐, 제이크. 브렛은 남자들과 사귀고는 했어. 하지만 그들은 결코 유대인인 적도 없었고 나중에 와서 주변을 얼쩡거리지도 않았지."

"지독하게 좋은 친구들이로군요." 브렛이 말했다. "거기에 대해 얘기하는 거 정말 짜증나요. 마이클과 나는 서로를 이해해요."

"그녀는 내게 로버트 콘이 보낸 편지를 줬어. 난 읽으려고 하지 않았지."

"당신은 어떤 편지도 안 읽잖아요, 자기. 당신은 내 편지도 안 읽으려고 하죠."

"난 편지를 읽을 수 없어." 마이크가 말했다. "웃기지, 그렇지?"

"당신은 어떤 것도 읽을 수 없어요."

"아니요. 그건 당신이 틀렸어. 난 꽤 많이 읽어. 난 집에 있을 때 독서한다고."

"다음에는 아예 책을 한 권 쓰겠군요." 브렛이 말했다. "자, 마이클. 기운 내요. 당신은 지금 이런 것들을 경험해 내야만 해요. 그 사람도 여기 와 있잖아요. 축제를 망치지 말아요."

"자, 그럼 그 친구 보고 좀 얌전하게 굴라고 해."

"그는 얌전하게 굴 거예요. 내가 말할게요."

"자네가 말해, 제이크. 얌전히 굴거나 아니면 꺼지라고 말해."

"알았어." 내가 말했다. "그 친구한테 내가 말하는 게 낫겠지."

"이봐, 브렛. 로버트가 당신을 뭐라고 부르는지 제이크한테 말해 봐. 그거 참 끝내주더군."

"아, 안 돼요. 난 할 수 없어요."

"해 봐. 우린 모두 친구잖아. 우리 모두 친구 아닌가, 제이크?"

"난 그에게 말할 수 없어요. 그건 말도 안 돼요."

"내가 말하겠어."

"그러지 말아요, 마이클. 바보 짓 하지 마세요."

"우리는 그 여자를 키르케[141]라고 부르지." 마이크가 말했다. "그는 그녀가 남자들을 돼지로 변하게 한다고 주장해. 정말 좋은 일이야. 난 내가 이런 문학적인 친구들 중의 한 명이면 좋겠어."

"그 사람 착하게 굴 거예요." 브렛이 말했다. "그는 편지를 잘 써요."

"나도 알아." 내가 말했다. "그는 산 세바스티안에서 내게 편지를 썼지."

"그건 아무것도 아니에요." 브렛이 말했다. "그는 정말 재미있는 편지를 쓸 수 있어요."

"그녀가 내게 그런 글을 쓰게 하지. 그녀가 아픈 줄 알았는데."

"난 정말 안 아팠어요."

"자," 내가 말했다. "우리 들어가서 식사하자고."

"콘을 만날 수 있을까?" 마이크가 말했다.

"마치 아무 일도 없었던 것처럼 행동하게."

"난 진짜 괜찮아." 마이크가 말했다. "난 난처하지 않아."

"그가 무슨 말을 하건 그냥 취했다고 말해."

---

141) Circe. 호메로스의 《오디세이아》에서 남자들을 돼지로 만드는 마녀.

"알았어. 그리고 웃기는 건 내가 취한 거 같다는 거지."

"자," 브렛이 말했다. "이 독 있는 것들을 돈 주고 마셔요? 난 저녁 전에 목욕해야만 해요."

우리는 걸어서 광장을 건넜다. 날은 어두웠고 광장 주위로는 온통 회랑 아래에 있는 카페들에서 나오는 불빛이 비치고 있었다. 우리는 나무 아래 자갈길을 가로질러 호텔로 갔다.

그들은 이층으로 올라갔고 나는 멈춰서 몬토야와 얘기했다.

"근데, 황소들이 어땠나요?" 그가 물었다.

"좋지요. 멋진 황소들이에요."

"괜찮지요." 몬토야가 머리를 가로 저었다. "그런데 그놈들은 아주 좋지는 않아요."

"어떤 점이 맘에 안 드나요?"

"나도 모르겠어요. 그 황소들은 그냥 아주 훌륭하다는 느낌을 주지 않았어요."

"무슨 말하는지 알겠어요."

"그놈들 괜찮기는 해요."

"그래요. 괜찮아요."

"당신 친구들은 황소들을 어떻게 생각해요?"

"멋지다고 생각하죠."

"좋아요." 몬토야가 말했다.

난 이층으로 올라갔다. 빌은 자기 방 발코니에 서서 광장을 내다보고 있었다. 난 그의 곁에 섰다.

"콘은 어디 있나?"

"이층 자기 방에 있지."

"그 친구 기분이 어때?"

"지옥 같지, 당연히. 마이크는 끔찍해. 그 사람은 취하면 끔찍해."

"그 친구 그렇게 취하지는 않았는데."

"안 취했다니 무슨 소리야. 우리가 카페에 가기 전에 어떤 술을 먹었었는지 내가 뻔히 아는데."

"그 친구는 그 뒤에 술이 깬 거지."

"좋아. 그 사람은 끔찍해. 하느님도 아시듯이 난 콘을 좋아하지는 않아, 그가 산 세바스티안에 내려갔었던 건 어리석은 속임수라고 생각하지만 마이크처럼 말하는 사람은 아무도 없지."

"자네는 황소들을 어떻게 생각해?"

"멋져. 사람들이 황소들을 밖으로 내놓는 방법이 멋져."

"내일 미우라 황소들이 온데."

"축제는 언제시작한데?"

"내일 모레."

"마이크가 너무 취하게 나두면 안 되겠어. 끔찍해."

"저녁 먹으려면 좀 씻는 게 좋겠네."

"그래. 기분 좋게 먹자고."

"그렇겠지?"

사실, 저녁은 기분 좋은 식사가 되었다. 브렛은 소매 없는 검은 이브닝드레스를 입었다. 그녀는 아주 아름다워 보였다. 마이크는 마치 아무 일도 없었던 것처럼 행동했다. 난 이층으로 올라가 로버트 콘을 데리고 내려와야만 했다. 그는 말이 없고 격식을 갖췄지만 얼굴은 여전히 긴장했고 창백했지만 결국에는 명랑해졌다. 그는 브렛을 계속 바라볼 수밖에 없었다. 브렛을 보는 게 그를 행복하게 만드는 것 같았다. 그녀가 그렇게 사랑스러워 보이는 것을 보고, 자기가 그녀와 함께 떠나 있었고 모든 사람들이 그걸 알고 있다는 것을 아는 건 그에게 틀림없이 즐거운 일이었다. 그들은 그에게서 이런 느낌을 빼앗아 갈 수 없었다. 빌은 무척 웃겼다. 마이클도 그랬다. 그들은 함께 잘 어울렸다.

저녁 식사는 내가 전쟁에서 기억하는 그런 저녁 식사 같았다. 와인이 넘쳐났고, 긴장은 무시해버렸고 못 일어나게 막을 수 없는 그런 일들이 오고 있다는 느낌이 있었다. 와인의 취기로 인해 난 혐오의 느낌이 사라졌고 기분이 좋아졌다. 그들이 모두 훌륭한 사람인 것 같아 보였다.

제14장

몇 시에 잠자리에 들었는지 모르겠다. 옷을 벗고 가운을 입고 발코니에 나가 서 있던 것은 기억이 난다. 무척 취했다는 걸 알았고 안에 들어와서 침대 머리맡에 있는 램프를 켜고 책을 읽기 시작했다. 나는 투르게네프[142]의 책을 읽고 있었다. 아마 같은 두 페이지를 여러 차례 읽고 있었던 모양이다. 그건 《사냥꾼의 일기》에 나오는 이야기 중의 하나였다. 이 작품을 전에 한번 읽은 적이 있는데 아주 새로 읽는 기분이었다. 시골의 공기가 아주 청아해졌고 머릿속의 압박감이 덜해진 것 같았다. 나는 무척 취했는데 방이 빙빙 돌려고 하기에 눈을 감고 싶지 않았다. 계속 책을 읽는다면 그 느낌이 사라질 거다.

나는 브렛과 로버트 콘이 계단을 올라오는 소리를 들었다. 콘이 문밖에서 밤 인사를 하고는 자기 방으로 올라갔다. 나는 브렛이 바로 옆 자기 방으로 들어가는 소리를 들었다. 마이크는 벌써 잠자리에 들었다. 그는 한 시간 전에 나와 같이 들어왔었다. 그는 브렛

---

142) Ivan Sergeevich Turgenev. 1818-1883. 러시아 작가.

이 들어오자 깼고 그들은 함께 이야기했다. 난 그들이 웃는 소리를 들었다. 난 불을 껐고 자려고 했다. 더 이상 책을 읽을 필요가 없었다. 나는 빙빙거리는 느낌이 들지 않고도 눈을 감을 수 있었다. 그러나 잠을 잘 수가 없었다. 어둡다고 해서 밝을 때와 다르게 사물들을 봐야 할 이유는 없다. 전혀 그럴 이유가 없지!

이 모든 것을 추리해 보니 내가 6개월 동안 전깃불을 끄고 잔 적이 없었던 거다. 그것도 멋진 생각이었다. 어쨌든 여자들은 다 꺼져버려라. 당신도 마찬가지야, 브렛 애슐리.

여자들은 아주 멋쟁이 친구가 된다. 굉장히 멋진. 먼저, 우정의 기본을 갖기 위해서는 여자와 사랑에 빠져야만 한다. 난 브렛을 친구로 사귀어 오고 있다. 나는 그녀 쪽 입장은 생각해 보지 않았다. 난 뭔가를 거저 얻어 오고 있다. 계산서가 나오는 게 늦어질 뿐이다. 계산서는 항상 왔다. 그게 우리가 의지할 수 있는 멋진 일들 중의 하나이다.

난 모든 것에 대가를 지불했다고 생각했다. 지불하고, 지불하고 또 지불하는 여자들과 달리. 응보나 처벌에 대한 어떠한 생각도 없이. 그저 가치의 교환일 뿐. 뭔가 포기하고 뭔가 딴 것을 얻는다. 아니면 뭔가를 위해 일했거나. 좋은 것이라면 어떻게든 모두 사기 위해서 돈을 지불한다. 나는 내가 좋아하는 것들을 충분히 사기 위해 내 나름 뭔가를 지불했고 그래서 좋은 시간을 가졌다. 우리는 좋아하는 것들을 배움으로써, 혹은 경험함으로써, 혹은 운에 맡김으로써, 아니면 돈으로써 대가를 지불한다. 삶을 즐기는 것은 내 돈만큼의 값어치를 얻는 법을 배워가는 것이며 그것을 얻었을 때 얻었다는 것을 아는 것이다. 돈 만큼의 값어치는 얻을 수 있다. 세상은 뭔가를 사기에 좋은 곳이다. 멋진 철학처럼 들리는군. 5년이 지나면 내가 알던 다른 모든 멋진 철학처럼 그렇게 어리석게 보이겠지만.

하지만 그건 아마도 사실이 아닐 거다. 아마도 살아가며 뭔가를 배우는 거지. 난 이게 다 무슨 얘기인지 신경 쓰지 않았다. 내가 알고 싶은 건 단지 어떻게 사는가이다. 아마도 어떻게 살아야 하는지 발견한다면 그게 무엇에 관한 것인지 알게 된다.

나는 마이크가 술버릇이 나쁘기는 하지만 콘에게 그렇게 지독하게 굴지 않기를 바랐다. 브렛은 술버릇이 좋았다. 빌도 술버릇이 좋았다. 콘은 결코 술에 취하는 법이 없었다. 마이크는 어느 선을 넘으면 불쾌한 사람이 되었다. 나는 그가 콘을 마음 상하게 하는 것을 보고 싶었다. 하지만 그러면 나중에 나 스스로를 혐오하게 되기 때문에 그가 그렇게 하지 않기를 바랐다. 그게 도덕이다. 즉, 나중에 우리를 혐오스럽게 만드는 그런 것들 말이다. 아니다, 그건 부도덕함에 틀림없다. 이건 거창한 얘기다. 밤에 내가 얼마나 많은 허튼 소리를 생각해 낼 수 있던지. 뭔 시시한 소리예요. 나는 브렛이 이 말을 하는 것을 들을 수 있었다. 뭔 시시한 소리예요. 우리가 영국인과 함께 있을 때면 우리는 생각할 때에도 영국식 표현을 사용하는 습관을 갖게 된다. 영국식 구어(口語)는 어쨌든 상류층의 것인데 에스키모 어보다 단어 수가 분명히 적을 것이다. 물론 나는 에스키모 어에 대해서는 아무것도 모른다. 아마도 에스키모 어는 훌륭한 언어일지도 모른다. 체로키[143] 어를 들어보자. 나는 체로키 어에 대해서도 아무것도 모른다. 영국인들은 어형 변화된 구문들로 말한다. 한 구문이 모든 것을 의미한다. 그래도 난 영국인들이 좋다. 난 그들이 말하는 방식이 좋다. 해리스를 예로 들자. 해리스는 상류층이 아닌데도 말하는 게 맘에 든다.

난 다시 불을 켜고 책을 읽었다. 투르게네프를 읽었다. 브랜디를 너무 많이 마시고 난 뒤 몹시 민감해진 마음 상태에서 투르게네프를 읽으면 나는 언젠가 한 번 읽었던 것 같이 기억하게 되고, 또 나중에는 읽은 것이 실제로 내게 일어났었던 것처럼 보인다는 것을 이젠 안다. 난 그런 경험을 항상 하고 싶다. 그건 우리가 대가를 치루고 갖게 되는 또 다른 좋은 일이다. 동이 틀 때가 다 돼서야 나는 잠이 들었다.

팜플로나에서 다음 이틀은 조용했고 더 이상의 소란은 없었다. 도시는 축제준비를 하고 있었다. 인부들은 황소들이 축사에서 풀려나 아침에 투우장으로 가며 거리를 뛰어갈 때 옆길을 차단하게 될 문기둥을 설치했다. 인부들이 구덩이를 파서 거기에 나무를 밀어 넣었는데 나무마다 원래 들어갈 자리의 숫자가 쓰여 있었다. 마을 너머의 고원에서는 투우장 고용인들이 피카도르[144]가 타는 말

---

143) Cherokee. 미국 인디언 부족.
144) picador. 투우 시합의 초반부에 나와 말을 타고 긴 창으로 소의 목덜미를 계속 찔러 지치게 만드는 역할을 하는 기마 투우사. 이 과정에서 종종 말이 황소의 뿔에 받혀 다치는 일이 생긴다.

들을 훈련시키는데, 투우장 뒤의 딱딱하고 햇볕에 구어 진 땅 위에서 말들의 다리가 뻣뻣해질 때까지 구보를 시켰다. 투우장의 커다란 문이 열렸고 안에서는 원형극장을 청소하고 있었다. 투우장을 롤러로 평탄하게 하고 물도 뿌리고 목수들은 바레라[145]의 약해지거나 갈라진 널빤지들을 교체했다. 부드럽게 평탄해진 모래의 가장자리에 서서 비어있는 관람석을 올려다보면 늙은 여자들이 특별석 좌석을 걸레질하는 것을 볼 수 있다.

밖에서는 시내 제일 끝 거리에서부터 투우장 입구까지 이어지는 울타리가 이미 처져 있어 긴 우리를 만들었다. 투우 첫날 아침에 황소들이 뒤 따르는 가운데 군중이 거리를 뛰어 내려간다. 말과 소시장이 열리는 들판을 가로질러 밖에서는 집시 몇 명이 나무 아래 캠프를 치고 있었다. 와인과 아가르디엔테를 파는 상인들이 자기들 노점을 설치하고 있었다. 한 노점은 아니스 델 토로[146]를 판다고 써 붙였다. 천으로 된 간판이 뜨거운 태양 아래 널빤지에 내걸려 있었다. 시내 한복판의 커다란 광장에는 아직 아무런 변화도 없었다. 우리는 카페 테라스의 하얀 등나무 의자에 앉아서 버스가 들어와 시골에서 장보러 온 농부들을 내려놓는 것을 봤고, 마을에서 산 물건이 가득 들어있는 안장 가방을 들고 앉아 있는 농부들을 가득 싣고 버스가 출발하는 것을 지켜봤다. 비둘기

---

145) barrera. 투우장 안에 있는 나무로 된 보호벽으로 대개 빨간 색으로 칠해지고 경기 중 투우사가 위급한 상황이 되면 이 뒤로 일시 피신한다.
146) Anis del Toro. 황소의 아니스 술. 아니스 열매로 만든 술로 달콤함 무색의 리큐르.

와, 자갈 깔린 광장에 호스로 물을 뿌리고 길에 물도 주는 남자만을 제외하고는 차체가 높은 회색 버스가 광장에서 유일하게 살아 있는 것이었다.

저녁에는 파세오[147]가 있었다. 저녁식사 후 한 시간 동안 모든 잘생긴 아가씨들과, 요새에서 나온 장교들, 마을의 모든 멋쟁이 사람들이 광장의 한쪽 편 길을 걸었고 카페 테이블은 저녁 식사 후에 늘 몰려나오는 사람들로 꽉 찼다.

아침나절에 나는 보통은 카페에 앉아 마드리드 신문을 읽고 걸어서 시내로 들어가거나 시골로 나가 걸었다. 가끔 빌이 같이 가기도 했다. 그는 어떤 때는 자기 방에서 글을 썼다. 로버트 콘은 스페인 어를 배우거나 이발소에서 면도를 하면서 아침을 보냈다. 브렛과 마이크는 정오 때까지 일어나는 법이 없었다. 우리 모두는 카페에서 베르무트[148]를 마셨다. 평온한 삶이었고 아무도 취하지 않았다. 나는 교회에 몇 번 갔었는데 한 번은 브렛과 같이 갔다. 그녀는 내가 고해성사 하는 것을 듣고 싶어 했지만 나는 그것이 불가능할 뿐만 아니라 듣는 것처럼 흥미롭지도 않고, 게다가 그녀가 모르는 말로 행해진다고 말했다. 우리는 교회에서 나오다 콘을 만났는데 그가 우리를 따라온 게 분명하긴 했지만 그는 무척 유쾌하고 매너가 좋아서 우리 셋은 다 같이 집시 캠프까지 산책 갔고 브

---

147) Paseo. 스페인의 관습으로 특별한 날에 총각, 처녀들이 각각 마을의 광장을 반대 방향으로 산책하는 것.
148) vermouth. 화이트 와인에 향 나는 허브를 가미한 것.

렛은 점을 봤다.

아름다운 아침이었고 산 위에는 흰 구름이 높이 걸려 있었다. 밤에 비가 조금 왔었기 때문에 고원은 상쾌하고 선선하고 경치도 멋졌다. 우리는 모두 기분이 좋았고 건강해 진다고 느꼈고 나는 콘에게 아주 친근하게 느꼈다. 이런 날에는 어떤 일에도 언짢아지지 않는다.

그날이 축제 전의 마지막의 날이었다.

제15장

7월 6일 일요일 정오에 축제가 폭발했다. 그걸 다른 식으로 표현할 방법이 없었다. 사람들이 하루 종일 시골에서 들어오고 있었지만 이들은 도시에 동화되어서 눈에 띠지 않았다. 광장은 뜨거운 태양 아래 다른 날들처럼 조용했다. 농부들은 바깥쪽에 자리한 와인 술집에 있었다. 그들은 거기에서 술을 마시며 축제에 참가할 준비를 하고 있었다. 그들은 평야와 산에서 지금 막 도착했기 때문에 가격의 변환을 서서히 하는 것이 필요했다. 카페에서 먹은 값을 내는 것으로는 그 변환을 시작할 수 없었다. 그들은 와인 술집에서 자기들이 낸 돈만큼의 값어치를 얻을 수 있었다. 이들에게 돈은 여전히 자기들이 일한 시간과 팔린 곡물의 부셸[149]로 분명히 가치가 매겨졌다. 축제 후반부로 접어들 무렵에는 그들이 얼마를 지불했든, 어디에서 샀든 문제가 되지 않았다.

이제 산 페르민의 축제가 시작하는 날에 그들은 이른 아침부터 계속 마을의 좁은 길의 와인 술집에 있었다. 성당으로 미사를

---

149) bushel. 1부셸은 약 36리터.

드리러 아침에 거리를 걸어가다가 나는 이들이 노래하는 소리를 술집의 열린 문을 통해서 들었다. 그들은 워밍업을 하고 있었다. 11시 미사에는 사람들이 많았다. 산 페르민은 또한 종교적인 축제이기도 했다.

나는 성당으로부터 언덕을 내려와 광장의 카페로 걸어 올라갔다. 정오가 얼마 안 남았다. 로버트 콘과 빌은 테이블에 앉아 있었다. 대리석 판의 테이블과 하얀 등나무 의자가 없어졌다. 대신에 주조된 테이블과 몇 개의 접는 의자가 있었다. 카페는 마치 작전을 위해 불필요한 것을 다 제거해버린 전함 같았다. 오늘은 웨이터들이 뭘 주문하겠느냐고 물어보지 않고 우리를 아침 내내 책 읽게 내버려두는 그런 날이 아니다. 내가 앉자마자 웨이터 한 명이 왔다.

"뭐 마시겠어?" 내가 빌과 로버트에게 물었다.

"셰리.[150]" 콘이 말했다.

"헤레즈.[151]" 내가 웨이터에게 말했다.

웨이터가 백포도주를 가져오기 전에 축제를 선포하는 폭죽이 광장에서 쏘아 올려졌다. 폭죽이 터졌고 광장을 가로질러 반대편 쪽의 가야레 극장 위로 하늘 높이 회색 연기 덩어리가 피어났다. 연기 덩어리는 마치 유산탄이 터진 것처럼 하늘에 걸렸고 내가 보는 동안 또 다른 폭죽이 밝은 햇빛 속에 연기를 똑똑 떨어뜨리며 연기 덩어리를 향해 쏘아 올려졌다. 터질 때 밝은 섬광이 비쳤고

---

150) sherry. 스페인 산 황갈색 포도주.

151) Jerez. 스페인말로 셰리주.

또 다른 작은 연기구름이 나타났다. 두 번째 폭죽이 터질 때쯤에 일분 전만 해도 텅 비었었던 지붕 덮인 상점가에는 사람들이 너무나 많아서 웨이터는 술병을 머리 위로 높이 든 채 사람들을 뚫고 우리 테이블에 간신히 왔다. 사람들이 온갖 방향에서 광장으로 들어왔고 거리 저 아래에서 우리는 피리와 횡적(橫笛)[152]과 북이 오고 있는 소리를 들었다. 그들은 리아우-리아우[153] 음악을 연주하고 있었고 피리를 날카롭게 불고 북을 두들기며 왔고 그들 뒤로는 남자 어른과 소년들이 춤추며 왔다. 횡적 부는 사람들이 멈추자 그들은 모두 거리에 쭈그려 앉았고 갈대 피리와 횡적이 날카롭게 소리를 내고, 밋밋하고 메마르고 텅 빈 북이 다시 두드리는 소리를 크게 내자 이들 악기가 내는 모든 소리가 춤추며 하늘로 올라갔다. 군중 속에서 오르락내리락하는 춤추는 사람들의 머리와 어깨만이 보였다.

광장에는 어떤 남자가 구부정하게 갈대 피리를 불고 있었고 아이들의 무리가 소리를 지르고 그의 옷을 잡아당기면서 따라가고 있었다. 그는 광장에서 벗어나왔고 아이들이 계속 따르는 가운데 피리를 불며 카페를 지나 골목을 내려갔다. 우리는 그가 피리 불며 지나갈 때 얽은 자국 있는 그의 멍한 얼굴을 보았고 아이들은 바짝 뒤를 따르며 소리 지르고 그를 잡아당겼다.

"저 친구 분명히 동네 천치일 거야." 빌이 말했다. "이런! 저

---

152) fife. 플루트 비슷한데 모양새가 단순하고 주로 고적대 행진 때 많이 사용된다.
153) riau-riau. 산 페르민 지역의 거친 민속춤.

걸 봐!"

춤추는 사람들이 거리를 걸어 내려왔다. 거리는 춤추는 사람들로 꽉 찼는데 전부 남자였다. 그들은 일행인 횡적 부는 사람과 북치는 사람 뒤를 따라 박자 맞춰 춤을 추고 있었다. 그들은 어떤 클럽의 회원인 듯했고 모두가 노동자의 푸른색 작업복을 입고 붉은 손수건을 목에 두르고 두 개의 장대 위에 커다란 깃발을 내걸어 들고 갔다. 군중에 둘러싸여 거리를 내려갈 때 깃발이 그들과 함께 위로 아래로 춤을 췄다.

"와인 만세! 외국인들 만세!"라고 깃발 위에 페인트로 쓰여 있었다.

"외국인들이 어디 있는데?" 로버트 콘이 물었다.

"우리가 외국인이잖아." 빌이 말했다.

그러는 동안 내내 폭죽이 하늘로 올라가고 있었다. 카페의 테이블이 이제 꽉 찼다. 광장에서는 사람들이 빠져나가고 있었고 군중이 카페를 채우고 있었다.

"브렛과 마이크 어디 있지?" 빌이 물었다.

"내가 가서 데려오지요" 콘이 말했다.

"그들을 이리로 데려오세요."

축제가 정말로 시작되었다. 축제는 7일 동안 낮이고 밤이고 진행되었다. 춤추고, 술 마시고, 떠드는 일이 계속되었다. 이 모두가 축제 동안에만 일어날 수 있는 일들이었다. 모든 것이 결국에는 아주 비현실적인 것이 되고 마치 그 무엇도 중요성을 갖지 못하는 것처럼 보였다. 축제 동안에는 중요한 일들을 생각하는 것이 어울리지 않아 보였다. 축제기간 내내 우리는 조용할 때에도 무슨 말을 남들에게 들리게 하려면 소리를 질러야만 한다고 느꼈다. 어떤 행동을 할 때나 마찬가지 느낌이었다. 때는 축제였고 7일간 계속되었다.

그날 오후에는 큰 종교 행렬이 있었다. 산 페르민 성자가 한 교회에서 다른 교회로 옮겨 모셔지고 있었다. 행렬에는 민간이건 교회 계통이건 모든 고위직 인사들이 다 있었다. 사람들이 너무 많아서 우리는 그 인사들을 볼 수 없었다. 정식 행렬의 앞과 뒤에서 리아우-리아우 춤꾼들이 춤을 췄다. 군중 속에서 오르락내리락 춤추는 노란 셔츠 한 무리가 있었다. 골목과 보도의 연석을 가득 메운 촘촘하게 들어선 사람들 사이로 우리가 이 행렬에서 볼 수 있는 것은 커다란 거인과, 시가 가게의 인도인, 그리고 30피트 높이에서 리아우-리아우 춤에 맞춰 엄숙하게 돌면서 왈츠를 추는 무어인들과 왕과 왕비가 전부였다.

산 페르민 성자와 고위직 인사들은 성당 안으로 들어가고 밖에는 보초서는 군인들만 서 있었다. 거인들 속에 들어가 춤추는 사람들은 골조 옆에 기대어 거인들과 함께 있었고, 난장이들은 축구공 공기주머니를 철썩거리며 군중 속을 헤쳐 나갔다. 안으로 들어가자 향냄새와 열을 지어 교회 안으로 들어가는 사람들 냄새가 났다. 브렛은 문간 바로 문 앞에서 제지당했는데 왜냐하면 모자를 안 쓰고 있었기 때문이었다.[154] 그래서 우리는 다시 밖으로 나가 교회 뒤

---

154) 여기에서 '모자'(hat)는 여성이 성당에 미사 보러 들어갈 때 머리에 쓰는 하얀

에서 시내로 이어지는 길로 나갔다. 거리에는 행렬이 되돌아오기를 기다리며 보도 연석에서 자리 잡고 있는 사람들이 양쪽에 줄지어 있었다. 어떤 춤꾼들은 브렛 주위를 빙빙 돌았고 춤추기 시작했다. 그들은 목에 커다란 하얀 마늘로 된 화환[155]을 걸고 있었다. 그들은 나와 빌의 팔을 잡아 춤추는 원 속에 밀어 넣었다. 빌도 춤추기 시작했다. 그들은 모두 영창(詠唱)하고 있었다. 브렛은 춤추고 싶어 했으나 그들은 그것을 원하지 않았다. 그들은 그녀를 하나의 조상(彫像)으로 삼아 그 주위를 맴 돌며 춤추고 싶어 했다. 날카롭게 '리아우-리아우!'를 외치는 가운데 노래가 끝나자 그들은 우리를 와인 술집에 밀어 넣었다.

우리는 카운터에 서 있었다. 사람들은 브렛을 와인 통 위에 앉혔다. 와인 술집 안은 어두웠고 안을 가득 채운 남자들은 목이 터져라 노래하고 있었다. 카운터 뒤에서 그들은 와인 통의 와인을 꺼냈다. 난 와인 값을 내려놓았는데 남자들 중 한 명이 그 돈을 집어서는 내 주머니에 다시 집어넣었다.

"난 가죽 와인병으로 할게." 빌이 말했다.

"길 저 아래에 가게가 있어." 내가 말했다. "내가 가서 몇 병 사 올게."

춤추는 사람들은 나를 내보내려 하지 않았다. 그들 중 세 사람

색 미사보 혹은 그에 준하는 모자를 가리키는 듯. 미사보(袱)는 초대교회 때부터의 전통으로 정숙과 겸손의 표시로 여성들의 치장한 머리를 가리는 데 사용되었는데 미사보를 안 쓰면 미사에 참여할 수 없는 경우도 있었다.

155) 마늘을 목에 걸침으로써 악귀를 몰아낸다고 생각했었다.

이 브렛 옆의 높다란 와인 통 위에 앉아서 그녀에게 와인 가죽 부대에서 어떻게 술을 따라 마시는지 가르치고 있었다. 그들이 마늘 화환을 그녀 목에 걸어놨었다. 어떤 사람이 그녀에게 와인 잔을 강권했다. 누군가가 빌에게 노래를 가르치고 있었다. 노래를 그의 귀에 대고 부르고 있었다. 빌의 등을 박자에 맞춰 두드리면서.

난 돌아올 거라고 그들에게 설명했다. 나는 거리로 나가 가죽 와인병을 만드는 가게를 찾아 길을 내려갔다. 인파가 인도 위에 가득했고 문 닫은 가게들이 많아 그 가게를 찾을 수 없었다. 길 양쪽을 둘러보면서 교회 있는 데까지 걸어갔다. 그러다가 어떤 남자에게 물어봤더니 내 팔을 잡아 가게로 데려갔다. 셔터가 올려 져 있었고 문이 열려 있었다.

가게 안에서는 새로 무두질된 가죽과 뜨거운 타르 냄새가 났다. 웬 남자가 완성된 와인 가죽 부대에 스텐실로 무늬를 넣고 있었다. 와인 가죽 부대 여러 개가 지붕에서 늘어뜨려져 있었다. 그는 그중 하나를 집어서 바람을 불어넣고 주둥이를 나사로 꽉 봉하고 나서는 그 위에서 뛰었다.

"봐요! 안 새죠."

"하나 더 주세요. 큰 걸로."

그는 1갤런[156] 이상을 담을 수 있는 큰 가죽 부대를 천정에서 내렸다. 그는 바람을 불어넣어 뺨이 가죽 부대보다 먼저 부풀어 올랐

---

156) 1 gallon은 3.78 리터.

고 의자를 붙잡고는 보타[157] 위에 섰다.

"어떻게 하려고 해요? 바욘에서 팔려고요?"

"아니요. 거기다 와인 담아 마시려고요."

그가 내 등을 철썩 쳤다.

"아저씨 맘에 드네. 8페세타에 두 개 드릴게. 정말 싼 거예요."

새로 만든 가죽 부대에 스텐실로 무늬를 넣어 쌓인 더미에 던져 넣고 있는 남자가 일을 멈췄다.

"정말이에요." 그가 말했다. "8페세타면 싼 거예요."

난 돈을 지불했고 밖으로 나와 와인 술집으로 되돌아갔다. 전보다 술집 안은 훨씬 더 어두웠고 무척 붐볐다. 브렛과 빌이 보이지 않았고 어떤 사람이 이들이 뒷방에 있다고 말했다. 카운터에서는 아가씨가 날 위해 가죽 부대 두 개에 와인을 채웠다. 한 개에 2리터가 들어갔다. 다른 한 개에는 5리터가 들어갔다. 두 개를 다 채우는데 3페세타 60쎈티모가 들었다. 내가 전혀 모르는 어떤 사람이 카운터에 있다가 와인 값을 내주려고 했지만 결국은 내가 냈다. 돈을 내주려고 했던 그 남자가 나한테 술을 한잔 샀다. 보답으로 내가 한잔 사려 했지만 그가 막았고 새로운 와인 부대에서 목을 헹굴 한 모금을 마시려 한다고 말했다. 그는 커다란 5리터 들이 부대를 기울여 꽉 죄서 와인이 쉿 소리를 내며 그의 목구멍 안으로 넘어가게 했다.

"술 맛 좋네요." 그가 말하고 부대를 되 건넸다.

---

157) bota. 스페인 말로 와인 가죽 부대.

뒷방에서는 브렛과 빌이 춤꾼들에 둘러싸여 와인 통 위에 앉아 있었다. 모두들 다른 사람 어깨에 팔을 올려놓고 노래하고 있었다. 마이크는 셔츠를 걷어 올린 남자들 몇 명과 테이블에 앉아서 사발에 든 참치와 잘게 썰어 식초에 무친 양파를 먹고 있었다. 그들은 모두 와인을 마시고 있었고 빵 조각으로 식초 탄 기름을 훑어서 먹었다.

"이봐, 제이크, 이봐." 마이크가 불렀다. "이리 와. 내 친구들을 만나 봐. 우리들은 다 오르되브르[158] 먹고 있어."

나는 테이블에 앉은 사람들에게 소개되었다. 그들은 자기들 이름을 마이크에게 알려줬고 내가 먹을 포크를 가져오게 했다.

"그 사람들 밥 먹지 마요, 마이클." 브레크가 와인 통에서 소리 질렀다.

"난 당신 밥을 먹어치우고 싶지는 않아요." 난 누군가가 내게 포크를 건넬 때 말했다.

"들어봐요." 사내가 말했다. "여기 이 식사가 누구를 위해서라고 생각하세요?"

난 큰 와인병의 뚜껑을 따서 주위에 돌렸다. 모두가 와인 부대를 팔 길이만큼 뻗어 기울여 한 모금씩 들이마셨다.

밖에서는 노래 소리보다 더 크게 행렬이 지나가는 음악소리를 들을 수 있었다.

"이게 그 행렬 아닌가요?" 마이크가 물었다.

---

158) hors d'oeuvre. 전채(前菜) 요리.

"나다.[159]" 누군가가 말했다. "이건 아무것도 아니에요. 다 마셔요. 병을 들어 올려요."

"저 사람들이 어디에서 자네를 찾았나?" 내가 마이크에게 물었다.

"누군가가 나를 여기로 데려왔어." 마이크가 말했다. "자네가 여기 있다고 사람들이 그러더군."

"콘은 어디 있어?"

"그 사람 완전히 뻗었어요." 브렛이 소리쳤다. "사람들이 그를 어딘가로 치워버렸어요."

"그 친구 어디에 있는데?"

"모르겠어요."

"우리가 어떻게 알겠어." 빌이 말했다. "그 친구 죽었나 봐."

"그 친구 안 죽었소." 마이크가 말했다. "난 그가 안 죽었다는 걸 알지. 그 친구는 아니스 델 모노[160] 마시고 그냥 뻗었을 뿐이에요."

그가 아니스 열매주라고 말했을 때 테이블에 있는 남자 중 하나가 머리를 들어 쳐다보더니 작업복 안쪽에서 병 하나를 꺼내 내게 건넸다.

"아니에요." 내가 말했다. "아니에요, 괜찮습니다."

"자, 자, 아리바! 병을 위로 들어요."

---

159) Nada. 스페인어로 '아무것도 아니에요,' 혹은 '아니에요' 이고 영어의 'nothing'에 해당.

160) Anis del Mono. 아니스 열매로 만든 리큐르.

난 한 모금 들이켰다. 감초 맛이 나고 몸을 무척 따뜻하게 했다. 난 술이 위 속에서 날 따뜻하게 만들고 있다고 느꼈다.

"대체 콘은 어디 있는 거야?"

"모르겠어." 마이크가 말했다. "물어볼 게. 그 취한 친구 어디 있어요?" 그가 스페인 말로 물어봤다.

"선생님이 그분을 보려는 건가요?"

"그래요." 내가 말했다.

"난 아니에요." 마이크가 말했다. "이 신사분이요."

아니스 열매주를 꺼낸 남자가 입술을 닦고 일어섰다.

"갑시다."

뒷방에서 로버트 콘은 와인 통 위에 조용히 잠들어 있었다. 너무 어두워서 얼굴을 볼 수는 없었다. 사람들이 그를 외투로 덮어 줬고 또 다른 외투는 그의 머리 밑에 접혀 놓여 있었다. 그의 목 주위와 가슴 위에는 마늘로 꼰 큰 화환이 놓여있었다.

"이 사람 자게 내버려 둡시다." 그 남자가 작게 말했다. "걱정할 필요 없소."

두 시간 뒤에 콘이 나타났다. 그는 목에 여전히 마늘 화환을 두른 채 앞방으로 들어왔다. 그가 들어올 때 스페인 사람들이 소리 질렀다. 콘은 자기 눈을 훔치고는 씩 웃었다.

"난 잠이 들었었나봐." 그가 말했다.

"아, 전혀 아니에요." 브렛이 말했다.

"당신은 그저 죽었던 것뿐이오." 빌이 말했다.

"우리 가서 저녁을 좀 먹어야 하지 않을까?" 콘이 물었다.

"자네 밥 먹고 싶나?"

"그럼. 왜 아니겠어? 난 시장하다고."

"저 마늘이나 들어, 로버트." 마이크가 말했다. "이봐, 저 마늘이나 먹으라고."

콘이 일어났다. 그는 잠을 자서 컨디션이 아주 좋아졌다.

"가서 먹읍시다." 브렛이 말했다. "난 목욕을 해야겠어요."

"자," 빌이 말했다. "브렛을 호텔로 데려다 줍시다."

우리는 많은 사람들에게 작별인사를 했고 많은 사람들과 악수를 했고 밖으로 나갔다. 밖은 어두웠다.

"지금 몇 시나 되었을 것 같아?" 콘이 물었다.

"지금 내일이야." 마이크가 말했다. "자네 이틀 동안 잤다고."

"아니야." 콘이 말했다. "지금 몇 시야?"

"열 시."

"우리 정말 많이 마셨군."

"**우리가** 얼마나 많이 마셨냐고요? 당신은 자러 갔잖아요."

어두운 거리를 걸어 호텔로 가면서 우리는 광장에서 폭죽이 쏘아져 올라가는 것을 봤다. 광장에 이르는 골목을 따라 가면서 광장에 사람들이 꽉 찬 것을 봤는데 이들은 광장 중앙에서 모두가 춤추고 있었다.

호텔에서의 식사는 진수성찬이었다. 축제로 값이 두 배로 뛴 뒤 처음 먹는 식사였고 새로운 코스 요리도 몇 가지 있었다. 저녁 먹은 후에 우리는 시내로 나갔다. 나는 아침 6시에 황소들이 거리를 통과해 가는 것을 지켜보기 위해 밤새 깨있기로 결심한 것을 기억하지만 너무 졸려서 4시경에 잠자리에 들었다. 다른 사람들은 깨어 있었다.

내 방 문이 잠겼고 열쇠를 찾을 수 없어서 나는 이층으로 올라가 콘의 방에 있는 침대에서 잤다. 축제는 밤에 바깥에서 계속되고 있었지만 나는 너무 졸렸기 때문에 축제가 있어도 잠이 들었다. 깼을 때 폭죽의 폭발음 소리가 시내 변두리의 소 가두는 곳에서 황소들이 풀려나는 것을 알렸다. 황소들이 거리를 통과해 투우장 쪽으로 뛰어갈 것이다. 난 깊이 잠들었었고 너무 늦었겠지 하며 깼다. 콘의 코트를 걸치고 발코니로 나갔다. 아래 좁은 길은 텅비어 있었다. 발코니마다 사람들로 꽉 찼다. 갑자기 인파가 길을 따라 내려왔다. 그들은 모두 바짝 붙어 뛰고 있었다. 그들은 거리를 지나 투우장으로 가고 그들의 뒤를 따라 더 많은 사람들이 더 빨리 뛰어오고 그리고는 몇몇 뒤쳐진 사람들이 헐레벌떡 뛰어 왔다. 그들 뒤에는 작은 빈 공간이 있고, 황소들이 머리를 위로 아래로 까닥거리며 질주해 왔다. 소들이 모퉁이를 돌자 모두 시야에서 사라졌다. 남자 하나가 쓰러져 개천으로 구르더니 가만히 누워 있었다. 그러나 황소들은 계속 앞으로 나아가고 그 남자를 주목하지 못했다. 그들은 모두 함께 뛰고 있었다.

이들이 시야에서 사라지자 투우장에서 큰 함성이 들려왔다. 함성은 계속 되었다. 그리고 결국에는 폭죽 터지는 소리가 났는데 이것은 황소들이 투우장에 모인 사람들 사이를 통과해서 가두는 곳으로 들어갔다는 것을 의미했다. 난 방으로 되돌아가 침대에 들었다. 난 돌 발코니에 맨발로 서 있었던 거다. 우리 일행은 분명히 투우장에 나가 있을 거다. 난 침대로 되돌아 가 잠이 들었다.

콘이 들어와서 날 깨웠다. 그는 옷을 벗기 시작했고 건너가서 창문을 닫았는데 왜냐하면 바로 길 건너 집 발코니에 있는 사람들이 우리 쪽을 들여다보고 있었기 때문이었다.

"구경하고 왔어?" 내가 물었다.

"응, 우리 모두 거기 있었어."

"누구 다친 사람 있어?"

"황소 한 마리가 투우장 관중석에 뛰어들어 여섯 명인지 여덟 명인지 되는 사람들을 내동댕이쳤어."

"브렛이 그걸 좋아하던가?"

"그게 너무나 갑작스러워서 사람들이 언짢아지거나 할 시간도 없었지."

"나도 거기 있었으면 좋았을 텐데."

"우린 자네가 어디 있는지 몰랐어. 자네 방에 갔지만 문이 잠겨 있었지."

"자네들은 지금까지 어디 있다 오는 거야?"

"우린 어떤 클럽에서 춤췄어."

"난 졸렸어." 내가 말했다.

"이런! 난 지금 졸려." 콘이 말했다. "졸린 게 언제 그치려나."

"일주일은 갈 걸."

빌이 문을 열고 머리를 디밀었다.

"자네 어디 있었나, 제이크?"

"난 황소들이 통과하는 걸 발코니에서 봤어. 어떻든가?"

"대단했어."

"어디 가나?"

"자러."

정오가 될 때까지 아무도 안 일어났다. 우리는 회랑 아래에 갖다 놓은 테이블에서 식사했다. 시내는 사람들로 가득 찼다. 우리는 테이블이 날 때까지 기다려야 했다. 점심 먹고 우리는 이루냐 카페로 건너갔다. 거기도 꽉 찼고 투우 시간이 가까워 오자 테이블이 더 바짝바짝 붙여졌다. 투우가 있기 전에는 매일 촘촘하고 북비며 와글와글 거리는 소리가 들렸다. 카페는 아무리 붐비더라도 다른 때에는 이 비슷한 소리가 나지 않았다. 이 와글와글 소리는 계속 되었고 우리는 그 와글거림 안에 있었고 그 일부가 되었다.

나는 투우 경기의 전 일정을 다 보려고 좌석 여섯 개를 잡아 놓았었다. 그중 세 개는 바레라로서 링 사이드의 첫째 열에 있었고, 세 개는 소브레푸에르토스(sobrepuertos)로서 나무 등 받침이 있는 좌석으로 원형경기장의 중간쯤 올라간 곳에 있었다. 마이크는 브렛이 투우 경기를 처음 보기 때문에 높은 곳에 앉는 게 좋을 거라 생각했고 콘은 이들과 같이 앉고 싶어 했다. 빌과 나는 바레라에 앉으려 했고 남는 표를 웨이터에게 줘서 팔게 했다. 빌은 말(馬)에 신경 쓰지 않기 위해서 무엇을 하고 어떻게 관람해야 하는지 콘에게 뭔가를 말했다. 빌은 투우 경기 한 시즌을 본 적이 있다.

"난 경기를 어떻게 견딜지는 걱정하지 않아. 다만 지겹지나 않을까 걱정하는 거야." 콘이 말했다.

"그렇게 생각해?"

"황소가 말들을 찌른 다음에는 말들은 보지 말라고." 내가 브렛에게 말했다. "소가 공격하는 것만 보고 피카도르가 황소를 떼놓으려고 하는 걸 보라고. 하지만 말이 소에게 찔려 죽을 때까지는 다시 보지 마."

"난 그 점이 좀 신경 쓰여요." 브렛이 말했다. "난 내가 경기를 끝까지 무사히 볼 수 있을지 걱정이에요."

"괜찮을 거야. 말이 등장하는 부분만 신경 쓰일 텐데 말들은 황소 한 마리마다 몇 분씩만 등장한다고. 무서울 땐 그냥 안 보면 돼."

"브렛은 괜찮을 거야." 마이크가 말했다. "내가 돌볼 거니까."

"내 생각엔 당신은 지루해 할 것 같진 않네요." 빌이 말했다.

"호텔에 가서 쌍안경하고 와인 부대를 가져올게." 내가 말했다. "여기에서 다시 만나자고. 취하지는 말고."

"나도 갈게." 빌이 말했다. 브렛이 우리에게 웃었다.

우리는 광장의 열기를 피하기 위해 빙 돌아서 회랑을 통과해 갔다.

"저 콘이란 친구가 날 언짢게 해." 빌이 말했다. "그 친구는 유대인 우월감이 너무 세서 자기가 투우에서 느끼는 감정이 고작 지루해지는 거라고 생각하잖아."

"우리 쌍안경으로 그 친구를 관찰해 보자고." 내가 말했다.

"에이, 그놈 지옥에나 가라지."

"그 친구 지옥에서 오래 지내고 있지."

"난 그놈이 지옥에 있는 게 좋아."

호텔 계단에서 우리는 몬토야를 만났다.

"자," 몬토야가 말했다. "페드로 로메로를 만나고 싶소?"

"좋아요." 빌이 말했다. "그 사람 만나러 갑시다."

우리는 몬토야를 따라 계단참을 오르고 복도를 걸어갔다.

"8호실입니다." 몬토야가 설명했다. "그는 투우복을 입고 있소."

몬토야가 문을 노크하고 열었다. 좁은 거리를 향해 난 창문에서 빛이 아주 조금 들어오는 우중충한 방이었다. 수도원 식의 분리대에 의해 침대 두 개가 나뉘어져 있었다. 전깃불이 켜져 있었다. 청년은 투우복을 입고 아주 똑바로 선채 미소도 없이 굳은 표정으로 있었다. 그의 윗도리가 의자 등받이 위로 걸려 있었다. 사람들이 지금 막 그의 허리띠를 몸에 감는 일을 끝냈다. 그의 검은 머리가 전깃불 아래 빛났다. 그는 하얀 리넨 천 셔츠를 입고 있었고 칼집을 허리띠 끝에 맨 채 일어나서는 뒷걸음쳤다. 페드로 로메로는 고개를 끄덕였는데 악수를 할 때 우리로부터 아주 멀리 있는 것 같았고 위엄 있어 보였다. 몬토야는 우리가 얼마나 대단한 투우광인지에 관해 뭔가를 말했고 우리는 그에게 행운을 빌었다. 로메로는 아주 진지하게 들었다. 그리고는 내 쪽으로 몸을 돌렸다. 그는 내가 지금껏 본 가장 잘생긴 청년이었다.

"투우 보러 가시나요?" 그가 영어로 말했다.

"영어 할 줄 아네요." 내가 바보 같다고 느끼며 말했다.

"아니요." 그가 대답했고 웃었다.

침대에 앉아 있었던 세 남자 중 한 명이 다가와서 우리가 불어 할 줄 아냐고 물었다. "선생들을 위해서 통역 해드릴까요? 페드로 로메로에게 물어보고 싶은 거 있나요?"

우리는 그에게 고맙다고 했다. 우리가 물어보고 싶은 게 뭐가 있겠는가? 이 청년은 19살로 칼 시중꾼 및 붙어 다니는 측근 세 사람을 빼고는 혼자였고, 투우는 20분 뒤에 시작하게 되어있었다. 우리는 그에게 '무차 스에르테'[161]라고 기원했고 악수한 뒤에 나갔다. 그는 반듯하고 잘 생겼는데 완전히 홀로 서 있었고 우리가 문을 닫을 때 그 붙어 다니는 사람들과 함께 방에 홀로 있었다.

"훌륭한 청년이죠, 그렇게 생각하지 않나요?" 몬토야가 물었다.

"잘생긴 꼬마군요." 내가 말했다.

"그는 토레로[162]처럼 생겼죠." 몬토야가 말했다. "전형적인 타입이에요."

"멋진 청년이네요."

"그가 투우장에서 어떨지 한 번 봅시다." 몬토야가 말했다.

우리는 내 방에서 벽에 기대어 있는 커다란 가죽 와인 부대를 발견하고 쌍안경과 함께 집어 들고 문을 잠그고 나서 계단을 내려갔다.

멋진 투우 경기였다. 빌과 나는 페드로 로메로에게 완전히 열광했다. 몬토야는 열자리쯤 건너 앉아 있었다. 로메로가 첫 황소를 죽이고 나자 몬토야는 나와 눈을 마주치고는 머리를 끄덕였다.

---

161) Mucha suerte. 스페인말로 '큰 행운이 있기를'.

162) torero. 스페인 어로 투우사.

이건 진짜 멋진 경기였다. 오랫동안 경기다운 경기가 없었던 것이다. 다른 두 마타도르[163] 중 한 명은 무척 잘 생겼고 다른 한 명은 보통이었다. 그러나 비록 대단한 황소들과 상대하지는 않았지만 로메로에 비견될 사람은 아무도 없었다.

투우 경기 도중 나는 여러 번 쌍안경으로 위쪽에 있는 마이크와 브렛과 콘을 봤다. 그들은 괜찮은 것 같았다. 브렛은 심란해 보이지 않았다. 세 명 모두가 앞에 있는 콘크리트 난간에서 몸을 앞으로 기울이고 있었다.

"쌍안경 좀 보세." 빌이 말했다.

"콘이 지겨워하는 것처럼 보여?" 내가 물었다.

"저놈의 유대인."

투우가 끝난 후 투우장 밖에서는 인파에 끼여 움직일 수가 없다. 우리는 뚫고 나갈 수 없었고 군중과 함께 떠밀려 마치 빙산이 움직이듯 느리게 시내로 되돌아가야만 했다. 우리에겐 투우 경기 뒤에 늘 오는 그런 혼란스러운 감정과, 멋진 투우 경기 뒤에 오는 의기양양한 느낌이 있었다. 축제는 계속되고 있었다. 북이 두들겨지고 피리 음악은 날카로웠고 어디에서나 군중의 흐름은 드문드문한 춤꾼들의 무리에 의해 끊어졌다. 춤꾼들이 군중 속에 있어서 그들의 정교한 발동작을 볼 수 없었다. 우리가 볼 수 있는 건 올라갔다 내려갔다, 올라갔다 내려갔다 하는 머리와 어깨뿐이었다. 드

---

163) matador. 투우 경기의 제일 마지막 단계에서 붉은 천으로 소와 대결하는 투우사. 소를 화나고 지치게 만드는 의식을 행한 뒤 칼로 소의 급소를 찔러 죽인다.

디어 우리는 군중에서 벗어났고 카페로 향했다. 웨이터가 다른 사람들 앉으라고 의자들을 따로 떼어놓아서 우리는 각자 압셍트 한 잔씩을 주문했고 광장에 있는 군중과 춤꾼들을 지켜봤다.

"저 춤이 뭔 거 같아?" 빌이 물었다.

"호타[164]의 일종이야."

"다 똑같이 추고 있지는 않네." 빌이 말했다. "모두들 각기 다른 음조에 맞추어 달리 춤추고 있는 거야."

"그거 굉장한 춤이로군."

우리들 앞쪽의 길 아무도 없는 곳에서 소년들의 무리가 춤추고 있었다. 스텝이 아주 복잡했고 그들의 얼굴은 진지했고 집중하고 있었다. 그들 모두는 춤추는 동안 아래를 보고 있었다. 밧줄로 창을 댄 그들의 신발이 포장도로 위에서 톡톡 치고 콕콕 찌르고 있었다. 발가락이 땅에 닿는다. 발꿈치가 땅에 닿는다. 다리의 복사뼈가 땅에 닿는다. 그러다가 음악이 거칠게 멈추더니 스텝이 끝나고 그들 모두는 춤추며 거리를 올라갔다.

"여기 양반네들이 오네." 빌이 말했다.

"안녕하세요, 여러분들." 내가 말했다.

"안녕하세요, 신사분들." 브렛이 말했다. "우리 좌석 잡아놨죠? 자상하기도 해라."

"그런데," 마이크가 말했다. "그 로메로인가 나발인가 하는 친구 물건이더군. 내 말 틀렸어?"

---

164) jota. 스페인의 3박자 춤.

"아, 그 사람 정말 사랑스러워요." 브렛이 말했다. "그리고 그 녹색 바지도."

"브렛은 그 바지에서 눈을 떼지 못하더군."

"그런데, 난 내일 자네 쌍안경 좀 빌려야겠어."

"경기가 어쨌는데?"

"멋졌어. 진짜로 완벽했어. 정말이지 그거 장관이었어."

"말들은 어땠나?"

"난 그 말들을 안 볼 수가 없었어."

"그녀는 말들에게서 눈을 떼지 못 했어." 마이크가 말했다. "대단한 가시내야."

"말들은 뭔가 좀 끔찍한 일들을 당했어요." 브렛이 말했다. "하지만 난 말들에게서 시선을 외면할 수 없었어요."

"괜찮았어?"

"전혀 기분 나쁘지 않았어."

"로버트 콘은 기분이 안 좋았지." 마이크가 끼어들었다. "당신 참 풋내기야, 로버트."

"첫 번째 말(馬)이 나를 언짢게 했어." 콘이 말했다.

"지겹지는 않았겠군요, 그렇죠?" 빌이 물었다.

콘이 웃었다.

"아니요, 난 지겹지 않았어요. 내가 그런 말을 한 걸 당신이 용서해주면 좋겠어요."

"괜찮아요." 빌이 말했다. "당신이 지겨워하지만 않는다면."

"그 사람은 지겨워 보이지 않았어." 마이크가 말했다. "난 그 사람 구역질 하는지 알았어."

"난 그 정도로 나쁘지는 않았어요. 그냥 1분 정도만 그랬지."

"**난** 그 사람이 구역질할 거라고 생각했어. 자네 지루하지 않았지, 그렇지, 로버트?"

"그만 하지, 마이크. 그 말을 내가 해서 미안 하다고 말했잖아."

"그는 미안하게 생각해요, 알다시피. 그 사람 완전 풋내기예요."

"아, 이 얘기 그만합시다, 마이클." 브렛이 말했다.

"자네 투우 경기를 처음 볼 때에는 절대로 지루해 해서는 안 돼, 로버트." 마이크가 말했다. "그럼 엉망이 될 테니까."

"아, 그만 둬요, 마이클." 브렛이 말했다.

"저 친구가 브렛이 새디스트라고 말했어." 마이크가 말했다. "브렛은 새디스트가 아니야. 그녀는 그저 아름답고, 건강한 가시내일 뿐이오."

"당신 새디스트야, 브렛?" 내가 물었다.

"아니기를 희망해요."

"그는 브렛이 단지 좋고 건강한 위를 가졌다고 해서 새디스트라고 말했어."

"오랫동안 건강하지는 않을 거예요."

빌은 마이크가 콘 말고 다른 얘기를 시작하게 만들었다. 웨이터가 압생트 잔을 가져왔다.

"당신 정말 투우 경기 좋았나요?" 빌이 콘에게 물었다.

"아니요, 좋았다고 할 수는 없어요. 멋진 구경이긴 했지만."

"아이고, 그래요. 대단한 광경이었죠." 브렛이 말했다.

"말 부분은 없었으면 좋았을 뻔했어." 콘이 말했다.

"그건 중요하지 않아요." 빌이 말했다. "좀 지나면 역겨운 게 보이지 않을 거예요."

"경기 시작부터 좀 심했어요." 브렛이 말했다. "소가 말을 향해 돌진하기 시작할 때가 내겐 끔찍한 순간이었어요."

"소들은 멋졌는데." 콘이 말했다.

"소들은 정말 좋았어요." 마이크가 말했다.

"난 다음에는 저 아래쪽에 앉고 싶어요." 브렛이 압생트 잔을 들이켰다.

"그녀가 투우사를 가까이에서 보고 싶다네." 마이크가 말했다.

"그 사람들 대단해요." 브렛이 말했다. "저 로메로 총각은 그냥 어린애일 뿐이에요."

"그 친구 무지하게 잘생긴 청년이더군." 내가 말했다. "우리가 이층에 있는 그 친구 방에 갔을 때 난 그렇게 잘생긴 꼬마를 본 적이 없어."

"그 친구 몇 살이나 됐을 거 같아요?"

"열아홉, 아님 스물."

"상상만 해도 좋은 나이네."

둘째 날 투우는 첫째 날보다 훨씬 좋았다. 브렛은 바레라 좌석에서 마이크와 나 사이에 앉았고 빌과 콘은 위쪽으로 올라갔다. 로메로가 그날의 주인공이었다. 브렛의 눈에 다른 어떤 투우사도 들어오지 않았다. 그 고집 센 전문가들을 빼놓고는 다른 사람들도 다 그랬다. 로메로가 중심이었다. 마타도르 두 명이 더 있었으나 그들은 중요하지 않았다. 나는 브렛 옆에 앉아 투우 경기의 모든 것에 대해 설명해 줬다. 황소가 피카도르를 공격할 때 말이 아니라 소를 보라고 말해, 피카도르가 창끝으로 소를 찌르는 것을 그녀가 보게 만들어서 무슨 일이 일어나는지 그녀가 알 수 있게 했고, 그럼으로써 투우가 설명되기 어려운 공포의 광경이라기보다는 뭔가 뚜렷한 목적을 갖고 진행되는 것이 되게끔 했다. 나는 로메로가 어떻게 어깨 망토로 쓰러진 말로부터 소를 떼어놓는지, 그리고 그 어깨 망토로 어떻게 부드럽고 얌전하게, 그리고 소를 기진맥진하게 만들지 않으면서도 소를 붙잡아 놓았다가 방향을 돌리게 하는지 브렛이 지켜보게끔 했다. 그녀는 로메로가 딱딱한 동작은 피하면서 소가 숨 돌리려고 멈추거나 불안해하지 않고 부드럽게 힘이 빠지게 만들면서 소를 자신이 원하는 마지막 순간을 위해 살려 놓고 있는지 봤다. 그녀는 로메로가 항상 소에 얼마나 바짝 붙어 기술을 보여주는지 봤고 나는 다른 투우사들이 소에 바짝 붙어 보이는 기술을 사용하는 속임수를 알려줬다. 그녀는 이제 자기가 로메로의 어깨 망토 기술을 좋아하지만 왜 다른 투우사들의 기술은 좋아하지 않는지 그 이유를 알았다.

로메로는 몸을 뒤트는 동작을 하는 법이 없었고 그의 움직임은 항상 곧고 순수하고 자연스러웠다. 다른 투우사들은 팔꿈치를 쳐든 채 자기들 몸을 마치 마개뽑이처럼 뒤틀고 소의 뿔이 지나간 뒤에는 소의 옆구리에 기대며 위험한 것처럼 꾸며 보인다. 나중에는 꾸며낸 모든 것이 나쁜 것으로 판명되어 불쾌한 느낌을 준다. 로메로의 투우는 진정한 감동을 주는데 왜냐하면 그는 움직임에 있어서 직선의 절대적 순수함을 갖고 있어서 항상 조용하고 차분하게 매번 소의 뿔이 자신을 바짝 통과해 가게 한다. 그는 뿔이 가까이 통과한다는 것을 강조할 필요가 없다. 브렛은 소에 바짝 붙어서 아름답게 행하여진 뭔가가 소에서 좀 떨어져서 행해지면 얼마나 우스꽝스럽게 되는지 알았다. 나는 호셀리토[165]가 죽은 뒤로 모든 투우사들이 실제로는 안전한데 가짜로 감동적인 느낌을 주기 위해 이런 위험하게 보이게 하는 장면을 연출하는 기술을 어떻게 개발했는지 그녀에게 말했다. 로메로는 옛날식으로 했는데 최대한 자신을 노출시키면서 직선의 순수를 고수했다. 소를 죽일 준비를 하는 동안 자신이 도저히 도달할 수 없는 존재임을 소가 깨닫게 함으로써 소를 지배했다.

"그가 어설프게 하는 걸 한 번도 본 적이 없어요." 브렛이 말했다.

"겁에 질리지 않는다면 그렇게 할 리가 없지." 내가 말했다.

"그는 결코 겁에 질리지 않을 거야." 마이크가 말했다. "그는 너무나 잘 알거든."

"그는 투우를 시작할 때부터 모든지 다 알았지. 다른 사람들은 자기들이 갖고 태어난 것도 제대로 배우지를 못하는데."

"아, 그 멋진 표정 좀 봐요." 브렛이 말했다.

---

165) Joselito. 호세 고메스 오르테가 José Gómez Ortega (1895-1920)의 별칭. 어릴 때부터 투우 신동이었고 소에 찔려 사망한 마타도르인데 가장 위대한 투우사로 인정받는다.

"그런데 이 여자가 투우사 놈이랑 사랑에 빠졌나 봐." 마이크가 말했다.

"그래도 난 놀라지 않을 거야."

"내숭떨지 마, 제이크. 저 여자한테 그놈 얘기 그만하라고. 그 여자한테 투우사 놈들이 늙은 엄마들을 어떻게 때렸는지 말해줘요."

"그들이 얼마나 대단한 술주정뱅이인지 내게 말해줘요."

"아, 끔찍하지." 마이크가 말했다. "하루 종일 술 마시고 자기들의 불쌍한 늙은 엄마를 때리는 데 시간을 다 쓰지."

"그 사람도 그렇게 보여요." 브렛이 말했다.

"그렇지?" 내가 말했다.

사람들이 노새들을 죽은 황소에게 묶고는 채찍을 때리며 뛰었고 노새들은 발로 밀며 기를 쓰고 앞으로 나아가더니 드디어 이제 뛰기 시작했다. 황소는 뿔 하나는 위로 향하고 머리는 옆으로 변 채 모래를 부드럽게 가로질러 띠 모양으로 휩쓸며 붉은 문 밖으로 내보내졌다.

"요 다음번이 마지막 경기요."

"설마." 브렛이 말했다. 그녀는 바레라 좌석에서 앞으로 몸을 기울였다. 로메로는 사람들 좌석을 향해 창을 흔들었고, 서서 어깨 망토를 가슴에 댔고 황소가 나오게 될 투우장 건너편을 바라봤다.

경기가 끝나 우리는 밖으로 나왔고 인파에 꼭 끼게 되었다.

"투우 경기 보는 게 아주 사람 진을 빼네요." 브렛이 말했다. "난 넝마처럼 흐느적거려요."

"아, 술 한 잔 하면 돼." 마이크가 말했다.

다음날 페드로 로메로는 투우를 하지 않았다. 이번에는 미우라 황소들이었고 아주 재미없는 투우 시합이었다. 다음날은 투우 시합 일정이 잡혀있지 않았다. 그러나 축제는 밤낮으로 계속되었다.

제16장

아침에 비가 내리고 있었다. 안개가 바다로부터 와서 산 위에 걸렸다. 산꼭대기를 볼 수 없었다. 고원은 밋밋하고 음울했으며 나무와 집의 형체도 변했다. 나는 마을 너머까지 걸어가서 날씨가 어떤가 봤다. 궂은 날씨가 바다로부터 산을 넘어 오고 있었다.

광장의 깃발은 젖은 채 하얀 깃대에 걸려있었고 현수막은 집들 전면부에 축축하게 내걸려 있었다. 진종일 내리는 이슬비 사이사이에 비까지 내려 사람들을 다 회랑으로 몰아가더니 광장에 물웅덩이를 생기게 하고 거리를 축축하고 어둡게 만들어 인적이 끊기게 했다. 그러나 축제는 그치지 않고 계속 되었다. 축제는 그저 지붕 있는 곳으로 몰려갔을 뿐이다.

투우장의 지붕 있는 좌석들은 비를 피해 앉은 사람들로 붐볐는데 이들은 한데 모여 있는 바스크와 나바라 춤꾼과 가수들을 지켜보고 있고, 나중에는 발 카를로스 춤꾼들이 전통의상을 입고 빗속에서 춤추며 거리를 내려갔다. 북은 공허하고 축축한 소리를 냈고, 밴드의 우두머리들은 덩치가 크고 느릿느릿한 말을 탔는데 자신들의 옷은 젖고, 말에 입힌 옷도 비에 젖은 채 선두에 섰다. 군중은 카페 안에 있었고 춤꾼들도 안으로 들어와 꽉 끼는 각반을 감은 하얀 다리를 테이블 아래에 두고 앉아 방울이 달린 모자에서 물을 털어내고 있었고 빨갛고 보라색인 외투를 말리려고 의자 위에 펴 널었다. 밖에는 비가 많이 내리고 있었다.

나는 카페에 있는 사람들을 떠나 저녁 먹기 전에 면도하러 호텔로 건너갔다. 내 방에서 면도하고 있을 때 노크 소리가 문에서 났다.

"들어와요." 내가 소리쳤다.

몬토야가 걸어 들어왔다.

"안녕하세요?" 그가 말했다.

"좋아요." 내가 말했다.

"오늘은 투우 시합 없어요."

"없군요." 내가 말했다. "비밖에는 없어요."

"당신 친구들은 어디 있나요?"

"저 건너 이루냐 카페에 있어요."

몬토야가 멋쩍게 웃었다.

"그런데요," 그가 말했다. "미국 대사 아세요?"

"네." 내가 말했다. "미국 대사 모르는 사람은 없죠."

"지금 여기 와 있어요."

"그래요." 내가 말했다. "모두들 봤어요."

"나도 봤어요." 몬토야가 말했다. 그는 아무 말도 하지 않았다. 나는 계속 면도했다.

"앉으세요." 내가 말했다. "술 한 잔 가져오라 할게요."

"아니요. 난 가야 해요."

난 면도를 끝냈고 얼굴을 대야에 담가 찬물로 씻었다. 몬토야는 더 멋쩍어 하며 거기 서 있었다.

"그런데요." 그가 말했다. "난 그랜드 호텔에 있는 그분들로부터 막 전갈을 받았는데 오늘밤 저녁 식사 뒤에 페드로 로메로와 마르시알 랄란다[166]보고 커피 마시러 건너오랍니다."

"그래요." 내가 말했다. "그런다고 마르시알이 손해 볼 건 없죠."

"마르시알은 산 세바스티안에 하루 종일 있었어요. 그는 오늘 아침 마르케즈와 함께 차를 타고 건너왔죠. 내 생각에 그들은 오늘 밤 돌아오지 않을 거예요."

몬토야가 멋쩍게 서 있었다. 그는 내가 뭔가를 말해주기를 원했다.

"로메로에게 이 전갈을 알리지 마세요." 내가 말했다.

"그렇게 생각해요?"

"정말로요."

몬토야는 무척 기분이 좋아졌다.

"난 당신이 미국인이라서 물어보고 싶었던 거예요." 그가 말했다.

"나라면 그렇게 해요."

"자," 몬토야가 말했다. "사람들은 소년을 그렇게 대한답니다.

---

166) Marcial Lalanda. 1903-1990. 스페인의 투우사로 여기 언급되는 다른 투우사들보다 실력이 떨어진다고 인정된다.

이 청년의 진가를 모르죠. 그가 얼마나 대단한 사람인지 몰라요. 어떤 외국인이라도 그를 기분 좋게 할 수는 있어요. 사람들은 그를 그랜드 호텔에 초대한다는 등 말만 앞세우다가 1년이 지나면 언제 그랬냐는 듯 하는 거지요."

"알가베노[167]처럼요." 내가 말했다.

"그래요, 알가베노처럼."

"훌륭한 사람들이에요." 내가 말했다. "여기 어떤 미국 여자가 투우사들을 다 모으고 있어요."

"알아요. 그들은 젊은 투우사들만 원하죠."

"그래요." 내가 말했다. "늙은 투우사들은 살이 찌니까요."

"아니면 갈로[168]처럼 미쳐버리든가."

"그런데," 내가 말했다. "이거 쉬운 일이에요. 당신이 그냥 그 사람한테 전갈만 전하지 않으면 되요."

"그는 참 괜찮은 청년이에요." 몬토야가 말했다. "그는 자기 일행하고 같이 있어야 해요. 저런 너절한 일에 끼이면 안 돼요."

"술 한 잔 하겠어요?" 내가 물었다.

"아니요." 몬토야가 대답했다. "전 가야 해요." 그는 나갔다.

나는 아래층으로 내려가 밖으로 나가서 광장을 둘러싼 회랑을 통과해 주변을 산책했다. 아직도 비가 내리고 있었다. 나는 내 패

---

167) Algabeno. 1902-1936. 스페인의 투우사 호세 가르시아 로드리게즈 José García Rodríguez인데 'El Algabeño'라는 이름으로 알려져 있고 투우 경기 중 사망했다.

168) Gallo. 스페인의 투우사 페르난도 고메즈 가르시아 Fernando Gómez García 1847-1897인데 'El Gallo'로 불렸다.

거리가 있나 이루냐 카페 안을 들여다봤지만 없어서 광장을 빙 돌아 걸은 뒤에 다시 호텔로 돌아왔다. 친구들은 아래층 식당에서 저녁을 먹고 있었다.

그들은 나보다 일정이 많이 앞서 있어서 따라잡으려 해 봐야 소용없었다. 빌은 마이크의 구두 닦는 값을 내주고 있었다. 구두닦이들이 거리로 난 문을 열었고 그때마다 빌은 그들을 불러들여 마이크의 구두를 닦게 했다.

"지금 내 구두를 열한 번째 닦는 거요." 마이크가 말했다. "그런데, 빌은 바보인가봐."

구두닦이들이 소식을 퍼뜨렸음이 분명하다. 또 다른 구두닦이가 들어왔다.

"구두 닦아요?" 그가 빌에게 말했다.

"아니." 빌이 말했다. "이 신사분이 닦을 거네."

구두닦이는 일하고 있는 다른 구두닦이 옆에 무릎을 꿇고 전깃불을 받아 벌써 반짝이고 있는 마이크의 벗어 놓은 구두 한 짝을 닦기 시작했다.

"빌은 참 웃는 소리도 크군요." 마이크가 말했다.

나는 레드와인을 마시고 있었고 그들보다 훨씬 일정이 뒤쳐져 있었기 때문에 난 이 구두 닦는 일 등속에 대해 좀 불편하게 느꼈다. 난 방을 둘러봤다. 옆 테이블에 페드로 로메로가 있었다. 그는 내가 고개를 끄덕이자 일어났고 내게 건너와서 친구를 한 사람 만나겠냐고 물었다. 그의 테이블은 우리 테이블 옆에 거의 닿을 만큼 붙어 있었다. 난 그 친구를 만났는데 마드리드의 투우 비평가였고 찡그린 얼굴을 한 체구가 작은 사람이었다. 난 로메로에게 내가 얼마나 그의 투우 시합을 좋아하는지 말했고 그는 무척 기분 좋아했다. 우리는 스페인 어로 말했고 비평가는 프랑스 말을 약간 했다. 난 와인병을 집기 위해 우리 테이블 쪽으로 팔을 뻗쳤는데 비평가가 내 팔을 잡았다. 로메로가 웃었다.

"여기에서 마셔요." 그가 영어로 말했다.

그는 자신이 쓰는 영어에 대해 몹시 수줍어했지만 영어를 쓰는 것에 정말 기뻐했고 우리가 계속 말을 할 때 그는 자신이 확신할 수 없는 단어를 말할 때면 내게 물었다. 그는 스페인 어 투우(Corrida de toros)의 영어 표현을, 즉 정확한 번역을 몹시 알고 싶어 했다. 그는 '불 파이트'(bull-fight)가 아니냐고 했다. 나는 영어의 '불 파이트'는 스페인 어로 하면 황소(toro)의 싸움(lidia)이라고 설명했다. 스페인 어 '코리다'는 영어로 소의 질주를 의미하는데 프랑스 말로도 쿠르스 드 토로(Course de taureaux)(소들의 질주)라고 번역된다는 것이다. 그 비평가가 이렇게 말을 했다. 영어 '불 파이트'에 해당하는 스페인 어는 없다고.

페드로 로메로는 자기가 지브롤터에서 영어를 조금 배웠었다고 말했다. 그는 론다[169]에서 태어났다. 그건 지브롤터에서 위로 조금 올라간 곳이다. 그는 말라가[170]에 있는 투우 학교에서 투우를 시작했는데 3년밖에 다니지 않았다. 투우 비평가는 그가 말라가 식

---

169) Ronda. 스페인 남부 안달루시아 지방에 있는 도시.
170) Malaga. 남부 스페인에 있고 지중해에 연한 항구 도시.

표현을 얼마나 많이 사용하는가에 관해 그에게 농담을 했다. 그가 열아홉 살이라고 비평가는 말했다. 그의 형은 반데리예로[171]로서 그의 곁에 있지만 이 호텔에서 묵지 않았다. 그 형은 로메로를 위해 일하는 다른 사람들과 함께 더 작은 호텔에 기거했다. 그는 자기가 투우 하는 것을 얼마나 여러 번 봤냐고 물었다. 나는 세 번밖에 못 봤다고 말했다. 실은 두 번이었지만 나는 잘못 계산을 하고 난 뒤에 그걸 설명하고 싶지는 않았다.

"지난번에 저를 보신 곳은 어딘가요? 마드리드였나요?"

"네." 나는 거짓말을 했다. 나는 투우 신문에서 그가 마드리드에서 두 번 출장했었다는 기사를 읽은 적이 있어서 괜찮았다.

"첫 번째였나요, 두 번째였나요?"

"첫 번째요."

"난 그때 잘못했어요." 그가 말했다. "두 번째가 더 나았어요. 기억하시나요?" 그가 비평가에게 몸을 돌렸다.

그는 전혀 거북해 하지 않았다. 자기 일인데도 자기와 완전히 동떨어진 것처럼 얘기했다. 그에게는 잘난 척하거나 자랑하는 기색이 전혀 없었다.

"선생님이 내 투우 경기를 좋아하신다니 무척 기분이 좋습니다." 그가 말했다. "하지만 선생님은 제 실력을 아직까진 보지 못하셨군요. 내일 쓸 만한 황소가 있다면 보여드리도록 할게요."

---

171) banderillero. 반데리야(banderilla)라고 불리는 작살을 소의 양 어깨 사이 융기에 꽂아 마타도르를 돕는 일종의 보조 투우사.

이 말을 하면서 그는 웃었고 투우 비평가나 내가 그가 허풍떤다고 생각하지나 않을까 근심했다.

"난 꼭 보고 싶군요." 비평가가 말했다. "확신하고 싶소."

"저 사람은 내 투우를 썩 좋아하지 않아요." 로메로가 내게 몸을 돌렸다. 그는 심각했다.

비평가는 자신이 로메로의 투우를 아주 많이 좋아한다고 설명했지만 아직까지는 완전하지는 않았다.

"멋진 시합이 되나 안 되나 내일까지 기다려보세요."

"당신 내일 싸울 황소들은 봤어요?" 비평가가 내게 물었다.

"네. 소들이 수레에서 내려지는 것을 봤어요."

페드로 로메로가 앞으로 몸을 기울였다.

"그 소들에 대해 어떻게 생각했어요?"

"아주 멋졌어요." 내가 말했다. "26아로바[172] 정도였죠. 아주 뿔이 짧았어요. 그 소들 봤어요?"

"아, 예." 로메로가 말했다.

"그 소들은 26아로바까지 나가지는 않을 거요." 비평가가 말했다.

"그래요." 로메로가 말했다.

"그 소들은 뿔이 아니라 바나나를 갖고 있더군요." 비평가가 말했다.

---

172) arroba. 스페인 어 권 국가에서 사용되던 무게 재는 단위로 1아로바는 약 11.5킬로그램이다.

"선생은 그걸 바나나라고 부르나요?" 로메로가 물었다. 그는 내게 몸을 돌리고 웃었다. "**선생님이라면** 그걸 바나나라고 부르지 않겠죠?"

"그럼요." 내가 말했다. "그건 어쨌든 뿔이거든요."

"뿔이 무척 짧지요." 페드로 로메로가 말했다. "아주, 아주 짧아요. 하지만, 그게 바나나는 아니죠."

"그런데, 제이크." 브렛이 옆 테이블에서 불렀다. "당신, 우릴 버리고 가 **버렸어요**."

"그냥 잠깐." 내가 말했다. "우린 황소 얘기를 하고 있었어."

"당신 참 대단**하네요**."

"황소에 불알이 없다고 그 친구한테 말해요." 마이크가 소리 질렀다. 그는 취했다.

로메로가 뭘 캐내려는 듯이 날 바라봤다.

"취했군." 내가 말했다. "취했군! 아주 취했어!"

"당신 친구들을 소개해야죠." 브렛이 말했다. 그녀는 페드로 로메로를 계속 쳐다보고 있었다. 난 그들에게 우리와 커피를 같이 마시고 싶은지 물었다. 그들은 둘 다 일어섰다. 로메로의 얼굴이 무척 그을렸다. 그는 매너가 아주 훌륭했다.

나는 그들을 주위에 다 소개했고 앉을 자리가 별로 없어서 우리는 모두 커피를 마시기 위해 벽 옆의 큰 테이블로 옮겨갔다. 마이크가 모든 사람들을 위해 훈다도르[173] 한 병과 잔을 시켰다. 술

---

173) Fundador. 스페인 브랜디.

취해 하는 얘기들이 많았다.

"글쓰기란 고약한 일이라고 내가 생각한다고 그 친구에게 말해요." 빌이 말했다. "계속해요, 그에게 말해요. 작가인 게 창피하다고 그에게 말해요."

페드로 로메로는 브렛 옆에 앉아 그녀의 말에 귀 기울이고 있었다.

"계속해요. 그에게 말하라고요." 빌이 말했다.

로메로가 웃으며 고개를 들어 쳐다봤다.

"이 신사분은," 내가 말했다. "작가예요." 로메로는 감동받았다. "여기 이 분도 작가예요." 내가 콘을 가리키며 말했다.

"그는 빌랄타[174]처럼 생겼어요. 로메로가 빌을 쳐다보며 말했다. "라파엘, 저분 빌랄타를 닮지 않았나요?"

"잘 모르겠는데." 비평가가 말했다.

"정말이지," 로메로가 스페인 어로 말했다. "그 사람은 빌랄타를 많이 닮았어요. 저 취한 사람은 뭐라 그래요?"

"아무 말도 안 해."

"그래서 그가 술을 마시는 건가요?"

"아니. 그는 이 숙녀와 결혼하고 싶어 해."

"그 친구한테 황소가 불알이 없다고 말해." 마이크가 무척 취해서 테이블 반대쪽에서 소리 질렀다.

---

174) Nicanor Villalta. 스페인의 전설적 투우사. 헤밍웨이는 자신의 작품《오후의 죽음 Death in the Afternoon》에서 바에서 그를 만난 일을 적고 있다.

"그가 뭐라 그래요?"

"저 사람 취했어."

"제이크." 마이크가 불렀다. "황소가 불알이 없다고 그에게 말해요."

"자네 이해했어?" 내가 말했다.

"응."

난 그가 이해 못했다고 확신했지만 어쨌든 별 상관없었다.

"저 놈이 녹색 바지 입는 걸 브렛이 보고 싶어 한다고 저 놈에게 말해요."

"입 좀 다물어, 마이크."

"그놈이 어떻게 바지를 입는지 브렛이 알고 싶어 안달이라고 그놈에게 말해."

"입 다물라고."

이러는 동안 로메로는 잔을 손가락으로 만지작거리면서 브렛과 말하고 있었다. 브렛은 프랑스 어로 말하고 있었고 그는 스페인 어에 영어를 약간 섞어 말하면서 웃고 있었다.

빌이 잔을 채우고 있었다.

"브렛이 [그놈 바지 속에] 들어가고 싶어 한다고 말해……"

"이런, 목소리 작게 하라니까, 마이크, 제발."

로메로가 웃으면서 고개를 들어 쳐다봤다. "입 다물어! 나도 그 말 뜻 알겠어요." 그가 말했다.

바로 그때 몬토야가 방으로 들어왔다. 그는 나를 보고 웃기 시작했고 페드로 로메로가 술꾼들로 그득한 테이블에서 커다란 코냑 잔을 손에 든 채 나와 어깨를 드러낸 여자 사이에 앉아 웃고 있는 것을 봤다. 그는 고개조차 끄덕이지 않았다.

몬토야가 방에서 나갔다. 마이크는 서서 건배를 제안했다. "자, 우리 모두 건배를……" 그가 말을 시작했다. "페드로 로메로를 위하여," 내가 말했다. 모두 일어섰다. 로메로는 이것을 아주 진지하게 받아들였고 우리는 잔을 부딪치고는 끝까지 마셨다. 나는 좀 서둘렀는데 왜냐하면 마이크가 로메로를 위해 건배하려던 게 아니라고 분명히 밝히려고 했기 때문이었다. 그러나 건배는 잘 끝났고 페드로 로메로는 모두와 악수했고 그와 비평가는 같이 나갔다. "오, 정말이지 사랑스러운 청년이에요." 브렛이 말했다. "그이가 저 옷을 입는 걸 얼마나 보고 싶었던지. 그 사람 분명히 구두 주걱을 사용할 거예요."

"내가 그놈한테 막 말을 시작했는데," 마이크가 말문을 열었다. "제이크가 계속 내 말을 가로막았어. 왜 내 말을 가로막는 거야? 자네가 나보다 스페인 어를 더 잘한다고 생각해?"

"이런, 입 닥쳐, 마이크. 아무도 자네 말 가로막지 않았어."

"아니, 이거 그냥 넘어갈 수 없어." 그가 내게서 몸을 돌렸다. "자네 뭐 대단한 사람이나 된다고 생각해, 콘? 당신 여기 우리들 틈에 속한다고 생각해? 좋은 시간 보내려고 밖에 나온 그런 사람들 틈에 말이야? 제발 그렇게 시끄럽게 굴지 좀 마, 콘."

"아, 이제 그만 좀 하자, 마이크." 콘이 말했다.

"자네가 여기에 있는 걸 브렛이 좋아한다고 생각해? 자네가 우리들과 한패라고 생각해? 말 좀 해 봐."

"난 지난밤에 할 말 다 했어, 마이크."

"난 당신들 같은 글쟁이가 아니야." 마이크가 위태롭게 서서 테이블에 몸을 기댔다. "난 똑똑하지 않아. 하지만 난 사람들이 날 언제 싫어하는지는 알고 있어. 자넨 사람들이 자네를 언제 싫어하는지 모른단 말이야, 콘? 가게. 가라고, 제발. 그 슬픈 유대인 얼굴도 가져가게. 내 말이 맞지 않는가?"

그가 우리를 쳐다봤다.

"물론이야." 내가 말했다. "모두 다 같이 이루냐 카페나 가자고."

"아니. 내 말이 맞는다고 생각하지 않느냐고? 난 저 여자 사랑해."

"아, 또 시작이에요? 그 얘기 좀 그만해요, 마이클." 브렛이 말했다.

"내 말 맞는다고 생각하지 않나, 제이크?"

콘은 여전히 테이블에 앉아 있었다. 그의 얼굴은 모욕당했을 때의 창백하고 누리끼리한 색이지만 어쨌든 이 상황을 즐기는 것처럼 보였다. 어린애처럼 유치하고 술 취한 김에 부린 호기라고나 할까. 귀족 부인네와 염문을 일으킬 때 그는 이런 식으로 했다.

"제이크," 마이크가 말했다. 그는 울다시피 하고 있었다. "자네는 내가 옳다는 걸 알지. 들어봐." 그가 콘에게 몸을 돌렸다. "꺼져, 지금 꺼지라고."

"근데 난 안 갈 거야, 마이크." 콘이 말했다.

"그렇다면 내가 자네를 가게 만들어 주지." 마이크가 테이블을 돌아 그에게로 향해 가기 시작했다. 콘은 일어나서 안경을 벗었다.

그는 서서 기다리고 있었는데 얼굴은 창백하고, 손은 상당히 낮게 내린 채, 자랑스럽고 굳건하게 공격을 기다리고 있었고 사랑하는 숙녀를 위해 기꺼이 일전을 치를 준비가 되어 있었다.

난 마이크의 멱살을 잡았다. "카페로 가세." 내가 말했다. "자네 여기 호텔에서 저 친구 때리면 안 돼."

"좋아." 마이크가 말했다. "좋은 생각이네."

우리는 출발했다. 나는 마이크가 계단을 비틀거리며 올라올 때 뒤돌아 봤고 콘이 안경을 다시 쓰는 것을 봤다. 빌은 테이블에 앉아 훈다도르를 또 한 잔 따르고 있었다. 브렛은 멍하게 똑바로 앞쪽을 응시하며 앉아 있었다.

밖의 광장에서는 비가 그쳤고 달이 구름 사이로 뚫고 나오려 하고 있었다. 바람이 불었다. 군악대가 연주하고 있었고 군중은 광장 저 건너에 모여 있었는데 거기에서는 폭죽 전문가와 그의 아들이 불 풍선을 올려 보내려 하고 있었다. 풍선 하나가 뒤뚱거리며 올라가기 시작했고, 진로가 크게 벗어나면서 바람에 의해 찢기거나 광장의 집들에 부딪혀 터졌다. 몇 개는 군중 속으로 떨어졌다. 마그네슘이 섬광을 발했고 폭죽이 폭발하며 군중 속에서 사방으로 튀었다. 광장에서는 아무도 춤추는 사람이 없었다. 자갈 깐 길이 몹시 축축했다.

브렛은 빌과 함께 밖으로 나와서 우리와 합류했다. 우리는 군중 속에 서서 폭죽계의 왕인 돈 마누엘 오르키토가 풍선을 날려 바람을 타게 하기 위해 사람들 머리보다 높고 조그마한 단 위에서 조심스럽게 풍선들을 막대기로 날려 올리기 시작하는 것을 봤다. 바람이 풍선들을 다 땅 위에 내려앉게 만들었고 군중 속으로 떨어져 터지고 튀며 사람들 다리 사이에서 불꽃을 내뿜고 딱 소리를 내는 정교한 폭죽들의 빛 속에서 돈 마누엘 오르키토의 얼굴은 땀투성이가 되었다. 사람들은 새로운 조명 종이풍선이 기울어지며 불이 붙었다가 땅에 떨어질 때마다 환호했다.

"사람들이 돈 마누엘을 놀리고 있어." 빌이 말했다.

"그가 돈 마누엘인지 어떻게 알아요?" 브렛이 말했다.

"이름이 프로그램에 적혀 있었소. 돈 마누엘 오르키토, 이 도시의 불꽃놀이 기술자."

"글로보스 일루미나도스.[175]" 마이크가 말했다. "글로보스 일루미나도스 총집합. 그게 신문에 난 기사지."

바람이 악대의 음악소리를 휩쓸어 갔다.

"그런데, 풍선 하나는 하늘로 올라가면 좋겠어요." 브렛이 말했다. "저 돈 마누엘인가 뭔가 하는 양반 불같이 화가 났네요."

"그 사람은 아마도 여러 주 동안 폭죽으로 '산 페르민 만세'라는 글자를 만드는 작업을 했을 거야." 빌이 말했다.

"글로보스 일루미나도스." 마이크가 말했다. "망할 글로보스 일루미나도스가 잔뜩 있네."

"가요." 브렛이 말했다. "우린 여기 서 있으면 안 돼요."

"숙녀님께서 한 잔 하시고 싶은 모양이군요." 마이크가 말했다.

"당신 별걸 다 아네요." 브렛이 말했다.

---

175) globos illuminados. 스페인 어로 '조명 풍선'.

안쪽 카페는 만원이었고 무척 시끄러웠다. 누구도 우리가 들어가는 것에 주목하지 않았다. 빈 테이블이 없었다. 큰 소리가 계속 나고 있었다.

"자, 여기서 나갑시다." 빌이 말했다.

밖에는 행렬이 회랑 밑으로 들어가고 있었다. 비아리츠에서 온 몇몇 영국인과 미국인들이 사냥복 차림으로 테이블에 흩어져 앉아 있었다. 여자들 몇은 사람들이 지나가는 것을 외알 안경을 끼고 주시했다. 시간이 좀 지난 뒤에 우리는 비아리츠에서 온 빌의 친구 한 사람을 만나게 되었다. 그녀는 또 다른 아가씨와 함께 그랜드 호텔에 묵고 있었다. 다른 처녀는 두통이 있어서 잠자러 갔다.

"여기 선술집이 있네." 마이크가 말했다. 그건 바 밀라노였는데 작고 멋진 바여서 식사도 하고 뒷방에서는 사람들이 춤도 추는 그런 곳이었다. 우리 모두는 테이블에 앉아 훈다도르 한 병을 주문했다. 바는 만원이 아니었다. 시끌벅적하지도 않았다.

"뭐 이런 데가 다 있나요?" 빌이 말했다.

"너무 일러서 그래."

"술 한 병 사서 나중에 옵시다." 빌이 말했다. "오늘 같은 밤에 여기 앉아 있기 싫네요."

"자, 가서 영국 사람들 구경하죠." 마이크가 말했다. "난 영국인들 보는 거 좋아해요."

"끔찍한 사람들이죠." 빌이 말했다. "그 사람들 대체 다 어디에서 온 거죠?"

"그들은 비아리츠에서 오는 거요." 마이크가 말했다. "이 색다르고 작은 스페인 축제의 마지막 날을 보러오는 거요."

"그 사람들 손 좀 봐줘야겠군요." 빌이 말했다.

"정말 아리따운 아가씨로군요." 마이크가 빌의 친구에게 몸을 돌렸다. "언제 여기 왔어요?"

"그만 둬, 마이클."

"내 말은 그녀가 예쁜 아가씨**라는** 거야. 대체 내가 어디 있었던 건가? 도대체 어디에서 찾고 있었던 걸까? 당신 참 예쁜 사람이야. 우리 만난 **적 있소**? 나와 빌하고 같이 갑시다. 우린 영국 사람들 손봐 줄 거예요."

"내가 그들을 손봐 줄 거야." 빌이 말했다. "그 사람들 도대체 이 축제에서 뭘 하고 있는 거야?"

"갑시다." 마이크가 말했다. "우리 셋만 가요. 우린 저 망할 영국인들 혼내 줄 거요. 당신 영국인 아니죠? 난 스코틀랜드 사람이에요. 난 영국사람 미워해요. 난 그 친구들 손봐 줄 거요. 갑시다, 빌."

창문을 통해 우리는 그들 셋이 모두 팔짱을 끼고 카페 쪽으로 가는 것을 봤다. 폭죽이 광장에서 하늘로 올라가고 있었다.

"난 여기 앉을 거예요." 브렛이 말했다.

"난 당신과 같이 있을게." 콘이 말했다.

"아, 그러지 말아요." 브렛이 말했다. "제발, 어디로 좀 가버려요. 제이크와 내가 말하고 싶어 하는 거 모르겠어요?"

"난 몰랐어." 콘이 말했다. "난 좀 취한 것 같아서 여기 앉으려 한 거야."

"뭔 말도 안 되는 이유를 대며 누구랑 같이 앉으려 하는군. 자네 취했으면 자러 가게. 자러 가라고."

"내가 그 사람한테 너무 무례했나요?" 브렛이 물었다. 콘은 갔다. "이런! 난 저 사람 너무 지겨워요."

"그 사람 있어도 별로 흥이 안 나네요."

"날 몹시 우울하게 해요."

"행동이 아주 나빴어."

"지독하게 나빴어요. 그 사람 행동 잘할 수 있는 기회가 있었는데."

"그는 아마 지금 문 바로 밖에서 기다리고 있을 거야."

"그래요. 그는 그럴 거예요. 그 사람 기분이 어떤지 난 잘 알아요. 내가 한 말이 특별한 의미가 없다는 걸 그는 못 믿어요."

"나도 알아."

"다른 누구도 그렇게 나쁘게 행동하려고 하지 않을 거예요. 아, 난 이 모든 일이 너무 지겨워요. 그리고 마이클. 마이클도 사랑스럽기는 했었는데."

"마이크가 견디기 어렵겠네."

"그래요. 그렇다고 해서 그가 야비하게 굴어도 된다는 말은 아니지."

"모두가 나쁘게 행동하지." 내가 말했다. "그들에게 적절한 기회를 줘."

"당신은 나쁘게 행동하지 않을 거예요." 브렛이 날 쳐다봤다.

"나도 콘같이 대단한 바보일지 모르지." 내가 말했다.

"자기, 우리 이제 말도 안 되는 소리 그만 해요."

"좋아. 당신이 좋아하는 거 아무거나 얘기해 봐."

"까다롭게 굴지 말아요. 당신은 나랑 말이 통하는 유일한 사람이고 난 오늘 좀 기분이 안 좋아요."

"마이크도 있잖아."

"네, 마이크. 그 사람 점잖게 굴었잖아요?"

"그런데" 내가 말했다. "마이크가 힘들었을 거야. 콘이 주위에 있는데다가 콘이 당신과 함께 있는 걸 봐야 했으니까."

"내가 몰랐나요, 자기? 내 기분을 더 나쁘게 만들지 말아줘요."

브렛이 이렇게 신경이 곤두선 건 처음이었다. 그녀는 자꾸 나를 외면했고 앞의 벽을 보고 있었다.

"산책 갈까?"

"그래, 가요."

나는 훈다도르 병의 마개를 막아 바텐더에게 줬다.

"그거 한 잔씩 더 하죠." 브렛이 말했다. "난 기분 진짜 별로예요." 우리는 각자 부드러운 셰리주 브랜디를 한 잔씩 했다.

"가요." 브렛이 말했다.

문에서 밖으로 나갈 때 나는 콘이 회랑 아래에서 걸어 나오는 것을 봤다.

"저 사람 저기 **있었네**." 브렛이 말했다.

"저 친구는 당신에게서 떨어져 있을 수 없는 사람이야."

"가엾은 사람 같으니."

"저 친구가 딱한 건 아냐. 난 저 친구를 증오하거든."

"나도 저 사람 증오해요." 그녀가 치를 떨었다. "난 그의 망할 고통을 증오해요."

우리는 팔짱을 끼고 군중으로부터, 그리고 광장의 불빛으로부터 벗어나 골목을 따라 걸어 내려갔다. 거리는 어둡고 젖어 있었고 우리는 그 거리를 걸어 내려가 시내 변두리에 있는 요새에 이르렀다. 어둡고 젖은 길에 빛과 갑작스레 터지는 음악이 문에서 흘러나오는 와인 가게를 지났다.

"들어가고 싶어?"

"아니요."

우리는 젖은 잔디를 가로질러 걸어 요새의 돌 벽에 이르렀다. 나는 돌 위에 신문을 깔았고 브렛은 그 위에 앉았다. 평원 너머는 어두웠고 산이 보였다. 바람이 높이 불었고 달을 가로 질러 구름을 끌고 갔다. 아래에는 요새의 어두운 구덩이가 있었다. 뒤에는 나무와 성당의 그림자가 있었고 시내는 달빛에 윤곽이 드러났다.

"기분 좀 내." 내가 말했다.

"나 기분 정말 칙칙해요." 브렛이 말했다. "우리 말하지 않기로 해요."

우리는 평원을 바라보았다. 나무들의 긴 윤곽이 달빛 속에 어두웠다. 산을 기어 올라가는 길 위의 차들의 불빛이 보였다. 산꼭대기에 요새의 불빛이 보였다. 왼쪽 아래에는 강이 있었다. 비가 와서 물이 불었고 검고 부드러웠다. 강둑을 따라 나무들이 검게 보였다. 우리는 앉아 쳐다봤다. 브렛이 앞을 똑바로 응시했다. 갑자기 그녀가 몸을 떨었다.

"추워요."

"다시 걸어 돌아갈까?"

"공원을 통해 가요."

우리는 길을 내려갔다. 하늘에는 다시 구름이 끼고 있었다. 공원 나무 아래에는 어두웠다.

"당신 아직도 날 사랑해요, 제이크?"

"그래." 내가 말했다.

"난 볼 장 다 본 사람이기 때문이죠." 브렛이 말했다.

"어떻게?"

"난 볼 장 다 본 사람이에요. 난 저 로메로 총각에게 푹 빠졌어요. 난 그 사람 사랑하나 봐요."

"내가 당신이라면 그를 사랑하지 않을 것 같은데."

"난 어쩔 수 없어요. 난 끝난 사람이에요. 그게 내 속을 갈기갈기 찢어놔요."

"그러지 마."

"난 어쩔 수 없어요. 난 지금까지 어떤 것도 맘대로 할 수 없었어요."

"당신, 그러면 안 돼."

"내가 어떻게 안 그럴 수 있겠어요? 난 상황을 멈추게 할 수는 없어요. 그걸 느낄 수 있어요?"

그녀의 손이 떨리고 있었다.

"난 내내 그랬어요."

"그러면 안 돼."

"난 어쩔 수 없어요. 어쨌든 난 이제 끝난 사람이에요. 내가 달라진 거 모르겠어요?"

"몰라."

"난 뭔가를 해야만 해요. 난 정말로 내가 하고 싶은 뭔가를 해야만 해요. 난 자존심이 상했거든요."

"꼭 그럴 필요 없잖아?."

"아, 자기, 까탈 부리지 말아요. 그 망할 유대인이 주위에 있고 철부지 짓하는 마이크가 있는데 내 기분이 어떨지 알죠?"

"물론."

"난 내내 취해 있을 수는 없어요."

"그렇지."

"아, 자기, 제발 내 곁에 있어요. 제발 내 곁에 있으면서 내가 이걸 극복하는 걸 지켜봐 줘요."

"물론이지."

"난 이게 옳다고 말하는 건 아니에요. 하지만 내게는 옳은 일이에요. 하느님은 알아요, 내가 이렇게 형편없는 사람이라고 느낀 적이 없다는 걸."

"내가 어떻게 해 주길 바라는데?"

"자," 브렛이 말했다. "우리 가서 그 사람 찾아봐요."

우리는 함께 어둠 속 나무 밑으로 공원의 자갈길을 걸어 내려갔고 숲에서 나와 문을 지나서 시내로 들어가는 길로 접어들었다.

페드로 로메로는 카페에 있었다. 그는 다른 투우사, 투우 비평가들과 함께 테이블에 앉아 있었다. 그들은 시가를 피우고 있었다. 우리가 들어가자 그들은 고개를 들어 바라봤다. 로메로는 웃으며 머리를 숙여 인사했다. 우리는 방의 중간쯤에 있는 테이블에 앉았다.

"저 사람보고 이리 와서 술 한 잔 하자고 해요."

"아직은 아니야. 그가 이리로 건너올 거야."

"난 그이를 쳐다 볼 수가 없어요."

"그는 멋지게 생긴 사람이지." 내가 말했다.

"난 내가 원하는 건 항상 해왔어요."

"알아."

"나 기분 정말 더러워요."

"그래." 내가 말했다.

"이런." 브렛이 말했다. "여자가 겪는 일들이란."

"응?"

"아, 정말 기분 더러워요."

나는 테이블 건너편을 바라봤다. 페드로 로메로가 웃었다. 그는 자기 테이블에 앉은 다른 사람들에게 뭔가를 말했고 일어섰다. 그는 우리 테이블로 건너왔다. 나는 일어났고 우리는 악수를 했다.

"술 한 잔 안 하시겠어요?"

"선생님은 저와 꼭 한 잔 하셔야 해요." 그가 말했다. 그는 브렛의 허락을 구해서는 말없이 자리에 앉았다. 그는 매너가 아주 훌륭했다. 그러나 시가를 계속 피웠다. 그게 그의 얼굴에 잘 어울렸다.

"시가 좋아해요?" 내가 물었다.

"아, 예. 전 늘 시가를 피워요."

시가를 피우는 것이 그가 권위를 세우는데 일조했다. 또 그를 더 나이 들어 보이게 만들었다. 난 그의 피부를 주목했다. 피부는 깨끗하고 부드럽고 짙은 갈색이었다. 그의 광대뼈에는 세모꼴 흉터가 있었다. 난 그가 브렛을 주시하는 것을 알았다. 그는 자기들 사이에 뭔가가 있다고 느꼈다. 브렛이 그에게 손을 내밀 때 그는 이것을 느꼈음에 틀림없다. 그는 아주 조심스러웠다. 나는 그가 확신에 차있다고 생각했고 그는 어떤 실수도 하려고 하지 않았다.

"내일 소와 싸우나요?" 내가 말했다.

"네." 그가 말했다. "알가베노가 오늘 마드리드에서 다쳤어요. 그 소식 들었어요?"

"아니요." 내가 말했다. "심하게 다쳤나요?"

그가 머리를 저었다.

"별거 아니에요. 여기," 그가 자기 손을 보여줬다. 브렛이 손을 뻗쳐 그의 손가락들을 벌려 펼쳤다.

"아," 그가 영어로 말했다. "손금 보세요?"

"가끔이요. 괜찮겠어요?"

"네, 전 점보는 거 좋아해요." 그가 테이블 위에 손을 활짝 폈다. "내가 영원히 살고, 백만장자가 될 거라고 말해줘요."

그는 여전히 무척 공손했지만 자신에 대해 더 확신했다. "자," 그가 말했다. "내 손에서 황소가 보여요?"

그가 웃었다. 그의 손은 아주 가늘었고 손목은 작았다.

"황소 수천 마리가 있어요." 브렛이 말했다. 그녀는 이제 조금도 초조해 하지 않았다. 그녀는 사랑스러워 보였다.

"좋아요." 로메로가 웃었다. "한 마리에 1000두로[176]씩이니까," 그가 나한테 스페인 어로 말했다. "좀 더 말해줘요."

"이거 좋은 손이에요." 브렛이 말했다. "내 생각에 그는 오래 살 거예요."

"나한테 말해요. 당신 친구한테 말하지 말고."

"난 당신이 오래 살 거라고 말했어요."

"나도 알아요." 로메로가 말했다. "난 결코 죽지 않을 거예요."

난 손가락 끝으로 테이블을 톡톡 두드렸다.[177] 로메로가 그걸 봤다. 그는 머리를 가로저었다.

"아니요. 그렇게 하지 마세요. 황소들은 제일 좋은 내 친구들이에요."

내가 이 말을 브렛에게 통역해 줬다. "당신이 당신 친구들을 죽인다고요?" 그녀가 물었다.

"항상." 그가 영어로 말하고 웃었다. "그래서 소들은 나를 죽이지 않죠." 그가 테이블 건너 그녀를 쳐다봤다.

"영어 잘하시네요."

"네." 그가 말했다. "아주 잘해요, 가끔은. 하지만 난 누가 그걸 알게 하면 안 돼요. 투우사가 영어를 쓰는 건 아주 나빠요."

"왜요?" 브렛이 물었다.

---

176) duro. 스페인 동북부 카탈로니아 지방의 화폐 단위로 5페세타에 해당.
177) 나쁜 운을 비켜가게 하고 좋은 운이 계속되게 하기 위해 주먹으로 나무 탁자 등을 톡톡 두드리는 것으로 'knock on wood'라는 관용귀가 있다.

"그건 나쁠 거예요. 사람들이 그걸 좋아하지 않거든요. 아직까지는."

"왜 그렇죠?"

"사람들이 좋아하지 않을 테니까요. 투우사는 그런 사람이 아니니까요."

"투우사는 어떤 사람인가요?"

그가 웃으며 모자를 눈 위로 내려 썼고 시가의 각도와 얼굴의 표정을 바꿨다.

"저기 테이블에 앉은 사람들 같은 거죠." 그가 말했다. 난 그쪽을 힐끗 보았다. 그는 나시오날[178]의 표정을 정확하게 흉내 냈다. 그는 웃었고 그의 얼굴은 다시 자연스러워졌다. "아니요. 전 영어를 잊어야만 해요."

"아직 잊으면 안 돼요." 브렛이 말했다.

"안 돼요?"

"안 돼요."

"좋아요."

그는 다시 웃었다.

"난 저런 모자가 좋아요." 브렛이 말했다.

"좋아요. 당신에게 모자 하나 사드릴게요."

"그래요. 당신이 사주나 안 사주나 볼 거예요."

---

178) Nacional. 스페인의 투우사 후안 안뇨 Juan Anllo(1898-1925)인데 흔히 'Nacional II'로 불린다. 관객과 시비 끝에 병에 맞아 즉사했다.

"전 그럴 거예요. 제가 오늘 밤 모자 하나 사드릴게요."

난 일어났다. 로메로도 일어섰다.

"앉으세요." 내가 말했다. "난 가서 우리 친구들을 찾아 이리로 데려와야 해요."

그가 날 쳐다봤다. 서로 이해되었는지 물어보는 마지막 시선이었다. 잘 이해되었다.

"앉아요." 브렛이 그에게 말했다. "나한테 스페인 어 가르쳐 줘야 해요."

그는 앉아서 테이블 건너편 그녀를 쳐다봤다. 난 밖으로 나갔다. 투우사의 테이블에 앉아 있던 매서운 눈의 사람들이 내가 나가는 것을 지켜봤다. 그건 유쾌하지 않았다. 20분 뒤에 돌아와 카페 안을 들여다봤을 때 브렛과 로메로는 가고 없었다. 커피 잔과 우리가 마시던 세 개의 빈 코냑 잔이 테이블 위에 있었다. 웨이터가 행주를 갖고 와서 잔을 집어 들었고 테이블을 닦았다.

제17장

'바 밀라노' 밖에서 나는 빌과 마이크와 에드나를 만났다. 에드나가 그 아가씨의 이름이었다.

"우린 밖으로 쫓겨났어요." 에드나가 말했다.

"경찰이 그랬어요." 마이크가 말했다. "경찰에 날 싫어하는 사람들이 있어요."

"난 그들이 투우 경기에 못 들어오게 네 번이나 막았어요." 에드나가 말했다. "당신이 저를 좀 도와 줘야겠어요."

빌의 얼굴이 벌겠다.

"다시 들어가 봐, 에드나." 그가 말했다. "저기 안으로 죽 들어가서 마이크랑 춤 한 번 추라고."

"그건 어리석은 짓이에요." 에드나가 말했다. "또 한 번 난리가 날 거예요."

"빌어먹은 비아리츠 돼지들 같으니." 빌이 말했다.

"자," 마이크가 말했다. "어찌 되었건 여긴 술집이에요. 그자들이 술집 전체를 차지할 수는 없지."

"우리 마이크." 빌이 말했다. "빌어먹을 영국 돼지들도 여기 들어와서 마이크를 모욕주고 축제를 망치려 하네."

"그자들 정말 고약해요." 마이크가 말했다. "난 영국 사람들이 싫어요."

"그들이 마이크를 모욕 주게 할 순 없지." 빌이 말했다. "마이크는 멋진 친구거든. 그들이 마이크를 모욕할 순 없어. 난 그걸 참지 않을 거예요. 그가 망할 파산자라고 한들 누가 신경 쓰겠어?" 그의 목소리가 갈라졌다.

"누가 신경 쓰겠어?" 마이크가 말했다. "난 상관 안 해요. 제이크도 상관 안 해요. 당신 상관해요?"

"아니요." 에드나가 말했다. "당신 파산자예요?"

"물론 그래요. 당신 신경 쓰지 않잖아, 그렇지, 빌?"

빌이 마이크의 어깨를 팔로 둘렀다.

"난 파산자가 되게 해달라고 지옥에라도 빌겠소. 난 저런 개자식들 정체가 드러나게 할 거예요."

"그들은 그냥 영국인일 뿐이요." 마이크가 말했다. "영국인들이 말하는 건 다 똑같아."

"더러운 돼지들 같으니." 빌이 말했다. "난 그놈들을 싹 몰아낼 거야."

"빌," 에드나가 날 쳐다봤다. "제발 안에 다시 들어가지 마요, 빌. 저 사람들 너무 멍청해요."

"바로 그거요." 마이크가 말했다. "그들은 멍청해. 사실이 그렇다는 걸 난 알았어."

"그자들이 마이크에 대해 그런 식으로 말하면 안 되지." 빌이 말했다.

"그들을 아나?" 내가 마이크에게 물었다.

"아니. 난 그들을 전혀 본 적이 없어. 그자들이 나를 안다고 말하는 거지."

"난 못 참겠어." 빌이 말했다.

"자, 수위조 카페로 가자고." 내가 말했다.

"그들은 에드나의 친구들인데 비아리츠에서 왔지." 빌이 말했다.

"그 사람들은 그냥 어리석어요." 에드나가 말했다.

"그들 중 한 명은 찰리 블랙만인데 시카고에서 왔지." 빌이 말했다.

"난 시카고에 한 번도 가본 적이 없네요." 마이크가 말했다.

에드나가 웃기 시작했고 웃음을 멈추지 못했다.

"날 여기서 좀 데려가 줘요." 그녀가 말했다. "당신들 파산자들."

"어떤 소동이 있었나요?" 내가 에드나에게 물었다. 우리는 광장을 가로질러 수위조 카페로 걷고 있었다. 빌은 갔다.

"난 어떤 일이 일어났는지는 모르지만 누군가가 경찰을 불러서 마이크를 뒷방에 못 들어가게 했어요. 칸에서 마이크를 알았었던 사람들이 몇 명 있었어요. 마이크에게 뭐가 문제였던 건가요?"

"아마 그들에게 돈을 빌렸나 봐요." 내가 말했다. "그래서 사람들이 앙심을 품게 되는 법이죠."

밖에 광장 매표소 앞에는 사람들이 두 줄로 서서 기다리고 있었다. 그들은 의자에 앉아 있거나 담요와 신문을 두르고 바닥에 쭈그리고 있었다. 그들은 투우 표를 사기 위해 매표창구가 아침에 열리기를 기다리고 있었다. 밤하늘이 개고 있었고 달이 떴다. 줄에 있는 몇 사람들은 자고 있었다.

수위조 카페에서 우리가 막 앉아 훈다도르를 주문했을 때 로버트 콘이 나타났다.

"브렛 어디 있어?" 그가 물었다.

"몰라."

"자네랑 같이 있었잖아?"

"자러갔나 봐."

"아니야."

"난 그 여자 어디 있는지 몰라."

그의 얼굴은 불빛 아래 창백했다. 그는 그대로 서 있었다.

"그 여자 어디 있는지 말해 줘."

"앉아." 내가 말했다. "어디 있는지 난 몰라."

"자네가 모른다니 말도 안 돼."

"입 좀 다물지."

"브렛이 어디 있는지 말하라고."

"자네한테 한마디도 말하지 않을 거야."

"그 여자 어디 있는지 알지?"

"알아도 안 알려 줄 거야."

"이런, 지옥에나 가, 콘." 마이크가 테이블에서 소리 질렀다. "브렛은 그 투우사 놈과 떠나 버렸단 말이야. 그 인간들 신혼여행 떠난 거라고."

"자네 입 닥쳐."

"아, 지옥에나 가라." 마이크가 흥미가 떨어진 듯 말했다.

"그게 그 여자가 있는 곳이야?" 콘이 내게 몸을 돌렸다.

"지옥으로 꺼져."

"그 여자가 자네와 같이 있었어. 그게 그녀가 있는 곳인가?"

"지옥에나 가라고."

"자넬 말하게 만들 거야." 그가 앞으로 걸어 나왔다. "이 망할 뚱쟁이 같으니."

난 그에게 한 방 휘둘렀고 그는 머리를 숙여 피했다. 나는 불빛 속에서 그의 얼굴이 옆쪽으로 숙이는 것을 봤다. 그가 나를 쳤고 난 인도에 주저앉았다. 내가 발로 딛고 일어서려 할 때 그가 날 두 번째로 쳤다. 난 뒤로 쓰러져 테이블 밑에 눕게 되었다. 일어나려고 했지만 다리가 없는 것처럼 느꼈다. 나는 일어나서 그를 쳐야만 한다고 느꼈다. 마이크가 내가 일어서는 것을 도왔다. 누군가가 내 머리에 유리 물병으로 물을 끼얹었다. 마이크가 한 팔로 나를 둘렀고 나는 의자에 앉았다. 마이크가 내 귀를 잡아당겼다.

"근데 말이야, 자넨 정신을 잃었었어." 마이크가 말했다.

"자넨 대체 어디 있었던 거야?"

"아, 난 근처에 있었어."

"자넨 이런 일에 섞이기 싫지?"

"그 사람이 마이크도 때려눕혔어요." 에드나가 말했다.

"그가 나를 뻗게 만들지 못 했소." 마이크가 말했다. "난 그냥 거기 누워 있었지."

"당신네 축제에서는 이런 일이 밤마다 일어나나요?" 에드나가 물었다.

"그게 콘 씨 아니었나요?"

"난 괜찮소." 내가 말했다. "머리가 좀 흔들거릴 뿐이지만."

주위에 웨이터 몇 명과 구경꾼들이 서 있었다.

"갑시다." 마이크가 말했다. "여길 뜨자고요. 계속 가요."

웨이터들이 사람들을 비켜나게 했다.

"참 대단한 구경거리군요." 에드나가 말했다. "그 사람 틀림없이 권투선수일 거예요."

"맞아."

"빌이 여기 있었으면 좋았을 텐데." 에드나가 말했다. "난 빌도 죽 뻗는 것을 보고 싶어요. 난 항상 빌이 맞아서 죽 뻗는 것을 보고 싶어 했어요. 그는 아주 덩치가 크잖아요."

"난 그가 웨이터를 뻗게 만들기를 바라고 있었는데." 마이크가 말했다. "그리고 붙잡혀 가기를. 난 로버트 콘 씨가 감옥에 있는 걸 보고 싶은데."

"아니." 내가 말했다.

"아, 아니에요." 에드나가 말했다. "정말로 그러는 거 아니죠?"

"정말이요." 마이크가 말했다. "난 여기저기 얻어맞고 다니는 그런 인간이 아니요. 난 게임 같은 것도 안 해요."

마이크는 술을 한 잔 마셨다.

"난 사냥을 좋아해 본 적이 진짜 없어. 말에 깔릴 위험이 항상 있었거든. 기분 어때, 제이크?"

"괜찮아."

"당신 훌륭해요." 에드나가 마이크에게 말했다. "당신 정말로 파산자예요?"

"난 엄청난 파산자요." 마이크가 말했다. "빚 안 진 사람이 없어요. 당신은 빚 지지 않았어요?"

"엄청 많이 졌죠."

"난 빚 안 진 사람이 없다고." 마이크가 말했다. "난 오늘 밤에 몬토야한테서 백 페세타 빌렸소."

"잘한 짓이야." 내가 말했다.

"갚을 거야." 마이크가 말했다. "난 항상 모든 걸 갚는다고."

"그래서 파산한 거죠, 그렇죠?" 에드나가 말했다.

난 일어났다. 난 그들이 말하는 것을 멀리 떨어져 들었다. 모두가 어떤 엉터리 연극처럼 들렸다.

"난 호텔로 건너가려고요." 내가 말했다. 그러다가 나는 그들이 나에 대해 말하는 것을 들었다.

"저분 괜찮겠어요?" 에드나가 물었다.

"우리가 저 친구랑 같이 걷는 게 좋겠어."

"나 괜찮아요." 내가 말했다. "오지 말아요. 당신들 다 나중에 볼 거니까."

나는 카페에서 걸어 나갔다. 그들은 테이블에 앉아 있었다. 나는 뒤돌아 그들을 봤고 빈 테이블들도 봤다. 웨이터 하나가 머리를 괴고 빈 테이블에 앉아 있었다.

광장을 가로질러 걸어서 호텔로 가는 동안 모든 것이 새롭고 변해 보였다. 전에 못 보던 나무들이 있었다. 깃대도 전에 본 적이 없었고, 극장의 정면도 본 적이 없었다. 이제 모두 달라졌다. 나는 언젠가 딴 동네에서 벌어진 미식축구 시합을 하고 집으로 돌아올 때 느꼈던 것처럼 느꼈다. 난 안에 미식축구 용품을 넣은 트렁크를 들고 있었고 평생 살아오고 있는 도시의 역에서 내려 거리를 걸어올라 갈 때 모든 것이 새로웠다. 사람들이 잔디밭을 갈퀴질하고 길에서 나뭇잎을 태우고 있었다. 나는 오래 멈춰 서서 지켜봤다. 모든 것이 낯설었다. 계속 걸었는데 내 발은 멀리 떨어져 있는 것 같았고 모든 것이 먼 곳에서 온 것처럼 보여서 나는 내 다리가 멀리 떨어져서 걷는 소리를 들을 수 있었다. 난 시합 초반에 머리를 발로 맞았었다. 광장을 가로질러 갈 때 그런 느낌이 들었다. 호텔의 계단을 올라갈 때도 그랬다. 계단을 올라가는 데 시간이 많이 걸렸고 나는 내 트렁크를 들고 가고 있다는 느낌이 들었다. 방에는 불이 켜져 있었다. 빌이 밖으로 나와 복도에서 나를 만났다.

"이봐." 그가 말했다. "위로 올라가서 콘을 만나봐. 그 친구 입장이 난처한데다 자네를 보고 싶어 하고 있네."

"이런 빌어먹을 놈 같으니."

"가 봐. 올라가서 만나 봐."

나는 한 계단도 더 올라가고 싶지 않았다.

"왜 날 그런 식으로 쳐다보는 거야?"

"난 자네를 보는 게 아니야. 올라가서 콘을 만나 봐. 몰골이 말이 아냐."

"자네 조금 전까지 취했었지." 내가 말했다.

"난 지금도 취했어." 빌이 말했다. "하지만 올라가 콘을 만나게.

자네를 만나고 싶어 해."

"알았어." 내가 말했다. 그건 그냥 계단 몇 개 더 올라가는 문제였다. 나는 내 환상의 트렁크를 들고 계단을 올라갔다. 나는 복도를 걸어 콘의 방으로 갔다. 문은 닫혀 있었고 난 노크를 했다.

"누구요?"

"반스야."

"들어오게, 제이크."

나는 문을 열고 안으로 들어갔고 트렁크를 내려놓았다. 방에는 불이 꺼져 있었다. 콘은 얼굴을 아래로 하고 어둠 속 침대에 누워 있었다.

"안녕, 제이크."

"제이크라고 부르지도 마."

나는 문가에 섰다. 내가 집에 왔을 때에도 꼭 이런 기분이었다. 지금 내게 필요한 것은 뜨거운 물에 목욕하는 것이다. 깊고 뜨거운 목욕물 속에 눕는 것.

"욕실이 어디 있나?" 내가 물어봤다.

콘이 울고 있었다. 거기에서 그가 얼굴을 침대에 묻고 울고 있었다.

그는 프린스턴 대학 시절에 입던 것 같은 흰 폴로셔츠를 입고 있었다.

"미안해, 제이크. 날 용서해 줘."

"용서하라고? 젠장."

"제발 날 용서해 줘, 제이크."

난 아무 말도 하지 않았다. 난 거기 문가에 서 있었다.

"난 미쳤었어. 자네가 내 상태가 어땠는지 알아야만 해."

"아, 그건 상관없어."

"난 브렛에 대해 그러는 걸 참을 수 없었어."

"자넨 날 뚜쟁이라고 불렀어."

난 개의치 않았다. 난 뜨거운 물에 목욕하고 싶었다. 나는 깊은 물에 들어가 뜨거운 목욕을 하고 싶었다.

"알아. 제발 그거 기억하지 말게. 난 미쳤었어."

"그건 괜찮아."

그는 울고 있었다. 그의 목소리가 우스꽝스러웠다. 그는 흰 셔츠를 입고 어둠 속 침대에 누워 있었다. 그의 폴로셔츠.

"난 아침에 떠날 거야."

그는 소리도 내지 않고 울고 있었다.

"난 그냥 브렛에 대해 그렇게들 하는 것을 참을 수 없던 거야. 난 지옥을 지나왔어, 제이크. 그냥 지옥이었다고. 내가 그녀를 여기에서 만났을 때 브렛은 나를 완전히 모르는 사람 취급했어. 난 그걸 그냥 참을 수 없었던 거야. 우리는 산 세바스티안에서 같이 살았다고. 자네도 알고 있다고 생각하는데. 난 더 이상 참을 수 없었어."

그는 침대에 누워 있었다.

"그래." 내가 말했다. "난 목욕하려고 해."

"자네는 내 하나밖에 없는 친구야. 그리고 난 브렛을 몹시 사랑했어."

"그래." 내가 말했다. "안녕."

"그래봐야 소용없다는 걸 알아." 그가 말했다. "진짜 소용없다는 걸 안다고."

"뭐가?"

"모든 게. 제발 날 용서한다고 말해 주게, 제이크."

"물론이지." 내가 말했다. "괜찮아."

"난 너무 끔찍하게 느꼈어. 난 지독한 지옥을 지나왔다고, 제이크. 이제 모든 게 다 가버렸어. 모든 것이."

"그래." 내가 말했다. "잘 있게. 난 가야 해."

그가 몸을 굴려서 침대 끄트머리에 앉았고, 그리고는 일어났다.

"안녕, 제이크." 그가 말했다. "나랑 악수할 거지, 그렇지?"

"물론이지. 안 할 이유가 없지."

우리는 악수 했다. 어두워서 그의 얼굴이 잘 보이지 않았다.

"자," 내가 말했다. "아침에 보자고."

"난 아침에 떠나."

"아, 그랬지." 내가 말했다.

나는 밖으로 나갔다. 콘은 방문에 서 있었다.

"괜찮겠어, 제이크?" 그가 물었다.

"아, 그래." 내가 말했다. "난 괜찮아."

난 욕실을 찾을 수가 없었다. 잠시 후에 찾았다. 깊은 돌 욕조가 있었다. 수도꼭지를 틀었는데 물이 나오지 않았다. 욕조 끄트머리에 앉았다. 일어나서 가려고 할 때 난 신발을 벗었다는 걸 알았다. 신발을 찾아 신고 아래층으로 내려갔다. 내 방을 찾아 안으로 들어가 옷을 벗고 침대에 들었다.

　나는 두통과 함께, 그리고 거리를 지나가는 악대의 소리와 함께 깼다. 나는 빌의 친구 에드나에게 황소들이 거리를 통과해 투우장으로 들어가는 것을 구경시켜 주겠다고 한 약속을 기억했다. 나는 옷을 입고 아래층으로 내려가 차가운 이른 아침 속으로 나갔다. 사람들이 투우장으로 서둘러 가며 광장을 가로지르고 있었다. 광장 건너 매표소 앞에 사람들이 두 줄로 서 있었다. 그들은 7시에 시작되는 매표를 여전히 기다리고 있었다. 나는 길을 서둘러 건너 카페에 들어갔다. 내 친구들이 거기 있다 갔다고 웨이터가 내게 말했다.
　"몇 명이나 있었나?"
　"신사 두 분과 숙녀 한 분이요."
　그건 괜찮다. 빌과 마이크가 에드나와 함께 있던 거다. 그녀는 지난밤 그들이 너무 마셔 정신을 잃지나 않을까 두려워했다. 그것이 내가 그녀를 확실하게 데려가 줘야 하는 이유였다. 나는 커피를 마시고 다른 사람들과 함께 투우장으로 서둘러 갔다. 나는 이제 비틀거리지 않았다. 그냥 지독한 두통만 있을 뿐이었다. 모든 것이 뚜렷하고 분명하게 보였고 도시에는 이른 아침의 냄새가 났다.
　시내의 변두리에서 투우장으로 뻗어 있는 땅은 질퍽했다. 투우장으로 가는 울타리를 따라 사람들이 죽 늘어서 있었고 발코니 바깥과 투우장 꼭대기도 사람들이 빽빽했다. 나는 폭죽 소리를 듣자 황소가 들어오는 것을 볼 수 있게 시간 내에 투우장에 들어갈 수 없다는 것을 알고는 사람들을 밀치며 담장으로 갔다. 나는 떠밀려서 담장의 널빤지에 바짝 붙게 됐다. 황소의 통로에 있는 두 담장 사이에서 경찰이 인파를 정리하고 있었다. 사람들은 걷거나 속보로 투우장에 들어왔다. 그러다가 사람들이 뛰기 시작했다. 어떤 술주정뱅이가 미끄러져 넘어졌다. 경찰관 두 명이 그를 붙잡아 담장너머로 밀어버렸다. 군중은 이제 빨리 뛰고 있었다. 군중으로부터 큰 함성이 터져 나오고 나는 머리를 판자 사이로 집어넣어 황소들이 이제 막 거리로부터 긴 질주로 울타리로 들어오는 것을 보았다. 소들은 빨리 달리고 있고 군중을 따라 붙었다. 바로 그때 또 다른 주정뱅이가 손에 헐렁한 작업복을 든 채 담에 붙어 있다 뛰어 나왔다. 그는 황소들과 어깨망토로 겨루고 싶어 했다. 경관 두 명이 그를 뜯어 말려 목덜미를 잡고 한 경관은 그를 곤봉으로 내리쳤다. 경찰은 그를 담장에 대고 질질 끌고 갔고 그는 군중의 제일 후미와 황소들이 지나갈 때까지 담장에 바짝 붙여져 서 있었다. 황소들보다 앞에서 뛰어가는 사람들이 너무 많아서 군중은 문을 통과해 투우장 안으로 들어가다 뭉치면서 느려지고, 소들이 육중한 몸으로, 옆구리에 진흙이 묻은 채 뿔을 흔들며 함께 뛰어가는데 한 마리가 앞으로 튀어나가더니 뒤에서 뛰고 있는 군중 가운데 한 남자를 낚아채 허공에 들어올렸다. 그 남자의 양 팔이 옆구리에 붙어 축 늘어지고 머리는 뿔이 찌르며 들어올 때 뒤로 재껴져 황소는 그를 들어 올렸다가 떨어뜨렸다. 황소는 앞에서 뛰어가고 있는 또 다른 남자를 잡았지만, 그 남자는 군중 속으로 사라졌고, 군중은 황소들이 뒤따르는 가운데 문을 통과해 투우장으로 들어갔다. 투우장의 붉은색 문이 닫혔고 투우장의 바깥 발코니 위에 있는 군중은 안으로 들어가려고 밀치며 있고, 고함소리가 하나 들리는가 싶더니 또 다른 고함소리로 이어졌다.

뿔에 찔린 남자는 사람들이 밟고 지나간 진창에 엎어져 있었다. 사람들이 담장 위로 기어 올라갔고 나는 군중이 주위에 너무나 빼곡해서 그 남자를 볼 수 없었다. 투우장 안에서 함성이 터져 나왔다. 함성 하나하나는 황소가 군중 속으로 한 번 돌진해 들어간 것을 의미했다. 함성의 강렬함의 정도로 지금 일어나고 있는 일이 얼마나 나쁜 일인지 분간할 수 있었다. 그러다가 폭죽이 하늘로 올라가며 불깐 수소들이 황소를 투우장에서 밖으로 유인하여 우리 안에 들어가게 했다는 것을 알렸다. 나는 담장에서 걸어 나와 시내로 되돌아갔다.

시내에 돌아와서 나는 두 잔째 커피와 버터 바른 토스트를 먹기 위해 카페에 들어갔다. 웨이터들이 카페를 쓸고 테이블을 행주로 닦고 있었다. 웨이터 하나가 와서 주문을 받았다.

"엔시에로[179]에서 무슨 일이 있었나요?"

"난 다 보지는 못 했네. 어떤 남자가 심하게 뿔에 찔렸더군."

"어디에요?"

"여기에." 나는 한 손을 내 등의 움푹 들어간 곳에 댔고 다른 손은 내 가슴에 댔는데, 뿔이 가슴을 관통한 것 같았기 때문이다. 웨이터가 고개를 끄덕였고 행주로 테이블 위의 빵가루를 훔쳤다.

---

179) encierro. 스페인 어로 울타리.

"심하게 찔렸다고요." 그가 말했다. "다 스포츠로 하는 건데. 다 즐기자고 하는 건데."

그는 나갔다가 손잡이가 긴 커피포트와 우유병을 갖고 돌아왔다. 그는 우유와 커피를 따랐다. 긴 주둥이로부터 두 개의 물줄기를 이루며 커다란 컵에 따라졌다. 웨이터가 고개를 끄덕였다.

"등을 관통하여 심하게 찔렸다고요." 그가 말했다. 그는 포트들을 테이블 위에 내려놓고 테이블 의자에 앉았다. "뿔에 찔린 큰 상처요. 다 즐기려고 하는 건데. 그저 즐기려고. 거기 대해 어떻게 생각하세요?"

"잘 모르겠네."

"바로 그거에요. 다 즐기려고 하는 거라고요. 즐기려고, 아시겠어요?"

"자네는 아피시오나도 아닌가?"

"저요? 황소가 뭔가요? 동물이죠. 야성의 동물일 뿐이죠." 그가 일어나서 손을 자기 등의 움푹 들어간 곳에 댔다. "등을 정통으로 관통했다고요. 등을 정통으로 관통하게 찌른 거죠. 재미있자고 하는 건데. 아시겠어요?"

그는 머리를 가로저었고 커피포트들을 들고 가 버렸다.

남자 두 명이 거리를 지나가고 있었다. 웨이터가 그들에게 소리 질렀다. 그들은 심각하게 보였다. 한 사람이 머리를 가로저었다. "무에르토[180]!" 그가 소리쳤다.

---

180) muerto. 스페인 어로 죽었다는 뜻.

웨이터가 고개를 끄덕였다. 두 남자는 가던 길을 갔다. 그들은 일이 있어 가는 중이었다. 웨이터가 내 테이블로 건너왔다.

"들으셨어요? 무에르토. 죽었다고요. 그 남자가 죽었데요. 뿔에 꿰뚫려서. 다 아침나절의 재미로 한 건데. 에스 무이 플라멩코.[181]

"안됐어."

"전 싫어요." 웨이터가 말했다. "전 그게 재미있는지 모르겠어요."

그날 늦게 우리는 죽은 남자가 비센테 히로네스라는 이름이고 타파야 인근에서 온 사람이라는 것을 알게 되었다. 다음 날 신문에 그가 스물여덟 살이고 농장을 갖고 있고 아내와 두 아이가 있다는 기사가 났다. 그는 결혼한 뒤 해마다 계속해서 축제에 오곤 했었다. 다음날 그의 아내가 시체를 지켜보기 위해 타파야에서 왔고 다음 날에는 산 페르민 교회에서 예배가 있었고 관은 타파야의 무도, 음주 협회 회원들에 의해 기차역으로 옮겨졌다. 드럼 주자들이 앞에서 행진했고 피리 음악이 연주되었고 관을 운반하는 남자들 뒤로 아내와 두 아이가 걸었……그들 뒤로는 장례식 때까지 머무를 수 있었던 팜플로나, 에스텔라, 타파야, 산게사에서 온 무도, 음주 협회의 회원들 전부가 행진했다. 관이 기차 수화물 칸에 실렸고 미망인과 두 아이들이 다 같이 무개(無蓋) 3등 기차간에

---

181) es muy flamenco. 명확하지는 않으나 플라멩코 음악과 춤이 집시들에게 애호되었다고 볼 때, "그건[그렇게 허망하게 죽는 건] 아주 집시 스타일이네요" 정도의 의미로 볼 수 있을 듯.

앉아 갔다. 기차가 덜컹하며 출발하더니 고원 끄트머리께 내리막 길을 가다가 타파야로 가는 길 평원에 바람을 맞아 나부끼는 곡물밭으로 들어가면서는 술술 나아갔다.

비센테 히로네스를 죽인 황소는 보카네그라[182]라는 이름이었는데 산체즈 타베르노의 투우 종축장 118번 소였고, 같은 날 오후 세 번째 황소로 등장해서 페드로 로메로의 손에 죽었다. 황소의 귀는 관중들의 환호 속에 잘려서 페드로 로메로에게 주어졌고, 그는 그것을 다시 브렛에게 줬다. 그녀는 그 귀를 내 손수건에 감싸서는 무라티[183] 담배꽁초 더미와 함께 귀와 손수건 모두를 팜플로나의 몬토야 호텔의 침대 옆 탁자 서랍 저 안 쪽에 밀어 넣었다.

호텔에 돌아오니 야간 경비원이 문 안쪽 벤치에 앉아 있었다. 그는 밤새 거기 있었고 잠에 취해 있었다. 내가 들어가자 그는 일어났다. 웨이트리스 세 명도 동시에 들어왔다. 그들은 투우장의 아침 경기를 보고 오는 길이었다. 그들은 웃으면서 이층으로 올라갔다. 나는 그들을 따라 이층으로 가서 내 방으로 들어갔다. 난 구두를 벗고 침대에 누웠다. 창문은 발코니 쪽으로 열려져 있었고 햇빛이 방안에 환했다. 졸리지는 않았다. 잠자리에 들었을 때는 분명히 세시 반이었는데 악대 소리에 깨니 여섯시였다. 턱이 양쪽 다

---

182) Bocanegra. 스페인 어로 '시커먼 아가리'의 뜻.
183) Muratti. 19세기 초 터키의 콘스탄티노플(현재의 이스탄불)에서 설립된 담배회사로서 나중에 전 유럽에 퍼졌다.

아팠다. 난 턱을 엄지와 다른 손가락들로 만져봤다. 콘 그 망할 자식 같으니. 처음 모욕 받았을 때 누군가를 한 대 치고 그냥 사라져 버릴 것이지. 그는 브렛이 자기를 사랑한다고 너무나 확신했다. 그는 머물 예정이었고 진정한 사랑은 모든 것을 정복할 것이다[184]라고 믿고 있겠지. 그때 누군가가 방문을 노크했다.

"들어와요."

빌과 마이크였다. 그들은 침대에 앉았다.

"엔시에로에서 대단한 일이 있었어요." 빌이 말했다. "엔시에로에서 대단했죠."

"근데, 당신 거기 있지 않았나요?" 마이크가 물었다. "벨 눌러서 맥주 좀 가져오라고 해요, 빌."

"대단한 아침이었죠!" 빌이 말했다. 그는 얼굴의 땀을 훔쳤다. "이런! 대단한 아침이었다고요. 그리고 여기 우리 제이크가 있네. 우리 제이크, 인간 펀치백말이야."

"안에서 무슨 일이 있었나요?"

"이런 젠장." 빌이 말했다. "무슨 일이 있었냐고요, 마이크?"

"황소들이 들어오고 있었소." 마이크가 말했다. "소들 바로 앞에 군중이 있었고 어떤 사람이 넘어져서 사람들을 엄청 많이 쓰러지게 했지요."

"그리고 황소들이 전부 그 쓰러진 사람들을 타넘어 들어온 거

---

184) '사랑은 모든 것을 정복한다'(라틴어로 Amor vincit omnia)라는 로마시대의 격언을 약간 변형시킨 것.

지요." 빌이 말했다.

"사람들이 비명 지르는 소리 들었어요."

"그건 에드나였어요." 빌이 말했다.

"사람들이 계속 밖으로 나오면서 자기들 셔츠를 흔들었지요."

"황소 한 마리가 방호벽을 따라 오면서 거기 있는 사람들을 다 뿔로 받았어요."

"한 스무 명쯤이 진료실로 실려갔데요." 마이크가 말했다.

"대단한 아침이었소!" 빌이 말했다. "망할 경찰은 자살하러 황소들에게 가는 사람들을 계속 잡아들이고 있었소."

"결국에는 불깐 수소들이 황소들을 안으로 들어가게 했어요." 마이크가 말했다.

"그러는데 한 시간쯤 걸렸죠."

"실제로는 15분쯤이었지." 마이크가 반박했다.

"에이, 지옥에나 가라지." 빌이 말했다. "당신은 전쟁에 참가했었으니 그렇죠. 내겐 두 시간 반과 같았어요."

"거 맥주는 어디에 있어?" 마이크가 물었다.

"사랑스런 에드나를 어떻게 한 거요?"

"그녀를 지금 막 집에 데려다 줬소. 그 아가씨 잠이 들었어요."

"그녀는 어떻게 생각하나요?"

"괜찮아요. 우리는 그녀에게 오늘도 그냥 다른 날 아침 같을 뿐이라고 말했지요."

"그녀는 감동받았소." 마이크가 말했다.

"그녀는 우리도 투우장에 가기를 원했지요." 빌이 말했다. "그 여자는 행동파거든."

"그건 내 채권자들에게는 부당한 일일 거라고 난 말했소." 마이크가 말했다.

"대단한 아침이야." 빌이 말했다. "그리고 밤도 대단했고!"

"자네 턱은 어때, 제이크?" 마이크가 물었다.

"아파." 내가 말했다.

빌이 웃었다.

"왜 저 친구를 의자로 치지 않았나?"

"말로는 뭐는 못 해." 마이크가 말했다. "그 친구는 자네도 뻗게 할 수 있었을 거야. 그가 날 때리는 걸 못 봤다고. 난 바로 전에 그를 봤다고 생각하는데 갑자기 난 거리에 앉아 있게 되었고, 그리고 제이크는 테이블 밑에 눕게 된 거지."

"그 친구는 나중에 어디로 갔어?" 내가 물었다.

"여기 그 여자가 있네." 마이크가 말했다. "여기 아름다운 숙녀가 맥주를 가져오는군."

하녀가 맥주병과 잔이 올려져 있는 쟁반을 테이블 위에 내려놓았다.

"세 병 더 갖다 줘요." 마이크가 말했다.

"콘은 날 때리고 나서 어디로 갔나?" 내가 빌에게 물었다.

"그거 모르나?" 마이크가 맥주병을 따고 있었다. 그는 잔을 병에 가까이 댄 채 따랐다.

"정말로 몰라?" 빌이 물었다.

"콘은 안에 들어가 투우사 방에서 브렛과 투우사 놈을 발견하고는 그 가엾은 피투성이 투우사를 학살해 버린 거지."

"그럴 리가."

"그렇다니까."

"끔찍한 밤이었어." 빌이 말했다.

"그는 그 가여운 피투성이 투우사를 죽일 뻔했어. 그러고 나서 콘은 브렛을 데리고 떠나고 싶어 했지. 그녀를 정직한 여자로 만들고 싶어 했지, 내 생각엔. 빌어먹게 감동적인 장면이네."

그는 맥주를 한 모금 길게 들이켰다.

"그 친구 바보구만."

"어떤 일이 일어났나?"

"브렛은 그를 혼쭐을 내줬지. 꺼지라고 말했어. 그 여자가 잘한 거지."

"나도 그녀가 잘했다고 믿어." 빌이 말했다.

"그러자 콘이 무너져 내리더니 울었고 그 투우사 놈이랑 악수를 하려고 했지. 그는 브렛과도 악수를 하기 원했어."

"알아. 그 친구는 나랑 악수했어."

"그랬어? 근데 그 둘은 전혀 악수하려고 하지 않았지. 그 투우사 녀석 쓸 만하더군. 말은 많이 안 했지만 계속 일어나고 계속 다시 맞아 쓰러지곤 했어. 콘이 그 친구를 완전히 뻗게 하지는 못했어. 진짜 웃기는 광경이었어."

"이 얘기를 다 어디서 들은 거야?"

"브렛한테서. 난 그 여자를 오늘 아침에 봤거든."

"결국은 어떻게 되었나?"

"그 투우사 놈은 침대에 앉아 있는 것 같았어. 그 친구 열다섯 번이나 쓰러진 것 같았는데도 더 싸우려고 하더군. 브렛이 그 친구를 제지했고 못 일어나게 했어. 그는 힘이 약했지만 브렛이 붙잡을 수 없어서 일어났어. 그때 콘은 그를 다시 때리지 않겠다고 말했어. 그렇게 할 수가 없다고 말했지. 그러는 게 나쁜 일이라고 했어. 그래서 투우사 친구는 좀 비틀거리다가 그에게 쓰러진 거야. 콘은 뒤로 물러나 벽에 기대섰지.

"'날 때리지 않을 거요?'

"'안 때려.' 콘이 말했지. '그러는 건 부끄러운 일이야.'

"그래서 그 투우사 녀석은 할 수 있는 한 가장 세게 그의 얼굴을 때렸고 그리고는 마룻바닥에 앉았어. 그는 일어설 수가 없었다고 브렛이 말했어. 콘이 그를 일으켜 침대로 데려가려고 했지. 그는 만약 콘이 자기를 도운다면 죽이겠다고 말했고, 만약 콘이 여기를 떠나지 않아도 오늘 아침에 죽이겠다고 했어. 콘은 울고 있었고 브렛은 그에게 꺼지라고 말했고 그는 악수를 하고 싶어 했지. 이 얘긴 전에 했던 거고."

"나머지도 말해 봐." 빌이 말했다.

"투우사 녀석은 바닥에 앉아 있는 것 같았어. 그는 일어나서 콘을 다시 때릴 힘을 모으고 있었지. 브렛은 전혀 악수 하려고 하지 않았고 콘은 울면서 자기가 그녀를 얼마나 사랑하는지 말하고 있었고, 그녀는 그에게 지긋지긋한 바보가 되지 말라고 말하고 있었어. 그러다가 콘이 투우사 녀석과 악수하려고 몸을 아래로 숙였지. 알다시피 뭐 악한 감정으로 그런 건 아니지. 다 용서하려는 마음으로 그런 거지. 그런데 투우사 녀석이 그의 얼굴을 다시 때린 거야."

"대단한 녀석이네." 빌이 말했다.

"그가 콘을 작살을 냈어." 마이크가 말했다. "난 콘이 다시 사람들을 때려눕힐 거라고는 생각하지 않아."

"브렛은 언제 봤나?"

"오늘 아침에. 그 여자가 뭔가를 가지러 들어왔어. 그녀는 이로메로 꼬마를 돌보고 있었지."

그는 맥주병을 한 병 더 따랐다.

"브렛이 마음이 상했지. 하지만 그 여자는 사람들 돌보는 걸 좋아해. 그래서 우리가 같이 다니는 거야. 그 여자는 날 돌보는 걸 좋아하거든."

"나도 알아." 내가 말했다.

"난 좀 취했어." 마이크가 말했다. "난 좀 취한 상태로 **있을** 거야. 이 모든 일이 굉장히 재미있기는 한데 아주 즐거운 건 아니야. 나한텐 아주 즐겁지는 않아."

그는 맥주를 입에 털어 넣었다.

"나는 브렛을 나무랐어. 그 여자가 유대인, 투우사 나부랭이들과 싸돌아다닌다면 골치 아픈 일이 생긴다고 난 말했어." 그가 앞으로 몸을 기울였다. "근데, 제이크, 내가 자네 병을 마셔도 되겠어? 저 여자가 맥주 병 또 가져올 거야."

"들어." 내가 말했다. "어차피 난 맥주 마시고 있지도 않았어."

마이크가 병뚜껑을 따기 시작했다. "자네가 좀 따주겠나?" 난 와이어 걸쇠를 꽉 눌러 들어 올린 후 그에게 따라줬다.

"근데 말이야," 마이크가 계속 말했다. "브렛은 훌륭했어. 그 여자는 항상 훌륭해. 난 그 여자가 유대인, 투우사 나부랭이들과 사귄다고 따끔하게 혼내 줬는데 그 여자가 뭐라고 했는지 아나? '그래요, 난 영국 귀족들과 아주 신물 나게 행복한 삶을 누려왔어요.'"

그가 한 모금 들이켰다. "거 참 훌륭했어. 그녀가 귀족 칭호를 갖게 만들어 준 놈인 애슐리는 해군이었지. 9대 준(準) 남작이었어. 집에 돌아오면 그 친구는 침대에서 자려고 하지 않았어. 항상 브렛을 마룻바닥에서 자게 만들었지. 급기야는 그가 정말 언짢았을 때 그녀를 죽이겠다고 말하곤 했어. 항상 장전한 군용 리볼버 권총을 옆에 두고 잠들었지. 브렛은 그가 잠자리에 들면 총알을 빼 놓고는 했어. 브렛은 완전히 행복한 삶을 살지는 못 했어. 정말 유감스런 일이야. 그 여자는 원래 즐겁게 사는 사람인데 말이야."

그는 일어섰다. 그의 손이 떨고 있었다.

"방으로 들어가려고. 잠깐 눈 좀 붙여야겠어."

그는 웃었다.

"이번 축제기간에 우리는 잠을 너무 못 잤어. 난 지금부터 시작해서 충분히 잘 거야. 잠 안 자는 건 빌어먹게 나쁜 일이야. 잠을 못자면 끔찍할 정도로 신경과민이 되거든."

"정오에 이루냐 카페에서 보세." 빌이 말했다.

마이크가 문으로 나갔다. 우리는 그가 옆방에 들어가는 소리를 들었다.

그가 벨을 누르자 하녀가 와서 문에 노크를 했다.

"맥주 여섯 병하고 훈다도르 한 병 가져와요." 마이크가 말했다.

"알았습니다, 나으리."

"난 자러 갈 거야." 빌이 말했다. "가엾은 친구 마이크. 난 그 친구 때문에 어젯밤에 지독한 소동을 겪었어."

"어디에서? 그 밀라노 술집에서?"

"그래. 거기 브렛과 마이크가 칸에서 나오는데 돈을 한 번 내준 사람이 있었어. 지독하게 고약한 놈이었어."

"나도 그 이야기 알아."

"난 몰랐어. 누구건 마이크에 관해 이렇다 저렇다 말할 권리는 없어."

"그게 일을 더 악화시키는 거야."

"그들은 그런 권리를 가져서는 안 돼. 난 그들이 어떤 권리도 가져서는 안 된다고 지옥에 대고 빌 거야. 나 자러 갈래."

"투우장에서 누구 죽은 사람 있어?"

"없을 걸. 그냥 심하게 다친 사람은 있어."

"밖에 소 질주하는 길에서 어떤 남자가 죽었어."

"그랬어?" 빌이 말했다.

제18장

 정오에 우리는 모두 카페에 있었다. 카페에는 사람이 많았다. 우리는 새우를 먹고 맥주를 마셨다. 시내는 붐볐다. 거리마다 사람으로 꽉 찼다. 비아리츠와 산 세바스티안에서 온 커다란 자동차들이 계속 달려와서 광장 주위에 주차하고 있었다. 자동차들은 투우를 보러온 사람들을 싣고 왔다. 관광버스도 왔다. 영국 여자 스물다섯 명이 탄 관광버스가 있었다. 그들은 크고 하얀 차 안에 앉아 유리창을 통해 축제를 구경했다. 춤추는 사람들은 모두 상당히 취했다. 축제의 마지막 날이었다.

 축제는 끊어지지 않고 계속되었지만 자동차와 관광버스에는 구경꾼들이 모여들어 작은 섬처럼 되었다. 차에서 사람들이 다 내리자 구경꾼들은 군중 속으로 흡수되었다. 우리가 다시 봤을 때 검은 작업복을 입고 촘촘하게 모여 있는 농부들 사이에서 이들은 운동복을 입고 괴상한 모습으로 테이블에 앉아있었다. 축제는 심지어 비아리츠의 영국인들까지도 흡수해 버린 바람에 그들 테이블 가까이 지날 때에야 그들을 볼 수가 있었다. 거리에는 내내 음악이 흘렀다. 드럼이 계속 두들겨지고 피리도 연주되고 있었다. 카페 안에서는 남자들이 손으로 테이블을 잡거나 서로의 어깨에 올린 채 잘 나오지도 않는 목소리로 노래를 하고 있었다.

"저기 브렛이 오는군." 빌이 말했다.

쳐다보니 그녀가 광장에서 인파를 뚫고 걸어오는 것이 보였는데 마치 축제가 자기에게 영광을 돌리기 위해 진행되고 있고 자기는 그것이 즐겁고 재미있다고 생각하는 것처럼 그녀는 머리를 꼿꼿이 세우고 걷고 있었다.

"안녕, 친구들." 그녀가 말했다. "근데 말이에요, 난 목이 **말라요.**"

"맥주 큰 잔 하나 더." 빌이 웨이터에게 말했다.

"새우는?"

"콘은 갔어요?" 브렛이 물었다.

"그래요." 빌이 말했다. "차를 한 대 빌려가지고."

맥주가 나왔다. 브렛은 유리 머그잔을 들어올리기 시작했고 그녀의 손이 떨렸다. 그녀는 그걸 보고 웃었고 몸을 기울여 길게 한 모금 마셨다.

"맥주 훌륭하네요."

"아주 좋아." 내가 말했다. 나는 마이크 때문에 신경이 쓰였다. 난 그가 잤다고는 생각하지 않았다. 그는 내내 술을 마시고 있었음에 틀림없지만 조절하면서 마시는 것 같았다.

"난 콘이 당신을 다치게 했다는 얘기를 들었어요, 제이크." 브렛이 말했다.

"아니야. 날 뻗게 했지. 그게 다야."

"그런데 그는 페드로 로메로는 다치게 했어요." 브렛이 말했다. "그이를 몹시 심하게 다치게 했어요."

"그 친구 지금 어때?"

"괜찮아질 거예요. 그는 방 밖으로는 나가려고도 하지 않아요."

"그 친구 보기에도 안 좋아 보이나?"

"아주. 그이는 정말로 다쳤어요. 나는 불쑥 나가서 당신들을 잠시 만나고 싶다고 그에게 말했어요."

"그 친구 투우할 건가?"

"그런다고 봐야겠지요. 난 당신하고 같이 가려고 해요, 당신이 괜찮다면."

"당신 남자친구는 어떻소?" 마이크가 물었다. 그는 브렛이 한 말을 전혀 귀 기울여 듣지 않았었다. "브렛에게 투우사가 있데요." 그가 말했다. "그녀에게는 콘이라고 하는 유대인이 있었는데 그는 나쁜 사람으로 밝혀졌지."

브렛이 일어섰다.

"난 당신이 하는 그 말도 안 되는 얘기 듣지 않을 거예요, 마이클."

"당신 남자친구는 어떠냐고?"

"무지하게 좋아요." 브렛이 말했다. "오늘 오후 그이가 투우 시합하는 걸 보세요."

"브렛은 투우사가 있데요." 마이크가 말했다. "아름답고, 피투성이인 투우사가."

"당신 나랑 같이 좀 걸을래요? 할 얘기가 있어요, 제이크."

"당신의 투우사에 대해 그 친구에게 전부 말해." 마이크가 말했다. "이런, 당신의 투우사놈 지옥에나 가라지." 그가 테이블을 기울이는 바람에 맥주와 새우 요리가 다 와르르 바닥에 떨어졌다.

"자," 브렛이 말했다. "여기서 나가자고요."

광장을 건너가는 군중 속에서 내가 말했다. "어떻게 된 거야?"

"점심 먹은 뒤에 난 시합 때까지는 그 사람 보러가지 않을 거예요. 준비하는 사람들이 와서 그에게 옷을 입힐 거예요. 그 사람이 그러는데 그들이 나한테 몹시 화가 나있데요."

브렛은 눈부셨다. 그녀는 행복했다. 해가 났고 날은 밝았다.

"난 완전히 변했다고 느껴요." 브렛이 말했다. "무슨 말인지 모르겠죠, 제이크."

"내가 당신에게 뭐 해 줄 일이 있어?"

"없어요. 그냥 나와 함께 투우 시합에 가면 되요."

"점심때 볼까."

"아니요. 난 그 사람하고 점심 같이할 거예요."

우리는 호텔 문가에서 회랑 아래에 서 있었다. 사람들이 테이블을 밖으로 내다 놓아서 회랑 아래에 설치하는 중이었다.

"공원 가서 바람 좀 쐴래요?" 브렛이 물었다. "아직은 방에 올라가고 싶지 않아요. 그 사람 지금 자고 있을 거예요."

우리는 극장을 지나 죽 걸어갔고 광장에서 벗어나 시장의 가건물들을 통과해서 양쪽에 늘어선 노점들 사이로 군중과 함께 움직였다. 우리는 사라사테 공원으로 가는 교차로에 나오게 되었다. 거기서 옷을 잘 빼입은 사람들이 걸어가는 모습이 보였다. 그들은 공원의 위쪽 끝에서 방향을 틀고 있었다.

"저기로 가지는 말자고요." 브렛이 말했다. "사람들이 날 쳐다보는 거 싫어요."

우리는 햇빛을 받으며 서 있었다. 바다에서 온 비와 구름이 지나가고 난 뒤라 날은 덥고 쾌청했다.

"바람이 잦아지면 좋겠어요." 브렛이 말했다. "바람이 그이에게는 아주 안 좋아요."

"나한테도 그래."

"그이는 상대할 황소들이 맘에 든다고 하네요."

"좋은 소들이지."

"저게 산 페르민 성당인가요?"

브렛이 교회의 노란 벽을 쳐다봤다.

"그래. 저기서 일요일에 축제가 시작됐지."

"안에 들어가요. 괜찮겠어요? 난 그 사람이나 아니면 뭐 다른 걸 위해서 기도 좀 하려고요."

우리는 아주 가볍게 움직이는 육중한 가죽 문을 지나 안으로 들어갔다. 안은 어두웠다. 사람들이 많이 기도하고 있었다. 반 정도의 빛에 눈을 적응시키면 그 사람들이 보였다. 우리는 긴 나무 벤치에 무릎을 꿇었다. 잠시 후에 나는 브렛이 내 옆에 뻣뻣하게 굳어 있는 것을 느꼈고 그녀가 똑바로 앞을 응시하고 있는 것을 봤다.

"가요." 그녀가 목쉰 소리로 속삭였다. "여기서 나가요. 신경이 지독히 예민해져요."

밖으로 나와 거리의 뜨거운 햇빛 속에서 브렛은 바람에 흔들리는 나무 꼭대기를 올려다봤다. 기도가 대단한 성공은 아니었던 모양이다.

"내가 교회에서 왜 그렇게 신경이 예민했는지 모르겠어요?" 브렛이 말했다. "그런 건 내게 안 맞아요."

우리는 걸었다.

"난 종교적 분위기에는 정말이지 안 어울려요." 브렛이 말했다. "내 타입은 정말 아닌 것 같아요.

"알다시피," 브렛이 말했다. "난 전혀 그이 걱정을 안 해요. 난 그에 관해 그저 행복하게 느낄 뿐이에요."

"잘 됐군."

"하지만 바람이 잦아들면 좋겠어요."

"5시까지는 잦아들 것 같아."

"그러길 희망해야죠."

"기도하려면 해." 난 웃었다.

"거의 도움은 안 돼요. 난 원하는 걸 기도해서 얻은 적이 한 번도 없어요. 당신은 그런 적 있어요?"

"아, 있지."

"에이, 시시한 소리." 브렛이 말했다. "아마 어떤 사람들에게는 기도가 먹힐 거예요. 당신이 아주 종교적으로 보이지는 않지만, 제이크."

"난 무척 종교적이야."

"아, 말도 안 돼." 브렛이 말했다. "오늘 개종하진 말아요. 오늘은 안 그래도 충분히 나쁜 날이 될 거니까."

그녀가 콘과 함께 떠나버렸었던 이후로 예전처럼 행복하고 걱정 없는 태도로 있는 것을 본 건 이번이 처음이었다. 우리는 다시 호텔 앞으로 돌아왔다. 테이블은 다 정돈되어 있었고 벌써 몇 테이블을 사람들이 차지하고 식사를 하고 있었다.

"마이크를 신경 좀 써줘요." 브렛이 말했다. "그 사람 너무 막가게 내버려두지 마세요."

"손님 친구분들 위층으로 올라갔습니다." 독일인 호텔 지배인이 영어로 말했다. 그는 끊임없이 남들 말을 엿듣는 사람이었다. 브렛이 그에게 몸을 돌렸다.

"고마워요, 아주. 다른 거 또 말할 것 있나요?"

"없습니다, 사모님."

"좋아요." 브렛이 말했다.

"세 명 앉을 테이블 하나 잡아줘요." 내가 독일인에게 말했다. 그는 잇몸과 이를 드러내고 지저분하게 살짝 웃었다.

"사모님 여기서 식사하실 건가요?"

"아니에요." 브렛이 말했다.

"그러면 제 생각엔 두 분 앉을 테이블이면 충분하겠는데요."

"저 사람한테 말 걸지 말아요." 브렛이 말했다. "마이크는 몰골이 말이 아니었을 거예요." 그녀가 계단에서 말했다. 우리는 계단에서 몬토야를 지나쳤다. 그는 고개를 숙였지만 웃지는 않았다.

"카페에서 봐요." 브렛이 말했다. "고마워요, 아주 많이, 제이크."

우리는 우리 방이 있는 층에서 멈췄다. 그녀는 복도를 곧장 걸어가 로메로의 방으로 들어갔다. 그녀는 노크하지 않았다. 그녀는 그저 문을 열고 안으로 들어가고는 문을 닫았다.

나는 마이크의 방문 앞에 서서 노크했다. 대답이 없었다. 손잡이를 돌리니 문이 열렸다. 방안은 난장판이었다. 가방은 다 열려 있고 옷은 여기저기 흩어져 있었다. 침대 옆에는 빈 병들이 있었다. 마이크는 침대에 누워 있는데 데스마스크[185]처럼 보였다. 그는 눈을 뜨더니 날 쳐다봤다.

"안녕, 제이크." 그가 아주 느리게 말했다. "난 *자암깐* 자는 중이야. 오래 전부터 잠을 좀 잤으면 *해-앴서.*"

"뭘 좀 덮어 줄게."

"아니야. 안 추워."

"가지 말게. 난 아아직 *자암* 들지 않았어."

"자네 잠 들 거야, 마이크. 걱정하지 말게, 친구야."

"브렛에겐 투우사가 생겼네." 마이크가 말했다. "그런데 그녀의 유대인 친구는 가버렸군."

그가 머리를 돌려 나를 쳐다봤다.

"무지하게 잘 된 일이야, 그렇지?"

"그래. 자, 자라고, 마이크. 자넨 좀 자야 돼."

"난 이제 *마악* 잠들기 시작했어. *자암깐 자알* 거야.*"

그는 눈을 감았다. 나는 방에서 나와 문을 조용히 닫았다. 빌은

---

185) death mask. 죽은 사람의 얼굴에 석고를 부어 뜬 것.

내 방에서 신문을 보고 있었다.

"마이크 봤나?"

"응."

"가서 식사하자."

"난 아래층에서 저 독일 지배인하고 식사하지 않을 거야. 그 인간은 내가 마이크를 위층으로 데려갈 때 지독하게 기분 나쁘게 대했어."

"그 사람은 우리한테도 불쾌하게 대해."

"나가서 시내에서 먹자."

우리는 계단을 내려갔다. 계단에서 우리는 뚜껑 씌운 쟁반을 들고 올라오는 어떤 소녀를 지나쳤다.

"저기 브렛의 점심이 올라가네." 빌이 말했다.

"그리고 그 꼬마의 점심도." 내가 말했다.

바깥 회랑 아래 테라스에서 독일 지배인이 다가왔다. 그의 붉은 뺨이 반들거렸다. 그는 예의 발랐다.

"신사분들을 위해 두 분 앉을 테이블을 마련했습니다." 그가 말했다.

"자네나 가서 앉아." 빌이 말했다. 우리는 계속 걸어 밖으로 나가 길을 건넜다.

우리는 광장에서 벗어나 있는 골목의 어느 레스토랑에서 식사를 했다. 레스토랑에서 식사하고 있는 사람들은 전부 남자였다. 담배연기와 술 마시는 소리와 노래로 가득 찼다. 음식은 좋았고 와인도 괜찮았다. 우리는 말을 많이 하지 않았다. 나중에 우리는 카페로 가서 축제가 절정으로 치닫는 것을 지켜보았다. 브렛이 점심 후에 곧 건너왔다. 그녀는 방 안을 들여다봤는데 마이크가 잠들어 있었다고 말했다.

축제가 절정에 이르렀을 때 우리는 군중에 끼어 투우장으로 갔다. 브렛은 빌과 나 사이의 링사이드에 앉았다. 우리들 바로 밑에는 칼레혼(callejon)이라는, 관람석과 바레라의 붉은 울타리 사이의 통로가 있었다. 우리 뒤에는 콘크리트 관람석이 꽉 차있었다. 저 바깥의 앞쪽 붉은 울타리 너머에는 투우장의 모래가 롤러 질을 해서 매끈하고 노란색이었다. 모래는 비가 와서 조금 무거워 보였으나 햇볕을 받아 말랐고 단단하고 부드러워졌다. 칼 시중꾼들과 투우장의 일꾼들이 어깨에 투우시합용 어깨 망토와 물레타[186]가 든 등나무 바구니를 어깨에 메고 깔레혼을 내려왔다. 어깨 망토와 물레타는 피로 물들어 있었고 촘촘하게 접혀 바구니에 채워져 있었다. 칼 시중꾼들이 무거운 가죽 칼 케이스를 열어 담장에 기대자 붉은 천으로 감은 손잡이가 있는 한 묶음의 칼들이 드러나 보였다. 그들은 물레타의 거무튀튀한 핏자국이 있는 붉은 플라넬 천을 펴서 막대기를 그 속에 집어넣어 고정시켜서 천이 펴지게 했고 마타도르가 쥘 수 있게 했다. 브렛은 이 모든 것을 지켜봤다. 그녀는 이런 전문적인 세목에 푹 빠졌다.

"그는 자기 이름이 어깨 망토와 물레타마다 스텐실로 찍혀 있

---

186) muleta. 짧은 막대에 매다는 붉은 플라넬 천. 투우 시합의 마지막 단계에서 마타도르가 이 천 안에 칼을 숨기고 있다가 소의 어깨 죽지를 찌른다.

는 사람이에요." 그녀가 말했다. "사람들은 왜 저걸 물레타라고 부르죠?"

"모르겠어."

"사람들이 저거 한 번이라도 세탁을 하나 모르겠어요."

"아닐 걸. 그러면 색을 버리게 될지 모르거든."

"피가 묻으면 천이 뻣뻣해지지." 빌이 말했다.

"웃겨요." 브렛이 말했다. "사람들이 피는 아랑곳 하지도 않는 게."

아래쪽 깔레혼의 좁은 통로에서 칼 시중꾼들이 모든 것을 준비했다. 좌석은 꽉 찼다. 위에 있는 특별석도 다 찼다. 진행위원장의 특별석 외에는 빈 좌석이 없었다. 그가 들어오면 시합이 시작될 것이다. 부드러운 모래 저 건너 소 가둬놓은 우리로 가는 높은 통로에 투우사들이 서 있었는데, 팔을 어깨 망토에 감은 채 이야기하면서 경기장을 가로질러 행진해 들어오라는 신호를 기다리며 있었다. 브렛은 쌍안경으로 그들을 지켜보고 있었다.

"여기요, 한 번 보겠어요?"

나는 쌍안경을 통해 세 명의 마타도르를 봤다. 로메로는 가운데에 있었고 벨몬테[187]는 그의 왼쪽에, 마르시알[188]은 그의 오른쪽에 있었다. 뒤로는 이들을 위해 일하는 사람들이 있었고, 반데리예로들의 뒤에, 그리고 뒤의 통로와 소 우리의 트인 곳에서 나는

---

187) 1920년대 스페인의 유명한 마타도르인 후안 벨몬테 Juan Belmonte.

188) 1920, 30년대 스페인의 전설적 마타도르인 Marcial Lalanda.

피카도르들을 봤다. 로메로는 검은 옷을 입고 있었다. 삼각 모양의 모자는 눈 위로 푹 눌러쓰고 있었다. 나는 모자 아래 그의 얼굴을 뚜렷이 볼 수는 없었지만 상처가 뚜렷했다. 그는 똑바로 앞을 보고 있었다. 마르시알은 누가 볼까 담배를 손에 넣어 피고 있었다. 벨몬테는 앞을 보고 있었는데 얼굴은 창백하고 노랬으며 늑대같이 생긴 긴 턱을 앞으로 내밀고 있었다. 그는 허공을 응시할 뿐이었다. 그도 로메로도 다른 사람들과 아무런 공통점도 없는 것 같았다. 그들은 모두 홀로였다. 진행위원장이 들어왔다. 우리 위쪽의 대관람석에서 박수 소리가 났고 나는 쌍안경을 브렛에게 건넸다. 박수갈채가 터져 나왔다. 음악이 시작되었다. 브렛은 쌍안경으로 봤다.

"자, 저것 좀 봐요." 그녀가 말했다.

쌍안경으로 나는 벨몬테가 로메로에게 말하는 것을 봤다. 마르시알은 몸을 똑바로 펴고는 담배를 버리고 나서 곧장 앞을 쳐다보고 있었고, 이들 세 마타도르는 머리를 젖힌 채, 아무것도 들지 않은 팔을 휘두르며 걸어 나갔다. 그들 뒤로 행렬이 시작되어 들어오고 모두가 발걸음을 힘차게 내딛으며 어깨 망토를 펼친 채 아무것도 들지 않은 팔을 휘두르며 걸었고, 뒤에는 피카도르들이 그들의 창을 긴 창처럼 들어 올리며 갔다. 이들 뒤로 노새들과 투우장 일꾼들이 두 줄을 지어 왔다. 마타도르들이 모자를 손에 쥔 채 진행위원장의 특별석 앞에서 인사하고 우리 아래에 있는 바레라로 건너왔다. 페드로 로메로는 금박 무늬 무거운 어깨 망토를 벗어 울타리 넘어 칼 시중꾼에게 건넸다. 그는 칼 시중꾼에게 뭔가를 말했다. 우리 아래 가까이에서 우리는 로메로의 입술이 부풀어 오르고 양쪽 눈이 멍들어 있는 것을 봤다. 그의 얼굴도 멍들고 부었다. 칼 시중꾼이 어깨 망토를 받아 위쪽으로 브렛을 쳐다보고는 우리에게 건너와서 어깨 망토를 건넸다.

"그거 당신 앞에 펼쳐봐." 내가 말했다.

브렛이 몸을 앞으로 숙였다. 어깨 망토는 무거웠고 금장이 붙어 매끄러우면서 뻣뻣했다. 칼 시중꾼이 뒤 돌아보고 머리를 가로저으며 뭔가를 말했다. 내 옆의 어떤 남자가 브렛에게 몸을 기울였다.

"그는 당신이 그 걸 펼치는 걸 원하지 않아요." 그가 말했다. "그걸 접어서 무릎 위에 놓고 있어야 해요."

브렛이 그 무거운 어깨 망토를 접었다.

로메로는 우리를 올려다보지 않았다. 그는 벨몬테에게 말하고 있었다. 벨몬테는 자기의 공식적인 어깨 망토를 친구들에게 보냈다. 그는 그들을 건너다보며 입으로만 웃는 늑대 웃음을 지어보였다. 로메로는 바레라 너머로 몸을 내밀어 물 단지를 달라고 했다. 칼 시중꾼이 그걸 가져왔고 로메로는 자신의 투우 어깨망토의 무명천 위로 물을 부었고, 슬리퍼 신은 발로 망토의 아래쪽 주름을 모래에 짓이겼다.

"저건 왜 하는 거예요?" 브렛이 물어봤다.

"바람 불 때 날리지 않게 하려는 거지."

"저 친구 얼굴이 안 좋아 보이네." 빌이 말했다.

"몸이 아주 안 좋아요." 브렛이 말했다. "그이는 누워있어야 하는데."

 처음 나온 황소는 벨몬테 차지였다. 벨몬테는 아주 잘했다. 그러나 그가 3만 페세타를 받았고 사람들은 그를 보려고 표를 사기 위해 밤새 줄을 서 있었기 때문에 군중은 그가 아주 잘하는 것 이상을 요구했다. 벨몬테의 큰 매력은 황소에 바짝 붙어 경기하는 것이었다. 투우에서 사람들은 황소의 영역과 투우사의 영역에 대해 말한다. 투우사가 자기 영역 안에 있는 한 그는 비교적 안전하다. 황소의 영역에 들어갈 때마다 그는 커다란 위험에 처한다. 전성기 때 벨몬테는 늘 황소의 영역 안에서 시합했다. 이런 식으로 그는 관객들에게 비극이 다가오는 것을 인식하게 했다. 사람들은 벨몬테를 보기 위해, 비극적 인식을 받기 위해, 그리고 아마도 벨몬테의 죽음을 보기 위해 투우장으로 갔다. 15년 전에 사람들은 벨몬테를 보려면 그가 아직 살아 있을 때 빨리 보러가야 한다고 말했다. 그때 이후로도 그는 천 마리 이상의 황소를 더 죽였다. 그가 은퇴한 뒤에 그의 투우 시합이 어떠했는지에 대한 전설이 생겨났고 그가 은퇴했다 다시 돌아오자 사람들은 실망했는데, 왜냐하면 어떠한 실제의 사람도, 심지어는 물론 벨몬테 본인도, 벨몬테가 했으리라고 추측되는 것만큼 황소에 바짝 붙어 경기할 수 없기 때문이다.

 벨몬테는 또 조건을 내걸어 자기가 상대할 황소들이 너무 커선 안 되고 너무 위험한 뿔로 무장해서도 안 된다고 주장해서, 비극의 느낌을 주는 데 필요한 요소가 없어지고 말았다. 따라서 농양(膿瘍)을 앓고 있는 벨몬테에게서 그의 능력을 세 배나 원하는 대중들은 사기당하고 속았다고 느꼈고, 벨몬테의 턱은 경멸감으로 더 튀어

나왔고 얼굴은 노랗게 되었다. 고통이 증가할수록 그는 더 움직이기가 어려웠고 결국에는 군중이 적극적으로 그에게 적대적이 되어서 그는 완전히 경멸적이 되고 무관심해졌다. 그는 멋진 오후가 되기를 기대했는데 오히려 조롱과 고함치는 야유의 오후가 되고 말았다. 그리고 마지막에는 그가 가장 위대한 승리를 거두었던 광장에서 사람들이 그에게 방석과 빵과 채소 조각을 잇달아 집어던졌다. 그는 그저 턱을 더 앞으로 내밀 뿐이었다. 가끔 그는 몸을 돌려 특별히 모욕적인 뭔가를 들으면 이를 드러내고 턱을 길게 내민, 입술이 안 보이는 웃음을 웃었고 움직이기만 하면 생기는 고통이 항상 점점 더 강해지게 돼서 결국은 그의 노란색 얼굴은 양피지의 담황색으로 변했다. 두 번째 황소가 죽고 빵과 방석 세례가 끝난 후 그가 그 예의 늑대 턱 웃음과 경멸하는 눈으로 진행위원장에게 인사를 하고는 칼을 닦아서 케이스에 다시 넣으라며 바레라 너머로 칼을 건넸다. 그리고는 경기장을 통과해 칼레혼으로 들어와 머리를 팔에 묻은 채 아무것도 보지도 듣지도 않은 채 고통만을 겪으면서 우리들 아래의 바레라에 기대어 서 있었다. 마지막에 위를 올려다봤을 때 그는 물 한잔 달라고 했다. 그는 조금 들이켰고 입을 행궈 뱉어버리고는 어깨 망토를 집어 다시 투우장으로 들어갔다.

관중은 벨몬테에게 적대적이었기 때문에 로메로를 응원했다. 그가 바레라를 떠나 황소에게 다가가는 그 순간부터 그들은 갈채를 보냈다. 벨몬테도 로메로를 지켜보고 있었는데 보지 않는 것처럼 하면서 항상 지켜봤다. 그는 마르시알에게는 주의를 기울이지 않았다. 마르시알은 그에게 수가 다 읽힌 그런 부류의 사람이었다. 벨몬테는 은퇴했었다가 마르시알과 겨루기 위해 나왔는데 그건 돈벌이가 될 줄 미리 알았기 때문이었다. 그는 마르시알, 그리고 다른 쇠퇴기의 유명 투우사들과의 경쟁을 예상하고 있었고, 시합에 임하는 자신의 성실성이 쇠퇴기 투우사들의 거짓 미학에 의해 너무나 돋보여져서 자기는 그저 투우장 안에만 있으면 된다고 생각했다. 그런데 로메로가 그의 복귀를 망쳐 났다. 로메로는 벨몬테 그가 이제 가끔밖에는 보여줄 수 없는 것을 항상 부드럽고 침착하고 아름답게 행했다. 관중도 그것을 느꼈고 심지어는 비아리츠에서 온 사람들, 그리고 미국 대사도 결국에는 그것을 알게 되었다. 이건 벨몬테가 참여하려는 그런 경쟁이 아니었는데 왜냐하면 이 경쟁은 뿔에 찔리는 중상이나 죽음으로 이끌 뿐이기 때문이었다. 벨몬테는 더 이상 충분히 잘하지 못했다. 그는 이제 투우장에서의 가장 위대한 순간들을 더 이상 가질 수 없게 되었다. 그는 위대한 순간이라는 게 있기는 한 건지 확신할 수 없었다. 모든 게 예전 같지 않고 이제 인생은 한 번씩 번쩍하고 올 뿐이다. 그가 과거에 황소들과 치렀던 위대함의 순간이 번쩍이는 때도 있었지만 가치 있지는 않았다. 왜냐하면 그가 자동차에서 내려 울타리에 기댄 채 황소 기르는 자기 친구의 목장에 있는 소떼를 둘러보며 안전한 황소를 고를 때 그는 미리 그 번쩍이는 순간의 가치를 깎아먹은 것이다. 그래서 그는 뿔이 길지 않은 작고 다루기 좋은 두 마리의 황소를 상대했고 예전의 위대함이 다시 오는 것을 느낄 때면, 그리고 자기에게 늘 따라다니는 고통을 통해 그 위대함의 일부만을 느낄 때면, 그 위대함은 미리 할인되어 팔린 것이어서 그는 씁

쓸해 했다. 그것은 위대함이었지만 그 위대함이 이제 그에게 투우를 멋진 것으로 만들어 주지는 않았다.

페드로 로메로에게는 위대함이 있었다. 그는 투우를 사랑했고 내 생각엔 황소를 사랑하고 브렛도 사랑했다. 그날 오후 내내 그는 자기가 투우장을 장악하여 보이는 온갖 묘기를 그녀 앞에서 선보였다. 그는 한 번도 관람석을 쳐다보지 않았다. 그는 그렇게 함으로써 더 강해질 수 있었고 그녀를 위해서뿐만 아니라 자신을 위해서 시합에 임했다. 그가 관람석을 보며 경기가 맘에 들었냐고 물어보지 않았기 때문에 그는 내심 이 모든 일을 자신을 위해 했고 이것이 그에게 힘을 줬지만 사실 그는 그녀를 위해서 한 것이기도 하다. 그러나 그는 자신에게 손실이 갈 정도로 그녀를 위해 하지는 않았다. 그는 오후 동안 내내 그렇게 해서 득을 봤다.

그가 '키테'[189]를 처음으로 한 것은 우리가 앉아 있는 바로 아래에서였다. 황소가 피카도르를 매번 공격하고 난 뒤에 세 명의 마타도르가 교대로 황소를 상대했다. 마르시알은 두 번째였다. 그 다음이 로메로 차례였다. 이들 세 명은 말의 왼쪽에 서 있었다. 피카도르는 모자를 푹 내려쓰고 황소를 향해 예리한 각도로 창대를 겨누고 말에 박차를 찔러 넣은 채로 왼손에 고삐를 잡고 말을 황소 쪽으로 걸어가게 했다. 황소는 지켜보고 있었다. 겉보기에 황소는 흰

---

[189] quite. 스페인 어로 '주위를 딴 데 팔게 하는 동작'이라는 의미인데 여기서는 황소에게 공격당하는 투우사를 구하기 위해 다른 투우사가 들어가 황소를 상대하는 것을 의미한다.

말을 보고 있었지만 실제로는 삼각모양 쇠로 된 창끝을 보고 있었다. 로메로는 지켜보다가 황소가 머리를 돌리기 시작하는 것을 봤다. 황소는 공격하려고 하지 않았다. 로메로는 어깨 망토를 흔들어 색깔이 황소의 눈에 띄게 했다. 황소는 반사적으로 공격했고, 공격하면서 색깔의 번득임을 발견한 게 아니라 흰말을 발견했다. 피카도르가 말에서 몸을 많이 구부려 긴 히코리 나무 창대의 금속 창끝을 황소 어깨의 튀어나온 근육에 찔렀고 말을 옆쪽으로 당겨서 창을 잡고 회전하며 소에 상처를 내고 쇠가 황소의 어깨에 들어가 피를 흘리게 해서 벨몬테에게 기회를 주려고 했다.

황소는 창을 당해 내지 못했다. 황소는 정말로 말을 공격하려던 건 아니었다. 황소가 몸을 돌리자 마타도르들은 흩어졌고 로메로가 어깨 망토로 황소를 나오게 했다. 그는 조용하고 부드럽게 황소를 경기장으로 나오게 했고 그리고는 멈춰서 정면으로 서서 황소에게 어깨 망토를 내밀었다. 황소는 꼬리를 위로 쳐들더니 공격했고 로메로는 황소 앞에서 팔을 움직였고 발을 굳게 디디고 황소 주위를 선회했다. 축축해지고 진흙에 무거워진 어깨 망토는 바람 받은 돛처럼 열려 활짝 펴졌고 로메로는 황소의 바로 앞에서 어깨 망토를 하고 맴돌았다. 1회전이 끝나갈 무렵 그들은 다시 대면하게 되었다. 로메로는 웃었다. 황소도 그것을 다시 원했고 로메로의 어깨 망토가 다시 펼쳐졌는데 이번에는 다른 쪽이었다. 매번 그는 황소가 너무나 가까이 지나가게 해서 사람과 황소와, 황소 앞에서 펴져서 맴도는 어깨 망토가 하나로 어우러져 또렷한 윤곽의 한 덩어리가 되었다. 이 모든 동작이 너무나 느릿느릿하고 제어되어 있었다. 마치 그가 황소를 흔들어서 재우는 것 같았다. 그는 이런 식으로 네 번의 베로니카[190]를 했고 등을 돌려 소에 대는 반(半)베로니카로 끝냈고 손은 엉덩이에 댄 채, 어깨 망토는 팔에 올린 채, 그리고 황소가 그의 등이 멀어지는 것을 바라보는 가운데 관중의 박수갈채를 향해 나아갔다.

자기가 직접 상대하는 황소들에 대해 그는 완벽했다. 첫 번째 황소는 앞을 잘 보지 못했다. 어깨 망토로 두 번 지나치고 나자 로메로는 황소의 시력이 얼마나 지독하게 손상되어 있는 가를 정확하게 알았다. 그는 거기에 맞게 경기했다. 그건 눈부시게 멋진 투우는 아니었다. 그저 완벽한 투우였다. 관중은 소를 바꾸라고 했다. 그들이 큰 소란을 피웠다. 가짜 미끼를 보지 못하는 황소와는 아주 멋진 기술이 나올 수 없었지만 진행위원장은 소를 바꾸라는 지시를 내리려 하지 않았다.

"왜 그들은 소를 바꾸지 않나요?" 브렛이 물어봤다.

"사람들이 소 값을 이미 치렀거든. 사람들은 자기들이 낸 돈을 잃고 싶지 않은 거지."

"그건 로메로에게는 정당하지 않아요."

"색깔을 보지 못하는 황소를 그가 어떻게 다루나 지켜보라고."

"그런 건 내가 보고 싶어 하는 게 아니에요."

시합을 하고 있는 사람에 대해 우리가 조금이라도 신경을 쓰면 투우 구경은 즐겁지 않다. 어깨 망토의 색깔이나 물레타의 심

---

190) veronica. 정지한 채 어깨 망토를 천천히 흔들어 소를 다루는 재주.

홍색 플라넬 천을 못 보는 황소에 대해 로메로는 황소가 그의 몸 움직임을 따라가게 만들어야만 했다. 그는 황소가 그의 몸을 볼 수 있게 아주 가까이 다가가서 공격을 시작하게 만들어야 했고, 그리고는 황소의 공격을 어깨 망토 쪽으로 옮겨지게 하고는 고전적인 방식으로 스쳐지나가게 끝내야 했다. 비아리츠에서 온 관광객들은 그걸 좋아하지 않았다. 그들은 로메로가 두려워한다고 생각했고 따라서 그가 황소의 공격을 자신의 몸에서 플라넬 천 쪽으로 옮겨가게 할 때마다 조금씩 옆걸음을 치는 것이 그 때문이라고 생각했다. 그들은 벨몬테가 자기 자신을 흉내 내거나 혹은 마르시알이 벨몬테를 흉내 내는 것을 좋아했다. 우리들 뒤에 이 세 사람이 일렬로 서 있었다.

"그이가 뭣 때문에 소를 두려워하겠어요? 황소는 너무 미련해서 그냥 붉은 천을 공격할 뿐이에요."

"그 친구는 그저 어린 투우사일 뿐이야. 아직 다 배우지도 못했다고."

"하지만 난 그 사람이 어깨 망토 기술에 능하다고 전에 생각했어요."

"지금은 그 친구 아마 불안할 걸."

투우장 한복판에서 완전히 홀로 로메로는 같은 동작을 반복하고 있었는데 너무나 가까이 다가가서 황소가 그를 똑똑히 볼 수 있을 정도였고, 그는 자기 몸을 제공하며, 좀 더 가까워지며 다시 자기 몸을 제공했지만 황소는 이를 멍하게 지켜볼 따름이었다. 그러다 너무 가까이 가자 황소가 그를 공격하려고 할 때 그는 다시금 자기 몸을 제공하며 결국은 소의 공격을 이끌어냈고, 그리고 뿔이 막 찌르기 전에 아주 조금, 거의 인지할 수 없을 정도로 몸을 비틀면서 소에게 붉은 천을 내밀었는데 이것이 비아리츠에서 온 투우 전문가들의 비판적 판단에 거슬렸다.

"이제 그가 소를 죽일 거야." 내가 브렛에게 말했다. "황소는 여전히 강해. 그놈은 자기를 지치게 만들지는 않을 거야."

투우장 한복판에서 로메로는 황소 정면에서 옆으로 돌아 물레타의 접힌 부분에서 칼을 꺼냈고 발끝으로 디디고 일어나 칼날을 따라 겨냥했다. 로메로가 공격하자 황소도 공격했다. 로메로의 왼손이 물레타를 소의 주둥이에 내려뜨려 소가 앞을 못 보게 만들었고 칼을 소의 몸에 찔러 넣으면서 그의 왼쪽 어깨는 두 뿔 사이로 더 들어갔고 순식간에 그의 몸이 소와 하나가 되었다. 로메로는 황소 위쪽으로 거리를 유지한 채 칼자루가 소의 어깨 사이로 들어간 곳으로 오른팔을 높이 뻗쳤다. 그리고는 그 형체가 무너졌다. 로메로가 빠져나올 때 약간의 흔들림이 있었고, 그러고 나서 그는 한 손을 든 채 소를 마주 하고 서 있었다. 셔츠는 소매 아래에서부터 찢겨져 나가 바람에 하얗게 나부끼고, 황소는 붉은 칼자루가 어깨 사이에 꽉 찔려 있고 머리는 아래로 숙여지고 다리는 가라앉고 있었다.

"소가 가려나 봐." 빌이 말했다.

로메로는 아주 가까이 있어서 소가 그를 볼 수 있었다. 그의 손은 여전히 위로 들려져 있었고 그는 황소에게 말을 건넸다. 황소는 몸을 추스르고, 그리고는 머리를 앞으로 내밀더니 천천히 쓰러지고, 그러다가는 한꺼번에, 갑자기, 네 다리를 허공으로 향했다.

그들이 로메로에게 칼을 건넸고, 칼날을 아래로 향하게 들고, 물레타는 다른 손에 든 채 그는 진행위원장의 특별석 앞으로 걸어가서 인사를 하고 몸을 똑바로 편 다음에 바레라로 와서 칼과 물레타를 건넸다.

"나쁜 소군요." 칼 시중꾼이 말했다.

"진땀이 났소." 로메로가 말했다. 그는 얼굴의 땀을 닦아냈다. 칼 시중꾼이 그에게 물동이를 건넸다. 로메로는 입술을 닦았다. 물동이에 입을 대고 마시니 아팠다. 그는 우리 쪽을 올려다보지 않았다.

마르시알은 오늘 대단한 실력을 보였다. 로메로의 마지막 황소가 안으로 들어올 때에도 사람들은 여전히 그에게 박수갈채를 보내고 있었다. 이 황소는 아침의 질주 때 갑자기 튀어나가 남자를 죽인 놈이었다.

로메로가 첫 번째 황소를 상대할 때 그의 다친 얼굴은 상당히 눈에 띄었다. 그가 어떤 동작을 해도 상처가 보였다. 앞을 잘 못 보는 황소와의 거북할 정도로 섬세한 대결에서 잔뜩 집중했던 게 이렇게 만들었다. 콘과의 싸움은 그의 정신에 영향을 주지는 않았지만 얼굴은 가격 당했고 몸은 아팠다. 그는 그 모든 상처를 지금 닦고 있었다. 그가 황소와 벌인 대결의 동작 하나 하나가 이 상처를 조금씩 깨끗하게 닦아줬다. 그건 훌륭한 소였다. 큰 놈이고 뿔이 있고, 힘 안들이고 확실하게 방향을 틀고 재공격했다. 이 소는 로메로가 황소들에게서 원하는 바로 그런 놈이었다.

그가 물레타로 하는 동작을 마치고 소를 죽일 준비가 되었을 때 관중은 그가 시합을 계속하게끔 만들었다. 그들은 아직 소가 죽는 것을 원하지 않았고 경기가 끝나는 것도 원하지 않았다. 로메로는 계속했다. 그건 마치 투우에 있어서 하나의 코스 같았다. 모든 동작을 하나로 연결하여 완결시켰고, 모든 것을 느리게, 성스럽게 하고 부드럽게 했다. 속임수는 없었고 석연치 않은 것도 없었다. 격식 없이 하지도 않았다. 그리고 각각의 동작이 절정을 향해 갈 때 우리들 안에 갑작스런 통증을 느끼게 했다. 관중은 시합이 끝나기를 결코 원하지 않았다.

황소는 죽임을 당하기 전에 네 발로 버티고 있었고 로메로는 우리 있는 곳 바로 아래에서 소를 죽였다. 그는 바로 전 소를 죽일 때처럼 마지못해 하지 않고 자기가 원하는 식으로 죽였다. 그는 소의 바로 앞에서 몸을 옆으로 하고 물레타의 주름에서 칼을 꺼내 칼날을 따라 겨냥했다. 황소는 그를 지켜봤다. 로메로는 황소에게 말을 걸었고 소의 다리 한쪽을 툭 쳤다. 황소가 돌진했고 로메로는 물레타를 낮게 잡고 칼날을 따라 겨냥하면서 다리는 굳게 버틴 채 공격을 기다렸다. 그리고는 한 발자국도 앞으로 나가지 않은 채 황소와 하나가 되어 칼은 소의 어깨 사이로 높이 쳐들어지고 소는 낮게 흔드는 플라넬 천을 따라 움직이는데 이 천은 로메로가 완전히 왼쪽으로 몸을 기울일 때 사라졌고, 그리고는 모든 것이 끝났다. 황소는 앞으로 나아가려고 하지만 다리는 가라앉기 시작하고 이쪽에서 저쪽으로 비틀거리다가 멈칫멈칫하더니 무릎을 꿇고 로메로의 형이 뒤에서 몸을 숙여 뿔 아래의 황소 목에 짧은 칼을 찔러 넣었다. 첫 번은 빗나갔다. 그가 다시 칼을 찔러 넣자 황소가 넘어갔고 경련하더니 뻣뻣해졌다. 로메로의 형은 한 손에 소의 뿔을 잡고 다른 손엔 칼을 쥔 채 진행위원장의 특별석을 올려다봤다. 투우장에서 사람들이 온통 손수건을 흔들어댔다. 위원장은 특별석에서 내려다보다가 자기 손수건을 흔들었다. 형은 죽은 황소에서 눈금 있는 검은 귀를 잘라내어 들고는 로메로에게 달려갔다. 황소는 육중하고 시커멓게 모래 위에 혀를 드러낸 채 누워있었다. 경기장 곳곳에서 남자애들이 황소 쪽으로 달려 나와서 주위를 작게 에워쌌다. 이들은 황소를 맴돌며 춤을 추기 시작했다.

로메로는 형으로부터 귀를 받아 진행위원장 쪽으로 들어올렸다. 위원장이 고개를 숙여 인사하자 로메로는 관중보다 앞서가려고 뛰어와 우리 쪽으로 왔다. 그는 바레라 위로 몸을 기대고는 브렛에게 귀를 줬다. 그는 머리를 끄덕이며 웃었다. 군중이 그를 에워 쌓다. 브렛은 어깨 망토를 내려 잡고 있었다.

"맘에 들었어요?" 로메로가 소리쳤다.

브렛은 아무 말도 하지 않았다. 그들은 서로를 쳐다보고 웃었다. 브렛은 귀를 손에 쥐었다.

"손이 피투성이 되겠어요." 로메로가 말하며 씩 웃었다. 군중은 그를 기다렸다. 남자애들 몇이 브렛에게 소리 질렀다. 관중은 소년들, 춤꾼들 그리고 술주정꾼들이었다. 로메로는 몸을 돌려 관중 속을 지나가려고 했다. 관중은 다들 그의 주위에 둘러서서 그를 들어 올려 자기들 어깨에 올리려고 했다. 그는 몸부림쳤고 몸을 비틀어 빠져나와 관중 한복판에서 출구를 향하여 뛰기 시작했다. 그는 사람들 어깨에 실려 가고 싶지는 않았다. 그러나 관중은 그를 붙잡아 들어올렸다. 그건 불편한 일이었는데 다리는 벌려졌고 몸이 몹시 아팠다. 그들은 그를 들어 올려 모두들 문을 향해 뛰어갔다. 그는 누군가의 어깨 위에 손을 얹고 있었다. 그는 둘러보더니 미안하다는 듯이 우리를 쳐다봤다. 관중은 그를 어깨에 올린 채 문밖으로 뛰어 나갔다.

우리 셋은 다 호텔로 돌아갔다. 브렛은 위층으로 올라갔다. 빌과 나는 아래층 식당에 앉아 계란 완숙 몇 개를 먹었고 맥주 몇 병을 마셨다. 벨몬테가 자기 매니저와 두 남자와 함께 평상복을 입고 내려왔다. 그들은 옆 테이블에 앉아 먹었다. 벨몬테는 아주 조금 먹었다. 그들은 7시 기차로 바르셀로나로 떠나기로 되어 있었다. 벨몬테는 푸른 줄무늬 셔츠와 짙은 양복을 입고 있었고 반숙 계란을 먹었다. 다른 사람들은 푸짐하게 먹었다. 벨몬테는 말을 하지 않았다. 그는 그저 묻는 말에만 답했다.

빌은 투우 경기 후에 피곤했다. 그건 나도 마찬가지였다. 우리는 둘 다 투우경기를 아주 심각하게 받아들였다. 우리는 앉아서 계란을 먹었고 나는 벨몬테와 일행이 테이블에 앉아 있는 것을 봤다. 그와 함께 있는 남자들은 거칠게 생겼고 사무적이었다.

"카페로 가세나." 빌이 말했다. "나는 압생트 술 마시고 싶어."

오늘은 축제의 마지막 날이었다. 밖에는 다시 구름이 끼기 시작했다. 광장은 사람들로 가득 찼고 불꽃놀이 전문가가 그날 밤을 위해 자기들의 전매특허인 특수 꽃불을 만들어 너도밤나무 가지로 덮고 있었다. 남자애들이 지켜보고 있었다. 우리는 긴 대나무

대가 달린 불꽃들의 거치대를 지나갔다. 카페 밖에는 군중이 많이 모였다. 음악과 춤이 계속되고 있었다. 거인과 난장이들이 지나가고 있었다.

"에드나는 어디 있지?" 내가 빌에게 물었다.

"모르겠어."

우리는 축제의 마지막 밤이 시작되는 것을 지켜보았다. 압생트 술이 모든 것을 더 좋아보이게 만들었다. 나는 설탕 없이 드립핑 글라스에 마셨고 기분 좋게 씁쓸한 맛이었다.[191]

"콘에 대해서는 유감이네." 빌이 말했다. "못 볼꼴을 당했잖아."

"아, 그놈의 콘 지옥이나 가라 그래." 내가 말했다.

"그 친구 어디로 갔을까?"

"파리에 갔겠지."

"그 친구 어떻게 할 것 같은가?"

"아, 지옥이나 가라 해."

"그가 어떻게 할 것 같으냐고?"

"예전에 알던 여자나 다시 만나겠지, 아마."

"예전에 알던 여자가 누구였나?"

"프랜시스인가 뭔가 하는 여자야."

우리는 압생트를 한 잔씩 더 했다.

"자넨 언제 돌아가나?" 내가 물었다.

---

191) 압생트는 도수가 높고 맛이 써서 각설탕을 수저 위에 올려 술이 든 잔 위에 놓은 뒤 그 위에 얼음물을 흘려 타먹는 경우가 많다.

"내일."

좀 있다가 빌이 말했다. "그런데, 정말 굉장한 축제였어."

"그래." 내가 말했다. "뭔가가 항상 일어나고 있었지."

"믿기 어려운 일이지. 마치 놀라운 악몽 같은 거지."

"정말 그래." 내가 말했다. "난 뭐든 다 믿겠어. 악몽을 포함해서."

"무슨 일 있어? 기분이 안 좋아?"

"무지하게 안 좋아."

"압생트 한 잔 더 마셔. 여기, 웨이터. 이 신사분께 압생트 한 잔 더."

"나 비참한 기분이야." 내가 말했다.

"그거 마셔." 빌이 말했다. "천천히 마셔."

날이 어두워지기 시작했다. 축제는 계속 되고 있었다. 취기는 돌기 시작했지만 기분은 조금도 나아지지 않았다.

"좀 어때?"

"비참해."

"한잔 더 할래?"

"그래봐야 별 도움 안 될 거야."

"마셔 봐. 알 수 없잖아? 아마도 이번 것 마시면 좋아질 거야. 이봐, 웨이터. 이 신사분께 압생트 한 잔 더."

나는 물이 잔에 똑똑 떨어지게 하는 대신 술에 바로 부어 휘저었다. 빌은 얼음 덩어리 하나를 집어넣었다. 갈색을 띤 뿌연 혼합물 속에 수저로 얼음을 이리저리 휘저었다.

"이번 건 어때?"

"좋아."

"그런 식으로 빨리 마시지는 마. 병 나."

난 잔을 내려놓았다. 난 빨리 마실 생각은 없었다.

"나 취한 느낌이야."

"자네 취해야만 해."

"그게 자네가 원하는 거였지, 그렇지?"

"물론이지. 취하라고. 자네의 그 망할 우울을 극복하라고."

"좋아. 난 취했어. 그게 자네가 원하는 거지?"

"앉게."

"난 안 앉을 거야." 내가 말했다. "호텔로 가겠어."

난 많이 취했다. 난 지금껏 기억하는 어느 때보다도 취했다. 호텔에서 나는 위층으로 올라갔다. 브렛 방의 문이 열려 있었다. 나는 방 안으로 머리를 들이밀었다. 마이크가 침대에 앉아 있었다. 그는 술병을 흔들었다.

"제이크." 그가 말했다. "들어와, 제이크."

나는 방 안으로 들어가 앉았다. 방은 내가 어떤 고정된 지점을 보고 있지 않으면 휘청거렸다.

"거 브렛말이야. 그 여자가 투우사 놈하고 꺼졌어."

"그럴 리가."

"맞아. 그 여자는 작별 인사를 하려고 자네를 찾았어. 그들은 7시 기차로 떠났어."

"그들이 그랬다고?"

"그렇게 하면 안 되는 거지." 마이크가 말했다. "그 여자 그러면 안 되는 거지."

"안 되지."

"한잔하겠어? 내가 맥주 몇 병 가져오라고 벨을 누를 테니 기다려."

"난 취했어." 내가 말했다. "난 들어가 누울래."

"자네 곤드레만드레 취했나? 나도 그런데."

"그래." 내가 말했다. "난 곤드레만드레 취했어."

"자, 눈이 감긴다." 마이크가 말했다. "가서 좀 자, 이 친구 제이크."

나는 문밖으로 나와 내 방으로 가서 침대에 누웠다. 침대는 돛단배가 물 위로 떠나는 듯했고 침대에 앉아 그걸 멈추게 하려고 벽을 쳐다봤다. 밖의 광장에서는 축제가 계속되고 있었다. 그건 아무 의미도 없었다. 나중에 빌과 마이크가 나를 아래로 데려가 같이 식사하러 가려고 안으로 들어왔다. 나는 잠든 척했다.

"잠들었네. 그냥 내버려두는 게 낫겠어."

"저 친구 진드기처럼 곤드레만드레구만." 마이크가 말했다. 그들은 밖으로 나갔다.

난 일어나 발코니로 가서 광장에서 춤추는 사람들을 봤다. 이제 세상이 더 이상 빙빙 돌지 않았다. 세상은 아주 또렷하고 밝고 가장자리만 부옇게 보였다. 나는 씻고 머리를 빗었다. 거울 속의 나는 내 자신에게도 낯설었고, 난 아래층으로 내려가 식당으로 갔다.

"여기 저 친구 오네." 빌이 말했다. "이 사람 제이크! 난 자네가 뻗지 않을 거라는 걸 알았어."

"이봐, 이 정겨운 술꾼." 마이크가 말했다.

"난 배가 고파서 깼어."

"수프 좀 들어." 빌이 말했다.

우리 셋은 테이블에 앉았고 마치 여섯 명쯤이 빈 느낌이었다.

제3부

제19장

아침이 되자 모든 것이 끝났다. 축제는 끝났다. 난 아홉시쯤 일어나 목욕을 하고 옷을 입고 아래층으로 내려갔다. 광장은 텅 비었고 거리에는 아무도 없었다. 아이들 몇 명이 광장에서 폭죽 막대기를 줍고 있었다. 카페들이 이제 막 열고 웨이터들이 안락한 하얀 등나무 의자를 밖으로 내가서 회랑 그늘 아래 대리석판을 씌운 테이블 주위에 늘어놓고 있었다. 사람들은 거리를 쓸고 호스로 물을 뿌리고 있었다.

나는 등나무 의자에 앉아 편안하게 뒤로 기댔다. 웨이터가 느릿느릿 왔다. 황소들의 하차를 알렸던 하얀 종이에 쓴 공지문과 특별기차의 거창한 시간표가 회랑 기둥에 여전히 높이 붙어 있었다. 푸른색 앞치마를 두른 웨이터가 물이 든 양동이와 행주를 갖고 와서 공지문들을 잡아 뜯기 시작했는데 종이를 길고 가늘게 잡아당겨서 물로 닦고 돌에 들러붙은 종이를 문질러 없앴다. 축제는 끝났다.

나는 커피를 마셨고 잠시 후에 빌이 건너왔다. 나는 그가 광장을 가로질러 걸어오는 것을 지켜봤다. 그는 테이블에 앉자 커피를 주문했다.

"그래." 그가 말했다. "다 끝났네."

"응." 내가 말했다. "자넨 언제 가나?"

"나도 모르겠어. 자동차로 가는 게 낫겠지. 자넨 파리로 돌아가지 않나?"

"아니. 난 한 주 더 머무를 수 있어. 산 세바스티안으로 갈까 생각 중이야."

"난 돌아가고 싶어."

"마이크는 어떻게 한데?"

"그 친구는 생 장 드 뤼즈[192]로 갈 거야."

"우리 차 한 대 빌려서 바욘까지 같이 가 보세. 자넨 거기서 오늘 밤 기차를 탈 수 있을 거야."

"좋아. 점심 먹고 출발하세."

"좋았어. 내가 차를 구해올게."

우리는 점심을 먹고 계산을 했다. 몬토야는 우리 근처에 오지 않았다. 하녀가 계산서를 가져왔다. 차는 밖에 있었다. 운전사는 가방을 차 위에 쌓아서 묶고 또 자기 옆 앞자리에도 올려놓았고 우리는 차에 탔다. 차는 광장을 빠져나가 골목을 통과해 나무들 밑으로 지나 언덕을 내려갔고, 그리고 팜플로나로부터 멀어져 갔다. 아주 오래 타고 간 것 같지는 않았다. 마이크가 훈다도르 술병을 하나 갖고 있었다. 난 몇 잔만 마셨다. 우리는 산맥을 넘어 스

---

192) Saint Jean de Luz. 스페인 국경에 인접한 프랑스 바스크 지방의 해변 도시.

페인에서 벗어나 하얀 길을 내려갔고 잎이 아주 무성하고 축축하고 초록색인 바스크의 시골을 통과해 드디어 바욘에 들어갔다. 우리는 빌의 가방을 역에 내려놓았고 그는 파리로 가는 표를 샀다. 그의 기차는 7시 10분에 떠난다. 우리는 역에서 나왔다. 차가 역 앞에 서 있었다.

"이 차는 어떻게 해야지?" 빌이 물었다.

"아, 그 차가 골칫거리구만." 마이크가 말했다. "그냥 우리가 타고 다니지."

"좋아." 빌이 말했다. "우리 어디로 갈까?"

"비아리츠에 가서 한잔하세."

"돈 잘 쓰는 우리 마이크." 빌이 말했다.

우리는 차를 타고 비아리츠로 가서 리츠 호텔처럼 아주 멋진 어떤 곳에 차를 세워 놓았다. 우리는 바에 들어가 등 없는 높은 의자에 앉아 위스키에 소다수를 타서 마셨다.

"이번 술은 내가 내지." 마이크가 말했다.

"주사위 던져 정하지."

그래서 우리는 속이 깊은 가죽 주사위 컵에서 포커 주사위[193]를 굴렸다. 빌이 제일 높은 카드를 뽑아 빠져나갔다. 마이크는 나한테 져서 바텐더에게 100프랑짜리 지폐를 건넸다. 위스키는 한 병에 12프랑씩이었다. 우리는 한 번 더 주사위를 굴렸고 마이크

---

193) poker dice. 주사위 놀이의 일종. 에이스, 킹, 퀸, 잭, 그리고 10이 그려진 5개의 주사위를 굴려 더 높은 포커 카드가 나오는 주사위가 이긴다.

가 또 졌다. 매번 그는 바텐더에게 팁을 충분히 줬다. 바에서 좀 떨어져 있는 방에서는 훌륭한 재즈 밴드가 연주를 하고 있었다. 기분 좋은 바였다. 우리는 또 한잔씩 했다. 나는 첫 번 주사위 굴림에서 킹을 네 번 뽑았다. 빌과 마이크가 굴렸다. 마이크는 잭을 네 번 잡아 첫 굴림에서 이겼다. 빌은 두 번째를 이겼다. 마지막 주사위 굴림에서 마이크가 킹을 세 번 잡았는데 다시 안 굴리고 스테이 했다. 그는 주사위 컵을 빌에게 넘겼다. 빌이 주사위들을 덜거덕 소리 나게 흔들더니 굴렸고 킹 세 개와 에이스 하나, 그리고 퀸이 나왔다.

"이번엔 당신이 계산해야겠소, 마이크." 빌이 말했다. "이 친구 마이크, 도박꾼이시네."

"미안해요." 마이크가 말했다. "난 계산할 수 없는데."

"무슨 문제가 있나요?"

"난 돈이 없소." 마이크가 말했다. "난 빈털터리요. 20프랑밖에 없소. 여기, 20프랑 받아요."

빌의 안색이 달라졌다.

"난 몬토야에게 지불한 돈 그것밖에 없었소. 그거나마 있었으니 다행이지만."

"내가 당신 수표를 현금으로 바꿔줄게요." 빌이 말했다.

"당신 무지하게 친절한데 수표를 쓸 생각은 없소."

"돈을 어떻게 마련할 생각이요?"

"아, 얼마간 돈은 생길 거요. 두 주일치 수당이 올 거요. 생 장에서는 이런 술집에서도 외상 주는데."

"차는 어떻게 할 텐가?" 빌이 나한테 물었다. "계속 타고 다닐 텐가?"

"어떻게 하든 별 차이는 없어. 좀 바보 같긴 해."

"자, 한 잔 더 하세." 마이크가 말했다.

"좋아. 이번 거 내가 사지." 빌이 말했다. "브렛은 돈 좀 있소?" 그가 마이크에게 몸을 돌렸다.

"없을 거요. 내가 준 돈을 다 늙은 몬토야에게 지불했거든."

"그 여자 수중에 한 푼 없나?" 내가 물었다.

"없을 거야. 그 여자는 돈이라고는 가져 본 적이 없어. 그녀는 1년에 500퀴드[194]가 생기는데 그중 350을 유대인들에게 이자로 내지."

"그자들이 선이자를 떼는 모양이구만." 빌이 말했다.

"정말 그래. 그들은 진짜 유대인도 아닌데 그래. 우리는 그냥 그들을 유대인이라고 부르는 거지. 그 사람들은 실은 스코틀랜드 사람들이야, 내 생각엔."

"그 여자 한 푼도 없나?" 내가 물었다.

"거의 없을 거야. 떠나면서 가진 걸 다 날 줬거든."

"자," 빌이 말했다. "우리 한 잔씩 더하는 게 좋겠어."

"정말 좋은 생각이오." 마이크가 말했다. "돈 얘기 해 봤자 남는 거 아무것도 없다니까."

"맞소." 빌이 말했다. 빌과 나는 주사위 굴리기를 두 번 더 했다.

---

194) quid. 영국 통화인 파운드를 가리킨다.

빌이 졌고 술값을 냈다. 우리는 나가서 차로 갔다.

"어디 가고 싶은 데 있소, 마이크?" 빌이 물었다.

"우리 드라이브 하죠. 그게 내 신용에 도움이 될 거요. 조금만 드라이브 합시다."

"좋아요. 나는 해변을 보고 싶소. 앙데 쪽으로 드라이브 갑시다."

"해변에선 외상 그을 데가 한 군데도 없는데."

"가봐야 알지." 빌이 말했다.

우리는 해변도로를 따라 드라이브 나갔다. 삐죽 나온 육지는 푸르렀고 빨간 지붕의 하얀 별장들, 드문드문 있는 숲, 그리고 조수가 빠져나가 물이 백사장을 따라 저 멀리에서 굽이치는 아주 파란 바다가 있었다. 우리는 생 장 드 뤼즈를 통과해 차를 몰았고 해변 저 아래의 마을들을 지나 갔다. 우리가 통과해 가고 있는 오르락내리락하는 시골 뒤쪽으로 우리는 팜플로나에서 올 때 건너온 산들을 봤다. 길은 계속 앞으로 나아가고 있었다. 빌은 시계를 봤다. 돌아갈 시간이었다. 그는 유리창에 노크를 했고 운전사에게 차를 돌리라고 말했다. 운전사는 차를 돌리기 위해 풀밭으로 후진했다. 우리들 뒤에는 숲이, 아래로는 풀밭이 죽 뻗어 있는 곳이, 그리고는 바다가 있었다.

마이크가 생 장에서 머물려는 호텔에서 우리는 차를 세웠고 그는 내렸다. 운전사가 그의 짐을 안에 들여다 줬다. 마이크가 차 옆에 섰다.

"잘 가요, 친구들." 마이크가 말했다. "정말 멋진 축제였소."

"잘 있어요, 마이크." 빌이 말했다.

"또 보세." 내가 말했다.

"돈에 대해서는 걱정하지 말게." 마이크가 말했다. "차 빌린 값을 제이크, 자네가 내면 내 몫을 부쳐줄게."

"잘 있어, 마이크."

"잘 가, 친구들. 당신들 정말 좋은 사람들이요."

우리는 서로서로 악수했다. 우리는 차에서 마이크에게 손을 흔들었다. 그는 우리를 지켜보며 길에 서 있었다. 우리는 기차가 출발하기 직전에 바욘에 도착했다. 짐꾼이 수하물 칸에서 빌의 짐 가방들을 가져왔다. 나는 기차선로의 안쪽 게이트에 가장 가까이 갔다.

"잘 있게, 친구." 빌이 말했다.

"잘 가, 꼬마."

"멋졌어. 난 멋진 시간을 보냈어."

"자네 파리에 있을 건가?"

"아니, 난 17일에 배타고 떠나네. 잘 있어, 친구."

"잘 가, 우리 꼬마."

그는 들어가서 게이트를 통과해 기차로 갔다. 짐꾼이 짐 가방을 들고 앞장 서 갔다. 난 기차가 역을 떠나는 것을 지켜봤다. 빌은 창가에 앉아 있었다. 창문이 지나가고 기차도 지나가고, 철길은 텅 비었다. 나는 밖으로 나가 차에 갔다.

"얼마 주면 되요?" 난 운전사에게 물어봤다. 바욘까지의 요금은 150페세타로 정해져 있었다.

"200페세타요."

"돌아가는 길에 나를 산 세바스티안까지 태워다 주면 얼마 더 주면 되요?"

"50페세타요."

"농담하지 말고요."

"35페세타요."

"그 정도까지 안 나와요." 내가 말했다. "날 파니에 플레리 호텔까지 태워다 주시요."

호텔에서 나는 운전사에게 돈을 지불하고 팁을 줬다. 차는 먼지를 뒤집어쓰고 있었다. 나는 낚싯대 케이스의 먼지를 닦았다. 그것이 나를 스페인과 축제에 연결시켜 주는 마지막 물건처럼 보였다. 운전사는 차에 기어를 넣고 길을 내려갔다. 난 차가 스페인으로 가는 길에 접어드는 것을 지켜봤다. 나는 호텔로 들어갔고 방을 하나 얻었다. 그 방은 빌과 콘과 내가 바욘에 있었을 때 잤던 바로 그 방이었다. 그건 아주 오래전 일처럼 보였다. 난 몸을 씻고 셔츠를 갈아입고 시내로 나갔다.

신문 가판대에서 나는 뉴욕 〈헤럴드〉 한 부를 샀고 카페에 앉아 읽었다. 프랑스에 다시 와 있다는 게 낯설게 느껴졌다. 안전하고, 교외에 있는 그런 느낌이었다. 파리에 가면 또 다시 축제에 빠지게 되는데, 그렇지만 않는다면 난 빌과 같이 파리에 가고 싶었다. 난 잠시 동안이라도 축제에서 떠나있고 싶었다. 산 세바스티안은 조용할 것이다. 거기서는 8월까지는 축제시즌이 시작되지 않는다. 난 좋은 호텔방을 얻어 책도 읽고 수영도 할 수 있다. 거기에는 훌륭한 백사장이 있다. 백사장 위쪽으로는 산책로를 따라 멋진 나무들이 심어져 있고 시즌이 시작되기 전에 유모를 대동한 아이들이 많았다. 저녁에는 카페 마리나스 건너 나무 아래에서 악단의 콘서트가 열릴 것이다. 난 마리나스에 앉아 음악을 들을 수 있을 것이다.

"카페 안 식당 괜찮아요?" 내가 웨이터에게 물었다. 카페의 안쪽에는 레스토랑이 있었다.

"좋지요. 아주 좋아요. 사람들은 아주 잘 먹습니다."

"좋아요."

난 안으로 들어가 저녁을 먹었다. 프랑스 식사로는 꽤 많은 양이었지만 스페인 식으로 아주 세심하게 음식 비율을 맞춘 것 같았다. 난 와인 한 병을 반주로 마셨다. 샤토 마고[195]였다. 천천히 마시면서 와인의 맛을 음미했다. 그리고 혼자 마시는 건 기분 좋은 일이었다. 와인 한 병은 반주로는 그만이었다. 나중에는 커피를 마셨다. 웨이터는 이자라라고 불리는 바스크 지방의 리큐어[196]를 추천했다. 그는 이 술병을 가져와서 리큐어 잔에 가득 따랐다. 그는 이자라가 피레네 산맥의 꽃으로 만들어진다고 말했다. 피레네 산맥의 진짜 꽃들로. 이 술은 마치 머릿기름처럼 생겼고 이태리의 **스트레가**[197] 같은 맛이었다. 난 그에게 피레네의 꽃들은 치우고 **묵**

---

195) Château Margaux. 프랑스산 고급 와인.

196) liqueur. 달고 향기 있는 독주.

197) strega. 이탈리아산 리큐어.

은 마르크[198]를 한 잔 가져오라고 했다. 마르크는 좋았다. 난 커피를 마신 뒤에 **마르크**를 한 잔 더 했다.

웨이터가 피레네의 꽃 얘기에 조금 기분이 상한 듯해서 팁을 많이 줬다. 그는 기분이 좋아졌다. 사람들을 그렇게 쉽게 기분 좋게 만들 수 있는 나라에 있으면 마음이 편안해진다. 스페인 웨이터가 우리를 고맙게 생각하는지는 알 길이 없다. 프랑스에서는 모든 것이 그렇게 명쾌하게 금전적인 바탕 위에 있다. 프랑스는 살기에 가장 단순한 나라이다. 분명치 않은 이유로 당신과 친구가 되어 일을 복잡하게 만드는 사람이 없다. 누가 당신을 좋아하게 만들고 싶다면 그냥 돈만 조금 쓰면 된다. 난 돈을 조금 썼고 웨이터는 나를 좋아했다. 그는 내가 가진 가치 있는 자질들을 알아봤다. 그는 내가 다시 오면 기뻐할 것이다. 난 언젠가 거기에서 다시 식사를 할 것이고 그는 나를 보면 반가워할 테고 나를 자기 담당 테이블에 앉히고 싶어 할 것이다. 그건 진심으로 좋아하는 것인데 왜냐하면 건전한 근거가 있기 때문이다. 난 프랑스로 다시 돌아온 거다.

다음 날 아침 나는 더 많은 친구를 만들기 위해 호텔에서 일하는 사람들 모두에게 아주 많은 팁을 줬고 아침 기차로 산 세바스티안으로 떠났다. 기차역에서 나는 짐꾼에게 의당 줘야할 이상의 팁을 주지는 않았는데 그건 그를 다시 보게 되리라고 생각하지 않았기 때문이다. 난 내가 다시 그곳으로 돌아올 경우에 나를 환영해 줄 몇몇 좋은 프랑스 친구들이 바욘에 있기를 바랄 뿐이었다. 만

---

198) marc. 포도의 짜고 남은 찌끼로 만든 브랜디.

약 그들이 나를 기억한다면 그건 진정한 우정이란 것을 난 알았다.

이룬[199]에서 우리는 기차를 갈아타고 여권을 제시해야 했다. 난 프랑스를 떠나기 싫었다. 프랑스에서는 삶이 그렇게 단순했다. 스페인으로 되돌아가려는 게 어리석다고 느꼈다. 스페인에서는 우리는 어떤 것에 관해서도 말할 수 없다. 그리고 되돌아가는 게 바보 같다고 생각했지만 난 여권을 들고 줄에 서 있고 세관에 내 가방을 열어 보이고 표를 사서 게이트를 통과해 기차에 올라 40분의 시간과 여덟 개의 터널을 지난 후 산 세바스티안에 도착했다.

더운 날에도 산 세바스티안은 이른 아침의 기미가 있었다. 나무들은 잎이 아주 메마르는 일이 결코 없는 것처럼 보였다. 거리는 마치 지금 막 물을 뿌린 듯이 느껴졌다. 가장 더운 날에도 어떤 거리는 항상 서늘하고 그늘졌다. 나는 전에 머문 적이 있는 시내의 호텔로 가서 시내의 지붕들을 굽어보며 밖으로 열리는 발코니가 있는 방을 얻었다. 지붕 너머로 초록의 산허리가 보였다.

난 짐을 풀어서 책들을 침대 머리 옆에 있는 테이블 위에 쌓아 놨고 면도용품을 꺼내고 옷가지들을 커다란 옷장에 걸었고 빨래할 옷가지들을 한데 모아 꾸렸다. 그리고는 욕실에서 샤워를 하고 점심 먹으러 내려갔다. 스페인은 아직 서머타임으로 바뀌지 않아서 나는 아직 이른데 나온 것이다. 난 시계를 다시 맞췄다. 산 세바스티안에 옴으로써 한 시간을 벌었다.

식당으로 들어갈 때 수위가 내게 경찰 신고서를 작성하라고 가

---

199) Irun 프랑스 접경 바스크 지역에 있는 스페인의 고도(古都).

져왔다. 난 거기에 서명을 하고 그에게 전보용지 두 장을 달라고 하고 몬토야 호텔로 보낼 메시지를 써서 모든 우편물과 전보를 이 주소로 내게 회송해 달라고 말했다. 난 산 세바스티안에 며칠이나 있게 될지 계산했고 사무실로 전보를 보내 우편물은 그냥 보관하고 있고 전보는 엿새 동안 산 세바스티안으로 회송해 달라고 부탁했다. 그리고는 안으로 들어가 점심을 들었다.

점심을 먹고 방으로 올라가서 잠시 책을 읽고 잠이 들었다. 깼을 때는 4시 반이었다. 수영복을 찾아서 머리빗과 함께 수건에 말아 아래층으로 내려가 거리를 걸어 콘차[200]로 갔다. 조수는 반쯤 물러나 있었다. 해변은 반들반들하고 단단했으며 모래는 노란색이었다. 나는 샤워장에 들어가 옷을 벗고 수영복으로 갈아입고 반들반들한 모래를 가로질러 걸어 바다로 갔다. 맨발 아래 모래는 따뜻했다. 물속과 백사장에는 사람들이 많았다. 콘차의 삐죽 나온 육지 부분들이 만나 거의 만을 이루는 곳 저 너머로는 부서지는 파도의 하얀 선과 탁 트인 바다가 있었다. 조수가 물러나고 있기는 했지만 느리게 밀려오는 큰 놀이 몇몇 있었다. 놀은 마치 파동처럼 물속으로 와서 물의 무게를 더 했고 따뜻한 모래 위에서 부드럽게 부서졌다. 나는 모래밭을 걸어 바다로 나갔다. 물은 차가왔다. 놀이 밀려오자 물에 뛰어들어 물속에서 헤엄쳐 나갔고 찬 느낌이 다 사라지자 표면으로 올라왔다. 나는 뗏목으로 헤엄쳐 나아가 그 위에 올라타고 뜨거운 널빤지 위에 누웠다. 소년 하나와 소녀 하나

---

[200] Concha. 원래 조개껍질이란 뜻인데 여기서는 해변 지역의 이름.

가 반대쪽에 있었다. 소녀는 수영복 제일 위의 끈을 풀러 등을 햇볕에 태우고 있었다. 소년은 뗏목 위에서 얼굴을 아래로 하고 누워 그녀에게 말을 했다. 그녀는 그의 말에 웃었고 자신의 그을린 등을 해를 향해 돌렸다. 난 뗏목에 누워 몸이 마를 때까지 해를 쬈다. 그리고 몇 차례 다이빙을 했다. 한번은 깊이 다이빙해서 바닥까지 수영해서 내려갔다. 난 눈을 뜨고 수영했고 바다는 녹색이고 어두웠다. 뗏목은 어두운 그림자로 보였다. 난 뗏목 옆쪽으로 물에서 나왔고 뗏목에 올라가서 한 번 더 다이빙을 하여 물속에 오래 있다가 해변으로 헤엄쳐 나왔다. 나는 몸이 마를 때까지 해변에 누워 있었고 그리고는 탈의장으로 들어가 수영복을 벗고 수돗물로 물을 튀겨가며 씻은 뒤에 비벼서 말렸다.

나는 나무 아랫길로 만을 한 바퀴 돌아서 카지노에 갔고 서늘한 거리를 걸어 카페 마리나스로 갔다. 카페 안에서는 오케스트라가 연주를 하고 있고 나는 바깥의 테라스에 앉아 뜨거운 날의 신선한 시원함을 즐겼고 레몬주스 한 잔과 깎아낸 얼음, 그리고 속이 깊은 잔에 따른 소다수 탄 위스키를 들이켰다. 나는 오랫동안 마리나스의 앞에 앉아 책을 읽고 사람들을 구경하고 음악을 들었다.

나중에 어두워지기 시작하자 나는 만을 한 바퀴 걷고는 산책로로 나왔고 결국은 저녁을 먹기 위해 호텔로 돌아왔다. 자전거 시합이 진행 중이었는데 투르 뒤 파이 바스크[201]였고 선수들은 그날 밤 산 세바스티안에서 숙박하기로 되어 있었다. 식당 한쪽에는 자전

---

201) Tour du Pays Basque. 바스크 지역 일주 도로 사이클 경주.

거 선수들이 트레이너와 매니저들과 함께 먹고 있는 긴 테이블이 있었다. 그들은 모두 프랑스 사람과 벨기에 사람들이었고 밥 먹는 데 세심하게 신경을 썼지만 즐거운 시간을 보내고 있었다. 테이블 상석에는 두 명의 예쁜 프랑스 소녀들이 포브르 몽마르트르 거리[202]식으로 잔뜩 멋을 내고 앉아 있었다. 나는 그녀들이 누구와 같이 왔는지 알 수 없었다. 선수들은 긴 테이블에 앉아 속어로 말하고 있고 은밀한 농담이 많고 테이블 저 끝에서는 소녀들이 말해달라고 해도 다시 말해주지 않은 그런 농담도 몇 개 오갔다. 다음날 아침 5시에 자전거 경주는 마지막 구간인 산 세바스티안-빌바오[203]간 경주를 다시 시작했다. 자전거 선수들은 와인을 많이 마셨고 햇볕에 타 갈색으로 그을었다. 그들은 자기들끼리 있을 때가 아니면 경주를 심각하게 생각하지 않았다. 그들끼리 경주를 너무 자주 해서 누가 이기건 별 상관이 없다고 했다. 특히 외국에서는. 상금은 적절히 배분될 테니까.

경주에서 약 2분 앞서 선두에 있는 남자가 종기가 나서 몹시 고통스러워했다. 그는 허리의 잘록한 부분이 의자에 닿게 앉아 있었다. 목은 아주 빨갰고 금발의 머리카락은 햇볕에 그을렸다. 다른 선수들은 종기에 대해 그에게 농담을 했다. 그는 포크로 테이블을 톡톡 두드렸다.

"들어봐." 그가 말했다. "내일 내 코는 자전거 핸들에 너무 바짝

---

202) Rue du Faubourg Montmartre. 파리 도심의 패션 거리.

203) Bilbao. 스페인 바스크 지역에 있는 도시.

붙어 있을 거니까 사랑스러운 산들바람만이 이 종기에 닿을 거야."

소녀 중 하나가 테이블 끝에 앉은 그를 쳐다보자 그는 씩 웃으며 얼굴을 붉혔다. 스페인 사람들은 페달을 어떻게 밟는지도 모른다고 그들이 말했다.

나는 테라스에서 큰 자전거 제조회사의 팀 매니저와 커피를 같이 마셨다. 그는 이 경기가 아주 재미있는 경주였고 보테치아가 팜플로나에서 중도 포기하지 않았었다면 지켜볼 만 했을 것이라고 말했다. 먼지가 풀풀 나긴 했지만 스페인에서는 길이 프랑스보다 좋았다. 자전거 도로경주야말로 세계에서 유일한 스포츠라고 그가 말했다. 내가 한 번이라도 '투르 드 프랑스'[204]를 따라가 본 적이 있냐고요? 신문에서만 읽었죠. '프랑스 일주 경기'는 세계에서 가장 위대한 스포츠 행사죠. 도로경주를 따라 다니고 조직하면서 프랑스를 알게 됐죠. 프랑스를 아는 사람은 몇 안 됩니다. 봄, 여름, 가을마다 자전거 도로 경수 선수들과 함께 길에서 보내요. 도로 경주 때 도시에서 도시로 선수들을 따라다니는 자동차가 얼마나 많은지 한번 보세요. 여긴 부자 나라고 매년 더 스포츠에 **몰두하고** 있죠. 세계에서 가장 스포츠에 **몰두하는** 나라일 거예요. 그렇게 만든 게 자전거 도로 경주이지요. 자전거 경주와 축구가 그렇게 만들었죠. 저는 프랑스를 잘 압니다. **운동에 몰두하는 프랑스**를 말이죠. 저는 도로경주가 뭔지 알아요. 우리는 코냑을 한잔씩 했다.

---

204) Tour de France. 프랑스 일주 도로 사이클 대회.

결국 파리에 돌아 온 게 나쁘지는 않았네요. '파남'[205]은 하나밖에 없죠. 즉, 전 세계에서 하나뿐인 거죠. 파리는 세계에서 가장 스포츠에 몰두하는 도시예요. '쇼프 드 네그르'[206]를 혹시 아시나요? 모르신다고요? 언젠가는 거기에서 보게 되겠죠. 우리 함께 핀[207] 한 잔씩 더 하죠. 물론 마셔야죠. 우린 아침 6시 15분 전에 출발합니다. 저희 떠나는 거 보시겠어요? 노력해 보겠습니다. 전화 하시겠어요? 재미있을 텐데. 제가 호텔 데스크에 전화 메시지 남겨 놓을게요. 전화해도 괜찮겠죠? 그렇게까지 안 하셔도 되는데. 제가 데스크에 전화메시지를 남겨놓도록 하겠습니다. 우리는 다음 날 아침에 보자며 작별인사를 했다.

아침에 깼을 때는 자전거 경주 선수들과 그들을 따르는 자동차들이 길에 나선 지 세 시간이나 되었다. 나는 침대에서 커피를 마시고 신문을 읽고 그리고는 옷을 입고 수영복을 챙겨 바닷가로 갔다. 이른 아침이라 모든 것이 신선하고 시원하고 촉촉했다. 유니폼을 입거나 농부의 옷을 입은 유모들이 아이들과 함께 나무 아래를 걸었다. 스페인의 아이들은 예뻤다. 구두닦이들이 나무 아래 함께 앉아 어떤 군인에게 말을 걸고 있었다. 군인은 팔이 하나밖에 없었다. 조수가 들어오고 있고 상쾌한 산들바람이 불고 해변에는 파도가 밀려왔다.

---

205) Paname. 속어로 파리를 지칭.

206) Chope de Negre. 파리에 있는 카페.

207) fine. 프랑스 브랜디.

난 탈의장에서 옷을 벗고 좁은 백사장을 가로질러 물에 들어갔다. 바다 쪽으로 헤엄치고 놀을 뚫고 헤엄치려고 하였으나 가끔은 물속으로 다이빙해야만 했다. 그리고는 조용한 물속에서 몸을 돌리니 물에 떴다. 물에 뜨니 하늘만 보였고 오르락내리락하는 파도를 느꼈다. 나는 헤엄쳐 파도로 되돌아갔고 떠 있다가 얼굴을 아래로 하고 큰 놀에 올라타고 활강했다. 그리고는 몸을 돌려 헤엄쳐서 놀과 놀 사이의 골속에 계속 있으면서 파도가 내 위로 덮치지 않게 하려고 애썼다. 이렇게 골속에서 수영하다 지쳐서 나는 방향을 바꿔 뗏목으로 헤엄쳐 나갔다. 물은 몸을 떠받쳐줬고 차가왔다. 마치 절대로 가라앉지 않을 것처럼 느껴졌다. 천천히 헤엄쳤는데 밀물이었기 때문에 오래 수영한 것처럼 느껴졌고 그러다가 뗏목을 끌어당겨 햇볕을 받아 뜨거워진 널빤지 위로 물이 뚝뚝 떨어지면서 앉았다. 나는 만을 빙 둘러 바라보았고, 구시가지와, 카지노, 그리고 산책로를 따라 줄지어 심어진 나무들과, 하얀 현관과 금박 이름이 새겨진 큰 호텔들을 보았다. 오른쪽으로 저 멀리 거의 만이 끝나는 곳에 성이 있는 초록색 언덕이 있었다. 뗏목이 물의 움직임에 따라 흔들거렸다. 트인 바다로 나아가는 좁은 물길의 반대편에는 또 다른 높은 갑(岬)이 있었다. 나는 만을 가로질러 헤엄쳐 가고 싶었지만 쥐가 날까봐 두려웠다.

  난 햇볕을 쬐며 앉아 백사장 위의 수영객들을 바라봤다. 그들은 아주 작아 보였다. 잠시 후 나는 일어나 내 무게로 기우뚱해진 뗏목의 끝을 발끝으로 눌렀고, 그리고는 미끈하고 깊이 다이빙했다가 몸을 뜨게 하는 물을 뚫고 수면으로 올라와 머리에서 소금

물을 바람에 날렸고 천천히 그리고 일정하게 헤엄쳐서 해변으로 돌아왔다.

옷을 입고 탈의장 사용료를 낸 후 나는 걸어서 호텔로 돌아갔다. 자전거 선수들이 몇 권의 《로토》[208]를 여기저기에 남겨 놓고 가서 나는 독서실에서 그것들을 모아 밖으로 나가서 햇볕 있는 안락의자에 앉아 읽어보며 프랑스 스포츠계에 어떤 소식이 있나 알아보려고 했다. 거기 앉아 있는 동안 수위가 파란 봉투를 하나 들고 왔다.

"손님께 전보가 왔습니다."

나는 아래쪽으로 봉해진 접힌 곳 밑으로 손가락을 넣어 죽 밀어 펼쳐서 연 다음에 읽었다. 그건 파리에서부터 내게 회송되어 온 것이었다.

마드리드 몬타나 호텔로 오기 바람.
곤경에 처함. 브렛

난 수위에게 팁을 줬고 메시지를 다시 읽었다. 우편배달부 한 사람이 인도를 따라 걸어오고 있었다. 그는 방향을 돌려 호텔 안으로 들어갔다. 커다란 콧수염을 하고 있었고 아주 군인다운 모습이었다. 그는 다시 호텔 밖으로 나왔다. 수위는 바로 그의 뒤에 있었다.

---

208) L'Auto. 자동차에 관한 프랑스 잡지.

"여기 손님께 전보가 하나 더 왔습니다."

"고마워요." 내가 말했다.

난 전보를 열었다. 그건 팜플로나에서 회송되어 온 것이었다.

마드리드 몬타나 호텔로 오기 바람.
곤경에 처함. 브렛

수위는 거기 서서 팁을 또 받으려는 듯이 기다리고 있었다.

"마드리드로 가는 기차가 몇 시에 있죠?"

"오늘 아침 9시에 떠났습니다. 11시에 완행열차가 있고 남부 특급열차는 오늘밤 10시에 떠납니다."

"남부 특급열차의 침대칸을 하나 구해 주세요. 지금 돈 줄까요?"

"좋으신 대로 하시죠." 그가 말했다. "계산서에 같이 올리겠습니다."

"그렇게 해 줘요."

글쎄, 그 말은 산 세바스티안이 깨끗하게 끝이라는 얘기다. 막연하기는 하지만 난 이런 일이 일어나지 않을까 생각했었다. 난 수위가 문간에 서 있는 것을 봤다.

"전보용지 하나 갖다 주겠어요?"

그가 가져왔고 나는 만년필을 꺼내 활자체로 썼다.

마드리드 몬타나 호텔의 레이디 에슐리
내일 남부특급으로 도착. 내 사랑에게, 제이크

이런 식으로 하는 거야. 바로 그거였다. 여자를 한 남자에게 줘서 떠나보낸다. 그 여자를 다시 딴 남자에게 소개해 줘서 그와 함께 또 꺼지게 한다. 자, 이젠 내가 가서 데려오자. 그리고 전보에 '내 사랑에게'라고 사인도 하자. 바로 그거야, 맞아. 난 안에 들어가 점심을 먹었다.

그날 밤 남부 특급열차에서 나는 잠을 잘 못 잤다. 아침에 식당 칸에서 아침을 먹고 아빌라와 에스코리알 사이의 바위와 소나무 많은 시골을 바라봤다. 에스코리알을 창밖으로 봤는데 햇볕을 받아 회색이고 길고 차갑게 보였는데 난 거기에 조금도 개의치 않았다. 마드리드가 평원 너머로 떠오르는 것을 봤는데 촘촘하고 하얀 스카이라인이 햇볕에 딱딱해진 시골 지역을 가로질러 멀리 떨어져 있는 작은 절벽의 꼭대기에 걸려 있었다.

마드리드의 노르테 역이 이 노선의 종점이었다. 모든 기차가 거기서 끝난다. 기차들은 더 이상 갈 데가 없다. 역 밖에는 승합마차와 택시들이 있었고 호텔 심부름꾼들이 줄을 서 있었다. 여기는 시골 마을 같았다. 나는 택시를 잡아타고 정원들을 지나 위로 올라갔고 텅 빈 궁전과 절벽 끝에 서 있는 완공되지 않은 교회를 지나 계속 올라가서 높고 더운 현대적 시내에 들어왔다. 택시는 매끄러운 길을 썰매 타듯 내려가며 푸에르타 델 솔[209]에 이르렀고 차들을 뚫고 카레라 산 헤로니모[210]로 들어갔다. 가게들은 모두 열기

---

209) Puerta del Sol. '태양의 문'이라는 뜻으로 마드리드의 중심부에 있다.

210) Carrera San Jeronimo. 마드리드 중심부의 거리 이름.

를 막기 위해 차양을 내려놓고 있었다. 거리의 해가 비치는 쪽 창문은 셔터가 내려져 있었다. 택시가 연석(緣石)에 섰다. 나는 2층에 **호텔 몬타나**라는 간판을 봤다. 택시 운전사가 가방을 안으로 들여왔고 엘리베이터 옆에 내려놨다. 난 엘리베이터 작동법을 몰라서 걸어 올라갔다. 2층에는 황동에 새겨진 **호텔 몬타나** 간판이 있었다. 벨을 눌렀는데 아무도 문으로 나오지 않았다. 나는 다시 눌렀고 시큰둥한 얼굴의 하녀가 문을 열었다.

"레이디 에슐리가 여기 있나요?" 내가 물었다.

여자가 멍하게 나를 쳐다봤다.

"여기 영국 여자 한 사람 있어?"

그녀는 몸을 돌려 안에 있는 누군가에게 소리쳤다. 아주 뚱뚱한 어떤 여자가 문으로 나왔다. 머리카락은 백발이었고 얼굴을 따라 부채 모양으로 뻣뻣하게 기름기가 흐르고 있었다. 그녀는 키가 작고 위엄 있었다.

"무이 부에노스[211]." 내가 말했다. "여기 영국 여자 있어요? 난 이 영국 귀부인을 만나고 싶어요."

"무이 부에노스. 예, 여자 영국사람 한 사람 있어요. 그녀가 당신을 보고자 한다면 확실히 선생님은 그 여자를 볼 수 있어요."

"그녀는 날 만나고 싶어 해요."

---

211) Muy buenos. 스페인 어로 아침인사는 'Buenos dias,' 즉 'Good morning'인데 이 앞에 'muy,' 즉 영어의 much를 붙이고 'dias'는 생략한 형태.

"이 치카[212]에게 시켜 그 여자분께 여쭤보라 할게요."

"아주 덥군요."

"마드리드는 여름에 아주 더워요."

"겨울에는 또 몹시 춥고요."

"네, 겨울에는 아주 추워요."

선생님도 호텔 몬타나에서 머무르실 건가요?

거기 대해 아직 결정을 못했습니다만 누가 훔쳐가지 않게 아래층에 있는 가방을 이층으로 올려다주면 좋겠네요. 몬타나 호텔에서는 물건 도난당한 적이 한 번도 없어요. 다른 여관들에서는 그런 적이 있지요, 예. 여기서는 아닌가요? 네. 우리 호텔에서 일하는 사람들은 아주 까다롭게 선발된 사람들입니다. 그 말을 들으니 안심이 되네요. 하지만 내 짐을 위로 갖다 준다면 고맙겠습니다.

하녀가 안으로 들어와 여자 영국인이 남자 영국인을 지금 당장 만나기 원한다고 말했다.

"잘됐군." 내가 말했다. "봐요. 내가 말한 대로죠."

"확실히 그렇네요."

나는 하녀의 뒤를 따라 길고 어두운 복도를 걸어갔다. 복도 끝에서 그녀가 문에 노크했다.

"어머나." 브렛이 말했다. "당신이에요, 제이크?"

"나요."

"들어와요. 들어와요."

---

212) chica. 스페인 어로 '계집아이'.

난 문을 열었다. 내가 들어가자 하녀가 문을 닫았다. 브렛은 침대에 있었다. 그녀는 지금 막 머리를 빗었고 손에 빗을 들고 있었다. 방은 항상 하인들을 두고 있는 사람들만이 만들어낼 수 있는 그런 무질서한 상태에 있었다.

"자기!" 브렛이 말했다.

나는 침대로 가서 팔로 그녀를 안았다. 그녀는 내게 키스했고 그녀가 내게 키스하는 동안 나는 그녀가 뭔가 다른 것을 생각하고 있다는 것을 느낄 수 있었다. 그녀는 내 팔에 안겨 떨고 있었다. 그녀가 아주 작게 느껴졌다.

"자기! 난 정말 끔찍한 시간을 보냈어요."

"뭔지 말해봐."

"말할 건 없어요. 그이가 어제 떠났을 뿐이에요. 내가 떠나게 했어요."

"왜 그를 붙잡지 않았어?"

"모르겠어요. 그건 사람이 할 짓이 아니에요. 내가 그이의 마음을 조금이라도 상하게 한 것 같지는 않은데."

"당신은 아마도 그 친구에게 무지하게 잘해 줬을 거야."

"그이는 누구와도 같이 살아서는 안 돼요. 난 그걸 금방 알았어요."

"그래."

"아, 지옥 같아." 그녀가 말했다. "그 얘기 하지 말죠. 그 일에 대해 다시는 얘기하지 않기로 해요."

"좋아."

"그가 나를 부끄럽게 여긴다는 건 차라리 충격이었어요. 그는 잠시 나를 부끄럽게 여겼어요."

"그럴 리가."

"아, 맞아요. 내 생각엔 그들이 카페에서 나에 대해서 그를 놀렸어요. 그는 내가 머리카락을 길렀으면 했어요. 내게 긴 머리라니. 난 끔찍하게 보일 거예요."

"그거 웃기네."

"그는 머릴 기르면 내가 더 여자답게 될 거라고 말했어요. 난 도깨비처럼 보일 거예요."

"그래서 어떻게 됐는데?"

"아, 그이가 체념했어요. 그가 나를 오랫동안 부끄럽게 여기지는 않았어요."

"곤경에 빠졌다는 건 뭔가?"

"그이를 떠나가게 할 수 있을지 어쩔지 몰랐어요. 그리고 그이를 두고 떠나려 해도 동전 한 잎 없었어요. 그는 나한테 많은 돈을 주려고 했어요. 난 그에게 돈이 많다고 말했어요. 그는 그게 거짓말인지 알았어요. 난 그이의 돈을 가질 수가 없었어요, 알죠?"

"그렇지."

"아, 그 얘기 그만 해요. 좀 재밌는 일들도 있었어요. 담배 한 대 주세요."

난 담배에 불을 붙였다.

"그 사람은 지브[213]에서 웨이터로 일할 때 영어를 배웠어요."

"그렇군."

"그이는 결국은 나와 결혼하기 원했어요."

"정말?"

"물론이죠. 난 마이크와도 결혼할 수 없는데."

"아마 그는 그렇게 되면 자기가 에슐리 경이 된다고 생각했겠지."

"아니에요. 그건 그런 게 아니에요. 그 사람은 정말 나하고 결혼하고 싶어 했어요. 그 사람은 내가 자기를 떠날 수 없다고 말했어요. 그는 나를 확실히 못 떠나게 하려고 했어요. 물론 내가 더 여자다워지고 난 뒤의 일이지만."

"기운 내."

"그래요. 난 다시 좋아졌어요. 그 사람이 그 빌어먹을 콘을 몰아내버렸잖아요."

"잘됐군."

"당신도 알겠지만 그가 나쁘지만 않다면 난 그와 같이 살았을 거예요. 우리는 정말 죽이 잘 맞았어요."

"당신의 겉모습만 아니면."

"아, 그는 거기에 익숙해졌어요."

그녀가 담배를 껐다.

"난 서른넷이에요. 난 자식들 망쳐 놓는 그런 몹쓸 년이 되지

---

213) Gib. 지브롤터의 약칭.

는 않을 거예요."

"그렇지."

"난 그런 식으로 되지 않을 거예요. 기분 좋아요. 이제 기운이 나요."

"잘됐네."

그녀는 고개를 돌렸다. 나는 그녀가 한 대 더 피려고 담배를 찾고 있나보다고 생각했다. 그러다가 그녀가 우는 것을 봤다. 우는 것을 느낄 수 있었다. 몸을 떨며 우는 것을. 그녀는 고개를 들려고 하지 않았다. 난 그녀를 팔로 감쌌다.

"이 얘기 우리 다시는 하지 말아요. 제발 이 얘기 다시는 하지 말아요."

"사랑스런 브렛."

"난 마이크에게 돌아갈 거예요." 꼭 안자 그녀가 우는 것을 느꼈다. "그 사람은 정말 좋은 사람이면서도 정말 끔찍한 데가 있어요. 그 사람은 내 스타일이에요."

그녀는 고개를 들려고 하지 않았다. 난 그녀의 머리카락을 쓰다듬었다. 난 그녀가 떠는 것을 느낄 수 있었다.

"난 그런 몹쓸 년이 되지 않겠어요." 그녀가 말했다. "그런데, 아, 제이크, 제발 이 얘기하지 않기로 해요."

우리는 호텔 몬타나를 떠났다. 호텔을 운영하는 여자는 내가 숙박비를 내지 못하게 했다. 숙박비는 이미 계산이 끝나 있었다.

"자. 그냥 그렇게 내버려둬요." 브렛이 말했다. "누가 낸 건 별로 중요하지 않잖아요."

우리는 택시를 타고 팰리스 호텔로 가서 짐을 내려놓고는 그날 밤 남부 특급열차의 침대칸을 미리 잡아 놓았고, 칵테일 한잔 하러 호텔 바에 들어갔다. 우리는 바텐더가 커다란 니켈 셰이커에서 마티니를 흔드는 동안 바의 등 없는 높은 의자에 앉아 있었다.

"큰 호텔의 바에서 얼마나 대단한 귀족들을 보게 되나 생각하니 웃기는군." 내가 말했다.

"이제는 바텐더와 기수(騎手)가 유일하게 품위 있는 사람이에요."

"호텔이 아무리 싸구려 같아도 바는 항상 훌륭하지."

"그거 희한하네요."

"바텐더들은 항상 훌륭해."

"그런데요." 브렛이 말했다. "그건 정말 맞아요. 그이는 겨우 열아홉이에요. 놀랍지 않아요?"

우리는 바 위에 나란히 놓여 있는 잔 두 개를 부딪쳤다. 잔들은 차갑게 거품이 일었다. 커튼 친 창문 밖으로 마드리드의 여름 열기가 느껴졌다.

"마티니에 올리브를 하나 넣으면 좋겠소." 내가 바텐더에게 말했다.

"그럼은요, 손님. 여기 있습니다."

"고맙소."

"미리 여쭤 볼 건데 그랬네요."

바텐더는 바의 저쪽 끝 멀리까지 가서 우리가 나누는 얘기를 들을 수 없었다. 브렛은 마티니를 나무 바 위에 놓은 채 홀짝홀짝 마셨다. 그러다가 그녀는 잔을 집어 들었다. 그녀의 손은 첫 모금을 마신 뒤에도 잔을 들어 올릴 만큼 충분히 안정되어 있었다.

"맛 좋네요. 훌륭한 바죠?"

"여기 바들은 다 괜찮지."

"난 처음에 그걸 믿지 않았어요. 그이는 1905년에 태어났어요. 난 그때 파리에서 학교에 다니고 있었죠. 한 번 생각해 봐요."

"내가 생각해 봤으면 하는 게 뭐 있어?"

"바보처럼 굴지 말아요. 숙녀에게 한 잔 사 **주겠어요?**"

"우리 마티니 두 잔 더 갖다 줘요."

"앞서 주문 하셨던 대로 해드릴까요, 손님?"

"맛있었어요." 브렛이 그에게 웃어 보였다.

"감사합니다, 사모님"

"자, 건배." 브렛이 말했다.

"건배!"

"그런데요." 브렛이 말했다. "그 사람은 지금까지 여자가 두 명밖에 없었데요. 그는 투우 말고는 아무것도 좋아하지 않았어요."

"그 친구 시간은 충분히 있겠구먼."

"모르겠어요. 그이는 날 위해 한 거라고 생각해요. 투우 보러 온 사람들 전체가 아니고요."

"그래, 그게 당신이었군."

"예. 그게 나였어요."

"난 당신이 거기에 대해 절대로 말하지 않을 거라고 생각했었는데."

"내가 어떻게 안 그럴 수 있겠어요?"

"그 얘기를 하면 사랑을 잃을 거야."

"전 그냥 그 언저리 얘기만 하는 거예요. 내가 정말 기분 좋게 느낀다는 것 당신도 알죠."

"당신은 그래야만 해."

"몹쓸 년이 되지 않기로 결심하면 기분이 좋아진다는 것 당신 알죠."

"그래."

"그건 우리가 신 대신에 갖는 거라고 할 수 있죠."

"어떤 사람들은 신이 있지." 내가 말했다. "아주 많은 사람들이."

"신이 나에게는 결코 잘해 준 적이 없어요."

"우리 마티니 한 잔 더 할까?"

바텐더가 마티니 두 잔을 다시 흔들어서 새 잔에 따랐다.

"우리 점심은 어디서 먹을까?" 내가 브렛에게 물었다. 바는 시원했다. 우리는 창문을 통해서 바깥의 열기를 느낄 수 있다.

"여기서요?" 브렛이 물었다.

"여기 호텔은 식사가 형편없어. 보틴이라는 레스토랑 알아요?" 내가 바텐더에게 물어봤다.

"네, 손님. 제가 주소를 써드릴까요?"

"고맙소."

우리는 보틴 레스토랑 이층에서 점심을 했다. 이건 세계에서 가장 훌륭한 레스토랑 중의 하나였다. 우리는 새끼돼지 구이 요리를 먹고 **리오하 알타**[214]를 마셨다. 브렛은 많이 먹지 않았다. 그녀는 많이 먹는 법이 없었다. 난 아주 많이 먹었고 **리오하 알타** 세 병을 마셨다.

"기분이 어때요, 제이크?" 브렛이 물었다. "어머, 당신 정말 많이 먹었군요."

"난 기분 좋아. 디저트 먹을까?"

"오, 이런. 안 먹어요."

브렛은 담배를 피우고 있었다.

"당신은 먹는 거 좋아해요, 그렇죠?" 그녀가 말했다.

"그래." 내가 말했다. "난 많은 일들을 하고 싶어."

"뭘 하고 싶은데요?"

"아," 내가 말했다. "난 많은 일을 하고 싶어. 디저트 안 먹고 싶어?"

"벌써 물어봤잖아요." 브렛이 말했다.

"그랬군." 내가 말했다. "내가 그랬지. **리오하 알타** 한 병 더 하지."

"그 술 아주 훌륭해요."

"당신 그 술 많이 마시지 않았지." 내가 말했다.

"많이 마셨어요. 당신이 못 본 거예요."

"두 병 마시지." 내가 말했다. 병들이 왔다. 나는 내 잔에 조금 따르고 브렛에게 한 잔 따라주고 나서 내 잔을 채웠다. 우리는 잔

---

214) Rioja Alta. 스페인 북부의 정통 와인. 오크통에서 오래 숙성시키는 것으로 유명하다.

을 부딪쳤다.

"건배!" 브렛이 말했다. 난 내 잔을 마셨고 또 한 잔 따랐다. 브렛이 내 팔에 손을 얹었다.

"취하지 말아요, 제이크." 그녀가 말했다. "당신 그럴 필요 없잖아요."

"어떻게 알아?"

"취하지 말아요." 그녀가 말했다. "당신 괜찮을 거예요."

"난 취하는 거 아니야." 내가 말했다. "난 그저 와인 좀 마시는 것뿐이야. 난 와인 마시는 거 좋아하잖아."

"취하지는 말아요." 그녀가 말했다. "제이크, 취하지 말아요."

"드라이브 하겠어?" 내가 말했다. "시내 드라이브 할까?"

"좋아요." 브렛이 말했다. "난 마드리드를 제대로 보지 못 했어요. 마드리드 구경을 해야겠어요."

"이 술부터 비울게." 내가 말했다.

아래층으로 내려가 우리는 일층에 있는 식당을 통과해 거리로 나갔다. 웨이터가 택시를 잡으러 갔다. 날이 뜨겁고 밝았다. 길 저 위에는 나무와 잔디가 있는 작은 광장이 있는데 거기에 택시들이 주차해 있었다. 택시 한 대가 다가왔고 웨이터가 옆에서 택시를 붙잡고 있었다. 난 그에게 팁을 줬고 운전사에게 어디로 드라이브 갈지 말하고 차에 타 브렛 옆에 앉았다. 운전사가 길 위쪽으로 달리기 시작했다. 난 뒤에 기댔다. 브렛이 내게 바짝 다가왔다. 우리는 서로에게 밀착되어 앉았다. 나는 그녀를 팔로 둘렀고 그녀는 내게 편안하게 기댔다. 날이 몹시 덥고 눈이 부셨으며 집들은 또렷하게 하얀색이었다. 우리는 방향을 틀어 그란 비아[215]로 들어섰다.

"아, 제이크." 브렛이 말했다. "우리는 정말로 좋은 시간을 같이 보낼 수도 있었는데."

앞에는 카키색 제복을 입은 기마경찰이 교통정리하고 있었다. 그는 경찰봉을 들었다. 차가 갑자기 속도를 줄여서 브렛 몸이 내 쪽으로 쏠렸다.

"그래." 내가 말했다. "그렇게 생각하는 게 좋은 거 아니겠어?"

---

215) Gran Via. '대로'라는 뜻으로 마드리드의 상업 중심지.

옮긴이의 글

우리가 헤밍웨이(Ernest Hemingway)를 떠올려 볼 때면 대개는 하얀 수염을 기르고 사냥복에 엽총을 든 모습의 사진이 연상된다. 그는 부친의 영향으로 어릴 때부터 사냥과 낚시에 심취하여 이처럼 '마초' 이미지를 남기게 되었다. 이는 그의 작품 경향으로도 이어져서 사냥, 투우, 전쟁 등의 남성적 활동이 그의 작품의 주된 소재가 되었다. 사실상 헤밍웨이의 최초의 소설이라고 할 수 있는 《해는 다시 떠오른다》(The Sun Also Rises, 1926)도 전쟁의 결과와 투우라는 소재를 다룬다는 점에서 같은 선상에 있다고 하겠다.

이 작품의 배경은 1차 대전 종전 후의 프랑스 파리이다. 헤밍웨이는 1921년부터 파리에서 신문 특파원으로 주재하며 당시 거기 머물던 거트루드 스타인, F. 스콧 피츠제럴드, 에즈라 파운드 등의 문인과 교분을 나누고 영향도 받는데 이때의 경험이 온전히 이 작품에 녹아들어 있다. 이들은 모두 일종의 망명 작가(expatriate)로서 파리의 뒷골목에서 이 술집 저 카페를 전전하며 퇴폐적이고 부유(浮游)하는 삶을 영위한다. 실제로 작품 속에서도 주인공 제이크와 친구들은 하루 저녁에도 여러 곳의 술집을 드나들며 밤거리를 배회한다. 그래서 스타인이 헤밍웨이와 대화를 나누던 중에 자신을 포함한 이들 군상을 가리켜 '잃어버린 세대'(Lost Generation)라고 칭했는지도 모른다. 작품의 권두 발문에도 나와 있는 이 말에서 '잃어버린'은 '길을 잃은'이라는 뜻 외에도 '목적을 상실한'이라는 뜻도 있을 것이다. 1차 대전 직후의 가치관의 상실, 의미의 부재 등이 이 표현으로 상징된다. 《무기여 잘 있거라》와 《누구를 위하여 좋은 울리나》가 전쟁 혹은 전투를 직접적으로 취급한다면 《해는 다시 떠오른다》는 전쟁이 남겨놓은 것, 즉 전쟁의 상흔을 안고 사는 사람들에 관한 이야기이다.

제이크 반스(Jake Barnes)는 1차 대전에 참전했다가 이태리 전선에서 부상당하고 결국 성불구가 되고 만다. 성불구는 일종의 중심 테마(leitmotif)로서 작품 내에서 중요한 의미를 부여받는다. 그러나 이에 대해 작품 속에서 직접적으로 언급하는 곳은 없다. 다만 후송되어 치료받던 병원에서 연락장교 대령이 "자네의 생명보다 더한 것을 내 놓았군"이라고 했던 말을 제이크가 회상하는 대목에서 일단 암시가 된다. 그리고 제이크 스스로도 여주인공 브렛 애슐리(Brett Ashley)에게 "내게 일어난 일은 우스꽝스러운 일일 거야"라고 말하고는 "다치는 방법도 여러 가지인데 하필이면. 난 웃긴다고 생각했다"고 덧붙이는데 이 또한 대놓고 말하기 어려운 성불구에 관한 언급이다. 이로 인해, 사랑하지만 궁극적인 사랑의 행위에 이를 수 없기 때문에 제이크와 브렛의 대화도 그저 겉돌기만 할 뿐이다. 이런 점에서 브렛 또한 간접적이기는 하지만 전쟁의 정신적 상흔을 안고 살아가는 인물이라고 할 수 있다.

투우시합에 사용되는 불깐 수소(steer)에 관한 언급도 성불구의 주제를 부각시킨다. 투우사와 대결을 벌일 황소가 지나치게 흥분해 있을 때는 거세한 수소를 들여보내서 진정시키는데, 이들은 무방비 상태라서 때로는 광포한 황소에 들이받혀 죽기도 한다. 이 불깐 수소에 대해 제이크 주위의 사람들이 범상하게 한마디씩 던지는 말은 사실은 범상하지 않고 제이크의 상태와 관련된다. 브렛은 "저 수소들은 행복해 보이지 않네요"라고 말하고, 한 술 더 떠서 콘은 "불깐 소가 되는 건 사는 게 아니로군"이라고 말한다. 이러한 불구성은 1차 대전 이후 유럽의 전반적 시대상황을 대변하는 일종의 메타포로 기능한다고 볼 수 있다. 비슷한 시기에 출간된 T. S. 엘리어트(Eliot)의 《황무지》(The Waste Land, 1922)가 당시 유럽의 정신적 불모성을 그리고 있는 것도 우연이 아니다. 불구와 상처에 관한 언급은 병(病)으로까지 이어지며 확장된 메타포를 이룬다. 이는 제이크가 길에서 만난 벨기에 출신 매춘부 조젯과 택시를 타고 가며 나누는 대화에서 단적으로 드러난다.

그녀는 나를 한 손으로 만졌고 난 그 손을 치웠다.
"안 그래도 돼."
"뭐가 문제에요? 어디 아파요?"
"그래."
"모두가 다 아프죠. 나도 아프고."

이들의 경우에서 보듯 전후 유럽에서 살아가는 사람들은 정신적으로 다 아픈 것이다.

이 같은 절망적 상황, 허무적 시대상황 속에서 사람들은 무엇에 의지해서, 어떻게 살아가야 하는가? 여기에서 중요한 것은 제이크가 스스로에게 말하듯, "내가 알고 싶은 건 단지 어떻게 사는가이다." 어떻게 사는가에 관해 대개는 신이나 종교가 해답을 준다. 그러나 작품 속에서 종교는 그런 역할을 하지 못하고 오히려 풍자의 대상이 되기도 한다. 제9장에서 제이크와 친구 빌 고턴(Bill Gorton)은 스페인의 산중으로 낚시하기 위해 프랑스에서 기차를 탄다. 그런데 공교롭게도 이 기차에는 미국에서 로마로 순례 가는 가톨릭교도들이 소풍가듯 객차 일곱 칸을 차지하고 식당 칸을 독점하여 다른 승객들이 식사도 못하게 만드는 장면이 나온다. 화가 난 빌은 그들을 '빌어먹을 청교도들'이라며 욕한다. 또한 제이크는 스스로 가톨릭교도라고 인정하지만 성당에 다니지도 않고 특별히 종교적이지도 않은, 일종의 '냉담자'라고 할 수 있다. 종교가 위안과 확신을 주지 못 할 때 사람들은 어디에 의지해고 무엇을 방향타로 삼아야 하는가의 문제가 대두된다.

주인공 제이크는 이런 상황에서 혼자 우는 모습을 보이기도 하지만 절망에 빠지지는 않는다: 자제하며 속으로 삭일 뿐 자신의 고통을 과장하지도 않는다. 스토아학파의 덕목인 인내를 실천하고 있다. 빌이 빈정대듯 그에게 설파했던 아이러니와 연민에 관한 이야기에서 제이크는 자기 자신에게는 아이러니로써 객관적으로 보려 하고 타인에게는 연민을 갖고 대하려 한다. 특히 브렛에 대해 연민을 보인다. 그는 패배한 영웅이지만 끝까지 위엄과 품위를 유지한다. 또한 자기 자신에게 너그럽지도 않고 지나친 자기연민에 빠지지도 않는다. 이런 이유로 제이크는 진정한 '헤밍웨이 영웅'(Hemingway Hero)이 될 수 있는 것이다.

브렛의 경우에도 이런 특성이 발견된다. 그녀는 제이크를 사랑하지만 그와는 사랑의 절정에 이를 수 없기 때문에 이 남자 저 남자를 편력하며 방황한다. 그리고 이런 과정에서 콘처럼 다분히 무책임한 모습을 보이기도 한다. 그러다가 작품의 마지막 부분에 이르면 제이크처럼 극기하는 새로워진 면모를 보인다. 그녀는 투우사 로메로를 사랑하여 마드리드에서 애정 행각을 벌이지만 결국 그를 떠나보낸다. 그 허전함을 견딜 수 없어서 제이크에게 전보를 보내 마드리드로 오게 한다. 제이크는 팜플로나에서의 산 페르민 축제가 끝난 후 산 세바스티안에서 평화로운 시간을 보내고 있었지만 브렛을 위해 급히 달려간다. 그녀는 로메로를 떠나보내는 이유에 대해 다음과 같이 말한다.

"몹쓸 년이 되지 않기로 결심하면 기분이 좋아진다는 것 당신 알죠."
"그래."
"그건 우리가 신 대신에 갖는 거라고 할 수 있죠."
"어떤 사람들은 신이 있지." 내가 말했다. "아주 많은 사람들이."
"신이 나에게는 결코 잘해 준 적이 없어요."

자신이 나이 어린 로메로에게 '자식들 망쳐 놓는 그런 몹쓸 년'이 되지 않기 위해 뒤로 물러나는 것이다. 이는 올바르기 위해 하는 행동이며 이별의 아픔을 참는 인내가 담보되어야 한다. 작품 결말부에 이르러서 이기는 하지만 이런 일종의 도덕적 승리를 거둔다는 점에서 브렛도 제이크나 로메로처럼 '헤밍웨이 영웅'일 수 있다. 인내와 자제, 이것이야 말로 신이 없는 시대의 도덕적 대안인 것이다.

이런 점에서 볼 때 제이크의 친구 로버트 콘(Robert Cohn)은 제이크와 여러모로 대조된다. 외적으로는 권투 챔피언이라 남성적인 덕목을 실천하는 인물로 보이지만 실은 정신적으로 나약한 인물이다. 작가가 작품의 서두를 콘에 관한 장황한 설명으로 시작하는 것도 제이크와 반대되는 성향을 강조하기 위해서라고 볼 수 있다. 그는 프린스턴 대학 때 유대인으로서의 콤플렉스를 극복하는 과정으로 권투를 시작하여 상당한 수준에 이르지만 결국 그것을 브렛에 대한 질투심으로 제이크를 때려 뉘이고 로메로에게 강타를 날리는 데에나 쓰고 만다. 그는 낭만을 추구하는 기분파이지만 인내를 결여한 충동적이고 무책임한 모습으로 제시된다. 콘은 제이크와 반대되는 자질들을 갖도록 그려짐으로써 주인공을 '돋보이게 해주는 인물'(foil character)의 역할을 한다.

결국 이러한 시대를 살아가는 우리에게 요구되는 도덕률은 '홀로서기'이고 스스로에게 책임지는 자세이다. 콘이나 마이크처럼 무책임하게 살아가는 기생적 삶은 절대로 대안이 될 수 없다. 우리 모두 결국은 혼자이고, 혼자서 이겨내야 하는 것이다. 투우 경기장 안에서 황소와 목숨을 건 대결을 벌이는 페드로 로메로(Pedro

Romero)가 바로 이 '혼자'의 도덕률을 구현하는 인물이다. 제이크가 콘에게 "투우사를 제외하고는 누구도 자신의 인생을 그렇게 충만하게 살 수 없어"라고 말하는 대목이 단적으로 이를 입증한다. 밤마다 카페를 전전하는 '잃어버린' 세대와는 달리 투우사는 매 시각마다 황소와의 결투에서 죽음과 맞닥뜨리는 치열한 삶을 살아간다. 특히 로메로는 쉬운 상대를 골라 시합하는 벨몬테와는 달리 강한 소와 눈속임 없이 정면대결하며 투우를 예술의 경지로 승화시킨다. 그러나 인생을 무책임하게 살아가는 콘은 "난 투우에는 흥미 없어. 그건 비정상적인 삶이야"라고 말할 뿐이다.

제이크는 피레네 산 속에서 빌과 함께 송어를 낚는 목가적인 순간에서 위안을 얻는다. 그에게는 자연의 아름다움을 감상할 만한 여유가 있다. 산 페르민 축제가 끝난 뒤에는 친구들을 다 떠나보내고 혼자 산 세바스티안의 바닷가에서 유유자적한다. 파도와 함께 헤엄치고 물속에 들어가고 하며 그는 일종의 치유적인 세례(baptism)를 경험한다. 스스로 상처를 보듬고 자존을 유지하는 일종의 의식인 셈이다. 그러면서 궁극적인 '홀로서기'를 준비한다.

발문에 나오는 또 다른 인용문인 〈전도서〉의 내용은 앞서 언급한 주제를 더욱 철학적으로 만든다. 이 부분은 '다윗의 아들,' 즉 솔로몬 왕의 이야기이다. 솔로몬은 세상의 온갖 부귀영화와 권력을 누려봤지만 결국 모든 것이 덧없고 "하늘아래 새로운 것이 없다"는 결론에 도달한다. "한 세대는 가고 한 세대는 오되 땅은 영원히 있도다"라는 구절에서 보이듯 영원한 자연 앞에 인간이 머무는 기간은 짧기만 하다는 비극적 인식을 드러낸다. 이런 구약성경의 구절을 헤밍웨이가 거투르드 스타인의 비관적인 호칭과 나란히 권두에 붙여 쓴 이유는 무엇일까? 인간의 무상한 운명에 대해 자연의 현상은 무관심하게도 늘 일정하다. 해는 또다시 뜨고 바람도 다시 불어온다. 신과 자연이 인간의 운명에 무심하지만 이러한 무심함도 보듬고 살아야 하는 것이 인간의 운명이고 도덕적 황무지를 사는 길일 것이다.

본 역자의 태타(怠惰)로 이제야 번역을 끝내게 되었다. 늦은 원고를 참을성 있게 기다려 준 부북스 신현부대표에게 감사드린다.

작가 연보

- 1899년 7월 21일 어니스트 밀러 헤밍웨이(Ernest Miller Hemingway) 일리노이 주 오크파크에서 태어남. 부친은 의사이자 박물학자였고 모친은 성악 가수이자 음악 교사였다.
- 1900년 가족과 함께 미시간에 있는 윈드미어(Windmere)라 불리는 여름 별장으로 감. 나중에 이곳에서 만능 스포츠맨인 부친으로부터 낚시와 사냥을 배우게 됨.
- 1913년 오크 파크 고등학교 입학. 기자/작가로서의 재능을 보이기 시작.
- 1917년 고등학교 졸업 후 캔자스시티 〈스타〉 신문의 견습 기자가 됨.
- 1918년 1차 대전에 군인으로 참전하고자 했으나 시력검사에서 탈락함. 적십자 의무대에 지원. 앰뷸런스 운전병으로 이태리에서 복무 중 파편에 부상당함. 밀라노의 적십자병원에서 치료 받던 중 간호사 에그니스 폰 쿠로브스키와 사랑에 빠짐.
- 1919년 미국으로 돌아옴. 단편소설 쓰기 시작. 에그니스에게서 어리다고 사랑 거부당함.
- 1920년 모친과의 불화로 쫓겨남. 시카고로 가서 칼 샌드버그, 셔우드 앤더슨 등 당대의 문인들과 교류.
- 1921년 헤이들리 리차드슨과 결혼. 부부가 같이 파리로 감. 〈토론토 스타〉 신문에 기고 시작. 이때부터 독특한 그의 문체가 등장함.
- 1922년 파리에서 망명 문인 에즈라 파운드를 만남. 거드루드 스타인, 제임스 조이스 등과도 교류. 파운드가 모더니즘 산문 집필 권유.
- 1923년 스페인 팜플로나를 방문하여 산 페르민 축제와 투우 관람. 아들 존 헤이들리 태어남.《세 단편과 열 편의 시 Three Stories and

Ten Poems》한정판으로 출판.

1924년   포드 매독스 포드를 도와《트랜스어틀랜틱 리뷰》를 편집. 여기에 〈인디언 캠프 Indian Camp〉를 비롯한 몇 편의 단편이 실림.

1925년   《우리 시대에 In Our Time》를 출간. 이때부터 미시간 주가 작품 배경으로 사용되고 닉 아담스(Nick Adams)라는 다분히 자전적인 작중인물이 등장함. 부인 및 문인 친구들과 함께 팜플로나 축제에 다시 가 봄. 이때《해는 다시 떠오른다》를 집필 구상함. F. 스콧 피츠제럴드를 만나 교류.

1926년   피츠제럴드가 유명 출판사 스크리브너즈(Scribner's)에 소개시켜 줌. 이때부터 그의 모든 작품이 스크리브너즈에서 독점 출판됨.《해는 다시 떠오른다》출간.

1927년   〈살인자들 The Killers〉 등이 수록된 단편집《여자 없는 남자 Men Without Women》출판. 헤이들리와 이혼하고 폴린 파이퍼와 결혼.

1928년   파리를 떠나 플로리다 주 키웨스트로 이주. 둘째 아들 페트릭 제왕절개로 태어남. 부친 권총 자살.

1929년   《무기여 잘 있거라 Farewell to Arms》출판. 호평에 판매도 양호.

1931년   아들 그레고리 핸콕 태어남.

1932년   투우에 관한 책《오후의 죽음 Death in the Afternoon》출판.

1933년   아프리카로 사파리 감. 〈킬리만자로의 만년설〉을 집필하는 계기가 됨. 쿠바를 처음으로 방문.

1936년   〈프랜시스 매콤버의 짧고 행복한 삶 The Short and Happy Life of Francis Macomber〉과 〈킬리만자로의 만년설 The Snows of Kilimanjaro〉출판. 여성작가 마사 겔혼을 만남.

1937년   스페인 내전 종군 기자로 활동하며 프랑코에 반대하는 정부지지자들(the Loyalists) 편에 가담. 정치 소설인 《가진 자와 못 가진 자 To Have and Have Not》 출판.

1938년 키웨스트로 돌아감.

1939년 폴린과 별거. 마사 겔혼과 함께 쿠바의 아바나 근교에 정착.

1940년 폴린과 이혼하고 마사와 결혼. 《누구를 위하여 종은 울리나 For Whom the Bell Tolls》 출판.

1942년 쿠바에서 미 대사관이 허가한 정보원으로 활동.

1944년 종군 기자로 노르망디 상륙작전 취재. 신문기자 메리 월시와 만나 사귐.

1945년 마사에게 이혼 당함.

1946년 메리와 결혼.

1952년 《노인과 바다 The Old Man and the Sea》 출판.

1953년 퓰리처상 소설 부문 수상. 스페인에서 여름을 보내며 투우 관람. 케냐로 두 번째 사파리 떠남.

1954년 아프리카에서 두 번의 비행기 사고로 중상 입음. 노벨 문학상 수상.

1956년 투우 관람 위해 스페인에 체재. 파리 여행.

1957년 우울증 증상으로 쿠바로 돌아옴.

1958년 아디아호에 집을 빌림. 쿠바에서는 카스트로가 집권.

1959년 건강 악화. 스페인에서 투우를 보며 60회 생일을 맞음. 아이다호로 돌아와 사냥하며 휴식.

1960년 쿠바에 머물다가 스페인에 감. 우울증 증세로 미국에 돌아와 전기 충격요법 치료 받음.

1961년 재차 충격요법 치료 받음. 아이다호로 돌아옴. 7월 2일 엽총으로 자살.

해는 다시 떠오른다

초판 1쇄 인쇄 2013년 6월 24일

초판 1쇄 발행 2013년 6월 27일

지은이 어니스트 헤밍웨이

옮긴이 최인환

발행인 신현부

발행처 부북스

주소 100-835 서울시 중구 신당2동 432-1628

전화 02-2235-6041

팩스 02-2253-6042

이메일 boobooks@naver.com

ISBN 978-89-93785-57-9 04080

ISBN 978-89-93785-07-4 (세트)

이 도서의 국립중앙도서관 출판시도서목록(CIP)은 서지정보유통지원시스템 홈페이지
(http://seoji.nl.go.kr)와 국가자료공동목록시스템(http://www.nl.go.kr/kolisnet)에서
이용하실 수 있습니다.(CIP제어번호: CIP2013009258)